國家圖書館出版品預行編目資料

現代散文／鄭明娳著.－－二版三刷.－－臺北市：三民，2019
面；　公分
參考書目：面
ISBN 978-957-14-5261-6　(平裝)
1.散文 2.現代文學 3.文學評論

820.9508　　98018129

© 現代散文

著作人　鄭明娳
發行人　劉振強
著作財產權人　三民書局股份有限公司
發行所　三民書局股份有限公司
地址　臺北市復興北路386號
電話　(02)25006600
郵撥帳號　0009998-5
門市部　(復北店)臺北市復興北路386號
(重南店)臺北市重慶南路一段61號

出版日期　初版一刷　1999年3月
二版一刷　2009年10月
二版三刷　2019年10月修正
編號　S 854550

ISBN　978-957-14-5261-6　(平裝)

http://www.sanmin.com.tw　三民網路書店

前言

鄭明娳

現代散文總是處於十分寧靜的生態環境中——絕少參與論戰、幾乎沒有風潮、更缺乏諸種藝術流派的辯證。早在二十世紀三〇至六〇年代，超現實主義詩歌、荒謬劇、新小說及黑色幽默小說等潮流，就已經喧騰一時。在臺灣，小說、詩界自六〇年代起就廣泛吸收世界文壇資源，新思維與新形式此起彼落，追求發展的實驗作品盛行不衰，唯獨散文，以不變應萬變，因而在形式內容及本質上，都不如小說、詩歌富有不斷蛻變的生命活力。這個現象的重要原因之一，應該是一般人對於散文文類的觀念過於保守、散文的藝術界定一直太模糊、散文在文類中沒有奠定應有的地位。

在筆者個人的閱讀、書寫及教學經驗裡，現代小說、詩歌、散文三大文類中，散文似乎是最為「乏善可陳」的文類。隨手拿出一篇稍具水準的小說或者詩歌，我們都不難長篇大論地詮釋它的優點、批評它的短處、衍義它的特色。可是，即使面對一篇被行家公認為可以傳世的散文，許多人都感到美則美矣，卻是十分難以言詮。筆者相信任教現代文學的學者大致認同：現代散文是最難講授的文類。

長期以來，在三大文類中現代散文的理論建設也比較缺乏學者的關懷。筆者曾經在《現代散文現象論》書中討論臺灣現代散文研究貧乏的情形。在中國大陸，研究現代散文的書籍出版量雖然比臺灣多，但相較於小說、詩歌的研究情況，仍然是相形見絀。在大陸的現代散文研究著作中，普遍存在著從中國傳統詩歌、散文理論演繹出來的詮釋方式，中國古人提出的文學理論一般是提供給相同程度的知音「共鳴」，原無意做入門的導讀工作，所以多有會心式、棒喝式、結論式的言談，行家閱讀自能心領神會。如果用古人的文學術語——例如古人「形神相合」說來詮釋散文要「形散神不散」之類——有時不免會左支右絀。同時抽象議論往往多過實際舉證，一般讀者也許不容易理解。

筆者自知才疏學淺，力不足以建立文學宏論，但是十多年來臺灣現代文學論壇朝氣蓬勃，唯獨散文界沈默寡言。筆者乃試圖建立一點散文理論，因而有《現代散文類型論》等諸書面世，以期拋磚引玉。然而近年回頭檢視過去書寫的論著，仍然感到遠水不救近火。在長期教學經驗中，發現一篇篇引導讀者進入作品的情境，是最容易讓讀者感受散文情境的方式。也因此，不免想到把這個方法運用到引介散文的書寫上。既想照顧到理論的體系、又要引介單篇作品，這兩個目標是本書撰寫的基本理念。

進入散文的門徑很多，本書各章節內只能列舉大要，為了照顧每一篇較為詳細的導讀工作，其他部分則無法一一細說，每一部分大致上舉一隅讓讀者「三隅反」。而且，本書只是提供啟發性的觀點，讀者未必要同意筆者的視角，每一位讀者都可以去發現、去運用自己嶄新的詮釋觀點重新檢視作品。

本書「現代散文」名義涵蓋的範圍依臺灣慣例，指五四運動迄今的白話散文，包括中國大陸所指的「現、當代散文」在內。本書語言力求淺易，不用術語，不引經典，為方便讀者對照閱讀，原計畫將所評析之文章盡量附錄，所以極力選取篇幅較短的作品作為分析對象。萬不得已，如果文章過長，而該文不難在坊間見到，便從略。例如本書第五章討論魯迅〈過客〉一文，這是一篇同時兼具散文、戲劇、詩、小說、寓言等各種特質的文章，如果就戲劇的角度來看，它的篇幅很短，但就散文的角度來看，篇幅就比較長，它是魯迅的名作，所以本書沒有引錄。為了節省引文篇幅，也盡量把已經引錄的文章在不同地方做不同層面的分析。

本來研究文學、分析作品，只要選擇適合研究的對象，沒有必要考慮到研究對象的各種周邊之外的事務，但是本書寫作之初，受制於分析作品必須是簡短之作。後來，又知道臺灣日益嚴峻的《著作權法》，引用作家作品有諸多不便之處，於是不得不把分析對象及引用文章盡量放在已經去世、或者身在大陸的作家作品上面，以為因此可以免去徵求同意的麻煩。這樣已經造成本書討論對象及引用文章的不均衡。即令如此，在完工之後，交由書局徵求臺灣及海外作者同意的工作過程中，遭遇到難以想像的困難，在最後三校時筆者只好就地刪改，有些地方固然引文、討論文字一起刪除，有些地方已經刪除引文，但仍然不得不保留討論文字，諸如此類都破壞了全書原來的體例，讓人感到遺憾。如果守法的作者在出版著作中，凡是引文都要得到原作者同意，那麼研究臺灣本土當代文學已經成為不可能的事，且今後出版社對於出版這類書籍必將退避三舍，這種情形勢必嚴重阻礙臺灣當代文學的發展，令人感到憂心。

感謝本書內所有應允被引用文字的作者。

現代散文　目次

第一章　現代散文的名義與分類

第一節　現代散文的名義

西方傳統不把散文視為重要文類，在一般談到文學類型時，僅指小說、詩歌、戲劇三大文類。但散文在中國文學史上一向是重要的文類，其歷史淵遠流長。中國最古老的甲骨文的占卜文字、殷商文告及青銅器銘文上，表現的都是散行文字。可以說，自有文字開始，廣義的散文就已經存在，《尚書》應該是我國第一部散文集子。

以散文為文類概念而提出來討論的是宋（九六〇～一二七九）羅大經《鶴林玉露・文章有體》說：「山谷詩騷妙天下，而散文頗覺瑣碎局促」，這裡已經把詩與散文對等看待。此後歷代文論家都對於散文的文類提出辯證，漸漸把散文定義於韻文與駢文以外的文章。由於這個定義並不排斥非文學性文章，所以應用性的文字也都屬於這個範圍。即使如此，並不表示中國古代散文缺少文學著作，恰好相反，中國古代具有文學素質的散文產量極為豐富，大致上來自兩大系統：一為諸子文，大多兼有哲學及文學的素質；一為史傳文，兼有歷史及文學的特色。實際上，其他應用性的文章如書信、手札，甚至碑銘、誄文等都可以找出大量富有文學素質的作品。

把散文定義縮小到文學的範疇中，還是五四新文學運動的事，當時對於用白話寫就的、文學性的散文並無統一的名稱。一九一七年五月，劉半農（一八九一～一九三四）在《新青年》發表〈我之文學改良觀〉❶中說：「所謂散文，亦文學的散文，而非字的散文。」已有「文學散文」的觀念，並與「詩歌戲曲」相對，惟不包括「小說雜文」在內，可見這時劉氏的觀點「小說」還在「散文」的範疇之內，他的「散文」定義是與韻文對立的文類。一九一八年十二月傅斯年（一八九六～一九五〇）〈怎樣做白話文?〉❷則針對白話散文的寫作而立言，同時他已發現散文在文學上缺乏地位，不如小說、詩歌、戲劇，足見他有四者並列的識見。

一九二一年六月八日，周作人（一八八五～一九六八）在《晨報》副刊發表〈美文〉，他認為：

> 外國文學裡有一種所謂論文，其中大約可以分作兩類。一批評的，是學術性的。二記述的，是藝術性的，又稱作美文，這裡邊又可以分出敘事與抒情，但也很多兩者夾雜的。這種美似乎在英語國民裡最為發達，如中國所熟知的愛狄遜、蘭姆、歐文、霍桑諸人都做有很好的美文，近時高爾斯威西、吉欣、契斯透頓也是美文的好手。讀好的論文，如讀散文詩，因為他實在是詩與散文中間的橋。中國古文裡的序、記與說等，也可以說是美文的一類。但在現代的國語文學裡，還不曾見有這類文章，治新文學的人為什麼不去試試呢?❸

周氏提出的「散文」範圍似乎只限於議論性的文字，這是因為他引西方以議論為主的傳統散文為例的關係。一九二二年三月，胡適（一八九一～一九六二）〈五十年來中國之文學〉的篇末談到白話文學的成績，第三項說：

> 白話散文很進步了。長篇議論文的進步，那是顯而易見的，可以不論。這幾年來，散文方面最可注意的發展，乃是周啟明等提倡的「小品散文」。這一類的小品，用平淡的談話，包藏著深刻的意味；有時很像笨拙，其實卻是滑稽。這一類作品的成功，大約可徹底打破那「美文不能用白話的」迷信了。❹

胡適稱為「小品散文」。一九二三年六月二十一日，王統照（一八九八～一九五七）在《晨報》副刊的〈純散文〉❺一文，又稱「純散文」，且與小說、詩並列為三大文類。一九二六年三月十日胡夢華在《小說月報》十七卷三號發表〈絮語散文〉則引介法國蒙田（Michel Eyquem de Montaigne, 1533–1592）、英國培根（Francis Bacon, 1561–1626）等的絮語散文（Familiar Essay），且援用此名。朱自清（一八九八～一九四八）在一九二八年七月三十一日發表於《文學週報》三四五期的〈論現代中國的小品散文〉❻則以「小品散文」稱之。爾後，稱「小品文」者日多，林語堂（一八九五～一九七六）在一九三二年創辦小品文月刊《論語》、三四年《人間世》半月刊、三五年《宇宙風》半月刊等提倡小品文，林氏專名之為「小品文」，此後它幾乎取代「散文」之名。❼

現代的「小品文」一詞來自晚明小品。陳少棠《晚明小品論析》第一章云：

> 就晚明「小品」與現代「小品文」相類的地方來說，兩者都屬言志的文學，有作者個別的精神面貌，文字大都以簡潔峭拔為尚，題材則無所不包，一以表達作者之思想性情為主，風格則從容閒雅，少有慷慨激昂之態。故從外形文字方面觀察，晚明「小品」與現代「小品文」確具有若干共通之點，難怪近人往往把現代「小品文」推源於晚明「小品」，甚至將此兩名稱混淆。[8]

當時引介西洋散文時，也以小品文為主[9]。其小品文的定義與晚明小品講究「獨抒性靈，不拘格套」不謀而合。[10]

「小品文」實際上就是早期的白話散文。林語堂在《人間世》半月刊第四期〈說小品文半月刊〉上說：「(小品文)言其小，避大也。」夏丏尊（一八八六～一九四六）《文章作法》第六章〈小品文〉中界定其意義也說：「從外形底長短上說，二三百字乃至千字以內的短文稱為小品文。」以上諸論都只強調小品文之外形短小而言，《人間世》創刊號發刊詞才把小品文做一較完整的義界：

> 蓋小品文，可以發揮議論，可以暢洩衷情，可以摹繪人情，可以形容世故，可以劄記瑣屑，可以談天說地，本無範圍，特以自我為中心，以閒適為格調，與各體別，西方文學所謂個人筆調是也。

此定義實來自西洋小品文的界說，當時散文作家也奉此等要件為圭臬。但其實，這種狹義義界，實不足發展為一重要的文類。有識之士已發覺這種困境，郁達夫（一八九六～一九四五）在《中國新文學大系・散文》導言中說：

散文的第一消極條件，既是無韻不駢的文字排列，那麼自然散文小說，對白戲劇（除詩劇以外的劇本）以及無韻的散文詩之類，都是散文了啦；所以英國文學論裡有 Prose Fiction, Prose Poem 等名目。可是我們一般在現代中國平常所用的散文兩字，卻又不是這麼廣義的，似乎是專指那一種既不是小說，又不是戲劇的散文而言。近來有許多人說，中國現代的散文，就是指法國蒙泰紐 (Montaigne) 的 Essais，英國培根 (Bacon) 的 Essays 之類的文體而說，是新文學發達之後才興起來的一種文體，於是乎一譯再譯，反轉來又把像英國 Essays 之類的文字，稱作了小品。有時候含糊一點的人，更把小品散文或散文小品的四個字連接在一氣，以祈這一個名字的顛撲不破，左右逢源；有幾個喜歡分析，自立門戶的人，就把長一點的文字稱作了散文，而把短一點的叫作了小品。其實這一種說法，這一種翻譯名義的苦心，都是白費的心思，中國所有的東西，又何必完全和西洋一樣？西洋所獨有的氣質文化，又那裡能完全翻譯到中國來？所以我們的散文，只能約略的說，是 Prose 的譯名，和 Essays 有些相像，係除小說，戲劇之外的一種文體。

在英國小品文中，哲理性、政治性的論文也被歸入其範疇中，反而較中國為廣。因此，做為一種文類，小品文之名自然有欠充實。雜文的產生便是一種反動。此後小品文的範圍日漸擴大，字數長短也不拘，發展到今天，小品文實在只能算是散文文類的主要成份，並不能涵蓋所有的散文作品。

第二節　現代散文的分類

中國古典散文在清代結束之前已經發展成熟，現代散文各項類型中除了十九世紀末二十世紀初才開始出現雛型的報告文學外，幾乎都可以在古典散文中找到前身，自晚清以迄五四萌芽的白話文學中，獨有散文和古典文學關係最為密切。白話散文出現之初，大體是文言與白話之間的換掉。基本上周作人以降的散文家並沒有賦予散文內外在形式以革命性的改變，就精神底蘊而言，一時也沒有脫離舊式文人的興味。即使被大陸學者公認極具創新意義的魯迅（一八八一～一九三六）雜文體，也不難在中國古典議論散文中看見。

在文學的發展史上，散文是一種極為特殊的文類，居於「文類之母」的地位，原始的詩歌、戲劇、小說，無不是以散文文字敘寫下來。後來各種文體個別的結構和形式要求逐漸生長成熟且逐漸定型，便脫離散文的範疇，而獨立成一種文類，所以，我們可以說，現代散文經常處身於一種殘留的文類。也就是，把小說、詩、戲劇等各種已具備完整要件的文類剔除之後，剩餘下來的文學作品的總稱便是散文。而在這其中，散文本身仍然不停的扮演著母親的角色，在她的羽翼之下，許多文類又逐漸成長，如遊記文學、報導文學、傳記文學等別具特色的散文體裁若一旦發展成熟，就又逐漸從散文的統轄下跳脫出來，自成一個文類。因此，散文本身看起來好像永遠缺乏自己獨立的文類特色，而成為殘餘的文類。在地位上，現代散文反而成為一直居於包容各種體裁的次要文類，內容過於龐雜，很難在形式上找出統一的要件。因此，在為散文尋求定義之前，我們必須先了解它在文類上的特色：散文之名為「散」，不是散漫，而是針對其他文類之格律而言，詩、小說、戲劇各自發展出一些充分必要的嚴謹條件，甚至走進一個有負擔和束縛的發展軌跡，散文卻仍然能保持它形式的自由。也因此，散文的伸縮性非常大，它的母性身份仍然保有其孕育出來的子孫之特色，所以散文「出位」的機會也比其他文類多。

散文的定義既然一直游移在廣義與狹義之間，其類型的劃分更是眾說紛紜，很難把它「定型」。不過，所謂分類只是便於整理、研究討論的方便，各家的分類都有其存在的道理。

筆者將現代散文區分為兩大類型；第一類是依內容功能的特質而形成的類型，它是作家以「獨抒性靈」方式自由創作、自然成長的結果，成為一般人觀念上現代散文的主要類型，筆者把它再分成情趣小品、哲理小品、雜文等三大類型。

另一大類型是從另一個角度來看，係因特殊結構而形成的個別類型。它涉及主體的思考問題，因作者創作的企圖不同，便會產生不同的類型。它具有歷史的成因，乃文學史中已然存在的類型，並非後設的劃分。這一類型具備了特殊的體裁與形式，在內容上，它可以囊括小品文的範疇，但卻改變形式，因而具有獨立的意義。這種類型目前已經發展出來的例如：日記、書信、序跋、遊記、傳知散文、報導文學、傳記文學等。它具有繼續發展新類型的潛能。[11]

本書討論時所指的現代散文，即以上面的範疇為主。

注釋

❶見《半農文選》。

❷見《傅孟真先生集》第一冊上編。

❸見《中國現代散文理論》。

❹見《胡適文存》第二集。

❺同❸。

❻此文後做為朱氏一九二八年開明書店出版《背影》一書之序文。

❼如鍾敬文〈試談小品文〉（一九二八年十月十六日《文學週報》）、梁遇春《小品文選・序》（一九三〇年北新書局）等等單篇論文不煩細舉；一九三二年李素伯且有《小品文研究》專書出版（上海新中國出版社）等。

❽又該書第二章論「小品」名詞之來源云：「……以『小品』去稱呼某種形式或風格之文學，到明中葉以後才見普遍……『小品』一詞源自佛家，其初只是某部節略本佛經的名稱，後引申到一般佛典，其詳者稱曰大品，略者叫小品……隨著佛教在中國之發展及華化，許多佛家語詞先後闖進中國語文和文學的領域，在此情形之下，『小品』一詞亦漸漸由原來專指簡潔的佛經而借用來表示形式短小而意味清雋的文章……到了明代末葉，假借『小品』為某種短小文章的稱呼，突然間普遍起來，有些作家尋且以『小品』作為其文集之名稱……。」

❾西洋散文原也有廣狹不等之定義，董崇選《西洋散文的面貌》第二章即舉出有四種：1.最廣義，2.較廣義，3.較狹義，4.最狹義。其中只有屬於第4.項最狹義的散文——也就是小品文，當時被傳入我國，且大力提倡。該書把此種散文譯為「艾寫」，並說明云：

英文Essay或法文Essai一字，按其原意很難翻成中文。辭人將之翻為「小品文」，但西洋的Essay有時是長篇的論著。有人將之翻為「論文」，但西洋的Essay有的根本不是論說文，而是抒情文或記敘文。也有人將之翻為「文章」，但西洋的Essay並不只是文章，而是某種特殊形式與內容的文章。因為找不到適當的譯名，今姑且音譯，將之譯為「艾寫」。「艾」有「美好」與「欲語難出」之意，「艾寫」似可暗指抒懷論述的苦衷，兼指文美句好的結果。同時「艾」音同美文I（我），更可暗指此類作品，常是個人描寫胸懷觀念的結晶，迎合蒙田(Montaigne)當初稱自己文章為Essais（試探）的原意。

方重在〈英國小品文的演進與藝術〉（見《英國小品文的演進與藝術》）中，也說：「小品文就是英文裡的Essay，這個名詞在英文中已成了一個泛稱……」「小品文的發源地在法國，它的祖先是法國一位文人蒙旦(Michel Eyquem de Montaigne)……英國小品文家……大都推崇蒙旦為老師……蒙旦死後五年（一五九七）英國文壇已刊行了一部小品文集，內文十篇，最特負盛名的法官培根所著……」此後引導了英國小品文的潮流。（按，方重指「蒙旦」即蒙田）

⑩

前引方重文中說，西洋人為小品文下的定義是：「小品文就是小品文家的作品……可見小品文的要素，並不在題目，卻在作者的「人格美」。沒有人格美的作者決不能成為小品文家，不表現人格美的作品決不是好的小品文。我們愛讀一篇小品文，因為我們愛那篇作品後面的人格，他一定具有一副愛美的品性，不忍讓天地萬物埋沒了它們各個的風格，他要用最潔練最和藹的手腕去把它們擺佈出來，使人人愛好他們的生命，預備他們應付，並且領賞，哀樂無常的世態，不致到了臨時張皇失措。」蒙田在他的《小品文集・序》中也說：「我希望表現我原有的、自然的、日常的面目，不要帶一點做作，因為我是描寫我自己……」西洋小品文正當輸入我國時，魯迅曾翻譯日本學者廚川白村（一八八〇～一九二三）的《出了象牙之塔》，對我國的小品文理論影響頗大。該書論及英國"Essay"時說：

> 冬天，靠在爐邊的安樂椅上；夏天，穿上浴衣邊啜著香茗；舒舒泰泰地與親友隨心閒聊的話，照實寫下來的，才是Essay。

隨著自己的高興，也說些輕鬆的理論，帶刺的警句，或則盡情地大言豪語一番。有幽默，也有哀愁（Pathos）。它們的內容，上自國家大事，下自市井瑣務，書的論評，風雲人物的軼事，以至自己過去的回憶，是隨著思潮的起伏，海闊天空跟著興之所至而托諸筆墨的文章。

Essay 最大的要件，乃在筆者必須濃厚地襯托出自己底個人的，人格的色彩。

廚川氏的看法，與西洋不謀而合，都影響我國很大，沈櫻（一九〇九～一九八七）編《散文欣賞二集》時其〈代序〉就直接引用美國彼德森的文章作為序，文中說：

在我看來 Essay 這個字的含義應該是一篇短文，少則一頁，多則二三十頁，上天下地，幾乎無所不談，不過，總要採取一種現身說法，隨隨便便，毫不鋪張的方式。一篇 Essay 要有發人深省的力量，可是，不應該有道貌岸然的態度。它所涉及的問題，剛剛到達哲學的邊緣，卻絲毫沒有系統。它必須有一種散漫中的統一，可是，也往往饒有風趣的插進些題外的話。除此以外，一個散文作家不論還有什麼別的條件，他總是我們的文字交，他也是一個用文字當材料的藝術家。

⓫ 參見《現代散文類型論》。

第二章　現代散文的感性與知性

散文的發展，不論在古今中外都是感性、知性同時或者參差發展，它們在文壇上的地位輕重各時代有所移易。在中國，雖然說傳統散文議論敘事一向是主流，尤其論說文特別受到作者藝術匠心的雕琢。但是早在先秦諸子散文中已經有抒情的描寫文字，作者經常現身說法，許多敘事甚至議論的散文中間也經常夾有精彩的感性片段。漢代（西元前二〇二～二二〇）司馬遷（約西元前一四五～前八六）的《史記》就有許多抒情文字，唐宋八大家的抒情散文也多有精彩絕倫之作。

五四新文學運動之後，感性散文受到社會大眾歡迎。因為白話文的廣泛推展，文學普及化，中下層人士也參與文學的閱讀與寫作。風花雪月的怡情小品、柴米油鹽的幽默文章、生老病死的切身經驗、貪嗔痴愛的紅塵慾念，最容易打動人類與生俱來的感性本能而得到共鳴，感性散文遂受到普遍大眾的喜愛。

表面上看，近幾十年來通俗文學、濫情的感性讀物充斥社會，但是就創作者的比例而言，近幾年來，越來有越多書寫者加入知性散文的創作行列，尤其在臺灣大專以上的文學獎的參獎作品中，可以發現許多書寫者有意反社會流俗的書寫風氣，呈現高韜的次文化文學風格，遠遠超越社會通俗讀物、暢銷書的層次。甚且許多作者不論在感性文字與知性語言之間都出入自得，使得現代散文的殿堂裡時有異軍突起，感性與知性散文再度呈現參差發展的可喜現象。

第一節　感性散文的特色

一、以「我」為寫作出發點

感性散文的本質是表現不偽不飾的書寫者「自己」，胡夢華指出散文的特質「是個人的，一切都是從個人的主觀發出來」，從中可以洞見作者是怎樣一個人。因為其中「銳利、深刻、濃厚」地表現著作者人格的「動靜、聲音、色彩」❶所以感性散文處理題材幾乎都以「我」為單一出發點，這個「我」指的不只是第一人稱觀點的「我」，同時指書寫者本身。換言之，感性散文時常把敘述者與書寫者合一，因此作品呈現書寫者的個人色彩非常濃厚。洪深（一八九四～一九五五）曾經以「滷汁」來譬喻書寫者「我」與作品的關係，在〈滷〉❷文中說：

小品文的可愛，就是那每篇所表示的個人底人格。不論什麼材料，非經通過作者個人底情緒，是不會「夠味兒」的。粗糙一點的說，作者底人格，他的哲學，他的見解，他的對於一切事物的「情緒的態度」，不就很像滷汁麼！如果這個好，隨便什麼在這裡滲浸過的材料，出來沒有不是美品珍品。反之，如果一個作者，沒有適當的生活經驗，沒有交到有益的活人或書本朋友，那麼，從他的滷汁裡提出來的小品，只是一個隘狹的無聊的荒謬的糊塗的人底私見偏見，怎樣會得「夠味兒」呢！

感性散文大多用第一人稱「我」書寫，不論是讀者，甚至作者幾乎都一致把作品中的「我」當成書寫的作者。偶而作品用第二人稱甚至第三人稱書寫，看來好像抽離作者，其實是第一人稱的假性代換，讀者把它改為第一人稱，讀來幾乎無差。❸也有一些作品不用第一人稱書寫，也不以主觀的抒情方式而以客觀記敘方式寫成，貌似敘事作品，實為抒情作品。沈從文（一九〇二～一九八八）早已指出這種情形：

五四以來，用敘事形式有所寫作，作品仍應稱之為抒情文，在初期作者中，有兩個比較生疏的作家，兩本比較冷落的集子，值得注意：一是川島作筆名寫的《月夜》，一是用落華生作筆名寫的《空山靈雨》。❹

試以葉靈鳳（一九〇五～一九七五）散文為例，他有知性散文也有感性散文，很容易區別。他的感性散文，如〈惜別〉、〈人去後〉❺兩篇都是描寫同一件事情。前者敘述「我」暗戀的女性要搬走，乃有滿腔依依惜別之情。後者是一篇沒有寫完的散文——即使繼續寫下去，也可以想像不過是重複前面的意念（篇末續有作者說明文字，其實也是一篇散文）。〈人去後〉只敘述一個重點，就是「你」離去後，「我」失魂落魄的心境。該文在感性散文上的特點是：

第一：全文只關心「我」的個人心情，且是「我」非常一廂情願、非常內在的感受，不是一般人的離情別緒。如果是通常人的感受，跟一個朋友分手，不會讓人「失去靈魂」。即使是情侶離別，也跟本文不同，一般情侶不辭而別即使感到空洞淒涼心灰意懶，大致上不會有「不可思議」乃至「神秘」的感覺。這是本文玄秘之處。其次，本文從頭到尾只關心「我」——或者我們可以更清楚的說，這個「我」其實就是作者自己——作者筆下只有無限的自憐，他眼中心中只有自己：自己的思念、自己的孤獨、自己的痛苦，整個情思陷落在自我的泥淖中，文章裡的「你」只是微不足道的配角。

第二：本文沒有情節，所有抽象的說明文字都在詮釋抽象的心境、所有具象的描寫文字也都集中在烘托抽象的心境。

第三：不論文章有多長，全篇的描寫重心只是一個非常小的「點」，本來散文可以處理極大的「宇宙」，也可以面對極微的「蒼蠅」，但感性散文經常只處理如此微小的人情事物。

第四：讀者只能透過「我」的主觀過濾之後來認識文章中的情境。換言之，讀者只是借助這個「我」提供的「有色」眼睛來看東西，「我」成為一個專制的導遊。在這篇文章中，作者顯然無意要讀者認識文中的「你」，如果提到「你」其目的是要博得讀者對「我」的同情。

至於這篇文章後面的說明文字，開頭說「兩篇短文」，其前一篇是指〈惜別〉。從以上類似說明性質的文章中，讀者知道「我」與〈人去後〉的女主角並不相識，只因這兩篇文章而讓兩人「遨遊了幾小時」，這樣短暫的相處的結局竟是「又親手斷送了我的朋友的一生」，交往如此短暫、卻傷害對方如此嚴重，但是作者仍然絲毫不注意「你」的心情處境，仍然耽溺在「我」的感覺書寫裡。綜觀葉氏其他感性散文，都是把「我」放在唯一的書寫中心，「你」沒有動作、沒有說話、沒有機會表達思想情感，當然就沒有任何形象可言。

這可以說明許多感性作家是很「自私」地陷溺在自我的情緒書寫中，完全忽視其他角色的人格、性情、感受，使得也是主要角色的「你」失去位置。這種情形發生在以書寫感性散文為主要文類的作家最多，他們大部分作品中，「我」的形象特別突出生動，其他人物的面貌就變得模糊不清，成為龍套配角。這樣的散文如果深入作者個人生命底層探討，時常會有精彩之作，但是作者的寫作範圍就不免比較狹窄。

感性散文書寫外在景觀時，也明顯「景物自我化」，范培松（一九四三～）曾經說寫作散文時「欣賞景色要『極端自私』」❻，並以徐志摩（一八九六～一九三一）的散文為例說明：

……徐志摩的「極端自私」的感受欣賞自然景色的美卻使他嚐到了很多甜頭，寫出了許多美麗的散文，如他在〈想飛〉中寫他感受欣賞到的雲雀鳴叫的美：

我們吃了中飯出來來到海邊去，勵麗麗的叫響從我們的腳底下勻勻的往上顫，齊著腰，到了肩高，過了頭頂，高入了雲。啊，你能不能把一種急需的樂音想像成一陣光明的細雨，從藍天裡衝著這平鋪著青綠的地面不住的下？不，那雨點都是跳舞的小腳，安琪兒的……

徐志摩在這裡憑藉他的「極端自私」欣賞自然的態度，捕捉到雲雀鳴叫的三種美！

以上所舉例子就像一般感性散文以自我為寫作出發點，再回歸到自我，始終以自我為中心，主要是表現自己。另外還有一種感性散文是由「我」出發，關懷「我」周邊的人事物，例如書寫者以描寫自己的母親、朋友或者其他事物為主，「我」看起來好像只是配角，但文章明顯流露「我」的感情及主觀態度，這也是感性散文慣常的寫法。還有一種是由「我」出發，最終回歸到大我，從挖掘個人到發現社會、把小我放在大我中，尋求個人與時代的諧調統一，表現了作家眼光的延展與胸襟的開拓。

二、呈現作者個人的生活經驗

感性散文既不必避諱書寫者的個人色彩，寫作時就經常直接採取書寫者的直接經驗，凡是工作、交友、讀書、寫作、上班、旅行、思想、情感……身邊瑣事、受想行識一一納入文章中，讀者自然熟識作者的生活內容。

試以葉靈鳳的感性散文集《白葉雜記》為例，作者寫作此書時約二十三歲，其中重要感性散文被選入《白日的夢——葉靈鳳集》中，我們只要閱讀這些文章就不難整理出作者在二十三歲時的生活面貌。這時作者以編稿、寫稿、畫畫為職業，以戀愛為主要精神生活。依文章前後脈絡來看，這樣的生活形態應該也是作者過去及後來的主要生活形態。

〈夢的紀實〉是《白葉雜記》的書序，說明收錄其中的文章多篇記錄了「一個美妙的夢兒的過程，一個夢的紀實」，讀者幾乎可以把書中文章繫月繫日排列閱讀，其生活經歷則非常清楚。

〈心靈的安慰〉（作於一九二六年一月二十九日）宣稱作者過去「可憐蔥郁的青春，將愛情葬進了墳墓。」在這之前，作者顯然有豐富的愛情生活，他的眼睛「曾溺殺過婉妙的少婦，醉倒過芳麗的姑娘。」

但是，「現在雖又有許多年輕的姑娘們見了我的臉而微笑，然而遲了，這些笑痕簡直是等於向眢井中投下巨石，是永遠激不起波痕的了，因為愛情早已進了墳墓。」

〈芳鄰〉（作於一九二六年二月十八日）作者在新居遇到一位芳鄰，他們並沒有結識交往，作者只是聽到她時常教訓弟弟的聲音，為著這美妙的聲音，這位自詡為「我是，曾經滄海，踏爛過千百朵玫瑰，歷過萬劫的英雄！」「我除了對自己以外，沒有迷戀或崇拜過第二個偶像。然而現在對了這聲音，我卻讓出我的聖殿了。」

〈惜別〉（寫於一九二六年三月十五日）這位「自標孤高，自矜冷潔」「見了少女的情書」「毫無所動」的人卻因為「芳鄰」明天將要搬走，使他「不知不覺地重墮紅塵」，「在這莽莽的塵世間，滄海一粟的我們，能忽然做了幾個月靜默的鄰居，在表面看去似是平常，而仔細想起來實非偶然，這其中實有冥冥的操縱。」

〈人去後〉（作於一九二六年三月十七日，續記寫於四月十二日）寫芳鄰「不辭而別」後作者失魂落魄寫作此文竟不能完篇。續記則是因〈惜別〉、〈人去後〉讓對方閱讀之後產生的結果是：「我又親手斷送了我的朋友的一生」。

〈遷居〉（寫於一九二六年四月二日）作者要遷居，很含蓄地表達捨不得那位沒有交談過的芳鄰。

〈偷生〉（寫於一九二六年四月二十九日）作者自覺罪惡深重，到揚州「苟且偷生」。從此篇之後的〈歸來〉、〈春蠶〉……一直到該年九月，感性散文都是作者自認的懺情之作及其後續餘波，直到一九二七年寫〈夢的紀實〉都是這種調子。

從以上表列可以看出，二十三歲時作者的生活重心以愛情為主，寫作、編輯、畫畫工作為副。且從文章中不難看出，在二十三歲之前作者在愛情的玫瑰園中已經是個中老手，曾經「踏爛過千百朵玫瑰，歷過萬劫的英雄！」其前面的生活可以想見。讀者如果仔細閱讀以上諸篇文章，可以看出作者的人格特徵、個性質地及做事風格。

《白葉雜記》只是作者二十三歲時的作品，表現作者「天真入世」的階段，還沒有進入「複雜處世」的時代。

作家生活在人世中，受到環境變動的影響，不僅生活內容會變動，精神也應該會進益，長期累積下來，作品必然呈現作者個人內在外在的生命歷程。所以仔細閱讀作家一生所有作品，可以為作家訂定繫年表，看出作家從幼年到成年以至老年的生活及經歷。

以琦君（一九一七～二〇〇六）為例，閱讀琦君的作品一定很熟悉她的童年生活：她有一個貴為師長的嚴父，掌握軍權、轉戰南北，經常不在家，即使在家女兒也沒有多少機會接近父親，琦君在〈父親〉[7]中敘及父親一心要把她培植成才女，不惜每學期花費十二塊銀元要她接受個別鋼琴教學，可惜她全無興趣，每學期開始都苦苦哀求父親允許她免學，「父親總是搖頭不答應」。勉強拖到高二下學期，美國鋼琴教師認為她沒有必要繼續學，才勸退父親的意志：「一根絃足足繃了五年……父親當然很生氣，可是我卻好輕鬆、好痛快……。」這個事件，可以看出父親的偏執，不能適才而教。她跟父親很疏離，〈父親〉前段說「父親也從來沒有摸過我們的頭」，可是在喪子返家時，父親「叫我靠在他懷裡，摸摸我的臉，我的辮子，把我的雙手緊緊捏在他手掌心裡……」，這種看似矛盾衝突的敘述，其實是親子疏離的寫照。她連父親的書房都不敢擅自進入，要由父親的兩位忠僕敘述才能想像書房的佈置。她描寫父親的文章不多，卻已經足夠讓讀者了解她父親的形象。

至於母親，更是琦君最擅長描寫的題材，母親是她童年最依賴的人物，母親的形象在琦君散文筆下特別突出、色彩特別鮮明是不待言的。此外，琦君童年還有許多周圍人物，都一一現身書中，像長工阿榮伯、外祖父、姨娘、俏皮的四叔，甚至搗蛋的肫肝叔叔、苛酷的叔婆、乞丐頭子等等串連出她多采多姿的童年生活。之後她讀書求學，經過老師教誨、學校寄讀，而後輾轉來到臺灣，由少年青年而後成年，她的生活以讀書、上班、家庭為主，散文中的人物則集中在兒子、丈夫，其次是朋友、小動物，題材則是身邊瑣事，可說是純粹的家庭生活。再後來，她移居美國，除了懷人小品，她也記錄了異域生活點滴，仍是以小家庭的生活見聞為主軸。縱觀她的足跡雖然經歷許多地方，大抵還是過著非常單純，以家為圓心的生活。

三、表現作者的個性特質

感性散文不避忌個人主義，因為個人主義的價值是視作者自我的品格而定。西洋散文的祖師蒙田便是個人主義者，被喻為英國最偉大的小品文家蘭姆 (Charles Lamb, 1775–1834)，不僅因為他表現小品藝術的各方面最透徹、最精到，而且是在於他的自我披露。所以研究他的小品文，就是研究他的性格。他的人格，非但可敬，而且可愛；非但多趣，而且溫柔。因此，要充分鑑賞他的藝術，最好先明瞭他一生的經歷。❽反過來說，全面閱讀作家一生的感性散文、了解作家的個性特質，更容易進入作家其他作品的藝術堂奧。

感性散文的先決條件是表現作家的人格個性，周作人在〈個性的文學〉❾中說：

(一)創作不宜完全抹煞自己模仿別人。

(二)個性的表現是自然的。

(三)個性是個人唯一的所有，而又與人類有根本上的共通點。

(四)個性就是在可以保存範圍內的國粹，有個性的新文學便是這國民所有的真的國粹的文學。

閱讀感性散文作家的作品，實際上更像是在閱讀作者的深層人格，讀者認識的作者比作者的親戚朋友都要深刻，這是感性散文最具魅力的地方，為其他文類所不及。從另方面看，如果一位作家在作品中虛偽矯情、口是心非、逢迎世俗，他的散文仍然可以反映出作者這種負面的人格本質，所以感性散文可以說是一面「照妖鏡」，反射出作者無所遁逃的真面目。

再以葉靈鳳作品為例說明，從上面所舉諸文來看他青年時代的個性。

他是一位浪漫的悲情主義者，脫離不了三〇年代文藝青年對於文藝腔調的嚮往，冥冥之中認為文藝以悲劇為上選。❿雖然作者的生命沒有悲觀的必要，卻有意朝著這個方向偏袒，所以文章中時常觸景即生離情別意，諸如「本來在這樣的天氣中，天涯作客，我是慣常會引起身世和飄泊之感的。然而現在這一件事已超越了統馭了我一切。」（〈秋懷〉）這裡「這一件事」當然指愛情事件佔去他整個心靈空間。至於鄉愁⓫，作者只離家三年，家園又是「雍雍穆穆，依舊保持著世家的風度」，「只消一列征車，指日可達」沒有任何事情羈絆使他無法回家，親人又隨時歡迎他回去，他可以「天涯作客」卻完全沒有必要有「飄泊之感」。他之懷鄉而又不肯回家，他自己說個正著：「我之不願回家，是為了怕將懷鄉的美夢撕破？是為了不願使實現的感受將飄渺的情懷破壞？」所以「假若我真的將車票購好握在手裡的時候，我定是又在另一的心情。」再看〈春蠶〉中說：「捨去了自己蔥郁的青春，以追求那飄渺的夢想，但是待到夢想快達到無味的實現時，我們的英雄卻早又木然無覺了。」一針見血地點出自己悲劇性格的重要盲點。這種極為糾纏而又矛盾的心理情結是葉靈鳳感性散文具有魅力的地方。

最具美感的悲劇自然是愛情悲劇，所以當愛情與鄉愁相較時，鄉愁已經無足輕重。冒險最容易發生悲劇，所以主角會出現唐突動作，比方挑逗本來毫無心機的芳鄰，讓她燃燒出熊熊的愛情火花，一發不可收拾。接著我們可以看見男主角沒有應有的膽量與擔當，只能鳴鼓收兵急流勇退，但已經重重「殺死」對方，作者則得到極大的「悲劇感」而哀哀不已。

書中書寫的感情生活不外愛情，其愛情模式又千篇一律，顯然作者自虐般地深深「享受」著這樣一杯又一杯愛情的「苦酒」。他之不回家以「享受」鄉愁，跟他之追求失戀以「享受」愛情苦酒，來自同樣嚮往悲劇的情結。

自憐、自戀、自負、自私是作者人格的主要特色。主角說：「我除了對自己以外，沒有迷戀或崇拜過第二個偶像。」（〈芳鄰〉）他對自己肢體沾沾自喜，他時常照鏡子顧影自憐，例如「我的眼睛裡雖然並不能尋出 Charming 的意味，然而這裡面卻曾溺殺過婉妙的少婦，醉倒過芳麗的姑娘。我再看看嘴唇，我的嘴唇雖然比不上春林紅豔的櫻實，能引起人的讚頌，然而我分明記得，從這裡面輕輕地發出了一個「不」字，也曾使如花的少女登時在我腳前將芳心揉碎！」（〈心靈的安慰〉）又如「這隻手，在以前，曾被譽為超過了美好的形式的，曾引起了不少人的野心的」（〈生離〉）。如此自戀自愛，所以主角時常自悲自憐，他總是為逝去的青春落淚，甚至為自己的過份美好而落淚。

在主角自認為的生死戀中，讀者也只看到他深深愛戀著的是自己，因為他所有注意力集中在自己的「痛苦」。且一旦闖了嚴重的禍害之後，時常自我開脫：「罪過！這殺人的罪過！按理我應該將我自己趕快毀壞才是，但是在實際，想起了這些，我只有益發愛惜自己。」「愛情是進了墳墓，在這世間，我只有想到或看見自己時，才可得到一些安慰，這叫我怎樣忍心將我自己毀壞呢？」「我自己就是我自己的偶像。」（〈心靈的安慰〉）

懦弱是主角個性的重要特質，主角自己說：「我沒有自振的勇氣，我也沒有能力拯救他人。」（〈春蠶〉）「太沒有剛毅的果決心，這怕是我唯一的弱點。」（〈歸來〉）「我確是太弱了。僅僅為了一點不足輕重的原因，我終於幾次將浮到喉口的話重行咽下，於是問題終是問題，光陰駛一般的過去，一切都依舊靜靜地沒有展進。雖然我知道有一個心是在怎樣地期待與渴望。」「如今，更因了無可逃避的勢力，唯一的一點慰藉也暫時失掉繼續的效能了。我想起早幾日一束舊痕，今日的一封來函，我再想想自己，我真嘆息這又是我自己用自己鑄成的劍親手將這一線的柔絲斷送了！若不是我的無能，何致這樣地被壓束？」（〈生離〉）

主角自認為完美無缺，「唯一」的弱點只是懦弱，殊不知懦弱足以摧毀自己的人生及糟蹋別人的生命，尤其主角懦弱而又愛沾惹，一旦闖下大禍，每每自認該以死酬之，立刻又會找出許多光明正大的理由讓自己必須活下去，結果是置別人於死地，自己卻總是「刦」後更生。如此不斷地在玫瑰園中重蹈覆轍，無能收拾殘局、又不知反省修正，只會怨天尤人，分明是難以成熟的人格。

本書有關愛情的文章佔一半篇幅，已經足夠讓讀者掌握主角的個性特點及情感特質。

感性散文最大的特色其實就是作者性情的光彩，勇於多方面表現自己的作家，讀者幾乎可以看見作者的全人格。冰心（一九〇〇～一九九九）只側重書寫親情、自然之情、友情，文章中表現的內涵就不免狹窄而重複。葉靈鳳只寫愛情，那麼讀者只能看見他愛情周圍的個性。只有全面書寫的作家，才能表現他的人格、性情、感情、才氣、趣味乃至脾氣、生活習慣等。

郁達夫是五四時期最能突破自我隱私禁忌、解放個性、把全人格表現在作品中的作家，他在創作時毫無顧忌地、極其詳盡地自我表白，真是「心肝吐盡無餘事，無事不可對人言」，他的坦率真誠、毫無道學氣真是前無古人的。讀者閱讀他的散文，可以看到他脆弱的性格，感情容易激動也容易消沈；他頹廢苦悶、孤獨傷感的情懷，正是在時代的夾縫裡不僅懷才不遇，且窮愁潦倒、走投無路，這些都造成他自負又自卑、自愛又自憐的心態。他不懈怠地抗爭、努力地奮鬥，屢次遭到沈淪毀滅的打擊，這樣悲苦的境遇使他憤世嫉俗是完全可以理解的。最可貴的是，作者清楚自己的處境、了解自己的心理、認識自己的個性，他是一位具有反省力的作家，所以他的「自剖」就格外真切深刻。要解讀郁達夫孤獨、飄零、迷惘、悲憤等糾纏的情結，閱讀他的作品是最直接的方法。

四、直接表達作者的思想

文學家是生存於社會的人物，不僅有一己的個性情懷，也有思想見解，其價值觀與人生觀會用各種方式流露在作品中，知性散文視作品風格而有直接間接的表達方式，感性散文的主題則大部分都是直接而明朗的表達出來。同樣以銅像來表述相同觀念的非馬（一九三六～）的〈銅像〉跟林燿德（一九六二～一九九六）的〈銅夢〉是一個有趣的對比⑫：

——柏楊曰：「任何一個銅像最後都是被打碎的。」

小小的銅像是醜陋的

打碎！打碎！

　我們的英雄說得斬釘截鐵

大大的銅像是美好的

萬歲！萬歲！

　我們的英雄喊得興高采烈

根據來自臺北的消息，以《醜陋的中國人》一書聞名的柏楊（一九二〇～二〇〇八），最近結束了大陸探親之旅返臺。報導中並說：「……柏楊的家鄉在河南輝縣。他在北京即聽說家鄉給他立了一個銅像。柏楊一聽，覺得這不像話，應該打碎。『任何一個銅像最後都是被打碎的』。但他還是忍不住想去看看。就在河南省新鄉市到輝縣的公路上，柏楊看到之後，大吃一驚！銅像有他本人的兩倍大，……柏楊以為一點點大，敲了就算了。但，這樣一尊龐然大物，使他非常感動。『這時候若我堅持打碎，就太矯情了。當時心中十分感激。』」

上面這篇報導，如果不是因為它涉及了一位我素所敬仰的朋友，我也許會把它當成一篇有趣的極短篇來讀。試想，一向反對別人裝神弄鬼的英雄，如今自己卻被拿去當偶像；一聽到鄉人在替他造銅像，我們的英雄的頭一個反應是要把它打碎，因為他清醒地知道「任何一個銅像最後都是被打碎的」。等真的看到銅像，並非「一點點大」，而是有他本人兩倍大的龐然大物，我們的英雄卻也像歷史上的許多「大人物」一樣，忍不住膨脹發燒大感（動）特感（激）起來，再也捨不得「敲了就算了」！這是多麼新鮮而又熟悉的歷史反諷！

但我無論如何不肯相信這是一篇真實的報導；它多半是記者先生一時的靈感之作。理由很簡單：如果立銅像是好事，柏楊不會矯情的因為「一點點大」便要去把它「敲了就算了」；如果立銅像是壞事，柏楊見到了那龐然大物一定覺得更不像話，更會堅持去把它打碎。這是三歲小孩都懂得的道理，同醬缸文化苦鬥了那麼多年的柏楊焉有不懂之理！

而居然有人這樣子以小人之心度君子之腹！而居然有人想用這種栽贓方式醬化我們的英雄！我幾乎聽到柏楊在那裡力竭聲嘶地大叫：「醜陋的中國人！」

非馬此文利用許多「興味點」強烈表達作者的思想，首先是文中充滿著明顯的是非之判、強烈的好惡之情，「我」正轉述一件令他非常激動的事情：柏楊的家鄉為他鑄造一尊銅像（足以令人激動），柏楊聽了說：「任何一個銅像最後都是被打碎的。」所以應該打碎它！（令人激動）但是當柏楊親自去見到這個有他本人兩倍大的銅像時，卻感動的說（又是激情）不能矯情地去打碎它（反高潮的激動）。「我」很激動的推理：那絕對不是柏楊真正的行為，一定是記者先生胡編出來的。這種胡亂編派的小人該罰（激動），柏楊如果聽到這個消息，一定會用他曾經寫過的書名「醜陋的中國人」批評這些造謠的小人（激動）！

這篇文章另一個興味點是它本身一直在辯證中產生新意，它用正、反，而後合的技巧把作者強勁的意旨逼出來。文章的正面一直推崇柏楊一貫的風格、人格，反面則批評記者的造謠行為，但這只是一個假設。如果假定被推翻，則文章潛藏著更為強烈的批判，實際上作者的批判雖然沒有正式宣示，但是在首段的「引言」中已經呼之欲出。本文雖然用了這些技巧，但作者的熱情、作者的價值觀念表現得既明顯又直接。再看林燿德〈銅夢〉第九、十節：

9. 銅夢

一塊廢棄的銅片說：「我夢見我變成了一個人，這個人想利用銅來延續他的存在。」

10. 流變

一塊廢棄的銅片，在漂流人間數千年之後，又被投擲到高溫的鎔爐裡重新提煉，洗浴身上所有的雜質。他重新融入精純的銅漿之中，和所有的同伴化為新的整體。

他曾經在銅山中和其他元素結褵為幻美的結晶，曾經被鎔鑄為夐古時代的巨鼎，曾經是皇帝花苑中佇立臺閣上的銅烏，曾經被壓縮為打印上年號與幣值的制錢，曾經被僧人牢牢釘死在山門上成為銜住門環的獅頭環扣，他又化身為擾人的滴漏、夜夜震動易碎的詩人心房。那些記憶滲透在他的夢中，而沸騰的鍋爐正將一切的意識都煮成氤氳的蒸氣。

當他清醒過來，已經成為一具魁梧塑像的顏面，迎著晨曦，他感受到清涼的南風。眼前是一座城市，一層層的樓房亂中有序地鋪展成巨大的扇形視野。到了正午，他被驕縱的陽光曬得燙熱，煥發出強烈耀目的金屬色澤，車輛們都得繞著他臺座周圍的圓環緩緩通行。

塑像傲視的立姿成為市景的一部分，他不再是一群銅分子的凝聚體了。即使過去的歷史已經模糊得無法辨識，他卻毫不在意。

他開始相信自己是塑像人物的化身，他甚至頓悟到什麼是寂寞。對銅本身而言，寂寞是一種根本不存在的情緒，他也曾經蟄伏在看不見光的礦脈深處，地球自轉了幾十億年也不曾讓他如今一般觸發寂寞的念頭。接著，他慢慢相信自己擁有心靈，意識到自己正在無聲地意識著這個世界。從行人的眼光中，他看出了塑像人物和人民之間那種既熟悉又疏離的感情，他從人類眼光的變化體悟出崇高和敬畏之間的不同。崇高是一種無法用言詞超越，更談不上有任何可能被具體描述的心靈震撼；而敬畏，僅僅是一種避凶趨吉的禮儀。

他也開始意識到這個銅像似乎也寄藏了人類的夢，而且是許許多多哭嚎失聲的夢。他遁入塑像尊者的生命史裡，體會這種身著戎裝，僵直地站在市區中央的困惑。

塑像人物生前最驕傲的手勢完全呈顯在臺座上方，塑像的臉龐上也鏤刻出一連串戰爭遺留下的鑿痕。塑像人物本身的殘夢也入侵了清醒的銅材。

顏面上的銅，他開始目睹那個人過去的榮光，每當他舉起右拳向忠誠的子民們宣告祖國人民的使命時，無數人群如痴如狂地被那種神妙的手勢導引……

顏面上的銅，早已失去了光澤。他最後學到的感情是自憐。靈巧的鴿子在塑像的肩授和軍帽上漫無節制地排泄。隨著塑像的陳舊，路人不再有崇高的震撼，不再有敬畏的眼神，他們以鄙夷取代了禮讚；最後路人連鄙夷的心情都沒有，他們回報塑像的是無情的冷漠。

在這座城市有史以來首度被侵略著攻陷的時刻，銅像的眼睛流出了金屬結晶構成的淚痕；他仍然屹立著，直到這座城光復之後，才被自己的同胞推倒，送進陳舊老邁的煉銅場。從每一個城市送來的、一式一樣的銅像如同巨大的棄屍，無禮地橫陳肢體，彼此壓擠，等待著分解，以及毀滅。

顏面上的銅塊再度被解放了，但是馬上又被模鑄成形，這次他被分割成幾百發尖銳閃亮的子彈。

當他們以高速呼嘯著破空穿入人體，一切多餘的夢境都在血光中歸於寂滅。

以上的主題跟非馬的文章其實相同，但是表現手法完全不一樣。第九節很含蓄的點出人類鑄造銅像的動機是不甘於生命的有限，第十節敘述當人借助銅像而繼續「存在」時，其實是寂寞終至於自憐的。文章也暗示成為銅像尊者的生前是「一將功成萬骨枯」，但人民曾經對銅像生前是崇拜或者敬畏最後都因為時間的隔閡或者真相的揭發而成為冷漠或者鄙夷：「靈巧的鴿子在塑像的肩授和軍帽上漫無節制地排泄。」

是一個鮮明嘲諷的意象。銅像最後的生命結局正如非馬文章中說的「任何一個銅像最後都是被打碎的」，而且更諷刺的是銅像乃「被自己的同胞推倒」，被送進煉鋼爐鑄造成子彈，再度上戰場成為戰爭中殺人的武器，暗示繼承了銅像生前的作為。〈銅夢〉本身的敘述文字極為冷靜，透過無生命無感覺的「銅」來表述，把感性的因子抽除殆盡，在異常冷靜的背後更加反襯出作者強勁的批判主題，表現方式極為含蓄婉轉，是典型知性散文的特色。

繆崇群（一九〇七～一九四五）散文的魅力來自他陰柔的性格及淑世又避世的精神，在蹇滯的命運中錯綜糾結造成的悲觀思想，終究投射出渾金璞玉般的作品。讀者不難在他的散文裡看到他的人生意態。像〈彼岸〉⓭即是代表作之一，它可以說是作者的生死觀。死，不過是跨越了生，到達「彼岸」，可是在他尚未跨越過去時，就已經被這個生之世界所遺棄，因為醫院不收這種絕症的病人，他只好住在一個房間裡擱著棺材的人家（這裡象徵的意義大於事實），他每天「跨進跨出的」，證明生命已經在生死之間徘徊，他的女人也因為怕被傳染而走了，這個排斥他的生之世界已經不值得留戀，於是他只好嚮往「彼岸」，他終於到達「彼岸」得到永恆的安息、永恆的歸宿。

這篇文章的題目「彼岸」具有多層指涉，「我」只是第一人稱配角，聽說「彼岸」有個絕症病人，一條江水好像把此岸生的世界跟彼岸垂死的世界隔開，跟死神掙扎的病人還是面臨生的此岸與死的「彼岸」，最後還是走向死的彼岸。

做為旁觀者的「我」面對這樁生死兩岸的處境，「我仍是嚮往起彼岸，彼岸和我僅僅隔著一道水……」，再跟文章最後一句配合閱讀「在彼岸，他終於得到一個永恆的安息，永恆的歸宿了。」可以說非常明確的表達「我」的生死觀。

繆崇群〈江戶帖〉中的「橋」節，有兩座橋，一座靠近其寓所，橋底下是旱地；一座在較遠的墓地附近，橋下卻是一條小溪。在活人附近的橋底只有乾燥的旱地，而死人旁邊的橋下卻有活生生的溪水。它暗示生的枯澀，乃至嚮往死的「重生」。這篇短文最重要的是他喜歡墓地邊的木橋，它「常常作了我午睡的床」，這座象徵從生到死的橋卻是他經常躺臥的地方，跟〈彼岸〉中躺臥棺材意象幾乎一致。這樣的文章成為他為自己的「未來」所做的讖語。繆崇群才二十出頭就染有絕症，長期徘徊在生死之間，因此思考生死問題成為他散文的重要主題之一。

如果我們仔細閱讀繆崇群所有的散文，並稍微參酌他的生平資料，就知道他的悲觀思想其來有自，當我們讀他的散文越透徹、了解他越多，就不免撫卷而嘆：「斯人也而有斯疾！」閱讀散文，每當我們進入作家的人生內境，如果是一幅悲愁天地，時常是「如得其情則哀矜而勿喜。」對人生會有更透徹、更寬大的理解胸懷。

感性散文表達作家的思想及人生觀不像哲學家條分理析，它有時只是一種抽象感覺的描繪，或者像非馬〈銅像〉一樣，借著敘述一樁事情娓娓道出看法，它的深意時常直接附著於敘述的事情上面。感性散文非常個人化，甚至允許尖銳偏頗的見解。

感性散文有以上特色，在在表現作者個人的特質，所以閱讀感性散文，好像結交一位親近的朋友，讀者日漸熟悉「作者」的生活經歷、個性人格、情緒感懷、思維方式甚至連作者本身亦不自知的潛意識，都經常不自覺地流露出來，活生生是一個人物，讀者喜歡怎樣風格的人就會喜歡閱讀怎樣風格的散文作品，也就會喜歡這位作家，感性散文最容易讓讀者與作者之間融融泄泄，其理在此。

第二節　感性散文的侷限

由於感性散文投射出來的主題非常清晰易懂，讀者容易接受、共鳴，因此感性散文成為工商社會文學閱讀市場的主體是時勢所趨。不過，感性散文的發展有其侷限，舉例如下：

一、題材受到限制

感性散文的題材內容不外以作家的生活體驗及生命歷程為主，然而個人的閱歷極為有限，故其題材勢必有窮盡之時。二、三〇年代的大陸作家經歷抗戰、國共戰爭、文化大革命諸種顛沛流離，人生經驗可謂豐富，但是在諸種苦難中無法讀書寫作，影響創作甚巨，許多經過十年文革而倖存的作家已經沒有多少精力寫作，可見「豐富」的人生經驗並不足恃。有些老一輩作家雖然沒有受到太多戰火的侵襲，曾經走過大江南北行萬里路，也經驗過大家族的興衰，琦君的人生閱歷可謂豐富。可是，綜觀琦君四十多年散文創作的內容，重複率相當高。以人物而言，她筆下的人物時常重複出現，她最貼身的人如母親、父親、兒子、丈夫等不用說是經常出現，其他人物如外祖父、老長工阿榮伯、老師等等也都屢次被書寫。其實不僅是人物的重複，而且是題材（例如敘述的事件）重複，甚至技巧及感情思想都會重複，足見個人經歷有時而盡。

琦君有很多描寫母親的文章，固然每篇都有重點分別表現母親的不同特質，像在〈毛衣〉中，描寫母親的節儉，〈母親新婚時〉描寫母親的愛情，〈母親那個時代〉描寫母親的勤勞，〈母親的偏方〉描寫母親的幹練，〈不再是蘭花手〉描寫母親的辛苦，〈楊梅〉、〈一朵小梅花〉、〈髻〉描寫母親失戀的幽怨……等等都是以母親為主角，至於以其他人物為主角的文章也時常寫到母親，如〈阿榮伯伯〉寫母親之善待長工，〈三劃阿王〉寫母親之慈悲為懷……等等，讀者固然可以從不同角度去認識這位「母親」，最後幾乎可以歸納出母親的各種特質，因而理解這位母親是具備中國傳統三從四德的女性，她有許多令人尊敬的美德，讓讀者油然生敬，她也有保守固執的個性，使她把愛情拱手讓給姨太太而幽怨半生。作者如果善加利用散文這種纖巧的文類，從不同角度、利用不同篇章把人物的全人格表現出來，則是相當宏偉的製作。反過來說，如果作者把這些材料重複書寫，或者一再訴說相同的感想，或者運用相同的技巧，那麼就會有負面效果。以琦君〈雙親〉[14]為例：

> 臥室五斗櫥上，並排兒擺著母親和父親的兩張照片，父親穿一件白夏布長衫，右手腕套著念佛珠，微笑中帶著一絲嚴肅。母親穿的是灰綢旗袍，雙手捏著一把小小摺扇，身旁小几上擺著一盆蘭花，是她全心為供佛培養的素心蘭。因為母親的名字叫夢蘭，是新婚時父親為她取的。
>
> 事實上，父親穿這樣瀟灑長衫的時日，是他住在離母親遙遠又遙遠的北京，享受著退休後的悠閒歲月，身邊陪伴的是如花的姨娘，母親呢？帶著我住在故鄉，朝朝夕夕望眼欲穿她盼著父親的信。
>
> 母親忙家務，忙廚房工作，照顧長工們的飲食，終年穿的是粗布衫褲，她穿上這件唯一的旗袍，

是為遙祝父親六月初六的生辰，拍了照打算寄去北京，想了又想都沒有寄，只把她和父親的照片一起收在床邊小几抽屜裡。每晚臨睡時，捧出來就著微弱的菜油燈光，瞇起近視眼左看右看，嘴裡低聲喃喃著：「怎麼都不太像了呢？」……

現在，我把雙親的照片並排兒擺在一起，每日早、晚向二老恭恭敬敬的膜拜。想想他們一生也沒有這樣笑瞇瞇地站在一起過，我卻虔誠默祝他們在天之靈，永遠相依相守，幸福無邊。

本文雖然很短，但是不論題材、觀念、情感、父母的形象等都是經常在琦君筆下描寫父親母親時一再出現過。例如雙親的照片、母親的近視眼、父母都是虔誠的佛教徒、新婚時的父親是愛母親的，後來移情於年輕貌美的姨娘、使母親深閨寂寞，母親有許多不為人知的小動作，表現她仍然深深愛戀著父親，母親只有日夜操持家務、照顧兒女生活。凡此都是讀者早已熟識的內容。這位母親對丈夫無法表達的眷眷之愛，作者曾多次使用同樣方式書寫。甚至對雙親的感懷之情，也多次以相同方式表陳，可以說作者描寫雙親時不曾調整到另一個角度去思考。

即使在有限的生活範圍內，感性散文作家也時常不能善加擷取身邊現有的生活題材，像葉靈鳳書寫有關愛情的散文多矣，他的題材一概取自自我的感受，在戀愛的過程裡，必然跟異性有密切交往，他對女子的認識一定很多，可是他的散文並不撰寫女性，他不關切女性的生活、女性的處境、女性的心靈……因而他筆下的女子只是抽象的影子。

由於時代的隔閡，九〇年代的讀者閱讀三〇年代葉靈鳳筆下的愛情散文，很難理解一名女子跟主角並沒有交往深識的機會，只因接到對方一封情書、見面幾個小時，就會深深陷入而不能自拔。如果我們稍稍關心三〇年代的中國社會就不難理解。在中國舊社會中，個人是渺小的：沒有地位、沒有價值、沒有尊嚴，個人的個性當然無法得到發展及表現。女性在中國傳統社會中地位又遠在男性之下。五四文化運動之後，全國知識份子都開始覺醒，爭取做個獨立自主的社會人。郁達夫說：「五四運動最大的成功是，第一要算『個人』的發現。從前的人，是為君而存在，為道而存在，為父母而存在，現在的人才曉得為自己而存在了。」⓯中國女性從一個完全封閉世界裡突然發現開放的窗口，她們以無比的熱情追求自己的理想，尤其在愛情上，多少鎖不住的感情洶湧而出。試看當代女作家自己的書寫，除了冰心寫作題材以母愛、兒童愛、自然之愛為主外，其他所有女作家幾乎沒有例外地都涉及愛情題材。在五四運動之後一片開放聲中，爭取愛情自由是女性的第一個關口，多少女性向傳統社會、家庭勢力、個人命運挑戰，多少人身經百戰而後殉身其中，像廬隱（一八九九～一九三四）、石評梅（一九〇二～一九二八）、白薇（一八九四～一九八七）、蕭紅（一九一一～一九四二）等等女作家記錄了自身美麗痴情而又糾纏痛苦的愛情經歷。而一位經常跋涉在玫瑰花叢的男性職業作家竟然不能站在男性的角度來觀察、理解這個特殊時代女性的情境，並寫出以女性為題材的散文，實在可惜。感性散文作家時常見樹不見林，其弊在此。

二、濫情多生流弊

感性散文以抒發作者的情緒感懷為主，且經常以此標榜，讀者的期望眼界也不知不覺影響作者的書寫行為。長久以來，感性散文的流風多是情溢乎辭，且引以為高。在這樣的書寫習氣之下，作者輸出的情感很容易失去控制而落入濫情的窠臼。

所謂濫情，就是文章外表「負載」的情感過多，超過作品內在實有的情感。讀者可以用很多方法檢驗。再以葉靈鳳散文為例說明。

例如作者說的與實際不符，表裡不一甚至自相矛盾。葉氏一方面時常自詡絕不輕易動情：「見了少女的情書，能微笑著摺起放在一邊，毫無所動。」（〈惜別〉）另方面他又說「曾經滄海，踏爛過千百朵玫瑰」。但在《雜記》中讀者發現他其實很容易動情，對一位沒有講過話、沒有交往過、毫無理解的女性，只聽到她訓斥弟弟的聲音，主角就神魂顛倒不能自持，這太像鴛鴦蝴蝶派泡水即溶式的愛情格式。

作為愛情散文來說，葉氏的散文都在自言自語的方式內進行，主角言談的重心全部放在自己心靈的感受上，從來不曾涉及他所思念的女子的情境，換言之，他實際上只關心自己的處境，沒有設身處地思考過對方的處境。他完全忽略對方的感覺，所以讀者看不出他有理解對方、關心對方、同情對方的能力與誠意，顯然愛對方的「能源」不足，但是文章卻一再聲稱他是深深地愛戀著對方，這不是言行不符嗎？

又如，作者說的比做的多。本書主角因斷送心愛的女子一生幸福，再三懺情，自認唯有一死才能酬知己。文中再三說到自己「該死」，最後又找出許多理由「不敢冒昧地死去」如此反反覆覆讓讀者覺得主角缺乏懺情的誠意。主角不但說的多做的少，時常既不付諸實行，又喜歡預開支票。例如「啊，我敬愛的朋友！你的同伴對於你的忠誠與愛護是永世也不會滅的，你靜候著光明的未來吧！」（〈秋懷〉）而實際上結果卻是「似乎有一種不可抵抗的威力阻止住了我似的，我終於戰慄著將鏡架重行放下，不敢揭開。」

（〈金鏡〉）他總是說：「只要有一點時機能使我可以略贖我的罪過，我是願意犧牲我的一切。」（〈歸來〉）事實是，讀者經常看到他「僅僅為了一點不足輕重的原因」就退縮，「於是問題終是問題」（〈生離〉）。

又如，作品雖然有感情，但是過份誇張。尤其愁苦之情容易感動讀者，許多作者無病也要呻吟，文章就出現不必要的傷懷或者誇張的痛苦。本書主角時常見秋而悲怛，見月而傷懷，面對案上的鏡架就「絕望的悲哀像泰山樣的壓住了這薄薄的一層，使弱小的靈魂連輾轉的勇氣也沒有」（〈金鏡〉）。他經常有一些形容痛苦的文字讓讀者覺得言重了。他總是哀嘆承受無限的痛苦，例如「回想起這過去的半年，為著我唯一的朋友的原故，我不敢講我什麼都嘗到。我是，凡我所能忍受的，我是什麼都忍受了。我無怨無悔地棄掉了我幾年來的素志，無顧惜地放過了少年可貴的光陰……」（〈生離〉），恰好相反，讀者看到的是因為他的輕率，他的朋友才承受無盡的痛苦。

濫情的文章時常使用厚重的修辭掩蓋空洞的內容。文字繁縟或者簡潔原來只是風格上的差異，本無關乎好壞的問題。只不過一般人以為描寫感情要深要濃要厚，下筆時自然常用重彩濃墨加強份量。例如：

> 一提起了秋字，像一位出世忘人突然又發現了他忍痛勉強拋開的戀人的名字一般，霎時間心中便會有一種溶溶欲斷的柔感。四周的情調立時都變了，水銀一般的只是在心中到處都擾動。（〈秋懷〉）

這是一段優美的文字，像作者其他感性散文一般，文中多半沒有故事、沒有情節，也幾乎沒有人物、沒有細節、沒有對話，作者只是表現一段幽思、一種情緒。這種文章一定要挑空而寫，並不容易。上述引文可以說是相當成功的例子。它首先用「秋天」這個兼具蕭瑟與嫵媚的意象作為優美的底色，接著用一個「像」字，暗暗替代「是」字，又暗暗藏著「我」字，其實這一句就很自負地把自己雙關成「秋」，下面所有的書寫與其是說一位出世的「忘人」毋寧說就是指主角自己，這是極為靈活的技巧。其次，要形容主角，用「忘人」二字已經非常靈巧的表現了「太上忘情」的層次，再加上「出世」二字，更加重主角超然物外的色彩。這就是濃墨的妙處。接著要寫連忘人都無法忘懷的人物，當然必須再用重筆。所以，「戀人的名字」是被「忍痛、勉強、拋開」的，更遑論戀人本身了。這又是一層一層加重的濃筆。下面，把秋景與人物心境縮合起來，描寫觸景生情，於是有「溶溶欲斷的柔感」可謂神來之筆，它之出色還跟下面文字結合之後。前面是由外在景物觸動內在心境，接下來是內在心境「改變」外在景物——感性散文就是可以如此主觀的調整景物——「四周的情調立時都變了」，最後「水銀一般的只是在心中到處擾動」則是外在景物、內在心情雙寫，實際上整個景只是陪襯而已。這樣濃厚的彩筆書寫，可以說是很成功的抓住一剎那的心境。

這是很精彩的工筆描寫，但是整個段落甚至整篇文章僅專注描寫一個極簡單的心情，作者特別用繁文縟彩加以鋪張而已。如果作者接二連三一再重複書寫這樣的作品，就會顯出內容的空洞。退一步說，如果少去以上這些精雕細琢的文字功夫，只順手引用通俗的形容詞，就更容易判斷它濫情的成份。例如：

啊，朋友！人世是這樣的無常，人生是這樣的虛幻，紅顏易老，好景不常……（〈惜別〉）

回首前塵，劫痕猶斑斑在目。偶一念及，餘痛宛然，終無勇氣敢再去仔細翻尋……（〈今後的生涯〉）

感性散文如果不斷地重複，無論是重複同一個主題、同樣的事件，或者訴說同一種感覺，都是濫情現象。作者想要加強表達情感，就不知不覺再三重複，前面討論的葉氏作品，多有這種現象。

三、情緒替代情感

感性散文時常混淆情緒與情感，且將情緒替代了情感。情緒是人類受到外在事物，或者內在思維觸動引起心中無法控制的感覺的波動，情緒時常衝勁很大，來得快、衝得高，給人極大的撞擊，但情緒一旦得到舒解，就立刻波平浪靜，它屬於人類心靈層次中最表面的部分，容易產生，也容易褪色，它太簡單太膚淺，所以不是值得擷取的寫作素材。許多人把情緒視同情感。其實，情感是經過時間慢慢醞釀產生的，情緒只是偶然觸發而生，雖然情緒也可以維持很長一段時間。情緒如果沒有得到舒解，可能埋藏在心中一生都化解不開，人物一直耿耿於懷終於形成一個心結。成為「心結」後就和情緒不同，又可以作為寫作素材。

梁實秋（一九〇三～一九八七）在七十二歲時和小他三十歲的影歌星韓菁清譜出「黃昏之戀」並結婚。婚前，梁實秋寫給韓菁清的情書在梁實秋去世之後出版名為《梁實秋・韓菁清情書集》全書厚達六百三十頁，收納一百五十封信，有二十五萬字。雖然名為梁、韓情書集，但書中僅收錄韓氏極少信件，主要仍是梁實秋的情書。

情書，在中國現代散文中名著名家眾多，具有相當位置。情書是直接抒發作者的愛戀之情，當然用感性文字比較容易打動對方心靈。情書一定要有情感才叫情書，不過，許多原始性情書會夾入許多情緒。像朱湘（一九〇四～一九三三）的《海外寄霓君》寫作情況相當特殊，⑯朱湘的情感沒有寄託，全部寄在妻子身上，朱湘的情緒沒有地方發洩，要發洩在給妻子的信中。在愛情世界裡，情緒情感時常糾結在一起，其實，情緒浮現時，就表示情感不足，向對方討取情感不得而有情緒產生，情感得到滿足後情緒自然消失。在情書的書寫裡，情感是情書的充分必要條件，情書可以沒有情緒，但是不能沒有情感。令人驚訝的是，梁實秋的情書充斥著的幾乎全部都是情緒。

沒有人能否定，梁實秋書寫情書時確實深深愛戀著韓氏。但仔細看，那是一種高度亢奮的情緒，這情緒一直到結婚前仍然沒有穩定下來。它是偶發的激情而不是流動於生命內在醞釀出來的情感，激情在梁氏婚後自然會冷卻消失。

梁氏的情書從開始到結尾都維持著同樣的心理狀態：極度苦惱、心神不安、情緒惡劣，他的焦慮不安來自對愛的枵渴，又極度缺乏安全感，而輿論不斷給他壓力，增加他的不安。這種心靈處境在情書結束時，並沒有任何調整。例如作者時常說：「我的心不安寧，睡覺也不踏實。總是做稀奇古怪的夢。」「我在這裡（美國）精神上極度苦惱，換一個意志力薄弱或忍耐力不強的人，他會發狂！」在寫作情書的這兩個月內，梁實秋時常受到外在干擾，使他倍受煎熬。例如友人反對他跟韓氏結婚使他「整夜通宵失眠，心緒之惡劣前所未有。」有人寄給他一堆有關韓氏過去的種種剪報，女兒面色凝重地問他看不看，他堅持要看：「我看過之後，心血沸騰，痛苦萬狀，起立之後幾乎暈倒。」他看到有人在報紙上批評他的愛情：「我越想越氣，那刊物上的靜佳夫人不知道是什麼樣的貨色，竟會這樣出口傷人」。

情書中說：「文薔最近很苦惱，好幾方面對她施加壓力，要她出來破壞我們的好事。」作者要離開美國回臺灣結婚時，女兒梁文薔（一九三四～）「勸我許多話，聽來非常不舒服」，女兒說：「你現在感情崩潰，你此去我很不放心。」

在這種精神狀態下無法正常寫作，激情力道雖然強勁，足以使人赴湯蹈火，但是激情使人眼盲耳聾心智不清。激情維持的時間非常有限，如果支撐的時間過長，人類的精神很容易崩潰。激情其實是人類生命中極短而淺的情愫，作家不宜處理這種東西，尤其正逢激情高昂的時刻，所謂長歌當哭也是要在痛定之後才能書寫。

為什麼梁實秋的激情沒有穩定下來，終至演變為正常的、穩定的愛情？從情書內容看，讀者不難發現梁、韓情書與中國現代情書性質大不相同，跟原始日記比較相類。

首先是，男女主角沒有落實交往，很難產生情感。

《情書》寫作的時間僅是梁、韓初識階段，在他們第一次見面後第四十四天兩人就分開七十七天，梁氏赴美國料理前妻去世賠償事情，情書寫作幾乎全部在這段時間內，在此之前兩人互相完全陌生，兩人之間沒有實際相處的經歷、沒有共同的事件發生，甚至也沒有什麼共同認識的朋友，可以說他們在生活上沒有交集，因此還沒有機會認識對方的人，就墜入了自己心中幻想的愛河而不能自拔。

其次是，梁、韓之間在魚雁往來的時空裡，精神上也沒有交集，更沒有機會培養感情。兩人的生活環境、文化背景、價值觀念幾乎完全不同。在中國結髮夫妻中，例如朱湘夫妻，這些差異本來不是最重要的因素⓱，但是梁、韓二人中老年才相遇，兩人相識之前既沒有共同生活基礎，分開之後又各自生活在不同的空間，精神無法交談，寫起信來聊天真是談何容易。

戀愛好比打球，一方出招，另一方不僅只是拆招接招，還要反手一招回應過去。接招接得越是漂亮、回手回得越是俐落，出招人才能迭出新招，你來我往就產生多彩多姿的變化球。打球需要智慧，戀愛何嘗不是？

愛情沒有年齡限制，梁實秋的個人魅力不會因為年齡漸長而喪失，尤其是來自學識、人格、智慧的魅力，反而越老越光華。梁實秋情書也透露出他個人可愛可喜之處。有一次他福至心靈在情書中開闢一個「清秋副刊」，從第一篇到第八篇都是獨立的絕妙好文，寫信人是如此興沖沖，而回信者卻隻字不提，「副刊」終於無疾而終。梁氏縱有可愛之處，對方如果無法欣賞，其可愛只能靈光乍現，絲毫沒有繼續發揚光大的機會。

卷帙浩繁的梁、韓情書，在感情思維上缺少交流，梁實秋始終停留在一見鍾情的激情狀態，不斷重訴相同的內容，而韓氏則平穩安詳一逕如老僧入定般報告一些簡單的身邊瑣事，情書經常成為沒有焦點的各說各話，成為中國情書史上絕無僅有的個例。

梁實秋去世之後，他的女兒梁文薔出版《長相思——槐園北海憶雙親》撰寫懷念父親的散文，充份表現梁氏悲涼的晚境，該書並公佈部分梁氏再婚之後十年間與女兒的來往信件。在這些給女兒的家書裡，讀者可以發現梁氏仍然有許多情緒發洩給那極為孝順的女兒。換言之，梁氏婚後生活仍然處於另一種焦慮不安中，引起他對前妻的極度思念，表現了生命情感的高度欠缺。

四、書寫流於模式

作家創作時間既久，容易墜入寫作模式，佘樹森在〈小說家散文〉中認為中國散文容易墜入思維模式：

寫散文習慣既久，便容易墮入散文思維模式。我國散文傳統深厚，其思維模式亦相對穩定：一是受制於詩歌藝術，在審美上有先天的詩化傾向：主觀的、綜合的感受方式，小中見大的構思框架以及融情於景的表現方法等等。故爾那些文學的（或曰藝術的）散文，如抒情、敘事、寫景小品，便以精悍雋永、玲瓏含蓄為美。二是受制於傳統的詩文功能觀。在古代，處於正統地位的「文」，不像詩那樣作為文學藝術一門類，承擔著實用功利與娛樂審美兩大功能。文人作文，除經世載道之文外，便是自我消遣的遊記、書札、序跋類。因此，在詩裡，我們不僅能讀到風景與愛情，還能讀到民間疾苦、邊塞征戰；而在「文」中，便不易讀到。三是受制於中國文人傳統的嗜靜心理。同「天人合一」的哲學觀念相適應，中國文人們大多追慕一種和諧靜閑的審美境界。於是，外部世界，通過這種心理「過濾器」縱使是狂風驟雨的喧嘩，也將化為殘荷聽雨的清幽。可以說，我國散文思維的基本特徵是自足封閉的，主觀內向的，面對著浩瀚無比，波譎雲詭的人生，散文往往顯得狹小與纖弱。因此，散文的真正變革，首先在於走出這種散文思維模式。[18]

感性散文的「模式」不僅在於思維上，且在於技巧、文體。感性散文比知性散文容易墜入書寫模式是因為前者的書寫方式大多是直接把作者的受想行識投射出來，對於以散文為專業創作的人而言，其寫作的題材、思維的方向、價值的觀念都不免侷限於以「我」個人為直徑的範圍內，這樣的限制在長期創作中各方面都容易落入套板模式而不自知。

例如感受及觀念的模式化，有時基於政府文藝政策的指引、或者文壇風氣的影響、或者作者自己寫作的積習，在在造成感受及觀念的套板。例如臺灣早期流行的反共文藝，就因政策的指導影響、媒體的推波助瀾乃至作者本身的恐共情結氛圍之下，任何題材都可以轉折到反共的主題與結論。或者雖然不專門以反共為訴求，每篇文章卻習慣性的以中正和平、光明正大為歸結，努力塑造積極樂觀的姿態、戰鬥奮發的氣息。又有些作者，迎秋風而生愁、見明月而思鄉、聞音樂而懷人……一切風致都導向一個或濃或淡的悲字，都形成感覺的套板。

楊朔（一九一三～一九六八）在中國五、六〇年代文壇有著舉足輕重的地位，他的散文清美玲瓏、意境獨到、結構精緻、語言精練，把散文的格律發揮到極致。不過，每當作者面對一個題材，不論是國土風貌、異域風光、家園故居、人物剪影、櫻花春雨……他總要賦與事物新的意義，而這層意義一定是「照耀著時代的陽光」[19]，如果對任何事物都感到歡欣並讚賞，那麼要不是作者本人無可救藥的達觀愛物，就是經過外爍的寫作觀念催化所致。楊朔有許多描寫風景事物的名篇固然都玲瓏剔透，但是作者美妙的感覺都朝向同一個結論。例如描寫香山紅葉，就會歸結到勞動人民意氣風發的精神；從蜜蜂釀造甜蜜的荔枝蜜想到人民高尚的品質；他描寫長城，就表現人民用革命信仰建築新的長城精神；不錯，論者咸認為楊朔擅長從平凡的事物中看出不平凡的意義，確實開拓了散文意境的深度。吳歡章（一九三五～）談到他在〈雪浪花〉⑳中塑造了「一個平凡而又高大的漁民老泰山的形象」時分析說：

你看老泰山這外貌：「老漁民長的高大結實，留著一把花白鬍子。瞧那眉目神氣，就像秋天的高空一樣，又清朗，又深沈。」你聽老泰山：海邊礁石，布滿深溝淺窩，幾個姑娘正在議論鐵硬的礁石為何會變成這坑坑坎坎的模樣？「是叫浪花咬的」，這是老泰山的歡樂的聲音。你再瞧瞧老泰山這行動：「西天上正鋪著一片金光燦爛的晚霞，把老泰山的臉映得紅彤彤的。老人收起磨刀石，放到獨輪車上，跟我道了別，推起小車走了幾步，又停下，彎腰從路邊掐了枝野花，插到車上，才又推著車慢慢走了，一直走進火紅的霞光裡去。」㉑

單獨看〈雪浪花〉，讀者也會同意以上的分析，這篇文章的確詩情畫意，歷歷如繪，而且蘊藏著思想的光輝。作者並不是把老泰山當個人來描寫，而是當作洪波巨浪大時代裡的一朵浪花、一個代表，老泰山那勞動的態度、堅毅的精神、豪邁的胸襟、達觀的精神不是個人的獨特現象，而是整個國家民族的代表。

如果我們再閱讀楊朔另一篇名作〈茶花賦〉㉒，作者因驚豔於茶花之美，想到：

我不覺對著茶花吟沈起來，茶花是美啊。凡是生中美的事物都是勞動創造的。是誰白天黑夜，積年累月，拿自己的汗水澆著花，像撫育自己兒女一樣撫育著花秧，終於培養出這樣絕色的好花？

應該感謝那為我們美化生活的人。

接著帶出花匠普之仁，這位能工巧匠：

我熱切地望著他的手，那雙手滿是繭子，沾著新鮮的泥土。我又望著他的臉，他的眼角刻著很深的皺紋，不必多問他的身世，猜得出他是個曾經憂患的中年人。如果他離開你，走進人叢裡去，立刻便消逝了，再也不容易尋到他——他就是這樣一個極其普通的勞動者。然而正是這樣的人，整月整年，勞心勞力，拿出全部精力培植花木，美化我們的生活。美就是這樣創造出來的。

恰好這時出現一群面色紅潤的小孩，作者見了說：「童子面茶花開了。」這篇文章仍然是推崇平凡的中國農夫的不平凡貢獻，連普之仁的姓名都含有暗示意義，他是中國所有普遍勞動者（仁者）的代表，國家社會的「美」是由他們精心調製出來的。最後出現那一群欣欣向榮的童子，代表著後繼有人。

從以上兩篇看來，主題都是把平民百姓的優越性格加以讚美，中國農夫、漁夫是否普遍具有這種美德是一回事，作者筆下傳達時的說服力才最重要，否則只是誇張溢美而已。無論如何作者顯然有人性本善先入為主的「習慣」信仰，因而面對任何事物都能化腐朽為神奇，所以面對不知名的埃及舞蹈家贈送的埃及燈「我的神思一晃，就會出現個幻影，在那茫茫的埃及原野上，風沙黑夜，一個婦女搖著金色大耳環，提著小玻璃燈，衝著黎明往前走去……」㉓。

如果作者真的是一個無可救藥的極度樂觀主義者也就罷了。事實不然，試讀〈木棉花〉㉔本文記錄作者在一九三八年從廣州到九龍，一路上的所見所聞，全部是醜惡的現實，作者也如實地敘述出來，讀者也看到在抗日戰爭時期社會人心腐朽的一面，令人扼腕嘆息。但是，樂觀的作者在「木棉花」中突然精神一轉：

一切都會慢慢地好起來！我的信念像南國盛開著的木棉花一樣的鮮明，美麗。我掏出口袋裡珍藏著的一朵，這是我今天在越秀山上拾來的。它紅得像是一團火。

純粹就這篇文章的敘述，殘酷的戰爭已經完全腐化了醜惡現實的人心，讀者完全看不出「一切都會好起來」的任何徵兆。作者仍然要賦會上這種「積極樂觀」的意義，就不免太牽強了。實際上，就前兩篇例子來看，也存在著同樣問題，作者刻意美化平凡的農夫、漁夫，且用來代表全國的勞工份子，其說服力是不夠的。

技巧的模式化有時作者刻意為之，像張曉風（一九四一～）的《給你》一書，每篇近乎使用幾套固定的模子鑄造的結構、形式，甚至使用相同的表意方法。其中一種是開頭先介紹一個或數個跟主題並不關聯的生動故事，之後急轉直下，推出「上帝」來結尾。例如〈不遇〉一文敘述人與人之間的關係和餃子與餡子之間的關係一樣，都不容易有和諧的遇合，作者因而下結論說：一切的秩序最後歸依於造物主。理由是基督教的信仰要我們尋找一個最根本的秩序，因此人間的荒謬和錯誤是可以避免的。

同樣，在〈笑話〉一文，作者從《太平御覽》中的一則笑話敘述到另一則笑話，本來笑話是可以引起讀者發笑的，但作者卻說這樣的笑話她笑不出來，因為面對「這麼悲傷的情節」怎麼笑得出來！馬上又歸結到：生活中有許多荒謬並不好笑的笑話，使作者越來越笑不出來，因為讀那些笑話讓人驚悟到：生命到底是什麼？生命不應該只是這樣的，應該比笑話多一點才是。接著文章急轉直下連接到上帝：如果沒有上帝，沒有永生，沒有更高貴的可供我們去愛慕去仰望的對象，則生命只能是一則笑話……。

以上兩篇文章都有說理的企圖，其理論雖然翻空出奇卻並不落入常情常理之中。例如人與人、餃子與餡子之間的遇合是否必然關乎「秩序」？「秩序」又是否必然關乎「上帝」？如果這是一篇表達個人經驗、個人信仰的文章，它倒是可以非常主觀的信仰這個邏輯。不過，作者似乎更想借用感性散文的感動力來宣示教義，其理論就應該合乎一般客觀的邏輯，才具有說服力。

再看以上兩篇文章的基本結構也幾乎完全一樣，就全書而言，它的基本訴求是宣揚基督教，每篇前面四分之三的篇幅都先介紹一些與宣教關係不大的內容，那些內容如果整理出來，可以成為一篇獨立的散文，不過作者總是在每篇最後加上一段宗教宣言或者對上帝的讚頌，跟前面的內容顯得相當突兀，想來是作者刻意如此處理。

也許《給你》是作者有心以相同的結構來表達統一的思想，刻意為之。不過，讀者很容易從作者其他作品中看到同樣的寫作習慣。例如〈四個身處婚姻危機的女人〉㉕，首先作者抄錄元代畫家趙孟頫妻子管夫人的名詩〈你儂我儂〉，且談及這首詩在二十年前曾經是臺灣街頭巷尾流行的現代情歌。讚美它不但寫得好，而且還很實用，據說當年讓趙孟頫讀此詩而回心轉意，罷了娶妾的念頭。原來這麼美的一首情詩竟是拿來勸退的。接著文中再介紹中國古往今來用文學挽救婚姻的幾則故事，第一則是漢代的陳皇后，她因嫉妒，遭漢武帝打入冷宮。司馬相如替她寫了〈長門賦〉，稿費黃金百斤。這篇高價買來的文章，果真有點功能，算是令她暫時和皇帝恢復了一陣親善關係。接著談到司馬相如，弔詭的是，這少年時代為人寫〈長門賦〉的司馬相如，後來老病之餘也想娶妾。這一次，他那浪漫的妻子卓文君自己動手寫了一首〈白頭吟〉，口氣非常自尊自重。

另一則是晉代竇滔的妻子蘇蕙的名作〈璇璣文〉，竇滔鎮襄陽時，帶著寵姬趙陽臺赴任，把蘇蕙留在家中。蘇蕙手織一篇八百字的〈璇璣文〉，縱橫反覆，皆成章句。竇滔讀了，很驚訝妻子的才華，但好像也只那麼感動一下而以，沒聽說蘇蕙的處境獲得什麼改善。

作者認為以上四個女人或動筆、或動織布機、或勞動一代文豪等等，總之她們都試圖用文章來挽回頹勢，而且也多少獲致了一點成功。作者的結論是：但不知為什麼，我讀這些詩，卻只覺悲慘，連她們的勝利我也只覺是慘勝，我只能寄予無限悲憫。

以上文章的基本結構仍然是先介紹中國古代四個婚姻故事，之後，當閱讀到最後的結論時作者很習慣性地表現她的「悲慘」的感覺——經常是相對於故事本身產生負面的反應——讀者一定感到異常熟悉作者寫作時的情感反應，這是感受及觀念的模式化。就整篇文章的結構而言也是先以故事排比，再以感想急轉直下做結，仍然跟《給你》一書諸文相同。

文體模式化是一種弔詭的處境。本來作家一定要擁有自己的文體，文體標幟著作品與別人不同的品質與氣味。可是文體如果長期固定在同樣的品質內也容易僵化。文體包括文章的體裁及體性，也就是類別及風格。長期書寫感性散文，很容易在同樣的文體內重複同樣的內容，造成文體的厚重感。如果某種文體成為社會大眾共同的嗜好、青年學習嚮往的目標，又會在社會上形成通俗的流行文體，也會造成眾多的套板。

冰心在中國現代感性散文中的影響力曾經是最廣大、也是最長遠的一位作家。何以致此，阿英（一九〇〇～一九七七）〈謝冰心小品序〉㉖分析道：

㈠在新文學運動初期，舊觀念瓦解、新觀念有待建立的時期，青年普遍苦悶徬徨，在思想上冰心的作品恰好抓住讀者的心。冰心的思想並不深奧，但是來自中國傳統溫柔敦厚、內斂含蓄的詩教及基督教待人如己的寬弘思想，建立她「愛的哲學」並貫串在作品中，溫暖了許多人的心靈。

㈡冰心作品的形式是以舊文學為根基建立起來的，她的白話文是來自舊文學，不是來自當代社會白話口語。在白話文學開創的摸索時期，冰心新穎的白話文，的確令人耳目一新。

在新文學運動初期，能夠建立散文新文體的人，必然有他的歷史意義與地位，不論在思想或者文字及技巧上。這個時期，建立新文體的作家都不僅具備舊文學的基礎，同時也有外國文學的修養。在觀念上，並不一味否定舊文化，甚至有許多人，像冰心，還是無法擺脫舊文化的「包袱」，這種厚重的過渡色彩，無寧更加適合過渡時期的生態。阿英在一九三四年編輯《無花的薔薇——現代十六家小品》時，認為「冰心現象」：「這樣的存在是不會長久的，她的影響必然的要因社會的發展而逐漸的喪蝕」，如果把範圍放在感性散文上面，冰心在文壇上直接間接的影響力一直都沒有消失。

冰心文體的特色，阿英說㉗：

語言文字上：冰心的文字不僅清新秀麗，充滿詩情畫意，且「富於情感，雖然不是奔迸的，熱烈的，但那『乙乙欲抽』的情懷，在什麼地方都表露著，都在襲擊著讀者。」

思想上：愛的哲學，母愛、自然愛、兒童愛，是人人心中所有、人人身上常缺，冰心作品容易引起共鳴。

題材上：冰心的題材主要是母親、兒童、自然，這些題材是「青年讀者在記憶裡所有的，大概也很少的出於這三者之外，即出於這三者之外，也必然的包含著三者於內」，因而這樣的作家就很容易成為青年讀者心目中的代言人。

從以上分析來看，冰心並不一定要站在新文學運動的初期，才能獲得大眾的喜愛，其實她的散文題材通俗、情感真摯、文字婉麗，她能表達一般讀者心智最表層的共同東西，為大家說出不會表達的心事，提示眾人忘卻的心靈情境，實是跟她作品的通俗化有密切關係。

但是，冰心並不是浪得虛名，她能一下子奠定中國現代文學史上「最初的美文」地位，又基於她散文中透露著清麗的氣質及文字無比的魅力。她的文字看起來平易但是並不容易，她的「文體常常將讀者引進一個如冰雪般澄澈的境界，聆聽她溫柔的低訴」[28]，在白話文學草創之初，她的文字要「中文西文化、今文古文化」[29]，調和到極為優美諧調的境界是不容易的。佘樹森曾經舉出冰心的名作〈笑〉的片段分析說[30]：

雨聲漸漸的住了，窗簾後隱隱的透進清光來。推開窗戶一看，呀！涼雲散了，樹葉上的殘滴，映著月兒，好似螢光千點，閃閃爍爍的動著。——真沒想到苦雨孤燈之後，會有這麼一幅清美的圖畫！

我之所以舉出這篇盡人熟知的散文，是因為它是冰心最早的散文成名作，也是現代散文較早顯示出輝煌成績的名篇。在展開白話文運動剛剛兩三年的時間，從古文學薰陶中走出來的冰心，竟能將文言和白話調和到如此和諧優美的境界，真是難能可貴的事。讀著這段文字，我們感到其中的意境，氣氛，情調，是那樣的熟悉、親切，同我們的心靈產生著那樣和諧的共鳴，其中的文字，也分明是從古文字伸引出來，浸著古典文學的汁液的。可是，我們讀來，一點也沒有陳舊的感覺，只覺得一派清新。

以冰心個人而言，她寫作的題材侷限於家庭瑣事及個人感受，明顯比較狹窄，又因個性的關係，她以「愛」為避風港式的人生觀使她個人的社會關懷度大為減少，更加縮小寫作範圍，正如她文章中說的「針尖大的事，也值得說說」[31]，種種侷限都使得文章缺少恢宏的格局。

冰心文體影響後人的還有她的「愛的哲學」，這種哲學也僅限於母愛、兒童愛、自然愛，範圍很小，冰心卻常做極度的發揮。試看：

我常喜歡挨坐在母親的旁邊，挽住她的衣袖，央求她述說我幼年的事。

母親凝想的，含笑的，低低的說：

「不過有三個月罷了，偏已是這般多病。聽見端藥杯的人的腳步聲，已知道驚怕啼哭。許多人圍在床前，乞憐的眼光，不望著別人，只向著我，似乎已經從人群裡認識了你的母親！」

這時眼淚已溼了我們兩個人的眼角！

「濃睡之中猛然聽得丐婦求乞的聲音，以為母親已被他們帶去了。冷汗被面的驚坐起來，臉和唇都青了，嗚咽不能成聲。我從後屋連忙進來，珍重的攬住。經過了無數的解釋和安慰。自此後，便是睡著，我也不敢輕易地離開你的床前。」

這一節，我彷彿記得，我聽時、寫時都重新起了嗚咽！

滿廊的雪光，開讀了母親的來信，依然不能忍的流下幾滴淚。㉜

作者母親的回信則是：

我讀你「寄母親」的一首詩，我忍不住下淚……㉝

這裡描寫母女間的情感似乎太稠膩了，動輒流淚哭泣並沒有多少說服力，很容易成為誇張的濫情。這種習氣對後人的影響也可以明顯看出。

感性散文在寫作時，幾乎完全使用第一人稱限制觀點為視角，以第三人稱限制觀點代換第一人稱為變體。人稱觀點受到限制，積久成習必將成為文類發展的阻礙，散文藝術無法多元化發展。

其次，一位作家觀物角度的改變，可能就會調整他的人生視角，也將影響他的思想見解，許多感性散文作家的觀物角度一直保持同一水平，又只能以作者自我為書寫重心，忽略其他角色的地位，在在都會形成創作模式化或者陷入瓶頸。

冰心對於感性散文界的影響有來自直接嗜讀她的作品，更多的是間接傳承，三〇、四〇年代學習冰心體的作家許多後來成為流行名家，把冰心體的種子到處散佈，所以冰心體影響力之廣大久遠是難以估計的。

冰心體影響中國文壇，其優點是提高青年閱讀與創作文學的興趣，使感性散文成為日後散文界的主要導向，冰心體則是散文市場主流。其影響的負面則是，許多作者完全承襲冰心文體風格，再也不能發掘屬於自己的創作源頭。

感性散文以呈現作家的人格個性與情緒感懷為主，近乎本能的輸出，對於一位長期寫作散文的作者而言，寫作方式、表現技巧、思維模式都很容易造成固定的習氣，終至風格定型而導致文體的一再複製，為創作者所忌。

張秀亞（一九一九～二〇〇一）本身長期在學院教授現代文學，又是以感性散文創作為主的作家，她在〈創造散文的新風格〉㉞一文中提出「新的散文」觀念，極具建設性：

散文演化的步驟，和其他文體的作品相若；新的散文已逐漸的擺脫了往昔純粹以時間為脈絡的寫法，而部分的接受了時間與空間、幻想與現實的流動錯綜性。在描寫方面，不只是按時間順序排列起來的貫串的事件，而更注重生活橫斷面的圖繪，心靈上深度的掘發；不只是敘述，不只是鋪陳，而更注重分剖再分剖。

新的散文由於側重描寫人類的意識流，紀錄不成形的思想斷片，探索靈魂的幽隱、心底的奇秘……筆法遂顯得更為曲折紆迴。內容的暗示性加強，朦朧度加深，如此一步步的發展下去，文字更呈穹緲之致，而逐漸與詩接近。

新的散文中喜用象徵、想像、聯想、意象以及隱喻，因而極富於「言在此而意在彼」的味道，企圖重現人們內心中上演的啞劇，映射出行為後面的真實，生活的精髓，並表現出比現實事物更完全、更微妙、更根本的現實。

新的散文作家，皆致力於新的詞彙之創造；因為他們要以文字的組曲，表達出心靈的微語，而此一理想，往往非現成的陳腔濫調所能達成，所以他們要在那些被前人用得陳舊了的字詞上，重下一番工夫，推敲它、鍛鍊它、伸展它，並試驗其韌性、張力，以及負荷、涵容的能力，並將一些字詞重新加以安排、組合，使它閃耀出新的光輝，有了新的生機；對此，我們姑稱之為使秋草變綠、殘花成蜜的「文字煉金術」。寫至此，我不禁想起幾句話：「我們在琢字鍊句上崇尚新奇，但務使之新而妥、奇而確。」是的，用字新奇而妥確，乃新的散文作家奉行的原則，將每個字嵌在最能發揮其作用之處，這也是寫作的奇秘，有一位西洋作者稱之為作家的「美德」。

新的散文，在內容上含蘊著作者對生命、對一切最正確的解釋，筆墨之中，表現出他們確切的宇宙觀，健康的人生觀，固不僅以圖繪物象的表面為滿足。新的散文中，含有感情的因素，也含有「智性」的因素，對讀者富於魅力，更富於啟示性。新的散文，宛如一杯濃郁的葡萄酒，不僅使讀者陶醉其中，同時精神上更能獲得豐富的營養。

我們對紆曲深邃的新的散文，不僅用眼睛讀，更應利用想像力來捕捉閃爍於字裡行間的微光，以期發現其中含蘊的真理，心靈的呼聲，全民族的合唱。

張秀亞提出如此恢宏的創作觀真是難能可貴，她的理論雖然偏重技巧方面，卻是提供更多發展的面向，她另外也提出感性與知性並重，知性的取向可建立作者的世界觀、宇宙觀，可說是具前瞻性的視野。不過，衡諸張氏個人的創作，並沒有完成其理論的實踐。由此亦可知，散文創作容易習於舊有文體，要調整風格向度並非易事。[35]

散文創作的空間無限大，作家讀者都不應該自我設限，感性散文固然有它的優點，也有缺陷，尤其是長期佔有文壇地位時，其社會流弊更為突出，向陽（一九五五～）說：

散文的知性書寫，與感性書寫本無相斥，小我之情和時代之感也往往具有互補作用。就個別的書寫者來說，選擇一己身邊細瑣小事、慢吟低唱，忠於自己，精耕細耘，當然一樣可以開創文學書寫的美，一樣可以臻至藝術高峰，一樣具有反映社會與時代的意義；但是，如果是一整個（或大半個散文圈）多侷限在類似的文風之中，習於小品的精緻、忸於抒情的呻吟、並且怯於踏出腳步尋找新路，那麼這樣的集體的散文書寫，便是與整個時代相背違、與腳下的大地相抗拒、與周邊的社會相疏離的荏弱文學。缺乏知性書寫的散文圈，一樣有它的時代意義，在權力機關威權下，這樣的文學可以見證苦悶的年代；在承平自由的時代，則見證書寫者集體的沈溺與盲視。

不過，與其繼續沈溺在小品小擺飾的玩賞與孤芳自賞中，臺灣當代的文學圈更應該把握機會，透過知性散文的開拓和大量書寫，透過文學與社會、時代的觸及，再造一個足以見證時代、啟發世人、影響社會的新的散文高峰。[36]

第三節　知性散文的特色

感性散文是以創作者的「小我」為創作主軸，發射出思維感懷。要使「小我」的寶藏源源不絕，必須不斷充實自我，所以放眼宇宙、關懷大千世界、走出軟調的感性空間，不斷汲取知性的宇宙營養，生活活水將源源不絕，作品中運用的題材也不限於切身經驗，在創作的同時必可發展、擴張自己的生命。

知性散文跟感性散文不一樣，它避開書寫者個人的感性情愫，以表現作者的思想、見識、智慧為主，優美的知性散文內容不僅可以增加讀者的見識、拓展思考的空間、開闊心靈的視野，其藝術造詣又是另一番值得探索玩味的無限風景。與感性散文比較其基本特色是：

一、書寫者與敘述者的關係

所有文類中的「我」應該只是第一人稱敘述者，可以稱為「編撰作者」，真正從事書寫的人稱為「書寫者」，文章完成之後書寫者就跟文章毫無關係了。真正透露文章主旨的不是書寫者，而是文章之內隱藏的主人，我們稱他為「隱藏作者」。晚近敘述學理論中對於「作者」有新的認知，在真實的書寫者和正文的敘述者之間可以區分出下列身份：

㈠真實作者：真實作者就是直接進行書寫活動的人，又叫書寫者，是一個有血有肉的「自然人」，也是史傳式文學批評中的「作者」。

㈡擬制作者：擬制作者是在進行文學「作者」的討論時，從真實作者的創作行為中區分出來的虛擬人格。擬制作者可以包括：

A.隱藏作者：隱藏作者是一種擬制人格，縱貫一個作家一生的寫作生涯中，隱藏作者事實上是一個託身在系列文學成品中的「職業性作者」，他透過文學作品向讀者提示作品的素材和意義。另一方面他也是一個書寫者創造性、理想性的表述者，作品所謂的風格、思想存在都繫於隱藏作者的存在。

B.編撰作者：隱藏作者並不直接出現在文章中，但是編撰作者卻可能以「我」的身份出現。感性散文以編撰作者立場出現的情況最多，這時編撰作者往往與後述編撰敘述者合而為一。

C.編撰敘述者：文章中出現進行敘述行為的人稱人格，也就是一般所謂的敘述者。[37]

感性散文的書寫者經常以編撰作者的立場出現，而編撰作者往往又與編撰敘述者合而為一，換言之，感性散文的書寫者、隱藏作者、編撰作者、及編撰敘述者經常混淆或合一。當書寫者和作品正文的敘述者融合，書寫者現身說法在文中扮演的角色越重，其感性就越強。知性散文的書寫者和作品正文敘述者的關係卻是疏離的，讀者可以明顯看出文中的「我」即使現身說法，但是主要敘述的事件跟敘述者、書寫者關係極少，甚至沒有關係。

例如琦君的感性散文〈髻〉[38]的敘述者是女主角母親的女兒，以第一人稱「我」出現，文章透過女兒的視角敘述進行。讀者傾聽「我」從母親年輕時候開始敘述，母親有一頭美麗修長烏黑的秀髮，應該得到父親的寵愛，事實恰好相反，父親卻娶了年輕美麗擁有更烏黑秀髮的姨娘回來，母親保守拘謹又不愛打扮，漸漸失愛於父親。她因姨娘之橫刀奪愛而一生抑鬱寡歡，但一直保持寬大的風度對姨娘十分包容。後來父親過世，母親還跟姨娘相依為命，姨娘也歸真返璞；最後母親、姨娘都相繼去世，貪嗔痴愛如過眼雲煙引起作者一番感懷。這篇文章中的女兒被一般讀者認為就是作者琦君，文中的母親就是琦君母親的寫照，甚至琦君在寫作時也設定自己就是這位敘述者，正在敘述親生母親的故事，不論是文章進行中，或者最後一段由「我」發表的「感慨」都是書寫者、編撰作者、隱藏作者統一的意見，換言之，那正是書寫者個人的意見。再看秋郎的〈戒煙〉[39]，讀者可以明顯看出文中的「我」不能等於書寫的作者。書寫者還刻意讓文中的「我」姓王，生怕讀者誤會那是書寫者。這其實並不重要，重要的是文中的敘述者「老王」只是一位單純敘述自己戒煙過程的人物，他像是書寫者掌中控制的布袋戲的角色，只是表演者之一，他不是書寫者的代言人，他說的話不能等於書寫者的意見，甚至恰好相反。書寫者有話要說，不是借用老王之口來說，而是透過老王的故事很含蓄的表現出來。感性散文的敘述者訴說的總是個人的「私事」，而知性散文敘述者表現的時常是一般人的公眾之事，通常沒有特定對象。讀〈戒煙〉讀者必然知道它只是作者編撰一個故事來批評國人某些習性，只不過借用第一人稱來敘述罷了。

書寫者的情感介入與否也是感性知性散文的分野，如果把前舉非馬的〈銅像〉跟這篇〈戒煙〉比較，就知道其間的差別，前者是書寫者有意進入到文章中去，他親自站在「現場」激動的吶喊，而後者的書寫者是刻意站在外圍冷眼旁觀，書寫的基本態度就不同。

知性散文發展到都市散文，突破了感性散文第一人稱的主體中心，並不只是技巧上刻意把第一人稱換成第二、第三人稱的裝飾性描述方式。更明顯的是排除了創作主體本身的自傳色彩使得知性散文更趨近於當代小說形構的思維。這使得正文得以出入於虛實不同的時空而不必借手於抒情散文慣常使用的夢境模式。都市散文對於書寫者、編撰作者與編撰敘述者三者劃分更為清楚，像杜十三（一九五〇～二〇一〇）等人的都市散文中敘述者已萎縮為一架攝影機，作者「我」的色彩已逼退到零的程度。

二、書寫者與作品的關係

讀者閱讀感性散文會有親切感，就在於書寫者與作品的關係合一，書寫者現身說法、呈現自己、或者書寫者跟他人之間的關係，讀者有如認識作者本人、或者透過作品認識書寫者的親朋戚友，所以經常閱讀一位作家的全部作品，幾乎像在閱讀作家的傳記及其周邊故事。知性散文的書寫者與作品的關係是疏離的，在作品中很少敘述自身或其他個別人物的事情及感性情懷，即使敘及個人事物，那個人事物也時常成為配件或者做為一般的抽樣，書寫者仍然置身事外。知性散文主要透露書寫者的思想見識，個人的人格、情感、個性幾乎隱藏不見。

上舉秋郎的〈戒煙〉就看不出書寫者的個性色彩，讀者看到的是它對社會上某種類型人物的評價，它譏諷小人物生命中許多委瑣的細節，例如意志不堅、貪小便宜、自我開脫等等，作者寓有深刻的貶意，表現的是書寫者的價值判斷而不是對特定人物情感的好惡。也因為作者要裁定文章中人物行為的劣跡，因而會有誇張的敘述，把人物推向極端的角落，沒有翻身的機會。

基本上梁實秋是一位知性散文作家，他早期以筆名秋郎寫的《罵人的藝術》或者後來的《雅舍小品》，都沒有書寫者私人的生活色彩。

例如〈汽車〉㊵一文，梁文薔認為梁實秋一生深受無車的刺激，由〈汽車〉一文中「表露無遺」㊶。仔細看，其實〈汽車〉並沒有表現書寫者私人處境的意願，全篇文章偶而出現第一人稱觀點，但那個「我」只在第一段閃了兩下，做了不重要的楔子，很快就消失，接著由第二人稱的「你」頂替，其實這個「你」也不過是一般人的借代，基本上本文可以說是以全知觀點敘述「人」的境遇。這篇文章中並沒有屬於梁氏比較私人化的遭遇，即使大學教授有無車之苦、作家宴會中遭到淒涼際遇也是這個階層人物可能的際遇。整篇文章描寫的還是一般人的、且經過稍為誇飾的遭遇。

梁實秋最為擅長「雅舍體」的知性散文，在他的著作中凡是可以寫成感性散文、或者他自己也想要寫成感性散文的作品，結果並沒有成為理想的感性散文。像以敘述梁實秋在清華學校生活的《清華八年》一書，都缺少書寫者個人的生活情形，也很少感性成份。

《清華八年》敘述作者十四歲進入清華學校之後的八年校園生活，理所當然應該記載書寫者的個人生活經歷，可是讀者很難在書中看到作者個人的生活色彩。該書大部分篇幅在介紹清華學校，讀者了解清華學校遠遠甚過書寫者，例如清華的創校經過、招收學生情形、學校規制、學生就讀情形、校內課程安排、學風演變……等等，軟體、硬體都有相當敘述。如果要仔細尋找書寫者的生活蹤跡、行為點滴，也不是完全沒有，例如當「我」要離家去清華時，作者寫他帶著鋪蓋到清華去報到，出家門時母親直哭，他心裡也很難過。並以「第二次斷奶」為喻。作者選擇了不錯的題材，也有想要表達的焦點，但是沒有捕捉人物的形象，雖然有了表述的意念，還得用想像力將它遷延生發出來。上面引文，書寫者用過於簡短的文字就「解決」了一個少年初次離家的痛苦經驗，其中說明文字又多過描寫文字。讀者就看不出這個斷奶式的「生離」跟其他少年有何不同？甚至讀者感受不到這個生離有如斷奶般的痛苦，因為作品中的人物絲毫沒有表現出痛苦的「樣子」。

《清華八年》中有很多事情可以稍加描繪就能使「我」在書中成為精彩的一「景」，例如書寫者提到教英文的巢老師，只說「我很慚愧的是我曾經在班上屢次無理搗亂反抗，使他很生氣，但是我來臺灣後他從香港寄信給我，要我到某一大學去教中文……」，在梁實秋所有的著作中，讀者幾乎看不到他有調皮搗蛋之處，這裡只說他少年時曾經「有」而書中竟沒有敘述他搗蛋的經過，讀者既看不到又感覺不到，很快就會遺忘他曾經有這麼活潑的「能力」。如果在這兒用一個搗蛋事件來鋪陳他的「亂行」，不但可以表現「我」當時的活力、還可以表現老師的寬大風範。《清華八年》中描寫「我」最精彩的地方是體育考試，從「我約了兩位同學各持竹竿站在兩邊」開始，描寫的鏡頭放慢了許多，讀者看到「我」從游泳池邊跳下池、奮力游水、再被竹竿鉤起來，雖然只有短短文字，卻是完全由「我」個人「表演」出來，讀者讀來彷彿如在目前。後面補考一段也是精彩的「演出」，招來「馬約翰先生笑得彎了腰」是很有說服力的。散文重在人物的描寫，形象要凸出，就要用人物自己的語言、自己的動作來表現他的特色。最後說

「這是我畢業時極不光榮的一個插曲」云云就成為說明性的蛇足。

梁實秋最擅長的「雅舍體」適合書寫知性散文，他從《罵人的藝術》時代就嶄露了雅舍體的初步風格：犀利恣肆、諷刺幽默，統合歸納眾生眾相，再以個別形象表現出來，成為他針砭社會人情的浮世繪。到了《雅舍小品》時，刻意鍛鍊文字、刪芟枝蔓、節制情感、壓抑鋒芒、追求雅潔、發掘理趣、莊諧並作，完成獨特風格的雅舍體。

《罵人的藝術》與《雅舍小品》都是從人生的瑣碎細微處下筆，每篇篇幅都不長，結構縝密、章法嚴整，兩書風格一脈相承。前後數本《雅舍小品》都是書寫者客觀地表現人類生活中的通常事物，沒有一篇是以書寫者為中心、描寫個人生活、表達個人性情的作品，更不用說書寫者個人內心的感情世界。知性散文的魅力並不在此。

但是梁實秋下筆時幾乎過份講究言簡意賅[42]。這個特色固然有利於「雅舍」文體，卻不適合時常必須工筆描繪的抒情散文。

散文是一種挖掘自我的文類，不論知性散文或者感性散文，都不可避免地或多或少會流露出書寫者的個性人格。

梁實秋一向在文章中並不處理自己私人的生活細節與情感。所以他最叫座的《雅舍小品》，全然不涉作者私事，也因為雅舍體可以讓他放手書寫身外事物，寫來較無顧忌，像《雅舍小品》以薄薄的卷帙在現代散文史上佔有重要位置。《槐園夢憶》是一九八五年八月梁氏紀念前妻的文章，從初戀寫到去世，顯然是作者願意公開私人生活的一本書，但是它仍然以記載生活外圍的事件為主。實際上，梁氏寫慣了雅舍體文章——或者說，他早已不習慣公開挖掘自己的情感——在《槐園夢憶》中他表情達意時就常礙手礙腳。

梁實秋的散文寫作始於《罵人的藝術》，該書在一九二七年上海出版時，一共收錄〈罵人的藝術〉等四十七篇散文，在那個雜文成為匕首以針砭時事風潮的時代，梁實秋展現他高人一等的「罵人」的藝術能力，該書諷刺辛辣力道強勁，足見梁實秋開始發展他知性的文體、批評性的才華。但一九七七年臺灣遠東圖書公司再版時僅以〈罵人的藝術〉一篇單獨出版成一小冊。顯然梁實秋有意刪去書中其他所有辛辣尖銳的文章，留下溫柔敦厚、幽默風趣的〈罵人的藝術〉。

《雅舍小品》初集寫作於一九四〇至一九四七年間，已經收斂《罵人的藝術》中尖銳的鋒芒，作品幽默、機智、調侃、諷刺兼而有之，奠定他獨樹一幟的「雅舍」文體。到了臺灣之後自一九七三年《雅舍小品》續集陸續出版三集，都更為內斂，幽默淡然，風格趨於平穩樸實，較近娓語體散文，漸漸形成其煦煦長者形象，可見梁實秋個人人格韜光養晦的修養流露於書寫風格上。

純粹就感性散文的創作而言，成熟世故保守的人格反而會阻礙藝術創造力的發揮。梁實秋不擅書寫感性散文，緣於個性中保守的一面[43]。他的文風日趨委婉溫和，來自他的練達圓融的人情世故，寫作散文時感情內斂、博洽濃縮、簡約古樸都成為一種固定習慣，當他寫作《槐園夢憶》時，想要重建感性之筆表現款款深情時，他慣常使用雅舍體中性的書寫方式已經「積習難返」了。

三、中性的文體特質

中性的文體不一定是知性散文所專有，對小說而言才是充份必要的條件，散文則是視作家風格而定，一般而言知性散文多偏向中性文體。這種文體的特色是文章表面不具備色彩、味道與情感，一切的訊息沈潛在書寫文字的底層。

㈠語言明淨

不刻意裝潢詞藻，使用原始、純淨的中性語言。中性語言一般被認為非文學語言，例如科學語言、新聞報導語言。其實不然，像徐鍾珮（一九一七～二〇〇六）的文章非特不裝潢，而且是出奇的乾淨俐落，幾近透明的地步。她的文字趨避方言、俚語，是在標準國語語言系統中呈現出來的高貴、典雅、瀏亮的語言。

徐鍾珮不論小說、散文都使用這樣明淨的語言，她的散文關懷國家前途、世界局勢，而態度超然幽默，這些都是中性文體的特質。像二次世界大戰之後，她滿懷憂心面對中國國際地位一日日下降，國人卻毫無警惕之心，她在〈國際升降機〉[44]中，把各國國際地位譬喻成升降機，「我們卻只記得自己是五強之一，只記得自己上了樓，忘了自己又在下樓」，仍然保持幽默客觀的態度談論。她對文章題目命名也相當巧趣，例如〈她們的腳大了一號〉、〈大家都小氣了〉、〈這也算秋天〉、〈她沒有來〉、〈她沒有姓〉等等，不但文字乾淨俐落、制約內斂，且都和內容配合完密，富趣味、有意義。

知性作家對於文字大多會有自我要求，例如梁實秋要求「簡單」、林燿德要求「精確」。梁實秋的《雅舍小品》幾乎文無冗句、句無廢字。而林燿德要求散文語言「要準確掌握語言的特殊效果，不做無意義的雕飾、鋪陳……林燿德的散文語言的確具有高度理性的特色，這也是他要擺脫一般散文作者慣有習性必須做的突破，要表現這風格作者的『位置』則須相當冷靜和抽離。要維持這樣的寫作位置，作者的語言自然不能太煽情。」㊺

許多人以為散文語言如果少去外加的形容詞或者修飾子句，必然缺乏文采，如果再經過壓縮簡鍊豈不是更加單調乏味？這是通俗而又表相的看法。以林燿德的散文語言來說，筆者過去曾經討論過林燿德的都市散文㊻，基本上他的散文文字是科學的，總是經過高度理性的檢驗；洗鍊而精緻，看起來收放自如，實際上嚴密而謹慎。時常驅遣經過琢磨的、精練的長句，卻總不會有複沓之感。如果一組長句中有重複的字出現，必然具有因重複而產生的特別意義。而當濃縮的極短句出現時，又造成特別效果。如《一座城市的身世》中〈火之卷〉第二大段有七小段，前六小段每一句開頭都出現「火」字，在視覺上使讀者產生處處有「火」，以配合這一大段的主題，要從不同角度介紹火的不同型態、性質、特色。第一小段：「火，閃爍、跳躍、滑動、游移、只要有足夠的氧，在任何時空中都能爆裂出輻射狀的光芒。」標點的適度運用，使句子在形式上能配合意義。以上只是舉出林燿德運用文字的部分特色，他的散文乍看之下似乎文字過於乾燥、堅硬，氣氛過於沈悶、肅穆、冷峻，讀來如手撫大理石，無比平滑順暢但是冷冽沁心。不過，仔細翫味，他的散文語言時時暗含嫵媚，隨手舉例如下㊼：

現代文明的臺北，現實而刻薄，到處漂浮著金錢和肉慾的泡影，黑暗並不因豔陽的批判而成為信史，相反地成為一股緩緩的脈動，流行在都市的每一個角落。然而正義和愛心，仍擔任了白血球和紅血球的功能，在都市的血液裡帶來防衛和活力。民間傳統豁達的民族性並未盡失，也非人人都淪落為心胸狹窄的小市民。（〈都市的感動〉）

在都市進步繁榮，整齊秩序的靚容裡，卻存在著難以解決的文明苦果——擁擠、罪惡、噪音和污染。「都市呵，交織著文明和無明、交雜著希望和失望、交融著理性和謬性……」我默默地想，靜靜地等待著面前今夜的曇花。那曇花的葉，向無垠伸展；那曇花的花瓣，開，開，輕輕盪開，在無垠中盪開。（〈在都市的靚容裡〉）

以上文字雖然很短，但是一針見血地點出都市的「問題」，作者並不用解析、論說、批評的方式來表達意見——如果那樣，一定會對都市產生厭惡等負面感受。讀者如果細心，可以發現本文作者基本上是喜愛都市、擁護都市、憐惜都市的，只是知性散文表達情感在極隱微之處。這個段落指出都市有許多的「文明苦果」，但是都市的正面與負面交織圖是一枝曇花，這個譬喻悄悄地流露出書寫者的感情，他靜靜地等待那難得一開、極為珍貴的曇花盛開，且最後曇花的開法是跳出寫實成為「在無垠中盪開」，正是「我」的心象！這樣外表無味的文字是要讀者用心去細細咀嚼，才發現它其實溫潤、其實嫵媚。再看：

……我感懷於這個城市的碩大無朋、包羅萬象，而痛立下一生的志氣……臺北是「大人虎變，君子豹變」，一日有一日的變革。而我的心意卻如古槐古柏凍結在時空中的瑰奇身姿，竟自要與天

地歲月同雄。如王藍田的大器晚成，而我生命中的竹節，是化龍形狀已然依稀。（〈都市的感動〉）

這一段描寫文字幾近於詩，它用美麗的意象鋪陳出都市的宏偉景觀、人物心靈的宏偉志氣、宇宙洪荒的宏偉氣象，三者交織出來的是「我」的壯志宏圖。整個段落沒有冗文贅句，用字極為精省。至於文章的辭采，則是彪炳煥發，像「我的心意卻如古槐古柏」，「槐、柏」已經有長青不朽之意，再加「古」、再加「凍結」等，以上這些意象串連在永恆的「時空」中，成為「瑰奇身姿」，這是多麼鮮豔瑰麗的意象集合！而「竟自要與天地歲月同雄」在前面連續宏偉氣象之後，接著推出來的是「我」多麼偉大的志氣！這個段落不僅僅是文字上像詩一樣精省、精確、精美、精妙，而且是雄偉之音、陽剛之氣貫穿流盪，令人擊節！這是一種「外枯而中膏，似淡而實濃」的語言境界。蔡詩萍（一九五八～）也說：「林燿德所展現的語言風格仍然非常迷人。」㊽

㈡立場客觀

許多散文家只能從自我的角度觀物，不論寫作的客體小至草木蟲魚、大至宇宙星際，都一概從書寫者「我」的視角出發，主要在表達個人主觀的思維、愛憎、情緒；因而，所有的客體只不過做為陪襯，書寫者更不能跳出來把自己當成一個客觀的「人」來審視。知性作家時常跳出來重新觀察自己，客觀地描寫自己的處境。屬於別人的事件，則立場更為客觀，第一人稱都明顯屬於虛構。

徐鍾珮在《我在臺北及其他・序》中指出：「在《我在臺北》中，大半寫的是真人真事……」。我們發現徐鍾珮可以從這些身邊的真人真事跳出來，非常客觀地重新思考、建構素材，因而其中多篇都具有小說特質。明顯屬於作者個人生活題材如〈重逢〉、〈浮萍〉，作者都能跳出來重新觀察自己，客觀地描寫自己的處境。屬於別人的事件，則立場更為客觀，例如〈失去的幼苗〉、〈一個洋中國人〉、〈海祿和瑪尼〉、〈阿黑〉。至於像〈懺悔〉、〈影子〉、〈一張請柬〉、〈矛盾〉等幾乎連第一人稱都明顯屬於虛構。[49]其中〈影子〉還使用第一人稱男主角的觀點進行，已經具備了以第一人稱限制觀點進行敘述的短篇小說規範。

知性的特質之一還在於作者不會現身說法，像〈海祿和瑪尼〉，作者只是站在一個客觀說故事的角色，不曾插入議論，可是本篇明顯呈現作者的褒貶。結尾借著狗主人的話：

> 瑪尼不會給暗算的，她對什麼人都是一樣，誰做她主人都無所謂——不，你用不著擔心瑪尼，不會有人費大勁去收拾她的！

這句經過作者精心佈置卻如閒話般的話，有幾層意義：

A. 瑪尼是有奶就是娘的狗。

B. 過份忠於主人的狗反而不得好報。

C. 一隻人盡可以做主人的狗，壓根兒不值得對付牠。

書寫者分明借狗喻人，尤其批評人類兩種類型：對任何人都搖尾依附的，反而活得安逸。一心只忠於主人、克盡厥守的人，反而不得善終。可見知性散文書寫者看起來沒有說什麼話，其實說了很多需要讀者去思考、去補白的話。

㈢情感內斂

知性散文在文章中分明傳達了許多意見、許多感情，卻是最能節制「情溢乎辭」，給人毫不濫情之感。徐鍾珮〈失去的幼苗〉寫作者姐姐之女的夭折[50]，本來是個活潑、甜嗲的小女孩，在庸醫手下不及查出病情就去世。作者敘述事件過程中，一直保持著「敘述者」的中立立場，結尾面對姐姐的大悲痛，她仍然是個冷眼的旁觀者，只敘說她眼睛所見：「燈光下，我第一次注意到他們的長短頭髮裡，已有不少是花白的了。」徐鍾珮處理悲劇，決不濫情。

都市散文作家更注重收斂情感，蔡詩萍批評林燿德散文時說[51]：

林燿德的散文語言的確具有高度理性的特色，這也是他要擺脫一般散文作者慣有習性必須做的突破，要表現這風格作者的「位置」則須相當冷靜和抽離。要維持這樣的寫作位置，作者的語言自然不能太煽情。比方說在《一座城市的身世》裡，作者也處理了不少可以煽情、濫情的題材，像〈行蹤〉是因為一件分屍案引起對失蹤女性的關切，但作者並未流於感懷，而是以對城市碩大無朋之複雜機制的探索，對比出個人的卑微與渺小，『『尋人』』，黑底白字的專欄標題透露出危機和焦慮的訊息，啟事中的人像都具備著不甚清晰的五官，即使配合了不同的文字敘述，看著看著，所有的臉都像了起來。把他們的五官用相同的比例投影疊合，又能造就出一張什麼樣的面容？」像〈第一現場〉起因於一則女童被離職護士勒斃的社會新聞，作者也像一般人一樣對涉世未深卻遭罪惡成人侵凌表達憤慨，但作者說「比真實更真實，比白色更白的死亡，這無可挽救並且無限遺憾的死亡，已經以某種奇怪而突兀的姿勢降臨在妳靈魂的脊柱上，在妳最後的生命裡投下了一顆毀滅性的核彈。」這些句子其實都有深厚感情，但經過作者的理性壓縮後，呈現的是讓人有進一步迴旋思索的空間。又如常被評論家拿出來討論的〈靚容〉一文，用九段場景、一天的時序，描繪了都市從白天到黑夜的運作，作者當然是一個觀察者，可是由於他並未放入太多情緒，只是像V8攝影機那樣，搖搖晃晃的呈現，捕捉都市的各款面貌。

實際上文章表層抽離了感情，並不表示隱藏作者沒有感情，恰好相反，壓在底下更為深沉的感情期待著讀者自行挖掘。林燿德在《一座城市的身世》〈火之卷〉中有數篇以死亡為題材，讀者不難看出在表面平靜的語言底下，作者其實仍然沈潛著各種不同程度的感情。

四、理性的主題訴求

感性散文的書寫者與讀者的關係是親暱的，書寫者把讀者當成好友傾心相談，讀者也透過作品視書寫者為知音；知性散文書寫者與讀者的關係是相對的，書寫者把潛在讀者當成對手對談；感性散文的目的是得到讀者的共鳴，知性散文的目的是得到對方的共識，它以傳達書寫者的思想觀念為主，理性的主題訴求乃是順理成章。

社會批評、人生雜談之類的雜文及嚴肅的傳知散文，固然是純粹的知性散文，因為它們理性的主題訴求非常明確。其實，許多哲理小品也在這個範圍內。再仔細看，許多以感性散文馳名的作家也有知性散文創作，其知性與感性之間的差異就在主題的理性訴求上。

冰心是以感性散文定位於文壇，她在抗戰時期用「男士」為筆名在重慶版《星期評論》上發表一連串「關於女人」的散文，並在一九四三年出版單行本。這本書標幟著做為感性散文家的冰心也同時是知性散文的能手。試以〈我的學生〉52為例分析如下：

〈我的學生〉用第一人稱配角觀點書寫，文中的「我」只是一個旁觀者，主角是第三人稱「她」——冰心只給她「S」做為代稱——。文章中的第一人稱「我」是位男性大學教師，這裡明顯出現虛構，作者跳離感性散文把第一人稱「我」視同作者本身的習慣，這個動作意味著冰心有意拉遠讀者跟書寫者的距離，作者告訴讀者一個故事，不是作者本身的故事，這是理性取向之一。

其次，S的故事只是透過「我」的視角展現，文章進行中書寫者或者「我」都很少發表自己的意見感想或感覺，如果偶而有也是非常節制，而且對主題具有正面意義。例如文章結尾「我」幾乎是濫情的落淚，但對於那麼傳奇性的女子，這樣的落淚是合乎情理的。基本上文章是由主角的客觀事件串連而成，不是由「我」的心中「感覺」描寫出來，這是理性特質之一。

文章的企圖不是主觀的讚美或者貶抑某個女人，它是替某種類型的女人畫像——所以女主角沒有姓名，只有代號，它代表某種類型人物——，這種類型的女人包涵面很廣，不是三言兩語可以定位、可以描述，例如主角的故事幾近傳奇又合乎情理、主角的個性好像複雜矛盾其實又合乎人性、情節轉折快速但又有跡可尋，作者掌握的是比感性散文更大的企圖，這是理性訴求之一。

〈我的學生〉有點像小說，又不是小說，因為只有「故事」的骨架，情節相當擁擠，全部都是由「我」

來介紹，並不像小說幾乎全部讓主角自己「表演」出來，作為敘述者的「我」主觀色彩仍然很重，「我」對人物有喜愛、有價值判斷、也有感慨。

就以〈我的學生〉跟冰心的《寄小讀者》比較，讀者不難發現前者要「說」的主題是作者的思想，後者要「說」的是作者的感覺。儘管中間會有一些交集，但是其間區別仍然非常清晰。

朱湘的散文〈我的童年〉[53]分明是感性散文的題材，書寫者也擺明自己就是文中的「我」，似乎打算誠實介紹自己的童年，可是讀者得到的全部是知性的訊息。

〈我的童年〉其實涵蓋了童年到成年，作者一點都沒有意思要描述童年的生活經歷、童年的心情感覺，整篇文章都放在「文學」這個議題上。有關朱湘個人的童年、青年乃至成年的「經過」在這篇文章中寫來比行狀還要簡略，可見作者志不在此。

第一節來個「引言」：

> 如今，自傳這一種文學的體裁，好像是極其時髦。雖說我近來所看的新文學的書籍、雜誌、副刊，是很少數的；不過，在這少數的印刷品之內，到處都是自傳的文章以及廣告。
>
> 這也是一時的風尚。並且，在新文學內，這些自傳體的文章，無疑的，是要成為一種可珍的文獻的……
>
> 在新文學裡面，來寫自傳體文，大概總存有兩個目標，指引後學與撫今追昔。後學可以是自己的家人、學生，也可以是自己所研究的學問之內的後進，也可以是任何人。

我是一個作新詩的人。雖說也有些人喜歡我的詩，不過要說是，我如今是預備來作一篇詩的自傳，指引後學，那我是決不敢當的。至於我的一般的生活，那只是一個失敗，一個笑話——就作詩的人的生活這一個立場看來，那當然還要算是極為平凡；就一般的立場看來，我之不能適應環境這一點，便可以被說是不足為訓了。

要說是撫今追昔，那本來是老年人的一種特權；如今，按照我國的算法，我不過是一個三十歲開外的人。

不過，文學便只是一種高聲的自語，何況是自傳體的文章？作者像寫日記那樣來寫，讀者像看日記那樣來看。就是自己的日記，隔了十年、二十年來看，都有一種趣味——更何況是旁人的日記呢？並且，文人就是老小孩子，孩子脾氣的老頭子；就他們說來，年齡簡直是不存在的。

書寫者是用西方隨筆的方式「漫談」，從自傳體裁的發軔、流行到此種體裁的意義價值轉而到自己作「傳」的緣由。整節其實只有倒數第三段稍稍有點感性語言，卻是完全認定自己的現實生活的失敗，也就表明他不會敘述生活的「傳」，書寫者那種正經八百的模樣還真有點八股，所幸並不枯燥，也因為他解釋為什麼要寫這樣一篇不足為人道的「詩」的自傳，讀者可以看見朱湘謙虛的人格[54]。第二節談作者從舊文學到新文學的歷程：

記得我之皈依新文學，是十三年前的事。那時候，正是文學革命初起的時代；在各學校內，很劇烈的分成了兩派，贊成的以及反對的。辯論是極其熱烈，甚至於動口角。那許多次，許多次的辯論，可以說是意氣用事，毫無立論的根據。有人勸我，最好是去讀《新青年》，當時的文學革命的中軍，是劉半農的那封〈答王敬軒書〉，把我完全贏到新文學這方面來了。現在回想起來，有許多的人，連我也在內，便被他說服了。將來有人要編新文學史，這封劉答王信的價值，我想，一定是很大。

大概，新文學與舊文學，在當初看來，雖然是勢不兩立；在現在看來，它們之間，卻也未嘗沒有一貫的道理。新文學不過是我國文學的最後一個浪頭罷了。只是因為它來的劇烈許多，又加之我們是身臨其境的人，於是，在我們看來，它便自然而然的成為一種與舊文學內任何潮流是迥不相同的文學潮流了。

它們之間的歧異，與其說是質地上的，倒不如說是對象上的。

朱湘皈依新文學在十三年前，那麼他約十七歲左右，已經是青年不算「童年」了。此節談到新舊文學論戰中朱湘的文學傾向，事後回想起來稍做評斷，整節仍然擺脫不了知性議論的習氣。第三節談到與小說的緣份，節錄部分如下：

這還是十一二歲時候的事情。

那時候，在高小，上課完了以後，除去從事於幼年時代的各種娛樂以外，便是亂看些書。在這些書裡，最喜歡的便是俠義小說。……

除了舊小說以外，孫毓修所節編的「童話」也看得上勁。一定就是在這些故事的影響之下，我寫成了我的一篇小說創作。如今隔了有十七年左右，那篇，不單是詳細的內容，就是連題目，我都記不清楚了。彷彿是說的一隻鸚鵡在一個人家裡面的所見所聞。

以後，也曾經想作過〈桃花源記〉式的文章，可是屢次都沒有寫成。

在新文學運動的這十幾年之內，小說雖是看得很多，也翻譯了一些短篇，不過這方面的創作卻是一篇也沒有。

據我看來，作小說的人是必得個性活動的，而我的個性恰巧是執滯，一點也不活動。

朱湘與小說的緣分比較淺，不過結緣的經過跟大部分傳統社會底下的青年一樣，隨著機遇囫圇吞棗、隨著感覺順手寫作，又隨手丟棄。不過朱湘究竟只做了讀者、翻譯者而不能成為創作者，他自己歸結其原因是個性執滯所致。也因為這種個性使他在編劇、演劇方面都失敗了。朱湘把自己不能演劇跟不能寫短篇小說歸結為同一原因，似乎不無可議之處，但是誰也不能否認他自己正在做理性而誠實的分析。

第四節敘述讀書經過比較詳細，應該是到了本文為自己的「文學」生活作「傳記」的時候，節錄部分如下：

八九歲，讀完了「四書」，以及《左傳》的一小部份。就是在這個時候，學著作文了。

這是在離家有幾里遠的一個書館裡的事情。有一次，只剩下我一個人在館裡，心裡忽然湧起了寂寞，孤單的恐懼，忙著獨自沿了路途，向家裡走去……這裡是土地廟與廟前的一棵大樹與樹下的茶攤，這裡是路旁的一條小河，這裡是我家裡田畝旁的山坡，終於，在家裡前院的場地上，看見了有莊丁在那裡打穀，這時候，我的心便放下了，舒暢了。

我的蒙館生活是在十歲左右終止的。

十一歲時候，考取了高小一年級。這以後的十年，便是我的學校生活的期間，在小學，在大學期間，都曾經停過學。在一個工業學校的預科裡面讀過一年書。在青年會裡讀過英文。

我讀書，是決不能按部就班的。課本，無論先生是多麼好，我對於它們總不能感覺到一種特殊的興趣，便是那種我自己讀我自己所選讀的書籍，那時候所感覺到的興趣。

大概，書的種類雖然是數不盡的多，不過，簡單的說來，它們卻只有兩個。它們便是，不得不讀的，以及自己愛讀的書籍。由報紙一直到學校內的課本，就是不得不讀的書籍。至於自己愛讀的書籍，那就要看「自己」是誰了。……

……十二歲到十四歲，愛讀俠義小說。十五歲左右，愛讀偵探小說。二十歲左右，愛讀愛情小說。

至於言情小說，我只說一部本國的，《紅樓夢》。這部小說，坦白的說來，影響於人民思想，不差似「四書」、「五經」。胡適之關於本書的考證，只就我個人來說，並不曾減少了我對於本書的嗜好；潛意識的，我個人還有點嫌他是多事。這是十年前，我在看亞東圖書館本的《紅樓夢》那時候所發生的感想。……

杜甫的詩我是愛讀的。不過，正式的說來，他的詩我只讀過四次；並且，每次，我都不曾讀完。第一次是由《唐詩別裁集》裡讀的一個選輯，第二次是讀了，熟誦了全集的很少一部份，第三次是上「杜詩」課，第四次是看了全集的一大半。十五歲以後，喜歡杜詩的音調；二十歲左右，揣摹杜詩的描寫；三十歲的時候，深刻的受感於杜的情調。我買書雖是買的不多，十年以來，合計也在一千圓以上，比上雖是差的不可以道里計，比下卻總是有餘；說起來可以令人驚訝，便是，杜詩我只買過石印一部，要是照了如今我對於杜詩的愛好說來，一買書，我必定會先把習見的各種杜詩版本一起買到。

只要是詩，無論是直行的還是橫行的，只要是直抒情臆的詩，無論作得好與不好，我都愛。愛詩並不一定要整天的讀詩。從前，在十八歲到二十歲的時候，曾經有過幾個時期，我發過獃氣，要除去詩歌以外，不讀其他的書籍；現在回想起來，倒覺得有趣——不過，或許，我現在之所以能寫成一點詩，我的詩歌培養便是完成於那幾個時期之內。

這一節從頭談起，六歲啟蒙到青年讀書，並沒有超越一般學童就學的次序範圍，朱湘童年在蒙館裡顯得平凡安靜，後來又到學校讀書。顯然不論是蒙館教育還是學校教育都沒有給他多少營養。原來朱湘的學問幾乎都是自學而來的，他有一個非常充份的理由：書只有兩種「不得不讀的，以及自己愛讀的書籍」，那校內課本被他歸入「不得不讀的書籍」，就判決了他的學校教育不會給他什麼成果。也因此，更加襯托出朱湘自學能力之高。他的自學過程可以看出也是非常隨機自在地遨遊書海，最終還是耽溺在詩裡面，使他成為一個詩人。文章最後說「我真是一個畸零的人，既不曾作成一個書呆子，又不能作為一個懂世故的人」，這裡仍然表現出他的謙抑。

前面談到本節敘述比較詳細只是與前三節比較而言，仔細看仍然失之簡略，例如談到《紅樓夢》是他唯一想談的中國小說，卻幾乎沒有談出什麼名堂。談到杜甫雖然內容多一些，可是前面說自己真正閱讀杜詩只有四次，後文卻說對杜詩百讀不厭。整個說來，本文寫作態度隨興之至，正像他的自學讀書一樣隨興而讀。本來這樣的隨筆性的文章很適合感性散文，但是作者習慣於嚴肅的議論姿態，所以多是隨筆而論並沒有隨感而發，作者透露的仍然是一篇以分析見長、以見解取勝的知性散文。

本節第七段「插播」了一段感性的描寫，敘述他十歲前一個晚歸的記憶，就這麼一個小小的感性敘述，正表現了朱湘敏感脆弱的個性。

就散文而言，本文原來應該是一篇感性散文，在作者寫作之初應該也是設定要成為感性散文的吧，尤其到了文章結尾，作者對自己性格所做的結論，跟他原來要談的「文學的童年」無關，倒是跟「人生的童年」有關。在這篇文章中只要談到「文學的童年」涵蓋的就是理性的主題，但是寫到「人生的童年」時，就不免流露出感性，比較而言，全文重點畢竟放在「文學的童年」。

前面筆者數次提到葉靈鳳的感性散文，其實葉靈鳳也寫作大量知性散文。如果讀完葉靈鳳的感性散文再繼續讀他的知性散文，讀者會發現眼前氣象突然延展、格局竟是開闊起來。

試看〈送別〉一文：

從影戲院中散出來的時候，已經是近八點了。我要送她回到家裡去，她不肯，她說怕路上會有熟人遇見。

「遇見熟人又怕什麼？我明夜就要乘船到天津去了，你今晚還這樣的狠心！」

「什麼？你明天到天津去？我怎沒有聽你說起過？」她臉色突然緊張了起來，站住了這樣向我追問。

「我怕預先使你知道了你要煩心，我想在今晚送你到門口時再對你說的，你偏偏又不願我送了。」我笑著說。

她不再開口，只是用身子緊靠著我，推著我向她回家的路上走去。

「你明晚五時在鴆特路口等我，我有話要來對你說。」走到了她家門口時，她這樣珍重的對我說，她緊握著我的手不放，顯出對於這樣的情景的無限的留戀。

第二天的晚間五時，我照了她的話在鴆特路口去等她。五時，我見她遠遠地來了，手中拿了許多東西。我迎了上去。

她臉色似乎異常的慘澹，見了我，她緩緩對我說：

「恕我不能到船上去送你。這是餅乾，你不妨帶了路上去吃，這裡有一封信，裡面有一張照片，望你不時要……」

我見著她這樣的情形，我知道她竟相信我昨晚的話了，我忍不住笑了起來：

「你不要弄錯了，昨晚我是一時的氣話，我並不真的要……」

「什麼?什麼?……」

她眼睛突然張大了起來，一包餅乾從她手中落了下去。55

這篇文章雖然還是以描寫男女情愛為主題，但是它已經由書寫者個人的「我」轉移到一般社會普遍人類的「我」，主題訴求由個人小我的情愛耽溺到芸芸眾生的愛情遊戲。這篇文章書寫者就超然站在事件之外，只讓文章中的一男一女「表演」。書寫者提供了一個客觀的情境，讓讀者自己去體會思考判斷。葉靈鳳還有許多談文論藝的知性散文，表現他個人的博學多識及讀書品味，僅選出〈可愛的斯蒂芬遜〉讓讀者一方面閱讀葉氏的知性散文，同時此文恰好也談論到感性、知性散文的異同。

如果文學作品是枯寂的人生的安慰，那麼，作家在精神上正是我們的朋友。有些作家喜愛從自己的作品中將自己隱藏起來，有些作家卻愛盡力的在作品中將自己的成分注入。前者是畏友，你崇拜他，你敬仰他，但是你不敢過於和他親近。後者卻是密友，你覺得他在將他的心腹告訴你，你也可以將自己的哀樂寄托給他。沒有人敢說但丁、歌德，或者莎士比亞是他的朋友，但是對於斯蒂芬遜，《金銀島》的作者，英國近代最可愛的一位小說家，凡是熟悉他的作品的人，都樂意而且安心將他引為是自己精神上的朋友，不誇張也不僭越。

我正是一個喜愛斯蒂芬遜的人。英國小說很少使我耽讀不厭。我對於狄根斯很淡漠，我厭惡司各德，高爾斯華綏的鄉紳氣息使我窒息，康拉德的有鹹味的海上人物略略使我神往，但對於斯蒂芬遜的作品，我可說全部愛好。固然，他的小說的濃重浪漫氣息能使人神往，但重要的還是他灌輸在一切作品之中的那種親切感。他用一種親切的態度敘述他的故事，他也用一種親切的態度發表他的意見。他從不謾罵或者譏刺，他至多是懇切的向你勸導而已。

斯蒂芬遜最愛寫信。這也是使人感到這位作家的親切可愛的原因之一。他遺下的四大卷書信集，其中瑣碎的訴說他日常生活，健康態度，他的作品構思和寫作的經過，他對於朋友們作品的批評和感想。心情不好時，他在紙上叫苦連天；身體健康而心情愉快時，他便連園外草叢中白狗養了幾隻小狗的瑣事，也詳細的向他數千里外的祖國朋友們報告。

這些書信，你讀起來你便覺得他好像是寫給你的一樣。你不由得要幻想，你的生活中如果也有一位這樣的朋友，人生將是一件怎樣的樂事。但你可不必慨嘆，你只要將他的作品隨便翻開，你便覺得他的信已經是寫給你的了。

這樣，這位作者和他的作品便成了許多人的親切的朋友，也成了我的朋友。

斯蒂芬遜的健康不好，他的全部的重要作品可說全是在病中寫成，正如他在逝世前一年（一八九三）寫給喬治・梅里狄斯的信上所說：

> 十四年以來，我不曾有過一天真正的健康；我總是病著醒來而又疲憊的去就寢；可是我不畏縮的幹著我的工作。我躺在床上也寫，不躺在床上也寫；在病中寫，在咯血時也寫，咳嗽難忍時也寫，頭腦暈眩時也寫；支持得這樣長久，我覺得我好像已經得勝，重新獲得我的健康了……。

這種情形使人覺得他的作品更加親切可愛。因此，如果近來在美國流行的「如果你單身住到一個無人的荒島上去，只允許你攜一本書去，你將攜誰的著作？」這問題到我面前時，我便要毫不躊躇的回答：

「斯蒂芬遜！」

葉氏一開始就說到知性作家與感性作家的最大不同，前者是「從自己的作品中將自己隱藏起來」，後者恰好相反，卻是「盡力的在作品中將自己的成分注入」。明白這個道理的人，可以雙管齊下，知性、感性文章雙寫。〈可愛的斯蒂芬遜〉是一篇知性的文章卻是在介紹感性文章的優點，它的主題訴求是理性的。

知性散文關懷的不只是自己小我的生命情態，而是大部分人類共同生存的處境，所以關懷度日益擴大，寫作題材更是無限延展。許多知性散文作家學域廣博、視野無限、見識獨到、發人未發、高瞻遠矚又博大關懷，但都沈潛在理性的、冷靜的文字書寫裡。八〇年代臺灣都市散文把散文的理性訴求刻意極力發展，吳潛誠在〈遊走在後現代城市的想像迷宮——重讀林燿德的散文創作〉說：

……林燿德似乎明瞭恆以「自我發現」和「自我界說」為主題有其格局上的限制；唯有適度地遺忘自我始能成就偉大的文學。專業寫作的林燿德無疑有恢宏的文學企圖……因此，他不作興刻寫生活瑣事或抒發一己之感懷，而經常訴諸知性和高度幻想，相當程度地依賴學識和理性思維，從歷史、地理、文學、藝術、神話和其他科學圖書吸取材料和靈感，嘗試和古往今來的大師對話。

……林燿德刻意抑制感傷，減少抒情，因而得以保持「抽離的」(detached) 敘述態度，有時候還賣弄一下玄想，裝出品味頗酷的架式，沒有舊式讀書人的習性和襟抱，也不奢談浪漫式的理想，結果便產生了一些或可稱為新世代風格的散文。[56]

這樣努力發展的成果，仍然可以林燿德為代表，再借用蔡詩萍的話：

……在林燿德標舉知性寫作的大纛下，成功而且令人驚豔的好作品，其實非常多。《迷宮零件》的「卷四／地球零件」，有八篇文章，因為每一篇的篇幅較長，尤其能考驗作者知性論述的「文」與「筆」的兼具能力，逐篇讀下來，實在不能不佩服作者的知識廣博、行文布局的節奏流暢，而且前後呼應、意象飽滿。論者對其中的幾篇以地圖意象（如〈地圖〉、〈中國〉）、歷史事件（如〈海圻艦〉、〈特洛伊七號〉）為主題的文章，均給以好評，理由不外林燿德藉著這些題材重新詮釋了歷史／政治，真實／虛構的關係，讓我們注意到「文本」(Text) 的地位。林燿德對後現代主義的理解與實踐，在他企圖賦予「文本」更大的策略性地位上清楚可見。[57]

第四節　知性散文的侷限

知性散文雖然有無限發展的可能，並不表示它沒有侷限。首先是，它的發展傾向偏僻，讀者難以接受。其次，知性散文刻意且過份的反感性也存在著負作用。

一、讀者對作品的疏離感

知性散文書寫者隱身幕後，不像感性散文如遇到好友給人溫馨的促膝而談的親切感。讀者一旦遇到知性散文，第一個感覺是不想接近，即使有接觸的欲望，又時常煩惱著不得其門而入。試看冰心的〈笑〉58：

雨聲漸漸的住了，窗簾後隱隱的透進清光來。推開窗戶一看，呀！涼雲散了，樹葉上的殘滴，映著月兒，好似螢光千點，閃閃爍爍的動著。——真沒想到苦雨孤燈之後，會有這麼一幅清美的圖畫！

憑窗站了一會兒，微微的覺得涼意侵入。轉過身來，忽然眼花繚亂，屋子裡的別的東西都隱在光雲裡，一片幽輝只浸著牆上畫中的安琪兒，這白衣的安琪兒，抱著花兒，揚著翅兒，向著我微微的笑。

「這笑容彷彿在哪兒看見過似的，什麼時候我曾……！」我不知不覺的便坐在窗臺下想，默默的想。

嚴閉的心幕慢慢的拉開了，湧出五年前的一個印象。——一條很長的古道，驢腳下的泥兀自滑滑的，田溝裡的水潺潺的流著。近村的綠樹都籠在濕煙裡，弓兒似的新月掛在樹梢。一邊走著，似乎道旁有一個孩子，抱著一堆燦白的東西。驢兒過去了，無意中回頭一看，他抱著花兒，赤著腳兒，向著我微微的笑。

「這笑容又彷彿是哪兒看見過似的！」我仍是想，默默的想。

又現出一重心幕來，也慢慢的拉開了，湧出十年前的一個印象。——茅檐下的雨水一滴一滴的落到衣上來，土階邊的水泡兒泛來泛去的亂轉，門前的麥隴和葡萄架子都濯得新黃嫩綠的，非常鮮麗。一會兒，好容易雨晴了，連忙走下坡兒去，迎頭看見月兒從海面上來了。猛然記得有件東西忘下了，站住了，回過頭來。這茅屋裡的老婦人倚著門兒，抱著花兒，向著我微微的笑。

這同樣微妙的神情好似游絲一般，飄飄漾漾的合了攏來，綰在一起。

這時心下光明澄靜，如登仙界，如歸故鄉。眼前浮現的三個笑容，一時融化在愛的調和裡，看不分明了。

這篇文章是典型軟性的感性散文，作者意態親切，打開雨後清窗、也打開心靈之窗，展示三幅美麗溫馨的「笑」，綰合起來就是來自人間的愛。讀者乍一接觸，注意力就不自覺被吸引過去，從文字、語調、意念到感情都是那麼柔美溫馨，感性散文的魅力是無聲無息的進入讀者心中。再看高士其（一九〇五～一九八八）〈笑〉一文的前數段[59]：

隨著現代醫學的發展，我們對於笑的認識，更加深刻了。

笑，是心情愉快的表現，對於健康是有益的。笑，是一種複雜的神經反射作用，當外界的一種笑料變成信號，通過感官傳入大腦皮層，大腦皮層接到信號，就會立刻指揮肌肉或一部分肌肉動作起來。

小則嫣然一笑，笑容可掬，這不過是一種輕微的肌肉動作。一般的微笑，就是這樣。大則爽朗的笑，放聲的笑，不僅臉部肌肉動作，就是發聲器官也動作起來。捧腹大笑，手舞足蹈，甚至全身肌肉、骨骼都動員起來了。

笑在胸腔，能擴張胸肌，肺部加強了運動，使人呼吸正常。

笑在肚子裡，腹肌收縮了又張開，及時產生胃液，幫助消化，增進食欲，促進人體的新陳代謝。

笑在心臟，血管的肌肉加強了運動，使血液循環加強，淋巴循環加快，使人面色紅潤，神采奕奕。

兩篇〈笑〉，前者感性，後者知性。前者只想感動讀者，後者想要教育讀者。知性散文不自覺的站在比較高的層次，流露出教育、指導、批評讀者的意旨，有時內容甚至過於專業，令讀者自卑而趑趄不前。

高士其寫作〈笑〉需要醫學、心理學知識，還要有輕鬆優美的文筆、曲折含蓄的表現方法，才能寫成一篇散文來「教育」讀者「常笑」。像這樣鬆軟可口容易閱讀，具有文學趣味又能增廣知識的散文不多。賈祖璋（一九〇一～一九八八）在二〇年代就以生物學家的專業學識及文學家的素養致力於科學小品的寫作，成績斐然[60]。他努力把文學典故與生物學知識熔於一爐。不過，剛開始時有時介紹過於駁雜、或者考證過於繁瑣、或者資料堆積過多、或者研究氣息過重等等原因，使他一再調整寫作方法，當《生物素描》開始發表時，文學比重明顯提高許多。〈螢火蟲〉[61]是代表作之一。

作者可說是苦心孤詣用文學的方法把「螢火蟲」這種生物介紹出來，不僅有科學性、知識性、文學性，也有很高的趣味。文章第一段完全像抒情散文的開筆，給讀者一幅黑夜螢火蟲與天上星光輝映的美麗景色，把讀者帶到鄉間唱著螢火蟲兒歌的童年，在溫馨活潑的氛圍之下慢慢開始介紹螢火蟲，像「腐草化螢」的傳說、螢火蟲的種數、生活史、螢光來源考都是異常枯燥的內容，都介紹得活色生香。尤其是第五、六、七段把專業知識輕描淡寫地水乳交融於敘述文字中，末尾兩段藉螢火蟲帶回故鄉，產生一片毫不造作的懷鄉之情，最後又淡入感性的懷念之中，可謂神來之筆。

用文學的方法引領讀者到專業知識的領域，用心實在良苦，其成果也值得尊敬，但並不是每位作者都如此這般考慮讀者的接受能力，而且文學創作原始的目的並不是為了傳達客觀的知識，而是作家經過自己智慧過濾之後主觀的知識，絕大部份散文創作者設定的潛在讀者水準更高，他們認為創作者的任務本來就是表現自己。所以更多的書寫者並不是為傳授知識而寫作，他們如果直接引用專業知識、專業名詞或者專業術語等等，是為了文體本身的需要，絲毫不會考慮讀者的接受能力。試看林燿德〈寓言三則〉中的〈電梯門〉㊷：

下班的時候，他總是最後一個下樓。他打發了上來催駕的司機，要他先回車上等候。他鎖好公司的大門，又有些後悔先打發了司機。

他的叔叔和堂弟都喪身在電梯裡——活活地被震死在斷了纜線的鐵盒中。現在他孤獨地置身穩穩下沈的電梯裡，涔涔的汗珠豆粒般滾出他額角上張開的毛孔，他忽然感覺到呼吸一緊，缺氧的壓迫感逼上中年的肩頭，他反射性地試圖把兩手伸向頭頂的通風口，卻搆不到，眼前一黑，整個身體都軟了，「停電了嗎？」「我不要死！」雜亂的意念風馳電掣般閃過腦海，電梯仍在下墜，他似乎感到那恐怖的加速度……張口欲喊，卻怎樣也喊不出聲來，他在黑暗的盒子裡勉強支起，希望能找到他平時常常注意的紅色按鈕，那按鈕……那隻蒼白而顫抖抽搐的右手沒有觸到銀色的鍵板就緩緩地掉落下來，另一隻手下意識地握緊了胸前的項鍊盒。

司機一直在一樓的電梯前等待，凝視著指示燈，一滅一明地溜下來——14、13、12、11……他收斂起不耐的嘴臉，又對著大門上的玻璃壓壓翹起的鬢角，3、2、1。

門啟處，司機被眼前的景象懾住了，在電梯的燈光下踡著一個倒臥的人影，灰白的頭髮像秋野上的莽草，項鍊盒被扯下，滾到角落，金色的外殼異常顯眼，粉紅色的硝化甘油錠自半開的盒中撒落了一地。

〈電梯門〉跟〈螢火蟲〉不同的地方在於：後者是傳知散文、前者是創作散文。〈螢火蟲〉為傳授螢火蟲這種動物的科學知識而特別撰文，全篇以科學的、真理的角度還原螢火蟲的真相，文章內儘量避免生澀的科學名詞或者術語，用優美的方式說明清楚是文章的目的，作者不會也不該讓文章節外生枝產生其他疑難雜症。

〈電梯門〉寫作的出發點跟〈螢火蟲〉不一樣，作者是為了表達一個抽象的概念而虛構一個發生在電梯內的故事，這個故事可以十分平凡，也可能非常怪異，〈電梯門〉其實二者兼具，作者都不在意這些，更不在乎夾雜專業名詞或者術語——如果他認為那是文章必備的話——就讓讀者去詰屈聱牙、陷入迷宮。〈螢火蟲〉的目的是使專業知識平常化，所以作者的努力都朝著這個目標。〈電梯門〉的目的是利用平凡的事物表達一個不平常的概念，因而虛構一個介於事實與虛幻之間的「網」，當它結成之時，網上所有構成物都是充分必要不可去除，也不可再加潤飾、再加詮釋的。〈電梯門〉的精鍊，就在於主角在電梯內突然發病倒下，胸前項鍊盒裝的「硝化甘油錠」自半開的盒中撒落一地。這個極為簡單，而又飽含意義的敘述把許多沒有說出來的話藏在網裡，留給讀者自己去補白，如果作者在這裡出來解釋說明，就太煞風景了。

基本上，傳知散文不會有閱讀上的語障，知性的創作散文才跟讀者產生巨大的隔閡，這些作者刻意使文字「脫水」，乾燥而冷靜，讀者幾乎失去一見鍾情的機會。至於內容，大部分議題嚴肅、且時常涉及專門性的內容，作者言談不避艱深，若沒有基本學養沒有通識能力的人很難理解欣賞。且各種作者專業領域不同，各懷絕技，題材無限，讀者知識有限，必然力有未逮。而在語言流程中，作者經常使用許多疏離生活環境、偏向專業化的專門性詞彙，也形成讀者的語障。

其次，知性散文因「作者」喪失了自己的身世，讀者不能文如其人地在散文中找到「真實作者」的形貌和感情世界，已是憾憾然。再者，知性散文作家時常身懷雄心大志，想要展布他獨特的心象宇宙，這宇宙中所呈現的不是個人經歷，而是「抽除了自我的自我」，抽象性的世界觀和對變遷社會的批判，重新置入寓言的形態中，其作品的密度時常很高，在在造成閱讀的障礙。讀者要「進入」就是一種困難，「深入」更不容易，接著能「欣賞、喜愛」就更加困難了，這很容易成為孤芳自賞的陽春白雪。許多知性散文作家如此銳意前往，幾乎在任何機會都不忘展布他們的理性思想，像林燿德在〈屍體〉一文得到第八屆梁實秋文學獎散文類第一名時，發表的「得獎感言」照理應該有些感性言談，可是作者寫出來的又是一篇批判性極強的知性散文。63

二、反感性的後遺症

創作本來是深掘內在生命的活動，讓潛藏的、深層的生命有一個優美的出口，而散文更是一種無法隱藏自我本性的文類，只要運用散文書寫，就會不自覺流露「自我」的本質、挖掘「自我」的內在，這本來是順乎天性、合乎人情、有益健康的行為。知性散文創作之始，是為了便於傳達書寫者知性的一面，例如學識、見解、思想。但文學書寫不是絕對的，書寫者有時面臨非知性的一面，有些人不願意表現自我內在而刻意壓抑感性、或者為了強化書寫文體而有心消除感性，在在造成散文有意的反感性，因而產生一些後遺症。

許多知性作家一生都不撰寫感性散文，讀者固然無緣認識他生命的內在情境，但是，從某些作家身後披露的日記、書信、遺稿等，我們發現不是他們沒有感性、不是他們不需要感性、不是他們不需要發洩，而是他們刻意壓抑自己的感性。感性作家寫作時情感意緒毫無保留傾囊而出，讀者理解他因何而熱情、為何而冷漠。知性作家採保留態度諱莫如深，讀者時常以為他們的生命不需要感性。其實我們發現知性作家有時更需要感性的滋潤。梁實秋具有豐沛的感情，更企盼感情來滋潤自己，他女兒梁文薔在他去世之後寫的回憶文章，就表現得很清楚，像〈每週一信〉：

爸爸為人在某些方面很開通，但有時又非常保守。例如，他反對父母子女之間為一些瑣事謝來謝去，他說那是洋習。如真有深厚感激之情也無需言語表達，他認為親情是無法用言語表達的。但是，一九八二年夏，他最後一次來美，有一天，大約是他快回臺前數日，他忽然自樓上下來，坐在我書桌對面。這是反常之事，爸爸通常不在我書房坐下。他怕打擾我的工作。爸爸說：「你說像我們這樣每週一信，從不間斷，達二十多年之久，是不是絕無僅有？」

「我不知道。人家家裡的事咱們怎麼知道。不過，我想這種情形，有也不會很多。」我說。

「……」爸爸有些吃力地說：「你能不斷地給我寫信，我很感激。……你知道嗎？你的信是我和這個世界的唯一連繫。……」

我無言以對，努力眨回快要流出的眼淚。這次輪到我認為親情是無法用言語表達的。64

梁文薔這篇短文是非常動人的感性小品，她把父親保守壓抑又需要感情的一面描寫得多麼深刻！父親平常不輕易打擾女兒工作（這也是一種壓抑），到了離別前，他無法忍耐久積的情感，他一向反對家人之間用語言說謝，但是他找不到更好的表達方式，他用人間最樸拙、最原始、也是最動人的語言直接說出來，說出他二十年來積壓的感激。他的感激既然累積了二十年，就表示靠女兒幫助舒解的寂寞也累積了二十年，他從來不用任何其他方式宣洩出來，這是多麼沈重的塊疊。就人之常情言，創作本身既是一種創造活動，也是一種宣洩作用，在寫作過程中，把感性過度壓抑形成習慣，情感沒有出口，塊疊堆積在心中積久必然成疾。

一個作家如果習慣於壓抑感情，久之也會失去表達感情的能力。梁實秋寫作《清華八年》、《槐園夢憶》就有這種情形。梁實秋曾多次寫到父親，他似乎有個通情達理的父親，但是讀者掌握不到這位父親的形象。《清華八年》中敘述：「家父給了我同文書局石印大字本的前四史，共十四函，要我在美國課餘之暇隨便翻翻，」這些書「我帶過了太平洋，又帶回了太平洋，差不多是原封未動繳還給家父。」在《槐園夢憶》中寫道：「父親關心我的工作，有一天拄著拐杖到我書室，問我翻譯莎士比亞進展如何，」「父親說：『無論如何，要譯完它。』我就是為了他這一句話，下了決心必不負他的期望。」

他的父親顯然是一位通情達理的長輩，但是作者對他老是欲言又止，甚至沒有點到就停止，有些地方敘述父親文字很多，卻沒有焦點，例如他們夫妻住在青島時父親前往小住，有一大段描寫（頁五四），並沒有寫出父親任何特點。梁實秋的個性保守傳統，一定很注重人倫、必定尊親敬長。梁文薔《長相思》中也引錄梁實秋給女兒的信中說「我吃魚時總是想起我的母親，冷飲時總是想起我的父親……」，奇怪的是集合這些書中所有有關父親的描寫文字，讀者看不出作者對父親整體的感覺是什麼？他是尊敬父親、害怕父親、還是喜歡親近父親？他是否滿意於這樣的父親？讀者看不出來。

至於他的戀愛，既然打算公開，卻又寫得非常含混模糊，《清華八年》裡有兩處提到與前妻的戀愛：「我必須承認，在最後兩年實在沒有能好好的讀書，主要的原因是心神不安，青春初戀期間誰都會神魂顛倒，」「無時不感覺熱血沸騰，坐臥不寧，寢饋難安，如何能沈下心去讀書？」當在畢業時拿了一紙文憑離開清華園，「心裡只覺得空虛悵惘。此後兩個月中酒食徵逐，意亂情迷，緊張過度，遂患甲狀腺腫，眼珠突出，雙手抖顫，積年始愈。」像這樣的戀愛對他的人生好像負面多過正面，第一段是在學校就讀因戀愛而荒廢學業，但又覺得有女朋友很幸運。第二段是畢業後兩個月因「意亂情迷」而患病，既然兩情相悅、長輩又支持，讀者實在找不到主角可以生病的原因。這裡的描寫跟《槐園夢憶》裡撮合不起來，這本來不重要，重要的是語焉不詳，不知作者寫作的意圖何在。到了《槐園夢憶》，作者讀者都非常確定作者寫作此書是為了表達主角對妻子的愛戀，但作者也沒有透過形象化的描寫讓讀者去理解，像前妻去世時是重要關鍵，作者都把直覺的情感等於文學的情感，這其中缺少藝術化的過濾、提煉再重新「創造」出來，抽象的意見可以直接陳述，但是抽象的情感大抵要透過外在形象外在動作來描繪，這樣的寫法好像《雅舍小品》一樣借用典故交代出來，達意固然正確快捷，表情卻沒有升降、變化、節奏、韻味。至於他妻子的生活、她的個性、她的情感、她的行誼在這本書裡都只記錄了簡略的事蹟，例如說她操持家務十分勞累（頁五十八）、生育子女透支體力（頁五十五），至於她為何會因憂鬱罹病「以至於精神崩潰」（頁六十四），書中沒有提供任何前因後果，讀者得到的只是一些零星的知訊，實在談不上對前妻的認識。不論梁實秋書寫父親或者妻子，他都把該「實寫」的部分「虛寫」，那些應該把客觀的人、事、物直接顯示出來的部分，作者卻用虛筆隱藏起來。虛實相生、虛實結合的運用本來是散文描寫的含蓄與直接的問題，梁實秋面對父親或者妻子這個題材時，內心顯然有著深沈的糾葛，該實寫時無法打開心房、放開手自在書寫，因此借用虛寫輕輕帶過。

就散文創作而言，作者如果控制自身的感性與知性失調，他在作品中也會顯出不平衡。作品中感性太濫與知性過多都是一種病症。梁實秋的作品就短於抒情、拙於描繪，他時常簡單敘述外觀，有情節但只存骨架，缺乏血肉所以文章不流動，骨肉無法停匀。葉靈鳳的感性散文則描繪過多，血肉堆積，沒有骨架支撐起來，顯得臃腫笨拙。

感性與知性的不平衡關鍵不在作者寫作的能力，而是個性問題。前舉梁文蕃在回憶父親的文章中，時常提到梁實秋「憂鬱半生」、「爸爸那時只有五十餘，正值壯年，但精神上的長期苦悶，使爸爸漸有遁入佛門的傾向。」可見他相當壓抑。梁實秋喪妻之後，女兒更是他感情的唯一出口，其父女間的親情固然可貴可感，就梁實秋個人的孤單淒涼來說又十分可嘆可悲。寫作不能成為作者感情的出口並不表示他不需要，而是他不願意。因為長期習慣性的不願意，使他失去願意公開的能力。許多作家無意公開發表的私人書寫文件，一旦在身後被公開出版時，讀者可以看見他的內在情愫。但是原始書信、原始日記畢竟又很難等於文學創作，作家不能只靠這些來建立文壇地位。

周作人被公認是中國現代文學史上第一個提倡書寫抒情小品的人，他以身作則寫了大量小品文。不過，稱為周作人抒情散文的作品，那「情」都經過特別壓縮。沖淡是周作人散文的重要風格，他非常刻意把散文中的「情」沖得淡極到若有似無的境界。這固然是中國人肯定的修為，其實也是一種壓抑。即使周作人曾經寫過淩厲的批評社會的雜文，他也努力收斂犀利的筆鋒，像一九二六年三月十八日發生的段祺瑞執政府屠殺請願學生事件，幾乎每位作家都為這件事噴薄出心中的激憤，而周作人的〈關於三月十八日的死者〉[65]是其中感情最為壓抑平和的一篇。

〈若子的病〉[66]是慈父面對愛女病危的經過，這本來是非常感性的題材，可是讀者看到周作人異常節制自己的情感，完全客觀地敘述一件好像發生在別人家中的醫療事件，女兒在死亡邊緣掙扎，一度被認為已經去世，「妻抱住了她，只喊說：阿玉驚了，阿玉驚了！」弟婦也說「阿玉死了！」接著數位醫生前來看診等等把病人救回，第一人稱「我」完全站在局外沒有動作沒有聲音。直到下午為病人出門買糖，「路上時時為不祥的幻想所侵襲，直到回家看見毫無動靜這才略略放心。」只有這一處，才有點像父親的心情。

周作人文章的沖淡風格不僅表現在作品中，也身體力行實踐在他的生活中、他的情感中，他在《雨天的書．自序》中說：「我近來作文極慕平淡自然的景地……像我這樣褊急的脾氣的人，生在中國這個時代，實在難望能夠從容鎮靜地做出平和沖淡的文章來。」他也再三表示要在「流氓」與「紳士」、「叛徒」與「隱士」之間保持中間點。這樣刻意的調整個性、追求文風正是實踐中國儒學思想裡「中庸」的處世哲學吧？在修養的過程裡，不斷地提醒自己「忍」的境界，這也是中國人稱許的個人修為吧？它的確建立了眾人公認周作人散文雍容沖淡的風格，姑且不論它是否有益身心健康。光就文學創作而言，散文風格是作家人格及氣質的反映，把原本的人格本性氣質發揮出來較好？還是拗折本性去苦苦追求另一種性格更恰當呢？如果周作人不刻意追求他仰慕沖淡的風格，依照他的本性自在書寫，是否會有更高的成就呢？

八〇年代在臺灣崛起、九〇年代發展迅速的都市文學，作者在作品中更是全面封殺感性。有人全力抽離情感，對於文類的發展固然有其意義，但散文是一種流露自我的文類，作家傾全力抽離情感的結果是否有礙身心健康？如果因此導致身心不平衡，也會反映在作品上。

創作本來就是一種無盡的自我輸出，散文尤其是一種更為貼近本質的自我輸出，作家就不必始終銳意反其道而行。既然生為書寫者，感性就是天賦具備，不能抹煞、無法規避。號稱都市文學的創始及提倡者林燿德，在散文中一再成功地壓縮情感到零度，其實他還是曾經忍不住寫過感性散文，也曾經在知性散文中流露出個人的個性，像〈如何對抗保險箱製造商的陽謀〉[67]，除去文本的主要指涉意義，作者在編撰「胡丁尼」時也同時投射出一種相當自賞的倔強不服輸的性格。文中一再推崇胡丁尼每次以性命為賭注卻總是「可以掙脫任何鎖銬」，作者在文學上或者人生上也是嚮往並追求此類深具挑戰、接近危險邊緣的遊戲。有時候是把自己鎖上鐐銬、有時候是期待別人上銬，總之胡丁尼是自己在享受掙脫之後的快感。不過，上帝並沒有賦予人類無限的潛能，但是只有胡丁尼敢於向極限挑戰，光是這一點作者就極為欣賞胡丁尼、也自我欣賞。可是胡丁尼並不知道自己的真正極限，嚮往胡丁尼的作者明明知道卻還要銳意前行，文章沒有說出（不算隱藏）胡丁尼生命的最後結局，顯示作者是更甚於胡丁尼的胡丁尼了，這種悲劇性格不是格外鮮明嗎？

具有雄霸所有文類野心的林燿德在他的著作中，有意無意間流露出他文學心目中文學理論的「胡丁尼」，也曾經表示要戰勝此「胡丁尼」的志氣，在他有生之年似乎沒有認為完成了這個心願。這跟上舉文章中不斷更替「胡丁尼」的現象稍有矛盾，這正意謂著他本身存在的矛盾。客觀來看，林氏想超越的「胡丁尼」未必比他優勝。做為一個創作者，林氏跟朱湘一樣，雖然具有別人沒有的敏銳的觸覺及判斷力，以及別人少有的滿腹學識，但「研讀理論，應只是詩人的業餘消遣，他主要的工作是忘掉這些理論，以他敏銳的直覺做為世人集體潛意識的代言人。」[68]

其實完全掙脫感性的鎖銬並不容易，寫作文類如果僅限於散文文類的作者，走向感性或者知性的偏鋒，其結果都容易被自己的鐐銬鎖死。林燿德諳練各種文類，透過詩可以宣洩部分提煉過的感情，透過雜文可以宣洩部分對社會的不滿——這畢竟不夠，但比起梁實秋，林燿德宣洩的管道總算多一些，他的知性散文之路走得比較穩重。

文學需要不斷創新，所以我們永遠支持實驗性的追求，寧願冒險失敗都不要一直故步自封。但是實驗之後也要回頭檢驗成果、考量前程，或者再向另一種實驗出發。散文中的感性與知性像其他所有藝術一樣，都不宜永遠只衝向極端。

第五節　感性散文與知性散文的光譜

我們指稱感性散文與知性散文，僅是因比例上的多寡而做歸類的便稱。散文的知性與感性並不是對立的，有些作家固然以感性或者知性散文創作為主，但並不表示他只侷限於一種，許多作家是既有感性散文也有知性創作，像葉靈鳳就有大量知性散文。甚至許多散文作家的許多作品是知感交融的。甚至像梁實秋的〈雅舍〉[69]一文就有感性的成份。他敘述的「雅舍」是書寫者真實的居所，且書寫者也表現了部分個人的情感、感覺，例如文中主角說到了四川，覺得當地人建造房屋很經濟、談到住房的經驗，主角有很多，且主角不論住在哪裡，只要住得稍久，對那房子便發生情感，非不得已還捨不得搬走……諸如此類都直接表現作者主觀的感覺、個人的性向。至於當作者談到「雅舍」時，特別強調「雅舍」有它的個性，有個性就可愛。這裡賦予無生命以人類的生命特質、人類的性情，這種寫作方法，是感性散文的常調。至於作者談到室內佈置，如有一几一椅一榻，酣睡寫讀，均已有著。陳設雖簡，作者卻能翻新佈置，「雅舍」所有，毫無新奇，但一事一物的安排佈置，只要別人一入「雅舍」，就知道那是主角的房子，表現書寫者與一般人不同的性情品味。感性散文就像〈雅舍〉中的「雅舍」一樣，要「有它的個性，有個性就可愛。」

本文最大的感性特色在於書寫者承襲劉禹錫的〈陋室銘〉對居陋室而欣然的情懷。只不過梁實秋對「個人情懷」的書寫不多，大部分篇幅是偏重客觀介紹雅舍本身酸甜苦辣的趣味。那些正是典型的「雅舍體」之一，有張潮《幽夢影》的幽趣、文采、風度。許多人認為梁實秋的《雅舍小品》表現了作者開朗、幽默、樂觀的心境[70]，其實梁實秋跟林語堂一樣[71]，這樣的心境是他們衷心嚮往尚未能至的境界，他們固然在作品中一再表現這種思想，由於是知性的表陳，那表示書寫者心中、理智所追求的目標，未必就是他們人格底層已經登臨的界域。

透過感性散文可以檢驗書寫者已經形成的部分個性，透過知性散文可以檢驗書寫者嚮往的部分心境。如果純粹站在欣賞的角度，要劃分散文的知性與感性的成分，大致可以歸納出下列四型：

(一)感性的文體寫感性的內容。
(二)感性的文體寫知性的內容。
(三)知性的文體寫感性的內容。
(四)知性的文體寫知性的內容。

一、感性的文體寫感性的內容

感性的文體寫感性的內容可以說是純粹的感性散文，這樣的作品要用豐沛的情感作推動力，但是非常忌諱濫情。試看一九八九年五月十三日發表於北京天安門的〈絕食書〉72：

這篇署名「北京大學絕食團絕食書」在宣讀當時即讓全場眾人淚流滿面，並立時轟動海內外，它可以深積力久儲存了深厚的力量，集潛藏許久、潛藏很深的激情、悲情、國情、同胞情等等各種情感一股作氣宣洩出來，足以感發人的意志、煽動人的情感。一九九八年甫出獄即撰寫〈一九八九年的民運文學〉的王丹73提到這篇文章時說：

> 這的確是一份「用生命寫成的誓言」。在生與死之間，年輕的學生毅然選擇了後者，他們要用自己的青春和生命報效祖國和人民。他們留戀生命的願望比所有人都強烈，但他們以死求生的決心比誰都堅決，這就是大學生。作為歷史工作者，在面對歷史事件的分析時，理應保持客觀和冷靜；但我同時又是一個參與者。
>
> 當我一遍遍地讀到這份〈絕食書〉時，每次都會熱淚盈眶，眼前彷彿出現了紅旗招展、人聲鼎沸的廣場和那一張張因飢餓而浮腫但面容堅毅的臉龐。我知道，絕食書中的字裡行間，正是廣大學生內心世界的真實寫照。當時我們共同擁有著一種為國殉死的悲壯心情。

這篇短文在當年六四天安門學生運動中具有舉足輕重的位置。現在時移境遷，回頭用文學的角度檢視，它仍然是一篇感人肺腑的文章。它具有「感動」眾人的因素很多，最重要的是它的力量來自人類共同與生俱來的本能與願望，例如人類都愛自己的同胞、愛自己的國家，每個人都嚮往自由民主的社會、每個人都對社會懷有責任感、都對理想有犧牲奉獻的精神；反之，人類都反對集權專制的政府、貪污腐敗的官僚，這篇文章喚醒人類這些已經被遺忘的原始本能、原始願望。文章感人的是青年學生以身作則，表現人類的大愛：犧牲生命，換取國家前途，更加證明人類愛國情操乃與生俱來，並且具有發揚光大的潛力。

人類有許多與生俱來的願望、與生俱來的情感都被自己給遺忘，這一下子全部被叫喚出來，那股力量是多麼的龐大！學生用青春的生命來「死諫」，其方式是多麼的壯烈！這篇文章用感性的語言，啟動大家共同的情感、提醒大家共同的看法、揭示人生共同的願望、指出社會共同追求的目標，一切都站在「大公無私」的立場，它的感動力當然強大久遠。

二、感性的文體寫知性的內容

許多作品表現書寫者的人性思考或者社會批評，不用雜文的批判立場、不用說道的論文形式，而是綺麗流動的文體，像梁遇春（一九〇六～一九三二）的散文。

梁遇春善於思辨、長於說理，他的文章大體上都是夾敘夾議的 Essay 體，嚴謹的邏輯思維、層層遞進的剖析推理都是典型的知性散文，而他不間斷的奇思妙想跟洋溢在字裡行間坦率真摯的熱情、綺麗華豔的詞藻、流動活潑的節奏，形成他個人獨特「顧盼多姿」的風格，在在給予文章無比溫潤親切的感覺，又是感性散文的特色。佘樹森論述他的〈春雨〉[74]等文章時解說道：

作者面對著「整天的春雨」或「春陰」，遐思冥想：他想到在「陰霾四佈或者急雨滂沱的時候」，沾沾自喜的財主們也會感到「苦悶」；而「人世哀怨的人們」看到「蒼穹替他流淚，烏雲替他們皺眉」則會「覺到四周都是同情的空氣」；想到：斗室默坐，憶念十載相違的密友，已經走去的情人，以及生平種種的坎坷，一身經歷的苦楚，傾聽窗外檐前的滴瀝，仰觀天上的雲雨的趣味；特別是，「最難風雨故人來」，替從苦雨淒風中來的朋友，倒上一杯熱茶，很有放下屠刀，立地成佛的心境；接下去，又想到「風馳電掣」般凶猛的春雨；進而又想到「春雨綿綿」的境界……一幅幅美妙的雨景，蒙太奇一樣迭次展現在讀者眼前，畫意裡湧溢著作者的情思理趣。

有些用感性文體書寫的學術論著，使其理論更加瑰奇、其說服力更加強勁，像李長之（一九一〇～一九七八）的《司馬遷之人格與風格》就是。最饒興味的是李長之對司馬遷的評價，時常也正是李長之自己的風格作為。像李長之說：「有人以為批評家不能帶感情，怕影響他的識力，其實不然，情感與識力原可並存不悖，大批評家且必須兼具此二者，吾於司馬遷見之。」李長之正是筆端常帶豐富的感情，反而增加他卓越識見的光彩。李長之說《史記》：

就他的文學才情言，《史記》又是非常主觀的。他渲染上許多許多的感情，他也費了不少精力在琢磨他的文章上。在這方面看，《史記》在史書之外，乃是一部像近代所謂小說或者是抒情詩式的創作。創作有創作的一般特點，那是靠靈感，而優劣不能自主，也不能預期。一篇之成，也不知道經過多少失敗。因而往往有棄稿，但這棄稿也每每存於現在的書中。所以《史記》也不盡是滿意稱心之作。

我這樣述說的意思，是指明《史記》決不是完美的，可是正因為它不美滿，它不會陷入庸俗，卻像斑剝的鐘鼎彝器或殘缺的古人字畫一般，那精妙幽媚處不惟不因此而失，反而更增加了人們對它的慕戀。

事實上李長之也是「非常主觀」地撰寫《司馬遷之人格與風格》一書，他也「渲染上許多許多的感情」，使得本書像是「抒情詩式的創作」。李長之說：「司馬遷的本質是浪漫的、情感的。他的情感本是不時爆發而出的。」這也是李長之的風格，他精彩絕倫的感覺及感想時常成為論文的高潮，像他在介紹司馬遷對老莊申韓批評之後說：「在那一個混亂的思想鬥爭中，司馬遷獨能超出儒道之上，作如此精確而公允的批評，兩千年之下獨感到他的目光如炬，令人震慴，誠不愧為一偉大的批評家！」

李長之論及司馬遷之受刑時說：「在他個人當然是一個太大的不幸，然而因此他的文章裡彷彿由之而加上濃烈的苦酒，那味道卻特別叫人容易沈醉了！又像音樂中由之而加上破折、急驟、悠揚的調子，那節奏便特別酣暢淋漓，而沁人心脾了！」李陵案之後，使得司馬遷「對於人生可以認識得更深一層，使他的精神更娟潔、更峻俏、更濃烈、更鬱勃、而更纏綿了！——這也是我們在《史記》裡所見的大部分的司馬遷的面目。總之，這必然發生的李陵案，乃是在他的生命和著述中之加味料了，他的整個性格是龍，這就是睛！」

這樣的卓越的見解、這樣別緻的譬喻、這樣特殊的議論風格，在在讓讀者留連忘返。

李長之分析了司馬遷與漢武帝兩位英雄之後說：「這時是浪漫的大時代，他們都是浪漫精神的象徵，浪漫精神原是只有青春，而無所謂衰老！」諸如此類，卓識、才華、惜才之情洋溢於字裡行間，讓讀者閱讀他的論文像是閱讀優美的創作一樣地享受。他形容《史記》的「不美滿」更增加《史記》的可愛可貴，這樣可愛的「不美滿」其實也存在於李長之這本書中。

關於《史記》的史學性，李長之評論之後說：「司馬遷之難能可貴，並不只在他的博學，而尤在他的鑒定、抉擇、判斷、燭照到大處的眼光和能力。——這就是所謂『識』」。憑「識」他展開了「究天人之際、通古今之變、成一家之言」的事業，「司馬遷識力高處，簡直不唯叫我們嚮往，而且叫我們驚訝。」李長之說：「一個歷史學家的可貴，並不在史料之多，而在對史料之瞭解，並能看出它的意義。」恰巧相同的是李長之寫作此書幾乎沒有用什麼參考資料，完全依靠他卓越的才識閱讀《史記》、全憑豐富的感情去感受並批評《史記》。

有關《史記》的文學性，李長之說：「司馬遷的文學家的成分多於史學家的成分。」他有意識地把它寫成文學作品。他認為司馬遷是一個哲人，也是一個詩人，他往往憑他的智慧而對史料有所抉擇並貫串，又憑他的情感和幻想而有所虛構。從來沒有一部史書有如此作者之個人色彩，所以它是文學。

李長之的詮釋是合情合理又針針見血，李長之活像司馬遷，才情煥發。他說：「讀一部書，就像認識一個朋友，如果不曉得他的個性，則無論說長論短，全無是處。」書有書的個性，他分析了《史記》的個性，令人喜愛，讀者在閱讀李長之的書時，也認識李長之這位朋友，也認識這本書的個性。李長之批評《史記・屈原賈生列傳》中的屈原傳說：「屈原的人格固然高，文字固美，而司馬遷的評傳也真夠藝術，他是那樣說到人底心裡，讓人讀了感到熨貼。」《司馬遷之人格與風格》也給我們同樣的感覺，論述著作寫得如此感情飽滿、才氣淋漓、見識卓越，真是光輝燦爛、美不勝收，讓讀者在理性、感性雙方面都滿載而歸。

三、知性的文體寫感性的內容

慣常書寫知性散文的作家，有時偶而書寫感性小品，時常保持著原來知性的文體，而呈現知感交融的現象。朱湘一貫書寫知性散文，當他知音好友夢葦（一九〇〇～一九二六）臨去之時，朱湘有無窮的不捨、抑不住的感情，都流露在〈夢葦的死〉[75]一文中。

「他的相貌與他的詩歌一樣，純是一片秀氣」的夢葦，而今是垂死的病人，朱湘悲嘆道：「咳，薄命的詩人！你對生有何可戀呢？牠不曾給你名，牠不曾給你愛，牠不曾給你任何甚麼！」夢葦一生刻骨銘心的切膚之痛，朱湘自己也親身感受到，所以他不僅痛心世間少去一位天才、少去一位知音，同時也是深刻的自傷，因而寫下這篇弔人而終究成為弔己的文章，本文流露出朱湘從來不輕易外現的生命中最熱情又極溫柔體貼的令人動容的一面。

朱湘知道夢葦獨病垂危在醫院，正是最需要情感安慰的時候，他「給予你以精神的藥草，用一種溫和柔軟的銀色之霧，在你眼前遮起，使你朦朧的看不見漸漸走近的死神的可怖手爪……」他想像夢葦「臨終的時候，在漸退漸遠的意識中，你的靈魂總該是脫離了醜惡的城市，險詐的社會，飄飄的化入了山野的芬芳空氣中，或是挾著水霧吹過的河風之內了罷？」這時的朱湘是如此多情而浪漫，如果沒有這種萬般疼惜、眷眷深情的人絕對寫不出如此情思綿邈、意深情切的好文章。不過，文章到了結束時，朱湘回到理性，他最為掛念的是文學地位：

你的詩卷有歌與我倆的中間的詩卷，無疑的要長留在天地間，她像一個帶病的女郎，無論她會瘦到那一種地步，她那天生的娟秀，總在那裡，你在新詩的音節上，有不可埋沒的功績。現在你是已經吹著笙飛上了天，只剩著也許玄思的詩人與我兩個在地上了，我們能不更加自奮嗎？

他稱許夢葦在新詩上的貢獻及地位，同時也表達自己的自信與抱負，誠是一篇知感交融的好文章。知性文體中如果出現感性意象，其構圖就格外顯得鮮麗、情感意念特別覺得深切，把這篇散文跟前舉朱湘〈我的童年〉比較，讀者可以立刻發現後者是過於板滯了。

四、知性的文體寫知性的內容

知性的文體書寫知性的內容，是知性散文發展到極端的產品，純粹議論的著作如果不具備文學素質當然不屬於知性散文。純粹知性的美文魯迅早就寫過，像魯迅的〈復仇〉[76]書寫者完全像小說作者一樣冷冷地站在局外，挑空虛構一個怪誕的事件，由事件本身呈現意義，而這個事件又極為簡單，只把敵對的兩個人從真實的世界「抽象」而出，放在一個魔術的空間之中：

他們倆將要擁抱，將要殺戮……

路人們從四面奔來，密密層層地，如槐蠶爬上牆壁，如螞蟻要扛鯗頭。衣服都漂亮，手倒空的。然而從四面奔來，而且拚命地伸長頸子，要賞鑒這擁抱或殺戮。他們已經預覺著事後的自己的舌上的汗或血的鮮味。

然而他們倆對立著，在廣漠的曠野之上，裸著全身，捏著利刃，然而也不擁抱，也不殺戮，而且也不見有擁抱或殺戮之意。

他們倆這樣地至於永久，圓活的身體，已將乾枯，然而毫不見有擁抱或殺戮之意。

路人們於是乎無聊；覺得有無聊鑽進他們的毛孔，覺得有無聊從他們自己的心中由毛孔鑽出，爬滿曠野，又鑽進別人的毛孔中。他們於是覺得喉舌乾燥，脖子也乏了；終至於面面相覷，慢慢走散；甚而至於居然覺得乾枯到失了生趣。

於是只剩下廣漠的曠野，而他們倆在其間裸著全身，捏著利刃，乾枯地立著；以死人似的眼光，賞鑒這路人們的乾枯，無血的大戮，而永遠沈浸於生命的飛揚的極致的大歡喜中。

對峙的雙方陷入執念的荒蕪時空，而「無聊」在兩人的毛孔中穿梭，這樣的人生風景是絕對的諷刺。原本只是「將要擁抱，將要殺戮」的瞬間，因為透過這段細緻的描寫產生了時間上無限的延宕，決鬥前短暫的緊張於是得到無限制的擴張，即使是肉體枯涸，瞬間的對峙延展為永久的「生命的飛揚的極致的大歡喜」。復仇從現實意義上的血債血還，變成單純的生命快感。

完全知性的藝術散文顯然特別鍾情於憑空杜撰的故事，且不論是書寫者或讀者都有相同的共識，沒有人會認真地思考這個虛構故事在人間是否存在的真實性。更確切地說，虛擬的人、事、物自個人的幻想跳脫而出，它們被創造出來的目的不是為了增添現實中的材料，而是在「似非而是」的形態下，做為某種呈現意識形態的藝術表現或者做為批判生活環境的喻依。林燿德的〈答錄機〉[77]透過答錄機中隱藏的白色戲法人偶來處理資訊時代人際關係的疏離與冷漠，讀者當然理解那答錄機內的小紙人必然不存在於現實中。請看它如何用精簡的篇幅書寫現代都市生活中的恐怖荒蕪：

答錄機沒有靈魂。

答錄機記錄靈魂的迴聲。

答錄機的軀殼中隱藏著一具沒有靈魂的人格。你可以把他想像成一個白紙剪成的白色戲法人形，沒有眼睛、沒有鼻孔，只有一對耳孔和一張被剪成O型的嘴部。

小白人每一分每一秒都在那個微小的機身中靜靜等待。他模仿主人的語調，一絲不茍地重複主人留話，然後在主人回來的時候，又把電話訪客的留言，包括那些微微的沮喪、淡淡的哀愁、隱忍的憤怒或者自言自語的興奮，按照原來的節奏一句一句表演出來。

然後，他蹲回原來的位置，仍舊沒有完整的臉、沒有任何表情。

每當我聽到電話另一端的電話答錄機播出主人留話，就彷彿看到了對方所擁有的那枚紙人空無一物的臉龐，然後我想到我自己擁有的那枚紙人，不禁為他空洞而寂寞的身世滴下淚來。

虛構的「小白人」寄居在電話答錄機中，他是沒有完整五官、沒有靈魂的存在，存在的功能只是重複著主人遺留下的聲紋；我們在答錄機中聽到熟悉的聲音，也因為那些熟悉的聲音是由沒有靈魂的機器拷貝而成，使我們在聽聞後感到一種跌落金屬洞穴般的空洞感受。

小白人本身即是都會生活的怪誕蜃影，是人類的不完整的替身，一種墜落與荒涼的象徵，他取代了主人的位置卻沒有交流和溝通的能力，他不存在於現實中，但是他在文本中的存在指出了我們所生存的現實已經逐漸被物質化的事物所取代，有朝一日，以人類的聲音為食物的小白人或許會完全取代了人類，人類反而淪為答錄機和類似家電用品的附屬品。純粹知性的散文不論在內容或者文字上都提供讀者如此冷酷的現實處境。都市散文作者基本上認同都市、接受文明，但更是嚴厲地批判都市文明及人類的處境。

像林燿德的〈大師製造者〉[78]就用幻設的手法對工商業社會發展出來所謂的「大師」的虛矯現象進行嘲弄：「人工大師的藥效雖然不超過百年，在當代卻幾可亂真。大師製造者們也常辦辦大師動物園，真的、假的，一個個擺入紙張和文字所構成的牢獄裡。」在此，世俗所謂「大師」成為一種真偽不明的怪物，他們的成就並非來自實力，而是一群「大師製造者」炮製的虛榮；這篇作品一針見血地揭發了資本主義社會中「人欺人」、「人為人役」以及名人「被生產」與「被消費」的社會情境，但是行文充滿隱喻，要由讀者自行解讀其中處處隱藏的玄機。

知性的文體書寫知性的內容，書寫者已經完全抽離作品、且文章充滿象徵隱喻，都市散文最能代表這種特徵，讀者只能在隱藏作者中尋找作品投射出來的意旨。

注釋

❶ 見胡夢華〈絮語散文〉，《中國現代散文理論》。

❷ 見《小品文和漫畫》。

❸ 例如冰心的〈小品二章〉（見《無花的薔薇——現代十六家小品》）即用第二人稱觀點書寫，可是讀者、包括作者在內都認為文中的「你」其實就是作者「我」。又如余光中〈萬里長城〉（見《聽聽那冷雨》）也是有意用第二人稱代換「我」。

❹ 見〈習作舉例〉，《國文月刊》，一九四〇年創刊號。

汪文頂支持這個看法，並進一步解釋道：

> 川島的《月夜》和許地山的《空山靈雨》之所以仍是抒情散文，是因為作者創造性地將自己的情感經驗和見聞觀感轉化為客觀圖景，通過敘事寫人間接表達自己的思想感情。他們敘事寫人主要不是為了再現客觀生活本身，展示事件發展過程，刻劃人物性格，而是為了創造情境來打發情思，因而有別於敘事散文。如許地山的〈補破衣的老婦人〉所描繪的片段場景，並非要寫那位老婦人的勞作和貧困，而是要藉此含蓄地表達自己補綴人生破網的意願。（見〈五四時期抒情散文創新綜論〉，《現代散文史論》）

❺ 見《白日的夢——葉靈鳳集》，本章引用葉靈鳳各篇皆出自此書，不再注明。〈人去後〉原文如下：

> 在這世界上，「神秘」和「不可思議」假若尚有存在的可能時，那我現在心中的感覺，簡直是最神秘最不可思議的了。我現在真不能講出我心中的感覺，究是怎樣。我只覺得我心中空空洞洞，淒淒涼涼；我心灰意懶，我好像已被劫奪了一切，對於任何我都感不到興趣，我沒有一點能動的勇氣。我不再有精神讀書，我不再有心思作畫。——學問和名譽現在

對於我又算什麼？我眼看著翻倒的墨水瓶，墨水從瓶中流出，流到桌上，從桌上滴到地板，污濕了我掉在地上以前心愛的書，我也不再有閑心去將它拾起。——我將它拾起了又有什麼用呢？現在有那一樣對於我還是有用，當我失去了我的靈魂以後。

啊！在不久之前，我不是還意興蓬勃，勤惕好學的麼？現在怎突然就變了這樣呢？啊，我不知道！我怎能講出？這要問你，這只有你才知道。啊！我的朋友，我唯一的朋友！我的莊嚴的崇拜者！

啊，我的崇拜者！你若預先知道當你走後，這幾天中所給與我的惆悵與悲哀時，我知道你是再也不忍那樣不辭而別的了！在你將要離去這間房子的那一天中，我將我自己關在這間小房內，我聽了你家將東西從樓上一件件吊下去的時候，我聽了你進出的腳步聲，我好像本來立在一面萬花寶鏡之前，突然起了一陣濃霧，一切都在我眼前……（原稿中輟）

一九二六年三月十七日

這篇文章後面的說明文字如下：

以上兩篇短文是在將近一月之前所寫，後一篇還沒有寫完，便因事中止了。

這兩篇文章，現在對於我已成了個莫大的罪狀。因了這一點文章，我現在已將我自己重墮到地獄中，我又親手斷送了我的朋友的一生。

雖是在這二十幾日中，因了這一篇文章的原故，使兩個不相識的人，竟能並肩在人世的園中遨遊了幾小時，然而我的這位親切的朋友的一生幸福，便也因此送掉——我自己是一無足惜的。

這件事將來或漸漸會為世人所知道。不過現在我在此很不能詳講，我也沒有這個忍心。

我因了傾慕這個人的原故，竟因此反將這個人的一生幸福葬送，這件事對於我自己是怎樣地慚悔，怎樣地心傷。照理我本不應該再苟活在這無情的人世，不過現在因了我已將我的全個心身獻給了這個人，在我未得到我的所有者的允許之先，我是不敢擅自將我自己毀壞的。

我現在只等待這一句莊嚴的鈞示。這大約再隔三四日後便可知道，到那時便什麼都可解決。

或許我的主人不要我現在就逃出這世界，那我今後慘淡的餘生，也是要全獻給我的罪過。我的罪孽誠是永世洗不淨的，然而我要粉碎了心身去作萬一的懺贖。

我若能有死去的幸福，那現在這短短的幾句話，或許成為我最後的一篇也未可知。我若能死，待這篇文章印好出世之時，恐怕我的罪骨早腐化了！——請莫寒心。負罪的人，原不應偷生人世的。

上面的兩篇短文，我本不願發表。不過我想起了印出之後，或許可以作為我的一點懺悔，於是便在這裡刊出了。今後或許會再有寫文章的機會，然而像上面那樣的東西，我是再也不能，再也沒有資格，再也不忍寫的了。我要永遠避免春風，我要永遠避免桃紅。今後我的心中，我的眼中，我的肩上，只有這一件永不會卸除的罪擔！

然而我決不會頹喪灰心，假若我不死。為了報答我這位朋友的原故，我要分外的勤奮與努力。

我心中並不悲哀，我此時只如大水後的荒原，空空蕩蕩，沒有一件掛礙。——我自己親手造成的罪孽，正是應該我自己無言去承受，我敢講這是悲哀麼？

本來是一株生在幸福的樂土上的花兒，因了我的原故，竟突然墮到了悲慘的地獄裡，我怎能洗淨這樣的罪過呢？

我現在已是一個永不得赦免的罪徒。

回想起寫以上兩篇短文時的情形，我已恍如隔世。

文章寫得很不連氣，然而我有什麼方法可想呢？叢罪之軀，生死不遑，更有何暇顧到這些！

我若能死，這一點短文，或會是我最後的一篇了。

四月十二晚閱後附記

❻ 見《散文瞭望角》。

❼ 見《桂花雨》。

❽ 見方重〈英國小品文的演進與藝術〉，收入《英國小品文的演進與藝術》中。

❾ 見《談龍集》，《周作人全集》一冊。

❿ 三〇年代是青年逆時代而行的悲壯時代，覺醒的知識份子想要發展個性、追求自由、實踐理想……卻在掙扎苦鬥之後屢遭失敗挫折，許多作家筆下表現了這樣深沈的切膚之痛及無力感，悲劇感來自人類與現實人生的尖銳衝突。本文作者似乎生活在象牙塔中，並沒有感受到時代的壓力，他作品中的悲劇感是在書齋裡想像出來的。

⓫ 以下引文見〈鄉愁〉。

⓬ 非馬〈銅像〉見《台灣文藝》一一六期，一九八九年三至四月號。林燿德〈銅夢〉見《八十二年散文選》。

⓭ 見《現代散文百篇賞析》。〈彼岸〉原文：

這邊有一個鎮市，那邊也有一個鎮市，中間被一條江水橫隔著。這邊的鎮市很熱鬧，在山頂上還有一個小小的動物園，是比較冷清而幽靜的地方。

我攀上這個山頂，為離開人多的地方，走進了小動物園裡。被關在籠欄裡的老虎、豬、猴子、兔子，我都不想去看，只選擇了竹林底下的茶座歇下身子來。

樹木遮蔽了山下的市衢；碧藍的天，卻從竹葉的空隙露出一顆顆圓亮的眼睛。

在高處，我看到了遠處。環周的那些更高更遠的連峰，原都隱約地藏在雲天的邊際。我也望見了江的對岸，一片平坦的壩子，被無限蔥鬱的草木掩護著：只有一兩個屋頂和樓尖還露在外頭。

我已經聽不到這邊的些許的市聲；自然更聽不到那邊的任何的聲音了。但我又覺得江邊一定比這裡更清靜更安寧。

籠子裡的孔雀，忽然呀呀地叫了幾聲，立刻又把我的想望喚回來了，我此刻仍然坐在竹林底下，鄰座上已經添了兩位客人，都是女的。

她們的話匣子打開了，這個林子裡即使有夜鶯，有百靈，有烏鴉，有郭公，恐怕也不得不把演奏的機會讓給她們。她們談著張家長李家短，談著衣料，談著肥皂，又談著故事，又談起了新聞——最近發生在江那邊的，我從來沒有去過那邊，也不認識那邊任何一個人或知道任何一件事情。

……

「他死啦？」那個年紀比較大一點的女人還不相信似的問著。

「死啦，昨天下午都已經埋啦，那塊地也是人家借的，就在農場的後面。」像女學生模樣的一個說。

「期考之前還看見他好好地上課，真是看不出！」

「是呀！放了假他還常常過江來的，聽說醫院裡不收他這種病人，教他自己調養，病不是一天半天的了。」

「對了，他這種病頂需要營養，需要休息，需要安靜……死下來，他家裡知道了怎麼辦呢！」

「你認識他麼？他家裡還有些什麼人？」

「嗯——我不認得他。有人知道他，快四十歲的人了，獨自個兒在外面過了好多年下來。」

「看見他的人都替他難過得很。不知道他為什麼偏偏要住在那麼一個人家裡，房裡擱著一個棺材——也許是房東家的壽材吧，看著就不得舒服，還要天天跨進跨出的——」

（孔雀不知怎麼又在籠子裡呀呀地叫著。）

「臨死的前兩天，還看見他從棺材旁邊走來走去的哩。」

「噢，他就住在那一家的院子裡哪！」年紀大一點的那個女人，似乎也為這種「環境」而感動了，呆了一息，她想起了另外一件事打聽著：

「不是有一個女人常常和他在一塊兒了嗎？」

「那不是他的太太嗎？」小一點的女人，彷彿剛發現了真正的疑問了，「他們同居過一陣！不知道結了婚沒有，後來又不大見了。」

「他病著也不來探望探望？」

「起初還來一趟兩趟。病重了就不來了。她對人說她怕傳染，這種病是會傳染的。」

我諦聽著，一聲輕微的嘆息之後，這兩個女人的話都停頓了。

微風吹過樹梢，竹葉顫動著，桐葉也搖搖擺擺的……

接著她們又談了下去。說這種病如何需要營養，如何需要安靜，如何需要休息，如何需要多多的錢，如何需要愉快的心情……可是她們都表示著十分的惋惜與百分的同情，因為那個病人什麼都沒有，他很窮，他平時就很窮。

「沒有替他打過針嗎？」大一點的女人，彷彿以最關切的態度提起了這麼一問；她以為「針」就是最後活命的一個方法，倘如沒有打過針而死去，那才是一件最足遺憾的事。

「我知道，打了的。一針就要七八十，一百多。我懂得一點醫，我知道這一針就可以支持三天！」

孔雀沒有叫，我的心，不知怎麼並不像剛才那般平靜了。那個「應該」死去的人，或者已經多活了三天了。

但是，我不再這樣想下去了；我的心，謝上帝，似乎還不曾到達有婦人之仁的這種地步罷。

我仍是嚮往起彼岸，彼岸和我僅僅隔著一道水……

在彼岸一個不治的病者，因為他貧困，他被人摒棄了；因為他貧困，他只能「多」活了三天；因為他貧困，他在人間世上只合選擇了那麼一個地方安排他自己：與孤獨作伴，以棺木為鄰……

在彼岸，他終於得到一個永恆的安息，永恆的歸宿了。

⓮ 以上琦君散文分別見琦君著作：〈毛衣〉見《煙》，〈母親新婚時〉見《三更有夢書當枕》，〈母親那個時代〉、〈母親的偏方〉、〈髻〉見《紅紗燈》，〈一朵小梅花〉見《琦君小品》，〈楊梅〉、〈阿榮伯伯〉、〈三劃阿王〉見《煙愁》，〈不再是蘭花手〉見《燈景舊情懷》。〈雙親〉一文見《聯合報》一九九七年八月十一日。

⓯ 見《中國新文學大系．散文二集》導言。

⓰ 《海外寄霓君》是朱湘留學美國時寄給妻子霓君的原始書信集，跟一般戀愛時期談情說愛式的情書不同，都是家常話題，但是感情豐沛，內中也有許多情緒性的發洩。朱湘情書與梁實秋情書相同之處是兩人都不斷急切地向對方索求愛。朱湘雖是公費留學，但必須省下部分生活費寄給妻子過活，經濟萬分拮据，除了拚命省錢，沒有任何生財之道，當時美國人歧視中國留學生，朱湘傲岸的個性倍受壓力。霓君是他唯一的精神寄託、索求她的精神支持，當這股支持力量不足或者反而反對朱湘時，他便會出現情緒化的反彈。

⓱ 即使讀者只看到朱湘單方面的情書，也不難洞悉霓君的性向以及她的教育程度、思想、價值觀念都和丈夫南轅北轍，因而朱湘花費許多力氣在溝通上。但是霓君用心傾聽，不論她接受朱湘的解釋與否，朱湘和妻子之間有許多共同的事物需要商議討論，例如妻子的疑心病、寄人籬下、奶媽、金錢、照相、讀書……等等問題，透過他不厭其煩的再三溝通，讀者就能掌握這對夫妻問題的癥結與情感的深淺，情書即出現深度。

⓲ 見《中國現當代散文研究》。

⓳ 見吳歡章〈美不會毀滅——楊朔的散文藝術〉，《現代散文藝術論》。

⓴ 見《楊朔散文選》。

21 同19。

22 同20。

23 見〈埃及燈〉，同20。

24 同20。

25 見《世界日報》一九九七年六月二十九日。

26 見《無花的薔薇——現代十六家小品》。

27 同上注。

28 見佘樹森《中國現當代散文研究》。

29 同上注。

30 同28。

31 見〈通訊二〉，《寄小讀者》。

32 同上注〈通訊十〉。

33 同上注〈通訊十二〉。

34 見《人生小景》。

35 散文作家通常沒有這種自覺，小說家則有，像朱西甯的作品不受時代潮流影響，在文體上不斷實驗創新，寫作風格經過數次革命式的蛻變，發展出屬於朱西甯獨一無二的文體。

36 見〈被忽視者的重返——小論知性散文的時代意義〉，《國文天地》十三卷二期。

37 參見《現代散文構成論》第四章。

㊳ 見《紅紗燈》。

㊴ 見《罵人的藝術》。按，秋郎即梁實秋，本書首篇〈罵人的藝術〉在臺灣遠東圖書公司單獨出版成一小冊，書名亦為《罵人的藝術》，署名梁實秋撰。

㊵ 見《雅舍小品》。

㊶ 見《回憶梁實秋》。

㊷ 梁實秋在《清華八年》中說受到徐鏡澄老師影響，接受他的「割愛主義」，寫文章要少說廢話。他在〈論散文〉中說：「散文的美妙多端，然而最高的理想也不過是『簡單』——二字而已，簡單就是經過選擇刪芟以後的完美的狀態。」（見《耕雲的手》）

㊸ 梁實秋對於寫作題材有一些明顯的顧忌，他不但不選擇自己的私生活做材料，也從來不涉及他人私事，更不涉及經國大事如政治、局勢之類。他也完全避免尖銳性的題材，這是世故。他不願意書寫個人私生活，尤其內心世界大門深鎖，他與前妻早年有許多他們珍視的情書，他不但不打算公開出版，且在遷居臺灣時忍痛付之一炬。他在世時非常擔心給韓菁清的情書被公開，這都是保守的一面。

㊹ 見《多少英倫舊事》。

㊺ 見蔡詩萍〈八〇年代後都市散文的新世代性格——林燿德的一種嚐試〉，《林燿德與新世代作家文學論》。

㊻ 見《現代散文縱橫論》。

㊼ 以下兩文皆見《一座城市的身世》。

㊽ 同㊺。

㊾ 這些作品題材和作者生活環境、個人處境雖然關係密切，但是其中第一人稱主角的生活細節卻和作者本人有些出

入。

50 見《我在臺北及其他‧序》。

51 同45。

52 見《關於女人》。

53 見《朱湘文選》。按，該文原發表於《青年界》五卷二號一九三四年二月，文題是〈我的新文學生活〉，同年十月收入《中書集》時易名為〈我的童年〉，時朱湘已經去世，顯然是編者所改。

54 時人都因朱湘脾氣壞而認為他驕傲自大，其實朱湘在文學的殿堂裡謙卑而自牧，一再表現在他的散文裡，由本文第一節就可見一斑。

55 以下兩篇皆同5。

56 見《林燿德與新世代作家文學論》。

57 同45。

58 同26。

59 見《作品百篇賞析》。

60 賈祖璋先後出版五種科學小品：《鳥與文學》、《生物素描》、《碧血丹心》、《生命的韌性》、《生物學碎錦》等。

61 〈螢火蟲〉見《現代散文百篇賞析》。原文如下：

滿天的繁星在樹梢頭輝耀著；黑暗中，四周都是黑魆魆的樹影；只有東面的一池水，在微風中把天上的星，皺作一縷縷的銀波，反映出一些光輝來。池邊幾叢蘆葦和一片稻田，也是黑魆魆的；但蘆葦在風中搖曳的姿態，卻隱約可以辨認。這蘆葦底下和田邊的草叢，是螢火蟲的發祥地。它們一個個從草叢中起來，是忽明忽暗的一火火的白光；好似天上的繁星，一個個在那裡移動。最有趣的是這些白光雖然亂竄，但也有一些追逐的形跡：有時一個飛在前面，亮了起來，另一個就會向它一直趕去，但前面一個突然隱沒了，或者飛到水面上，與水面的星光混雜了，或者飛入蘆葦或稻田裡，給那枝葉遮住；於是追逐者失去了目標，就遲疑地轉換方向飛去。有時反給別個螢火蟲作為追逐的目標了。而且這樣的追逐往往不止一對，所以水面上，稻田上，一明一暗，一上一下的閃閃的白光與天上的星光同樣的繁多，尤其是在水面的，映著皺起的銀波，那情景是很感興趣的。

這是幼年時暑假期間在鄉間納涼時所見的情景。當時與弟妹等一邊聽著在烈日中辛苦了一日才得這片刻安閑休息的鄰舍們的談笑，一邊向螢火蟲唱著質樸的兒歌：

螢火蟲，

夜夜紅，

飛到天上捉牙蟲，

飛到地上捉綠蔥。

在這樣的歌聲中，偶爾有幾個飛到身邊，趕忙用芭蕉扇去拍，有時竟會把它拍在地上，有時它突然一暗，就飛到扇子所能拍到的範圍以外去了，這時就是追了上去，也往往是不能再拍著的。被拍在地上的，它把光隱了，也著實難以尋覓；或又悄悄地飛起，才再現它的光芒，也往往給它逃去。被捉住的最初是用來賭勝負，就是放在地上用腳一拖，在地上畫起一條發光的線，比較那個畫得長，就作為勝利。不消說，這是一種殘酷的行為，真所謂「以生命為兒戲」的了。後來那些幸運的個體不會這樣被犧牲，它們被閉入日間預備好的鴨蛋殼裡，讓它們一閃一閃，作為小燈籠。要睡時就攜到枕邊，頗有愛玩不忍釋手的樣子。但大人們以為螢火蟲假如有機會鑽入人的耳內，就會進去吃腦子，所以往往被禁止攜入房間裡的。

螢火蟲是怎樣發生的，鄉間沒有談起；但古書上卻說它是野草所化成的。去年那號稱中國第一家的老牌雜誌，竟發表過羅廣庭博士的生物化生說，所以腐草化螢，大概是可靠的。但羅博士經廣東方面幾位大學教授要求嚴密實驗以後，一直到現在還未曾有過下文，至少那家老牌雜誌，沒有再把他的實驗發表過，大抵羅博士已被他們戳穿西洋鏡了；那麼腐草為螢的傳說也就有重行估定價值的必要。

原來螢有許多種數，全世界所產能夠發光的螢有二千多種。形態相像而不能發光的也有二千多種。我們這裡最常見的一種是身體黃色，而翅膀的尖端有些黑色的。它們也有雌雄，結婚以後，雄的以為責任已盡，隨即死去；雌螢在水邊的雜草根際產生微細的球形黃白色卵三、四百粒，也隨即死去。這卵也能發一些微光，經過廿七、八天，就孵化為幼蟲。幼蟲的身體有十三個環節，長紡錘形，略扁平；頭和尾是黑色的，體節的兩旁也有黑點。尾端有一個能夠吸附他物的附屬器，可代足用。尾端稍前方的身體兩側還有一個特殊的發光器官，也能放青色的光。日中隱伏在泥土下，夜間出來覓食。它能吃一種做人類肺蛭中間宿主的螺類，所以有相當的益處。下一年的春天，長大成熟，在地下掘一個小洞，脫了皮化蛹。蛹淡黃色，夜間也能發光。到夏天就化作能夠飛行的成蟲，看了這個簡單的生活史，腐草為螢的傳說，可以不攻自破了。

最令人感興趣的螢火，是從那裡來的呢？在科學上的研究，以前有人以為是某種發光性細菌與螢火蟲共棲的緣故，但近來經過詳細的研究，確定並沒有細菌的形跡可尋，還是說它是一種化學作用來的妥當。這種發光器的構造，隨螢的種類和發育的時代而不同。幼蟲和蛹大抵相似；在成蟲普通位於尾端的腹面，表面是一層淡黃色透明質硬的薄膜，下面排列著多數整齊的細胞，形成扁平的光盤，細胞裡有多數黃色細粒，叫做「螢光體」(Luciferase)，遇著氧氣就起化學作用而發光。這些細胞的周圍又滿佈毛細管，毛細管連接氣管能送入空氣，使螢光體能接觸氧氣。又分布著許多神經，能隨意調節空氣的輸送，所以現出忽明忽暗的樣子。與發光細胞相對應的還有一層含有多數蟻酸鹽或尿酸鹽的小結晶的細胞，呈乳白色，好似一面鏡子，能夠把光反射到外方。

螢光不含紅外線（熱線）和紫外線（化學線），所以只有光而沒有熱，是一種理想的照明用的光。但現在的人類還不能明白這些螢光體的內容；既不能直接利用它，也不能仿照它的化學成分來製出一種人造的螢光。人類所能利用的，在歷史上有晉代的車胤，把它盛在袋裡，以代燭火讀書。在外國，墨西哥地方出產一種巨大的螢火蟲，胸部有兩個大發光器，放綠色的光；腹部下面也有一個發光器，放橙黃色的光；兩色相映，極為美麗，婦人把它簪在髮間，作為夜舞時的裝飾器，還有，就是作為玩耍而已。至於在螢火蟲的自身，借此可以引誘異性，又可以威嚇敵害，對於它的生活上是很有意義的。

在電燈、煤氣燈和年霓燈交互輝煌的上海，是沒有機會遇到螢火蟲的。故鄉的螢火蟲更是一年，二年，幾乎十年沒有見過了。最近家中來信說：三月沒有雨，田裡的稻都已枯死，桑樹也有許多枯萎了。那麼往時所見的一池水，當然已經乾涸，一片稻田，看上去一定像一片焦土，那黑魆魆的樹影，也必定很稀疏了。我那辛苦工作的鄰舍們已經無工可作，他們可以做長期的休息了，但是在納涼的時候，在他們的談話中，未知還能聞到多少笑聲。

因了螢火蟲我記著了遭遇旱災的故鄉了。祝福我辛苦的鄰人們，應該有一條生路可走。

62 同47。

63 其「得獎感言」題目是〈屍體的快樂與活人的悲哀〉，見《中華日報》一九九五年九月二十日，參見本書第四章第七節。

64 同41。

65 見《澤瀉集》，《周作人全集》。

66 見《雨天的書》，《周作人全集》。

67 見《迷宮零件》。原文如下：

每當有人問起我有關文學理念的問題時，我首先想到的是自己心中有沒有所謂文學典範存在。如果說心中沒有偶像，那一定是騙人的；就像史帝芬・金兩年前受訪時說的：「有人敢說他不在乎批評家，那麼他必然是個『屁眼』！」有人膽敢自稱在文學的天地裡空前絕後，自然也可以套用老金的那句粗話。

不過，我默默把玩的偶像們經常換角，深怕把他們抖出來以後立即後悔了，多年來可以歷久不衰的倒是有一個例子，那就是曾經寫過一部「非小說」：《揭開羅貝爾・烏蛋的真面目》（一九〇八）的哈利・胡丁尼先生（一八七四～一九二六）。坦誠地說，我非但沒有讀過那部書，也對於書中被揭開真面目的羅貝爾・烏蛋先生毫不了解，我所知見的是若干張胡丁尼公演的海報複製品，還有許許多多關於他的神奇傳說。

十九世紀末胡丁尼就享譽魔術界，據說第一次世界大戰爆發時，美國政府特派專船到歐洲接回兩個人，一個是訪歐的美國總統，另一位就是胡丁尼。

胡丁尼可以掙脫任何鎖銬，他能夠被銬上手銬、被套進布袋，最後被裝入上鎖的箱子中，仍然可以神速遁逃而出。至於用來對付精神病患，連《沈默的羔羊》裡那位喫人的心理醫生穿上了也束手無策的「束縛衣」，正是胡丁尼的招牌戲碼，他讓觀眾把緊繃的束縛衣穿在自己身上，綁好皮帶，再把比普遍衣袖長了四倍的兩只長袖纏繞腰際，打上死結，然後再讓包紮得密不透風的軀體經由大型起吊機吊上半空中，胡丁尼在眾目睽睽之下，不到兩分鐘就卸下那件帆布製的束縛衣。

一九〇〇年，一個知名的保險箱公司老闆公然向胡丁尼挑戰，他相信沒有人可以破解他公司開發出來的新鎖，當然，胡丁尼也不會例外；於是他在倫敦的各報上登載了他給胡丁尼的戰書，這種牢不可破的保險箱可能連舞臺都可以壓塌，誰又能從裡頭掙脫出來？胡丁尼如果膽怯不敢應戰，則宣傳效果不言可喻；如果答應了又會名正言順地被正式擊敗，保險箱製造商的陽謀真是十拿九穩，唯一被出賣的只是胡丁尼的信用。

胡丁尼可以選擇退出，但是唯一抵抗的方式是進入保險箱製造商自負的陷阱中。他接受了挑戰，在無數好奇的群眾面前，走入厚達十餘公分的鋼壁中，全身只穿著一套背心短褲，任何人類在這個黑暗幽閉的保險箱內，只擁有幾分鐘的氧氣和無限的恐懼。有人曾經記錄了當時的現象：

「五分鐘過去了，……十分鐘過去了，……十五分鐘過去了，會場空前安靜，大人們不惜把孩子扼死也不准他們發出騷響，人人都想聽見保險箱裡是不是傳出了可笑的呼救聲，……時針指向四十分鐘，整個會場突然震動起來，一群婦女尖叫著要求主辦單位立刻開箱驗屍……」

胡丁尼走出來了，助手們撤除屏風，保險箱依然牢牢地鎖住。微笑而優雅的胡丁尼，一個掙脫束縛的專家，他的形象常常被我用來檢驗我心中那些文學人物，很多人不到四十歲就死在保險箱裡，很多人拒絕挑戰而乘船去了非洲，只有那些不斷掙脫更嚴酷的束縛的人物，才能令人恆久敬仰。這個世界上層遞的、互相顛覆的文學理念其實也是一座比一座嚴密的保險箱……

68 見王溢嘉〈集體潛意識之甍——林燿德詩集《都市之甍》的空間結構〉，收入《都市之甍》。

69 同40。

70 參見徐靜波〈雅舍小品：中國文化精神的體現——略論梁實秋散文的內涵〉（《書林》一九八九年九～十期）。徐氏特別強調梁實秋的藝術生活是「隨心所欲不逾矩地享受世俗人生」。其實，如果仔細檢驗梁實秋散文中感性的部分，當知他壯年之後的行為避世，他的個性內縮且悲觀、容易焦慮、容易受到傷害。

71 林語堂一生提倡幽默不遺餘力，但是他自己的作品表現出來的諷刺要多於幽默。梁、林二氏都以幽默出名，他們的作品幽默的部分都是用輕鬆的態度面對客觀的事物，且跟自己不是非常切身時，就可以維持著冷靜、輕鬆、超然的態度來看待世界，因而表達方式可以婉轉多姿。

72 〈絕食書〉原於一九八九年五月十三日上午十一時三十分由作者白夢寫成於北京大學，當天中午十二時由柴玲在北京大學首次播出，五月十四日北大《新聞導報》以號外形式首次發表，署名「北京大學絕食團全體絕食同學」，九一年五月作者對流傳於海內外各種版本的傳誤進行校對，糾正印刷遺漏及標點錯誤等。本文引用一九九七年六月一日發表於《世界日報》「『六四』八周年祭」——補正篇，題目改為〈絕食書〉，作者署名白夢。原文如下：

在這陽光燦爛的五月裡，我們絕食了。在這最美好的青春時刻，我們卻不得不把一切生之美好決然地留在身後了。但我們是多麼的不情願，多麼的不甘心啊！

然而，國家已經到了這樣的時刻：物價飛漲、官倒橫流、強權高懸、官僚腐敗；大批仁人志士流落海外，社會治安日趨混亂。在這民族存亡的生死關頭，同胞們，一切有良心的同胞們，請聽一聽我們的呼聲吧！

國家是我們的國家，

人民是我們的人民，

政府是我們的政府，

我們不喊，誰喊？

我們不幹，誰幹？

儘管我們的肩膀還很柔嫩，儘管死亡對於我們來說，還顯得過於沉重。但是，我們去了，我們不得不去了，歷史這樣要求我們！

我們最純潔的愛國感情，我們最優秀的赤子心靈，卻被說成是「動亂」，說成是「別有用心」，說成是「受一小撮人利用」。

我們想請求所有正直的中國公民，請求每一個工人、農民、士兵、市民、知識份子、社會名流、政府官員、警察和那些給我們炮製罪名的人，把你們的手撫在你們的心上，問一問你們的良心，我們有什麼罪？我們是動亂嗎？我們罷課，我們遊行，我們絕食，我們獻身，到底是為了什麼？可是，我們的感情卻一再被玩弄。我們忍著飢餓追求真理卻遭到軍警毒打，學生代表跪求民主被視而不見，平等對話的要求一再拖延，學生領袖身處危難……。

我們怎麼辦？

民主是人生最崇高的生存情感，自由是人與生俱來的天賦人權。但這卻需要我們用這些年輕的生命去換取，這難道是中華民族的自豪嗎？

絕食乃不得已而為之，也不得不為之。

在生與死之間，我們想看看政府的面孔。

在生與死之間，我們想猜猜人民的表情。

在生與死之間，我們想拍拍民族的良心。

我們以死的氣概，為了生而戰！

但我們還是孩子，我們還是孩子啊！中國母親，請認真看一眼你的兒女吧，當飢餓無情地摧殘著他們的青春，當死亡正向他們逼近，您難道能夠無動於衷嗎？

我們不想死，我們想好好地活著。因為我們正是人生最美好之年齡；我們不想死，我們想好好學習，祖國還是這樣的貧窮，我們似乎沒有理由留下祖國就這樣去死。死亡絕不是我們的追求！但是，如果一個人的死或一些人的死，能夠使更多的人活得更好，能夠使祖國繁榮昌盛，我們就沒有權力去偷生。

當我們挨著餓時，爸爸媽媽們，你不要悲哀；當我們告別生命時，叔叔阿姨們，請不要傷心。我們只有一個希望，那就是讓你們能夠更好地活著。我們只有一個請求，請你們不要忘記，我們追求的絕不是死亡！因為民主不是幾個人的事情，民主事業也絕不是一代人能夠完成的。

死亡，在期待著最廣泛而永久的回聲！

人將去矣，其言也善；鳥將去矣，其鳴也哀。

別了，同仁，保重！死者和生者一樣的忠誠。

別了，愛人，保重！捨不下你，也不得不告終。

別了，父母！請原諒，孩兒不能忠孝兩全了。

別了，人民！請允許我們以這樣不得已的方式報忠。

我們用生命寫成的誓言，必將晴朗共和國的天空！

北京大學絕食團全體絕食同學

一九八九年五月十三日

一九九一年五月八日白夢補正

73 見《明報》一九九八年四月二十九日～五月三日。

74 文見佘樹森《散文創作藝術論》，〈春雨〉見《梁遇春散文集》。以下是〈春雨〉開頭片段：

整天的春雨，接著是整天的春陰，這真是世上最愉快的事情了。我向來厭惡晴朗的日子，尤其是嬌陽的春天；在這個悲慘的地球上忽然來了這麼一個欣歡的氣象，簡直像無聊賴的主人宴飲生客時拿出來的那付古怪笑臉，完全顯出宇宙裡的白癡成分。在所謂大好的春光之下，人們都到公園大街或者名勝地方去招搖過市，像猩猩那樣嘻嘻笑著，真是得意忘形，弄到變成為四不像了。可是陰霾四佈或者急雨滂沱的時候，就是最沾沾自喜的財主也會感到苦悶，因此也略帶了一些人的氣味，不像好天氣時候那樣望著陽光，盛氣凌人地大踏步走著，頗有上帝在上，我得其所的意思。至於懂得人世哀怨的人們，黯淡的日子可說是他們惟一光榮的時光。蒼穹替他們流淚，烏雲替他們皺眉，他們覺到四周都是同情的空氣，彷彿一個墮落的女子躺在母親懷中，看見慈母一滴滴的熱淚濺到自己的淚痕，真是潤遍了枯萎的心田。斗室中默坐著，憶念十載相違的密友，已經走去的情人，想起生平種種的坎坷，一身經歷的苦楚，傾聽窗外簷前淒清的滴瀝，仰觀波濤浪湧，似無止期的雨雲，這時一切的荊棘都化做潔淨的白蓮花了，好比中古時代那班聖者被殘殺後所顯的神蹟。

75 見《朱湘文選》。

76 見《魯迅散文‧第一集》。

77 見《迷宮零件》。

78 同47。

第三章　現代散文的內視

現代散文可以容納多元的題材，寫作內容無所不包，表達人生無所不有，所謂宇宙之大、蒼蠅之微無一不可入我範圍，過去比較偏重深入個人的生命底層。後來受到西方觀念影響，英美最著名的散文家中，絕大多數是在某些學科上有特殊成就的人。許多散文家同時也是自然史家、歷史學家、教育學家、政治學家，甚至銀行家等。諸種學術之「科際整合」進入散文的殿堂不僅是作家個人生活橫切面的無限擴大，且是作家群類的無比拓展，這些都為我們的精神世界開拓出更廣大的領域。此風影響於現代散文不僅只寫心靈的感懷、生命的際遇，還拓展至思想的層次、專業的學問、社會的風俗、國家的前途、時代的問題、人類的前景等等，近百年來中國現代散文的內涵是多采多姿、豐富無比，幾乎無法全部分類羅列，以下列舉七項，只能讓讀者管中窺豹，略見一斑。

第一節　情感世界的大觀園

文學藝術創作的原始動機是因為情感要得到抒發，所謂「情動於中而形於言」，情感是人類創作最原始的推動力。而散文是以書寫「自我」本質為主要訴求的文學類型，甚至可以說散文創作是無法規避情感的。因而，在欣賞散文的內在之美時，讀者必然可以發現，散文呈現的感情世界真是一個翫索不盡的大觀園。

人類只要跟世界有接觸就會產生情感，所以情感包含面極廣，在散文中最常被書寫的是親情、愛情、友情、物情、鄉情……之類，在現代散文的園地裡可說一片繁花勝景。

梁文薔在梁實秋去世之後寫了系列懷念父親的文章，表現深厚的父女親情，在以父親為主題的散文中很難得❶。其父女情深部分本書第二章曾經談論過，此處要說的是梁文薔何以能寫情勝過乃父，一則是她跟父親的關係亦父、亦師、亦友，無話不談，這種交情在早期中國傳統社會的父女關係裡幾乎是絕無僅有。二則，她比父親開放，寫作禁忌一少，發揮的空間就開闊許多，可以說是她用散文打開了梁實秋的內心情境。三則，她的寫作能力梁實秋曾經自詡為有「梁門作風」❷，依筆者看，這位女兒的感性散文實在賽過乃父。

中國傳統社會中父親與子女的關係總是比較疏離，二者之間「亦父亦師」容易，要「亦友」就萬分困難，令人驚訝的是相當排斥西方習俗、十分保守傳統的梁實秋跟女兒之間的友情卻非常融洽，這位女兒可以說是梁實秋的知音，所謂知音，就是深深瞭解對方的優點、缺點、弱點，欣賞對方的優點、包容對方的缺點、理解對方的弱點，因而可以感受對方的心情、清楚對方的想法，成為交談的對手。在梁文薔筆下，她正扮演著父親唯一的知音角色，因此她用筆拍攝出梁實秋許多聰明、可愛乃至可憐、可憫的鏡頭，像〈投稿〉一文談作者投稿事，有非常生動有趣的描寫：

一九八七年三月我又開始向報紙副刊投稿，我用的筆名（歸真山人）和文題都沒向爸爸透露，只告訴他投的是《中國時報》，請他注意。沒想到爸爸立刻就辨認出來，馬上剪下寄我，對我說：「梁門作風，沒錯兒，老夫眼法尚未失靈。不過筆名太怪了一點，一般人會以為你是一個修道的糟老頭子」。

梁文薔雖然公布了許多梁實秋書信，讓讀者知道梁實秋喪妻之後老境極為淒涼。可是，把這種淒涼的情境表達得深刻感人的還是梁文薔的散文，試看梁文薔筆下的〈鷹派〉：

一九八六年十二月二十六日，大約在爸爸去世前一年，我坐在爸爸身旁。我們半天沒說話。突然，沒頭沒腦地，爸爸說了下面一段話：

「人在沙漠中飢渴至死之前，躺在沙中，仰望天空中徘徊翱翔的兀鷹，在等他死之後，來吃他的屍體……」

我感到氣壓太低，想把話題扯開，因為我知道爸爸的心境。我說：「爸爸……」，爸爸沒理我的打岔，照直說了下去，點了題：

「……我現在就覺得，這些兀鷹已在我的上空愈聚愈多了。」

我凝視著爸爸的臉，唇邊掛著冷嘲的微笑，眼神中充滿了傷感。我想哭，我想我們如果抱頭痛哭，心裡還會舒服些。可是，我們必須勇敢，勇敢面對人生，也要勇敢面對死亡。

爸爸的這個譬喻是有所指。在他的晚年，常有識與不識者要求他的墨跡，甚至談話錄音，記者和出版界人士日漸對爸爸身後之紀念性文字作積極準備，因而爸爸感到兀鷹盤旋頭上。此後，爸爸一律稱此類文化界人士為「鷹派」。

我們的談話到此無法繼續下去。這時，正好有人敲門。爸爸說：「文薔，你去看看，是不是又是『鷹派』？」

這一節文字雖然不長，卻深刻地表現了梁實秋的個性反對於暮年的憂懼、死亡的預感。一般老人最怕的是無事可做、無人理睬，如果年邁之時，仍然有人絡繹不絕上門求教、約稿、邀宴，這應該活得越老越起勁。梁實秋則不然，從他女兒的紀念文章中，我們可以看出梁實秋的個性其實有著反面思考的傾向，這應該是他生命中不容易快樂的重要原因之一。梁實秋是二〇年代即活躍文壇，而在臺灣七、八〇年代碩果僅存的極少數作家之一，文化界人士對他「鍥而不捨」其實並不只在他老年之時，實際上一名不斷進益的學者作家應該越老越得到文化界的尊重，梁實秋感到「兀鷹盤旋」，表現了他敏感而負面思考的個性。梁文薔在〈自嘲〉中調梁實秋前半生自諷為「教書匠」，後半生從事譯著，自嘲為「爬格子動物」，既老，又自己降格為「製造文章的機器」，並調教書匠好歹還是萬物之靈，爬格子動物雖然已經不是人，畢竟還是生物，最後淪為「機器」，「豈非文人窮途末路！」這正是負面思考的證明。諸如此類的例子相當多。梁實秋的性格在他自己的散文中傳達極少，但是透過女兒筆下，給讀者相當清晰的形象。透過女兒之筆，他們父女的親情分外動人，第二章曾經引用〈每週一信〉短文，在最後一段最後一句「這次輪到我認為親情是無法用言語表達的。」跟第一段說父親「認為親情是無法用言語表達的」字面相扣合而意思卻相對襯，表現中國人那種習於含蓄內斂而又深刻無比的親子之情真是力透紙背。

上舉〈鷹派〉一文的親子關係也分外動人，首先是父親把心情對女兒全然開誠布公，這種開放的態度讀者沒有機會在梁實秋文章中看到，而這篇文章中女兒對父親淒涼心境的深刻體貼，又分外令人動容。讀者可以發現〈每週一信〉跟〈鷹派〉都在描寫、敘述之間穿插了對話，三者搭配得恰到好處，兩篇結尾都非常峭拔、結構都非常完整有如極短篇。這樣的寫作能力梁實秋不及女兒。

讀〈鷹派〉，雖然看出梁實秋負面思考的悲觀態度，但是在最後一段梁實秋仍然保持《雅舍小品》的幽默風格，那是一種極為深沈的自嘲，梁實秋用開玩笑的口吻言談，表面看似乎把前面的悲劇感淡化了，其實內裡是更為深刻的悲哀。幽默的本質本來就是以微笑的態度溫和地包容世間的缺憾，而自嘲則是對自己人生的缺憾做無可奈何的讓步，這篇短文這樣的結尾可謂餘音繞樑。

以友情為主題的散文很多，不過滾滾的刎頸熱交容易描摹，淡淡的君子之交不容易掌握，梁放（一九五三～）的〈一滴水〉[3]即是寫如水的君子之誼。

〈一滴水〉既是指文中的君子之交如「水」，又同時指滴水觀音手上那一滴「水」，顯然這兩者又互為指涉。巧妙的是文中角色之間的交情既是一般君子的若斷實續的不黏不沾，又是如滴水觀音心心相契的有緣有情。

本文一直使用濃淡的對比手法含蓄地映襯主題，例如兩位角色除了青少年時的一點共同生活交集，之後他們的成長經驗、工作性質、社會地位、人生閱歷顯然都幡然不同，「他」在社會的浪滔中打過滾、翻過身、歷過險，如今身為外交官有著相當社會地位。而「我」是「足不出戶」近乎隱居的山林「野人」，顯然居陋巷（款待客人的是破爛不堪的椅子、白水待客），兩人的人生路途越走越懸殊，憑什麼維繫著兩人十餘年的情誼呢？讀者不難發現兩人有著極為相近的人生意態。「他」在歷盡滄桑之後，對世情卻是寬懷而淡定，「我」雖然沒有翻江搗海的生活經歷，卻是一意走著「無牽無掛」的生活，兩人都有著相同的寧靜和恬適、兩人都有飽和的真誠與情意，這是交情契合的關鍵。

角色也是一直放在濃淡的自我對比中，「他」的生命色彩應是濃烈厚重的，他千里迢迢從中國大陸手提一份禮物給「我」，也是情深意厚，但「他」打從十多年前跟「我」的相處模式總是淡淡的少言少語甚至「無言無語，一徑微笑」。這位「我」承受對方的濃情厚意，相見時卻也是少言少語，不見言謝，內在卻是感懷不已。

本文連景物都使用濃淡的對比手法，例如外面是「炎熱的午後，陽光白花花地把門前那片混凝土地面晒得其上熱浪翻騰」；室內則是「天花板輕輕旋轉的電風扇下，室內卻是清爽宜人」。外濃而內淡，映襯友情的清爽怡人。

事實上這篇文章寫景描物都有雙關意義，例如外面花園「竹葉凝綠，叢玉下隨意種植的君子蘭正向四方綻放」。明明是風住香沈，它卻是「一縷一縷地往室內不斷飄送」，馬上接著的文字是「他細說多少青少年的故事」，不是用君子蘭香暗指「他」嗎？又如「炎日毒辣辣的幾乎把人炙傷……我頻頻用手背拭汗，眼前這位友人，在一襲與赤道炎陽犯沖的禮服下，依然神態酷得令人羨嫉。」不是用炙人的天氣與沁涼宜人的友情對比嗎？又如「錦盒的顏色青黃授勻，無比溫和。」「其上還印有淡淡的圖案，一圈圈的小環環，連連綿綿，似無還有，輕輕把這醉人的色澤扣住，也扣住了這一空間的溫情。盒面柔滑，托在手中，如一脈清溪在指間涓涓流瀉。」這不也同時在寫友情嗎？

「他」給「我」帶過兩件禮物，也都有雙關意義。《論語》一書用「有朋自遠方來，不亦樂乎」意義已經明說，「那一本小小的《論語》，和而不同地夾在一牆雜亂的書堆中，每回素面相見，總有一種不期而遇的喜悅。」則不僅只是指《論語》一書「蘊藏至聖先師的智慧」，也「凝聚著真摯友情的溫暖」，其實已經把《論語》和「他」扣合，他就是《論語》，是和而不同、是坦蕩蕩的君子（又是雙關），他們的見面總是不期而遇、總是素面相見。

第二件禮物是滴水觀音，也是全篇主題寄託所在，「滴水」和「觀音」同時具有各自的象徵意義，又擁有統一的象徵意義，雖然文章把這些意義大致上已經說了出來。不過滴水觀音倒提淨瓶瓶口的描寫非常細緻精彩，那「一個小小的晶體，在我注視下從容不迫漸漸成長，渾然凝聚成一顆珠子，繼而緩緩地逸出瓶口，落入觀音腳前仰天而張的龍口裡。我肯定還聽到它在龍口內不絕的回響，深深沈沈地，一層緊似一層，似在企圖催醒人在明覺昏沈不分、渾渾噩噩的心靈。」這段似實若虛的描寫其實也是飽含雙關意義。所以結論是相信觀音也有情緣，用一滴水感應人間友情的溫馨。因為主角已經感受到這一滴水「猶如清晨綠野群巒間的漫步，一路兜滿習習山嵐，舒暢、喜樂充滿。」文章把主題說得相當清晰，也是少有的寫法，卻絲毫不成為本文的缺點。

本文結尾說一滴水呵，它也無需固化，卻已成了一枚永恆的水晶，表面上說「禮物」不朽，其實不朽的是友情，自不待言。

「淡」是全篇文章的風格，無論使用的素材、角色的言行、背景的陪襯、事物的描寫、意境的烘托，無不從平淡處入手，從清雅中昇華。要在平凡的題材中出現清雅的意境，來自淡定的情思。這一點原是作者散文的本然風格，他在其他作品中總是擁有無所求於人、無所求於世的開闊而自在的心靈空間，以這樣的心靈面對人世就可以用比較超然的角度觀察萬物，文章流露出來的情思，表面看是平靜實為幽深，表面清淡實為深刻，乃能覃然有回甘。

以愛情為題材的散文不勝枚舉，這裡舉出陸蠡（一九〇八～一九四二）的〈紅豆〉❹具有知性色彩、極為別緻的散文。

紅豆給人浪漫而又溫馨的質感使得它在古今中外的文學作品中，都不約而同的用它來象徵愛情。陸蠡的〈紅豆〉既是生物意義的紅豆，也是象徵意義的紅豆，全篇只有一千五百字，但含義飽滿。

這是三〇年代的作品，當時的婚姻大多是媒妁之言訂下的，夫妻婚前並不認識，結婚之後妻子就嫁雞隨雞，一心一意愛著丈夫。〈紅豆〉中的妻子便是如此，她沒有受過教育，所以不理解紅豆在形體之外還有什麼意義，她只是一個務實的家庭主婦，所以看見豆子就只是聯想到食用的豆類。但丈夫是一位知識份子，當他收到遠方朋友寄來這一粒小小的紅豆時，他從這一粒紅豆「讀」到並得到遠方朋友可貴的友情及祝福。他「讀」出紅豆代表著「祝我們快樂，祝我們如意，祝我們吉祥。」紅豆被放在一只精緻的小木盒，木盒裡襯著絲絹，絲絹上放著這顆晶瑩可愛的紅豆。可見朋友為了這一粒紅豆花費很大的心思，表示朋友對他婚姻深深的祝福，這裡主角不但收到結婚禮物，同時收到高貴的友情。其實主角接到的禮物「木盒、絲絹、紅豆」三種東西都毫無實用價值，可是他透過這些無用之物，看出朋友傳來超乎物質之上的精神意義，所以他非常高興、異常珍惜。

新婚的夫妻異常恩愛，丈夫想把自己的快樂與妻子共享，所以把它遞給新娘，她不能理解紅豆的好處，丈夫立刻告訴她朋友贈送紅豆的意義，下面的描寫非常精彩：「她相信我的話，但眼中不相信這顆豆為何有這許多的涵義。」她細細檢視後說：「這不像蠶豆，也不像扁豆，倒有幾分像枇杷核子。」丈夫立時「憮然」，因為這顆紅豆在她手上立刻失去了意義。這裡表現了夫妻之間的文化落差。但是丈夫不放棄機會教育，再次告訴她：這是愛的象徵，幸福的象徵，詩裡所歌詠的，書裡面所寫的，這是不易得的東西。妻子顯然還是不懂，她只是乾澀的問：「這吃得麼？」又是精彩的一筆，妻子完全無法受教。接著丈夫隨口回答：「既然是豆，當然吃得。」這句話顯然是丈夫放棄了繼續教育的努力。更令人驚訝的是丈夫不惜焚琴煮鶴，晚上親自下廚煮了一碗「紅豆湯」捧來給新娘喝，丈夫以為這種紅豆就是煮成食物的紅豆，這種缺乏常識的行為反而是高度愛情的表現。

從另外一個角度來看，丈夫如此不務實際，也是生活上的缺點，可是妻子非常包容丈夫，這是中國傳統女性的美德。當丈夫領悟到這一點時，乃哈哈大笑。

〈紅豆〉告訴我們：這對夫妻在文化素養、價值觀念上都有明顯差距，卻無害於他們之間的愛情。我們再看〈紅豆〉本身做為愛情的象徵意義，當丈夫剛接到紅豆仔細觀賞它時，作者寫道「這是很美麗的。全部都有可喜的紅色……」這一段明顯表示紅豆是愛情的象徵，它有全部可喜的「紅色」，如「心臟形。它的尖端微微偏左，又有「白的小眼睛」，顯然紅豆長得並不勻稱、並不光滑，從裝飾的角度看，它不如寶石瑪瑙美麗名貴，但也正因此它才是成為蘊育著生命酵素的有機體。它暗示人類的外表不很圓整，並不妨礙它內在實質的美麗，甚且恰好相反，那更能成為具有前進發展的生命體，因為具有像是缺陷的「白的小眼睛」。換言之，夫妻之間，有些看似缺陷的地方，例如本文中夫妻的文化素養落差，反而成為日後丈夫教育妻子——也是促進夫妻感情——的機會，兩人在互相教育中，更能成就一段新的情愫。文中的妻子其實也在不自覺中教育了丈夫，她耐心傾聽丈夫抽象難解的「道理」，完全不能理解，卻能完全的容受，她還容受不會炊事的拙夫做出來的「紅豆湯」，這種美德不也是人間最美的情愫之一嗎？

《紅豆》提示讀者的是：愛情是在兩人之間不斷成長的，它是有機的生命體，不同的男女，可以組合不同的愛情世界。紅豆的表面缺陷，正是血肉真實的人生。夫妻間的距離乃是必然的存在，它給予兩人可以努力的空間。另外，從本文我們也知道，夫妻是人類的異質組合，並無血緣關係，要長期恩愛相處，「包容」乃是兩人齟齬的銷鎔劑，它源於愛情。

社會上時常尊敬對於身外之物淡然處之的人，其實，有許多人對身外某些事物特別擁有深刻的「物情」，那眷眷的情愫實在非常可愛可敬，例如好書成癖的人。

鄭振鐸（一八九八～一九五八）是中國現代文學、古典文學及外國文學的全才人物，他是文學創作者、翻譯者、評論家、文藝理論家、文學史家、文獻學家、民俗學家、考證學家。他擅長的文類包括小說、散文、詩歌、戲劇，研究的文學範疇遠及兒童文學、俗文學，真是全方位的學者作家。他是一位典型的書痴。

鄭振鐸本身是一位藏書家，他去世之後把書捐給圖書館，北京圖書館出版《西諦藏書目》共收錄他的藏書七千餘種。他搜集書籍的經歷簡直可以寫成一部感人的歷史。在《劫中得書記・新序》就是一篇精妙的序跋散文，其中他說：

……我曾經想刻兩塊圖章，一塊是「狂臚文獻耗中年」，一塊是「不薄今人愛古人」。雖然不曾刻成，實際上，我的確是，對於古人、今人的著作，凡稍有可取、或可用的，都是「兼收博愛」的。而在我的中年時代，對於文獻的確是十分熱中於搜羅、保護的。有時，常常做些「舉鼎絕臏」的事。雖力所不及，也奮起為之。究竟存十一於千百，未必全無補也。我不是一個藏書家。我從來沒有想到為藏書而藏書。我之所以收藏一些古書，完全是為了自己的研究方便和手頭應用所需的。

有時，連類而及，未免旁騖；也有時，興之所及，便熱中於某一類的書的搜集。總之，是為了自己當時的和將來的研究工作和研究計劃所需的。因之，常常有「人棄我取」之舉。在三十多年前，除了少數人之外，誰還注意到小說、戲曲的書呢？這一類「不登大雅之堂」的古書，在圖書館裡是不大有的。我不得不自己去搜訪。至於彈詞、寶卷、大鼓詞和明清版的插圖書之類，則更是曲「低」和寡，非自己買便不能從任何地方借到的了。常常捨去大經大史和別處容易借到的書而搜訪於冷攤古肆，以求得一本兩本自己所需要的東西。常有藏書家們所必取的，我則望望然去而之他。像某年在上海中國書店，見到有一部明代藍印本的《清明集》和一部清代梁廷枏的《小四夢》同時放在桌上，其價相同。《清明集》是古代的一部重要的有關法律的書，「四庫」存目，外間流傳極少，但我則毅然捨去之，而取了《小四夢》。以《小四夢》是我研究戲劇史所必需的資料，而《清明集》則非我的研究範圍所及也。像這樣捨熊掌而取魚的例子還有不少。常與亡友馬隅卿先生相見，他是在北方搜集小說、戲曲和彈詞、鼓詞等書的，取書共賞，相視而笑，莫逆於心，頗有「空谷足音」之感。其後，注意這類書者漸多，繼且成為「時尚」，我便很少花時間再去搜集它們了。但也間有所得。坊友們往往留以待我，其情可感。遂也不時購獲若干。

《劫中得書記》是抗戰時期鄭振鐸在戰火中搜集得到的書籍的書目，原來的〈序〉是用文言文寫，〈序〉中說：「余聚書二十餘載，所得近萬種。搜訪所至，近自滬濱，遠逮巴黎、倫敦、愛丁堡。凡一書出，為余所欲得者，苟力能所及，無不竭力以赴之，必得乃已。典衣節食不顧也。故常囊無一文，而積書盈室充棟。」這樣傾家蕩產地搜書的人，竟然在抗戰時，一二八淞滬之役失書數十箱，後來八一三大戰爆發，炮火又燒掉他藏書的一半，當時「日聽隆隆炮聲，地震山崩，心肺為裂。機槍拍才，若燃爆竹萬萬串於空甕中，無瞬息停。午夜佇立小庭，輒睹光鞭掠空而過，炸裂聲隨即轟發，震耳為聾。晝時，天空營營若巨蠅者，盤旋頂上，此去彼來。每一彈下擲，窗戶盡簌簌搖撼，移時方已。對語聲為所暗，啞不相聞。東北角終日夜火光熊熊。燼餘燋紙，遍天空飛舞若墨蝶化矣。然處此悽厲之修羅場，直不知人間何世，亦未省何時更將有何變故突生。於所失，殆淡然置之。惟日抱殘餘書，祈其不復更罹劫運耳。」他擔心書籍的生命更甚於自己的生命。他的藏書慘遭炮火折損，之後竟然又復東山再起，讓人不得不佩服。

〈書之幸運〉❺是一篇精彩的準自傳體的散文小說中間文類，文中男主角仲清有買書癖，妻子宛眉喜歡打牌，兩人時常發誓要戒除各自的「惡習」而未果。文章一開始是書局夥計送來好幾部古書給主角看：

仲清默默的坐在椅上，聽著夥計流水似的誇說著，一面不停手的翻著那幾本書。書委實都是很好的，都是他所極要買下的，那些圖他尤其喜歡。那種工緻可愛的木刻，神采奕奕的圖像，不僅是以考證古代的種種制度，且可以見三四百年前的雕版與繪畫的成績是如何的進步。那幾個刻工，細緻的地方，直刻得三五寸之間可以容得十幾個人馬，個個鬚眉清晰，衣衫的襞痕一條條都可以看出；粗笨的地方，是刻的一堆一堆的大山，粗粗幾縷遠水，卻覺得逸韻無窮，如看王石谷，八大山人的名畫一樣。他委實的為這部書所迷戀住了。但外面是一毫不露，怕被夥計看出他的強烈的購買心，要任意的說價，裝腔的不賣。

他一本一本的把這三部書都翻了一遍，委實是使他愈看愈愛。《隋煬豔史》上還有好幾幅很大膽的插圖，是他向未在別的書圖上見過的。每本書，邊框行格都是完完整整的，並無斷折，一個個字都是鋒棱鋼利，筆畫清晰，墨色也異常的清濃，看起來非常的爽目。一頁一頁的似乎伸出手來，要招致他來購買牠。他心裡強烈的燃著購買的願望，什麼宛眉的責難，經濟的籌劃，他都不計及了，然他表面上卻仍裝出可買可不買的樣子。

「書實在不壞，只是價錢太貴了，不讓些是難成交的。這種玩玩的書，我倒不一定要買，如果便宜了，便買，貴了，犯不著買，只好請你們送到別家去吧。」

如果讀者參見葉靈鳳〈西諦的藏書〉❻中說：

像振鐸先生這樣的老主顧，他平時喜歡收藏什麼書，那些古書店的老板是久已知道的，一旦有了他喜歡的書，總是先送來給他挑選。甚至貨品還在運滬途中，或是知道某處有一批什麼書，擬去採購，也會事先通知他，使他獲得選購的優先權。同時又可以隨便將準備想買的書先拿回家中，慢慢的再議價。議價成交之後，也不必立即付款。

葉氏所說的不是正和這篇文章中主角的情況完全一樣嗎？主角對這幾本古書的愛戀完全是鄭振鐸自身情感，他是通俗文學研究專家，搜集通俗戲劇小說，也曾經極力搜集木刻版畫及書籍插圖，曾經影印複製罕見的木版畫譜，所以文章中主角對這些書一見鍾情，對那些書極為細緻的欣賞眼光與無比愛戀的情感，描寫得絲絲入扣。這可以和《劫中得書記・新序》作者得到寶愛的書時的心境對照：

我在劫中所見、所得書，實實在在應該以這部《古今雜劇》為最重要，且也是我得書的最高峰。想想看，一時而得到了二百多種從未見到過的元明二代的雜劇，這不該說是一種「發現」麼？肯定地，是極重要的一個「發現」。不僅在中國戲劇史的和中國文學史的研究者們說來是一個極重要的消息，而且，在中國文學寶庫裡，或中國的歷史文獻資料裡，也是一個太大的收穫。這個收穫，不下於「內閣大庫」的打開，不下於安陽甲骨文字的出現，不下於敦煌千佛洞抄本的發現。對於我，它的發現乃是最大的喜悅。這喜悅尅服了一言難盡的種種的艱辛與痛苦，戰勝了壞蛋們的誣陷。苦難是過去了。若干「患得患失」的不寐的痛苦之夜是過去了。「喜悅」卻永遠存在著。又摩挲了這部書幾遍，還感到無限憤喜交雜！

這樣的心靈感覺只要是愛書的人，無不受到感動。再回到〈書之幸運〉，接著是價錢問題：

仲清心裡嫌著太貴，照他的價錢計算起來，共要二百塊錢以上呢。一時那裡來這許多錢去買！且買了下去，知道宛眉一定又要生氣的。心裡十分的躊躇著，手不停的翻翻這本，翻翻那本，很想狠心一下，回絕那個夥計說：「我不要買，請送給別人家去！」卻又委實的捨不得那幾部書歸入別人的書室中。躊躇了好一會，表面上是假飾著仔細的在翻看那些書，實則他的心思全不注在書上。

經過一場價錢拉鋸戰，以一百二十元成交：

他到了家，坐在書桌上，只管翻閱新買來的幾部書，心裡充滿了喜悅，也沒有想起他的妻在外打牌的事。平常時候的等待時的焦悶與不安，這時如春初被日光所照射的殘雪，一時都消融不見了。「實在買得不貴，」他自想著。

閱了許久，許久，才突然的想起了經濟的問題。「怎麼樣呢？一百二十塊錢，一塊都還沒有著落呢！」他時時的責怪自己的冒失，沒有打算到錢，卻敢於去買書。自己暗暗的苦悶著後悔著，想同宛眉商議。又怕她的生氣，責備。……

全夜在焦苦，追悔，自責中度過。

第二天清早，他起床了，他的妻還在睡。他們沒有說什麼話。午飯時，他回家吃飯。飯後，坐在書桌上翻閱昨夜買來的《隋唐演義》，一面翻著，一面想同他的妻說話，遲疑了半天，才慢吞吞嚅囁的說道：「你能否替我到五姨那裡借一百二十塊錢來？這幾天我要用。」他的眼不敢望著她，只凝視著書頁，一面手不停的在翻著，雖然假裝著很鎮定，心卻撲撲的跳著，等待她回答。

「什麼用，借錢？你向來沒有問過人借錢。」她詫異的問。

他不聲不響，手不停的翻著書頁。

「什麼用要借錢？你說！不說用途，我不去借。」

他只是不聲不響，眼望著書頁。

「曉得了，是不是要借去買書，還書店的賬？除此之外，你不會有別的用途。」

他點點頭，等候她的責備。真的她生氣起來，把桌上的書一本一本的拋在地上，「一天到晚只想買書！這個癖氣老是不改，我已不知勸說了多少次了！唉，唉！最好把飯錢房錢也都買書去，大家餓死就完了。」她伏著頭在桌上，聲音有些哽咽。他心裡很難過，俯下身去拾書，說道：「不要把這些書糟蹋了，價錢很貴呢。」

她抬起頭來問道：「多少錢？是不是借錢就去買這些書？」

他點點頭，承認道：「是的。」把一本書拿到她面前，指點給她聽：「共買了三部書，實在不貴，一百二十塊錢。你看，這些畫多末工緻！如果我肯轉賣了，一定可以賺錢。」

她不聲不響，接過了書翻了一會。她的眼凝注著他的臉，見他愁眉不展的樣子，心裡委實不忍。她的氣平下去了，嘆了一口氣道：「為了買書去借錢，唉，下次再不可如此了。沒有錢便不要買。欠賬是最不好的事！這次我替你去借借看。五姨也不是很有錢的，姨夫財政部裡的薪水又幾個月沒有發了。能不能借來，還是一個問題呢！」

他臉上露出一線寬慰的笑容。「五姨那裡沒有，二舅那裡去問問，他一定會有的。」

「你下次再不可這樣冒失的去買書了。」她再三的吩咐著。

他點點頭，不停手的在翻著書頁。似乎一塊大石已在心上落下。

這一節起起落落掙扎再三的心情，把書痴可憐可憫可愛的心境寫得讓人分外感動。不過，這篇文章明顯告訴我們，這個買書的故事一直會繼續重演，夫妻仍然會為此而繼續爭吵。但是，這個並不重要，重要的是文章表現人類一種可貴的情感，這份情感表面看似乎主角愛戀著書，其實不然，主角及妻子對人對物都是有情有愛的性情中人，當丈夫懊悔浪買書時「發誓以後再也不買書了」，妻子又心疼丈夫，反過來安慰他「非必要的書不買，何必賭咒說不買書？」這就是愛情。但不多幾天，一大包一大包的買回來。

她氣得從書架取一本拋在地上「一定要把它們扯碎了，才出我一口氣」說著又拋了一本書在地上，但「究竟不忍扯碎」，這就是夫妻。這妻子畢竟也是愛物的。她見丈夫愁眉不展，嘆口氣「下次再也不可冒失的去買書了，這次我去替你借借看。」她是多麼有愛心有愛力的人物。

這篇文章還有一個極可愛的地方，就是它的題目「書之幸運」，這是愛書人最深切的心聲，他把書當成有生命的、有感覺的人看待，如果一本書到了愛書人手裡，那麼就是書之幸運，一個愛書的人是不忍讓好書流落在不識貨的地方。另方面，書之幸運，其實相對的也就是人的不幸，比方說主角的妻子，或者說主角本身要吃許多買書的艱辛。文章更可貴的是主角或者作者對這樣一犯再犯買書造成的人生困境是無怨無悔，書痴之情就益發深刻感人。

鄭振鐸有許多散文都傳達了書痴的意境，像〈漫步書林〉❼說：「書林裡能吸引人的東西實在太多。只怕你不進去，一進去，准會被它迷住，走不開去。」又說：「在研究工作的過程裡，研究工作的本身就令人感染到無限喜悅——當然必須要經過摸索流汗的辛苦階段。」以上這些話，愛書人必然容易心領神會。

鄭振鐸的〈燒書記〉、〈售書記〉❽則讓讀者為他同聲一嘆。他經常因經濟能力不足，而眼睜睜看著好書流落他人之手，已很為他扼腕。而後竟為了日本要大興文字獄，而不得不燒掉自己的藏書，這是多麼剜心割肉的事。抗戰期間，物價飛漲，在餓死與賣書之間，不得不忍痛賣書。閱〈售書記〉更是讓人掩卷三歎：「每一本書，都有它的被得到的經過和歷史……雖絕不巧取豪奪，卻自有其爭鬥與購取之閱歷……凡此種種，費盡心力以得之者，竟會出之以易米麼？」「售去的不僅是『書』，同時也是我的『感情』，我的『研究工作』，我的『心的溫暖』」。這是多麼感人的心聲！

鄭振鐸非常享受嗜書的癖好，《劫中得書記．序》中說：

……如有購書的癖好，卻也是一個很好的癖好。有的人玩郵票，有的人收碎磁片，有的人愛打球，有的人好聽戲，好拉拉小提琴或者胡琴。有的人就不該逛逛書攤麼？夕陽將下，微颸吹衣，訪得久覓方得之書，挾之而歸，是人生一樂也！

有人愛打球，有人愛聽戲，「有的人就不該逛逛書攤麼？夕陽將下，微颸吹衣，訪得久覓方得之書，挾之而歸，是人生一樂也！」這樣的心境，怎能不叫人憐愛尊敬？

阿英也是一位可愛的書痴，他的〈海上買書記〉、〈西門買書記〉、〈城隍廟的書市〉❾都是膾炙人口之作，他把「爛額焦頭為買書」的情境寫得淋漓盡致。面對這些終身和書戀愛的書痴之處境、這些肯定對國家文化有重大貢獻的人物，卻是「但恨金少」不但被基本經濟條件所困阨，還遇到連年戰火，設身處地為他們著想，真是情何以堪？

鄉情也是人類可貴的情感，臺灣文學早在日據時代就有中國意識的懷鄉文學，❿一九四九年國共分裂，海峽兩岸隔絕對峙，從大陸離親別子、匆促遷來臺灣的外省人，眼看著無法回到大陸，基於中華民族安土重遷的種性，也有「雖信美而非吾土」的濃厚鄉愁，因而產生許多懷鄉文學。齊邦媛（一九二四～）在〈時代的聲音〉⓫中說國民政府遷來臺灣之後十年間，臺灣文壇上「質量最豐的是被稱為『懷鄉文學』

的作品。古往今來，人類對家鄉和往事的懷戀一直是文學的主要題材。渡海來臺的人對大陸家鄉的記憶因隔絕而更增其感人的力量，純以抒情方式寫這種心情的幾乎僅是散文與詩。」

六〇年代及七〇年代末期，中國大陸實施開放政策，歡迎華僑回歸祖國，吸引許多海外華僑回國尋根。七〇年代，臺灣政府尚持觀望態度，但有許多一九四九年由大陸到臺灣而又遷徙海外的人已經迫不及待地回到大陸探親，甚且定居臺灣的同胞也設法透過海外連繫，輾轉回到家鄉探親。一九八七年十一月，臺灣政府正式開放大陸探親，一時回鄉探親的人潮洶湧，人人都「我自故鄉來，能說故鄉事」，返鄉探親文學在文壇上真是一片繁花勝景。同時也為懷鄉文學劃上句號。不論懷鄉還是返鄉，都是對家鄉的情感抒發，在這大量鄉情散文中，可以看出家國意識有著深淺不等的層次。

王鼎鈞（一九二五～）的《左心房漩渦》[12]是一本鄉情專書，書名已經示意流經他「左」心房而造成「漩渦」的乃是鄉愁。比較特別的是作者寫作此書時隨時可以返鄉探親，但是他沒有回去，因為「通信是具體而微的還鄉」，其實「人不能真正逃出他的故鄉」。他用挑空的方式寫鄉情，他認為三十九年前離開大陸，生命就被切斷了，接到大陸信的那一剎那「我的眼睛忽然盲了」，因為「我那切斷了的生命立時接合起來」。生命不是物體，可以任意切割、隨便接合。所以當生命被迫切割時，只好「把三十九年以前的種種知覺裝進瓶子，密封了，丟進蒼茫的大海深處。」實際上「切斷了的生命不是一下子可以接合起來的」。要接合的不只是個人的生活，還有生存的環境氛圍，故鄉早已變成「一個完全陌生的村莊，是我從未見過的地方。」何況，經過四十年的分離，人已經垂垂老矣，「我們老年的夜被各種燈火弄得千瘡百孔」，可以說完全沒有接合的能力。所以他沒有選擇返鄉，他進一步說得更清楚：

「還鄉」對我能有什麼意義呢？……對我來說，那還不是由這一個異鄉到另一個異鄉？還不是由一個業已被人接受的異鄉到一個不熟悉不適應的異鄉？我離鄉已經四十四年，世上有什麼東西、在你放棄了它失落了它四十四年之後、還能真正屬於你？還不是一個倉皇失措、張口結舌的異鄉人？

這種「拒絕」跟故鄉見面的情愫，好像離家過久的薛平貴既想念初婚時的妻子，又不願跟時空隔絕過久的妻子相認，更困擾的是又找不到替代的新歡，這種徘徊矛盾的情結是一種不快樂的種子，根植在無法調整的生命樹上，已經不是一種單純的鄉愁了。

移民美國的侯榕生（一九二六～一九九〇）在一九七二年回到北京，半個月後離開，之後撰寫〈北京歸來與自我檢討〉⓭。

移民瑞士的趙淑俠（一九三一～）見一九七二年侯榕生返鄉探親回來寫的文章，經過一年多的折騰，終於也回到大陸三個星期，之後寫了《故土與家園》一書。

另外一種連根遷徙的回歸熱，大部分發生在高級知識份子，尤其是臺灣高等學院栽培出來的菁英，陳若曦（一九三八～）為代表之一。她在臺灣大學外文系畢業後，於一九六二年赴美深造，六五年獲文學碩士學位，六六年與丈夫一同回到大陸，想要奉獻自己的專長，一九七三年舉家離開大陸，定居美國之後，陸續發表有關大陸題材的文章。

侯榕生在〈北京歸來與自我檢討〉中說：「這次回北京，是帶著滿腹懷舊與往日記憶，明知北京變了廿三年，變得面目全非，但是仍然希望略尋遺跡殘痕，也算對內心思念之情的一個交代。」趙淑俠在《故土與家園》說：

> 《故土與家園》……只是一個有鄉歸不得的中國人，在外面過了幾十年漂泊的日子，回到故土家園做驚鴻一瞥後的感情、感想，和感觸的忠實筆述。
>
> 我寫，因為我是中國人，對自己的故土、家園、同胞，有一分根深柢固的愛；對整個民族、整個大中國，有分無法遏止的關懷。因為關懷，便不能遊過山逛過水，吃過北京烤鴨了，仍然沒事人兒一般的裝傻。寫出來乃當然之事。

侯榕生及趙淑俠早年都長期生活在臺灣，後來又移民海外。她們都有返鄉情結，卻沒有臺灣同胞的限制，所以都在一九八七年之前完成返鄉心願。結果都帶著一個破碎的還鄉夢離開大陸；因為故鄉變形了，侯榕生要找的北京城沒了，茶館沒了，攤販老王不見了，曹老筆下的城樓也沒了……到了北京，而無京戲聽，則是「無論如何不能忍受的事實。」她見到的親人是：七十四歲的舅媽，五十五歲重病在身的表姐，七十二歲的老佣人……。二十年來，她浪跡江湖，「為還鄉而掙扎而奮鬥」，如今，目的達成，又得來的是什麼？「不過是殘破的家園，破碎的夢，空無所有……百感交集，不由得在在慘然淚下。」趙淑俠看到的大陸是「問題多多、百孔千瘡」，尤其是和親戚之間的疏離感。⓮

侯、趙二人都是在回歸的熱頭上，熱情的想要擁抱心中經過「設定」夢想的祖國，當事實與夢想之間差距太大，失望之餘立刻迫不及待地抽身而退。侯榕生原來有定居大陸的念頭，返鄉時，打算在北京探親之後再南下上海、南京、無錫、蘇州，在北京住了半個月後匆匆結束行程，回到她的「家」，「就在瑪利蘭州」。

趙淑俠在三個星期的故土與家園旅遊結束後，要離開時「幾天以來，我最盼望的一件事就是趕快回瑞士。不光是惦記著家和孩子，受不了旅途的勞累，也因為適應不了大陸上的潮流和人情。久別以來，我在那裡彷彿是個陌生人、異鄉客，三個星期的逗留已足夠，非得快快回到我在異國的小窩不可了。」⓯她在《故土與家園．序》中說「受難的母親也是母親，若把故土大地比做母親，則億萬億萬炎黃後裔是她的兒女。身居海外，對受苦受難的母親魂牽夢縈，思之念之，有便利得以一見，我何忍絕然相拒！」在同書〈失鄉人語〉中又說：

> 我承認在瑞士住得很慣，也喜愛這個國家，愛她公平合理自由民主的社會，富裕的經濟，舒適的生活，美麗的山光水色，純樸的民風……瑞士的好處幾乎是說不盡的。但我更愛生我育我的祖國大地，愛那裡的同膚色的同胞。特別是五千年來一脈相傳的中華文化，都令我欲忘不能，我愛她們愛得根深柢固，至死不渝，因此便無法做個心上沒有負擔的新移民，無法在新土上生根。

侯、趙兩位都把故土大地比做母親，但和「母親」相見相處不到一個月的時間，發覺「受苦受難的母親」並不長進，就絕裾而去、急著奔回她們客居異國的家。其實這種層次的返鄉情感反應，毋寧是往後一般探親人潮的眾生相。

回歸大陸定居的青年，明知大陸貧瘠，他們不僅放棄美國的高薪高職、物質享受，幾乎也放棄了一切家當，只帶著一腔熱情及學來的專業知識回歸。陳若曦剛回去填表格時，工作地點欄填了「祖國需要，任何地方都可以去；夫婦可以分開」⑯；新漢、小蕪兩人生的孩子取名為「晶」，「意為愛國的結晶」⑰。這些熱情的歸國學人都親眼見證了祖國永無寧日的批鬥、被乖張扭曲了的人性、文化大革命的倒行逆施。他們並沒有立刻背棄這位「母親」。倒是「母親」不斷地在忽視他們、遺棄他們。

歸國學人被當成真正的大陸同胞看待，所以一回到祖國就接受「同胞」的待遇：

中午下的飛機，洋人優待，半小時不到就了事；次等的是華僑，一個鐘頭也就走掉了；只有真正的同胞卻是一再查問。到下午四點鐘了，我們還罰站也似地陪著一堆幻燈片。⑱

歸國學人唸了十八年的書，分派的工作竟是叫他們改行做莊稼，偶然被發現大才小用，乃「升格」改派至中學教英文。

文革時，知識份子已經臭到史無前例，近乎「人渣」的地步，中共自己培養的知識份子尚且要「再教育」才能使用，外國回來的則成為甩不掉的包袱。⑲

三十年來對知識份子的反反覆覆，令不少人喪失信心；許多懷著愛國之心去投奔的，如今都紛中國知識份子中的精英，前仆後繼地奔向祖國，把生命中最美好的一段奉獻給祖國，在所有的努力都落空之後，才黯然離開祖國。這樣的祖國情懷跟前舉又是不同的層次。

懷鄉情結呈現許多相同的特質，因為大家的感情來自共同的根源、編織共同的夢，最重要的是，故鄉是大家記憶深處的原點，在長久隔絕的思念中，懷念的對象漸漸成為「標本」，舊有的人、事、物都凍結在記憶中，不會變化——雖然懷念的客體事實一直不斷在變——，故鄉變成同一個刻板印象延伸出來的不同版本的標本，每人各自懷念各自的故鄉。情感的本質相同，互相間不會有矛盾。因而懷鄉文學是一種很單純的類型。

返鄉情結則分外複雜糾結，懷鄉人物接觸到懷念的對象後，這個「對象」經過四十年時間的劇烈變化後突然出現在眼前，為懷鄉人物所難以辨識、難以理解甚至難以認同，同時，它仍然不斷地在變化莫測中——也許朝向某些人喜歡的方向發展、也許朝向某些人不喜歡的方向前進——，時空的差距使得懷鄉人物和真實的懷念客體產生斷裂，是為懷鄉撞擊症。

對生活在大陸的人而言，四十多年來不論日子多麼艱苦，他們親身經歷了這個變化的過程、見證了人世的滄桑，不論他們願意不願意，這種變化具有說服力地強迫他們接受下來。可是對於生活在大陸以外的人而言，不論事先得到多少資訊，他們仍然以緊臨著原始故鄉的心靈來面對今天的大陸，這樣的「會面」自然產生極大的撞擊。

和大陸一樣，四十多年來生活在臺灣的人也經歷了社會的巨大變遷，由於是親身參與這個變動的歷史過程，不論喜不喜歡，大家都是在理解之中接受整個過程。對大陸人而言，乍一相見，不也是一則怪異的天方夜譚嗎？

懷鄉人物的當下身份與舊日情結和大陸今日現狀，可以連成一個虛線組成的魔術三角形，中間有許多無法填補的空白，將使各人意識產生多向的變化。許多人容或發現故鄉和想像中的差距太大，基於原始的感情根深蒂固，除了傷感並無法遺棄故鄉。這種意識形態變化就少。即令如此，我們仍然不難看出各人的家鄉之愛其深淺層次是不等的。

高過於家鄉之情的是國家民族之愛。其實，人世一切的愛莫大過國家之愛；人世一切的情莫深過民族之情。宗教家提倡更寬博的世界之愛、宇宙之情，但那對凡人而言太廣大、太遙遠、太抽象，而讓人感到精神力有未逮。國家之愛是可以眼見、可以手觸、可以心感的真實人類之愛，它光輝熠耀讓人高山仰止而謙卑不已。在中華民族文化歷史的長河上，從孟子的浩然正氣、到文天祥的天地正氣、到革命烈士的法古今完人，等等無數知識份子以悲壯的生命歷程寫下血淚斑斑的家國之愛。

嚴謹定義的知識份子是指受過相當教育、有自覺意識、富正義感、社會責任感、具有批判精神、求真務實、對信仰全力以赴的人。胡適正是這樣的人物之一，胡適的家國之愛，僅僅從一篇短短的祭文中就可以側面看出。

一九六二年二月二十日，中央研究院海外重量級人士，應邀回臺灣參加第五屆院士會議，在會場上胡適心臟病發而逝世。以「中央研究院同仁」名義撰寫的白話祭文[21]原文如下：

適之先生！你的身體已永遠安息。你的英靈何處可以追尋？但你的思想和精神活在全國人的心裡。我們現在回憶你生平的奮鬭，揣想你留下來三件最大的心事。我們要在全國人前面把我們所想到的訴說出來，要拿我們所想到的與你平生的思想和精神對證。

適之先生！在你的生命的最後幾個月裡，你的一段呼聲掀起你周圍的一陣思想的論戰。其實這只是幾十年來一個連綿的舊論戰的延續，你在這幾十年來的論戰裡，也只有一種不改不移的觀念。你最敬愛中國古代的聖人，但你最不愛浮誇遙遠的光榮，你也最看重中國近代的革命與進步，但你又最深知我們民族累積的弱點。你不斷的用世界的水準衡量我們民族的內心和物質的生活，所以在你七十歲的病中，和在你的青年壯盛的時代一樣，你都不怕逆著風向，挺身高呼，你要國人痛切覺悟我們東方老文明的衰朽，你要國人熱誠賞識西方新文明的成就。我們懂得你的用心：你是要國人履踐孔子「知恥近乎勇」的格言，你是和手創民國的　中山先生一樣，要喚起這個知識、道德「都睡了覺」的民族。我們懂得，你的刺耳驚心的言論，不是對國家尊嚴的傷害，而是一個再造文明，復興民族的關鍵。我們更懂得，在你安息之前，你已看到了我們國家兢兢求存的業績，但你仍感到還要加上急起直追，大步前進的雄圖。我們覺得這是你留下來的第一件最大的心事。

適之先生！你的容忍哲學不易得到真正的理解。我們記得，你在自由組黨運動的早期發表過你的「無黨政治」的理想。我們記得，你擁護組黨自由，你卻又宣佈你的信仰是「人民福利高於一切，社會生命高於一切」；你表明你的立場是即到自由組黨的時候，你也「不加入任何黨派」。但我們又懂得你的無黨主義可絕不是發乎舊時代的個人不黨的情操，而是根據新時代的民主政治的原理。你不止判定現代民主政治的總趨向是國家意識的增高與黨派意識的降低，你還預言五權分立的憲法的實現，將要大大減低政黨的作用，而使中國的制度形成「一個足為世界取法的特殊風範」。我們自然更懂得，你最深知道國家生存的首要基礎，永遠是國民精神的團結，而不是分裂。你從始至終是用超黨派的精神支持自由組黨的運動，你的為了政治自由的奮鬬，也從始至終是為了促進國民精神的和協。我們覺得這是你留下來的第二件最大的心事。

適之先生！你生存之日的心魂，雖常注在國家的全局，你自己一世的志願卻只是要為我們民族親手安設現代高等學術的根基。但從你的青年時代直到你的生命最後一刻，你不止懷抱著一個志願和目標，你還懷抱著一個等待實行的方法。你不止有一個從頭做起和長期努力的決意，你還有一個在短時間裡趕上世界水準，取得學術獨立的計劃。你心裡的榜樣就是美國從學術落後的地位趕上舊大陸的歷史你最景仰崇拜的人物，就是在你美國的母校的捐資創辦人康南耳，是在美國首先把大學造成研究院的吉爾曼，是洗刷美國大學落後的恥辱，並且創了一個最自由的研究所典型的弗勒斯納。你看到的榜樣和你的夢想，就是把巨大的財力集中用在少數的目標，把第一等的人材集中在少數學術研究的根據地，是一個大學在「開學之日」就被「公認為第一流」，是一個中國在「十年之後」就「必可以在現代學術上得著獨立的地位」。你的從不動搖的信仰就是美國一份私人力量在教育上能倡導的風氣，能做到的事業，我們「一個堂堂的國家當然更容易做得到」。只要這個國家懂得高等學術是國家謀生存的必要工具。我們覺得這是你留下來的第三件最大的心事。

適之先生！我們所想到的你留下的大小事都是要有最凝聚的精神和極高深的思慮，才可以完成的事業。但我們也沒有忘了你還留下一個永不懈怠的工作者和一個永不畏懼的戰士的勤勞，勇敢與熱情，我們忘不了你一生為學術、為思想、為國家的種種奮鬥，直到你最後一刻沒有停止的奮鬪。我們忘不了你愛的卡萊爾的，也是弗勒斯納的箴言：「我燃燒才可以有用」；忘不了你愛的范仲淹的警句：「寧鳴而死，不默而生」；更忘不了你愛的，也是你作的故事：唐僧玄奘「割肉度群魔」的故事。你確然使我們懂得，文明的再造，民族的復興，不止要靠我們的思想與知識，而且要靠我們的人格——忘我的，向前的，不顧一切犧牲的人格。

適之先生！我們，中央研究院的同仁，這一群知識工作者，都謹守你的尊重理智的教訓，在你的身體安息之後，不敢放縱我們悲惻的感情。我們覺得我們應當想的，只是失去了一個無比的領袖和導師，我們要如何朝著建設性的目標再往前進。但你的安息已造成了四面的悲涼氣氛，重感染著我們的心胸，使我們免不得懷想你的英靈，使我們掩不住工作同志與追隨者為你而生的哀痛！

胡適是二〇年代中國的知識青年最欽佩的人物、是我國近代史最具影響力的學者之一。他及他那一代的知識份子想要創立一種西方的文化基礎，以此來解救中國社會、政治和經濟的苦難。胡適一生為科學、民主、自由、人權而嘔心瀝血，當代的中國知識份子多少都受到他的影響，絕對不會忘記胡適。可是時移歲易，朝代更迭，後人可能就無緣認識胡適的風範。但是，只需透過這篇短短的祭文，胡適可敬的傲岸形象立時出現。

這是一篇飽蘸情汁、感人肺腑的感性散文，又是一篇充分理解胡適理念、願意繼承其志業的知性散文。它使用單向對話體，每一段都以「適之先生！」開言，這是多麼親切的呼喚，彷彿對象就在眼前，讓讀者感受到作者對於胡適雖死猶生的眷戀。接著正文一開始也非常吸引讀者：「你的身體已永遠安息。你的英靈何處可以追尋？」這是非常感性的語言，胡適的肉體雖然已經消逝，可是作者卻想念追尋胡適的精神（英靈），這也意味著胡適令人懷念敬佩之處。下一句用一個「但」字一轉，立刻以「你的思想和精神活在全國人的心裡」接續代表「英靈」的思想和精神永垂不朽。這裡短短兩句卻有頓挫搖曳之姿，且把胡適的地位襯托出來。在這之後則是理性分析胡適壯志未酬的三件大事，並細說這三大件心事都是為國家為民族的百年大計，驗證了胡適的家國大愛。第二段是理性敘述胡適的第一大心事，但文字充滿感性的語言，是本文最具感性魅力的地方。文中詮釋胡適幾十年來從不懈怠的文化革命的用心與觀念，乃是意欲「再造文明，復興民族」，胡適這種苦心，本段連續使用「我們懂得你的用心」、「我們懂得」、「我們更懂得」表現了深切的知音之言。類似感人的文字很多，例如「在你七十歲的病中，和在你的青年壯盛的時代一樣，你都不怕逆著風向，挺身高呼……」把胡適一生在風中的遒勁精神表現出來。

第三段介紹胡適的政黨觀念、第四段介紹胡適真正的身份乃是學者、真正的志願乃是奠定國家學術的宏基。在敘述完胡適留下的遺願之後，再說這些大小事都要有「最凝聚的精神和極高深的思慮，才可以完成的事業。」文中再次強調「文明的再造，民族的復興」不只是要靠思想與知識，還要靠偉大的人格，而胡適正好是這樣人物的表率。這裡把胡適的精神人格推崇至極，可以說是全篇的高潮。接著最後一段此文的作者群是中央研究院的「全體同仁」，他們自稱是「一群知識工作者」，也謹守著胡適「尊重理智的教訓」，控制自己不要因胡適去世而濫溢自己悲惻的感情，他們的理性都知道應該要遵循胡適的遺志繼續前進，可是「你的安息已造成了四面的悲涼氣氛，重感染著我們的心胸，」而掩不住無盡的哀痛。這裡用理性去壓抑感性，反而更凸顯感情悲慟之深刻，因抑揚頓挫而產生極大感動讀者的力量。這篇文章可以說是以感性始，以理性為中骨，而後再以感性結尾。

在結構上，本文每一段都用「適之先生！」開頭，它成為文章結構上的樑柱，使這樣的呼喚似乎不斷地穿梭在文章之中。而第二段「再造文明，復興民族」跟最後第二段的「文明的再造，民族的復興」遙遙呼應，是全篇內容之骨，是全篇的眼穴，緊緊扣住胡適一生精神所繫。

本文那依依不捨的情懷所以特別感動讀者，因為它的魅力在於紀念他的不只是個人的、小我之間的私交，而是一群文化菁英的集體懷念。文章中眾人所依依不捨的不只是一位同僚、一些個人的情誼，眾人依依不捨的乃是國家失去一個偉人的典範，作者們依依不捨的是胡適民胞物與的家國大愛、胡適不畏強權鍥而不捨的奮鬥精神、胡適終身不改其素志的堅持情操、胡適謙沖自牧的性情風格……作者們依依不捨的都是千年萬代知識份子同樣會萬分珍貴、萬分尊敬的人類最高尚的情操、可貴的人格、偉大的襟抱。當你閱讀這篇散文時，怎能不被這群體的共識、群體的真誠、群體的感情所打動，而同樣捨不得這樣的人物離開了我們的國家、離開我們的社會呢！這樣的散文必然使讀者閱讀之後再三徘徊不忍離去。

作者用這樣一篇感人的白話散文來紀念提倡白話文運動的人物，真是饒富意義，在現代祭文中真是絕無僅有。

為胡適寫作傳記可以成為傳記文學。像沈衛威（一九六二～）的《無地自由——胡適傳》就是一本可貴的傳記文學。可以從中理解胡適愛國的思想、襟抱與一生實踐的努力。

做為一個不自由時代的自由主義者，胡適知道學術是正途、政治是歧路。他說「我們沒政治野心，思想文化的途徑有其巨大的力量，有其深遠的影響」，他純正的愛國心，不只表現在教育文化上，他對政治最大的目的是主張思想言論自由，總想運用他的智慧來為國家爭取地位和榮譽，這樣純正的愛國心至死沒有稍退。一九五〇年胡適心臟病已藥不離身，年底他在日記上寫道：

無論如何應在有生之日還清一生中所欠的債務。……我的第一筆債是《中國哲學史大綱》，上卷出版於民國八年，出版後一個月，我的大兒子出世，屈指算來已經三十三年之久了，現在我要將未完的下卷寫完，改為《中國思想史》。第二筆是《中國白話文學史》，二十五年前已經寫了一半，今後必須加緊完成它。第三筆是《水經注》的考證，這個被我審訊了五年的案子，也應該判決了。第四，如果國家有事，需要我用嘴、動筆、跑腿，只要能力所及，無論為團結自由力量，為自由中國說話，我總願意盡我的力量，而不一定擔任什麼公職。

胡適一生都在履行這樣的行為，抗日戰爭爆發，他臨危受命出使美國，正是受任於敗軍之際，奉命於危難之間，是中國知識份子身不由己的選擇。後來美日會談失敗、美國參戰是胡適之功，被認為是中國外交史上一大勝利。之後狡兔死走狗烹，胡適不久被排擠出大使館賦閒美國，研究《水經注》，表現出他能出、能處的人生境界。

一九四九年國共對峙情況緊張，蔣中正又要胡適去向美國求援，因國家內鬥而要他外出求人，他說

「這樣的國家、這樣的政府，我怎樣抬得起頭來向外人說話？」但四月六日他仍然委曲求全搭輪船赴美，二十一日抵舊金山時，記者蜂擁而上，告訴他國共和談破裂，國民黨退守臺灣，共產黨宣佈胡適為戰犯。胡適再度賦閒讀書。

出生太晚的人無緣見到胡適的風格，可是透過胡適的著作、胡適的傳記甚至僅僅只是一篇短短的祭文，都深深撼動著我們內心深處，那使我們自愧不如的正是他那偉大的民胞物與的家國大愛。同時，從胡適的資料中可以知道，在歷史的長河中，政治只是暫時，文化卻能永恆；在歷史的長河中，政治人物的生命極為有限，文化人的生命才有永恆的機會。即使在九〇年代，只要閱讀胡適的著作、閱讀胡適的傳記，你仍然可以諦聽到：胡適的聲音仍然會不斷地迴響，震撼著我們的心靈。

寫情散文不一定只表達快樂、幸福、積極的一面，有的散文表現生命的「情傷」亦是感人。葉綠娜〈我心中的山〉㉒敘述的是主角小學五年級美術課的經驗，這一節看似極為平常的課卻是影響主角的一生。

從文章前兩段，敘述主角剛搬家轉學到臺北，每天面對的是「陌生的面孔」，她無法逆轉這種情勢，上學總是感到孤單難捱之至。這裡可以看出主角的性格是內向、怕生、適應力比較低的孩子，轉學已經傷害到她弱小的心靈。後來當她發現遠處兩座沈重迷濛的山頭正吻合自己的黑色心情，好像發現了知己一般興奮，每天都害怕那兩座山會消失，這裡又表現主角性格害怕孤單、需要依賴，她沒有能力跟活生生的同學打交道，就在自然世界裡發現知音、得到依靠。這樣內斂的個性，比較需要外界主動啟發，所以當老師說：「今天，我們要自由發揮，題目由各位同學任意選擇，什麼都可以，當然，最好是一件你們心中印象最深刻，最希望告訴大家的事物或人物」，主角非常興奮，立意要把那時心中最深切的知音描繪出來。

當她才開始塗上黑顏料，老師見了就很「好心」的告訴她說：「妳為什麼亂塗一團呢，最好能參考一下書上的花、草……」這使主角受到嚴重挫折，脆弱的心靈等待被理解、被開導，而如今卻是完全不被訊問、不被理解之前就完全受到否定。脆弱的心靈難過萬分卻沒有辯解的膽量，只好重新把課本中的蘭花依樣畫葫蘆素描出來。這種抄襲之作卻讓老師很高興的說：「妳不是畫的很好嗎？為什麼剛才要亂畫一通呢？」否定主角創作的能力，可以說再次「傷害」主角的心靈。她偷偷把「黑山」畫紙撕得粉碎扔掉的動作就是強烈、無聲的抗議。這樣一件外表看起來無波無痕的教學小故事，卻影響主角的一生：「從此，一直到今天，似乎，我只敢做給人看他們愛看的漂亮花兒素描。不論在真實人生，或甚至在舞臺上，我怎樣都提不起勇氣，也沒有『能力』，讓大家看，告訴大家，其實，那兩座蒙在白霧後面的『黑山』，才是我心中真正的強烈感受……」作者是一名鋼琴演奏家，在舞臺藝術的表演中，特別需要讓觀眾看到聽到她自己心中真正的感覺、真正的感情、真正的才華，結尾一段訴說的是多麼沈痛的心語！

第二節　探索潛意識的深層流域

散文是一面深度的透視鏡，讀者不但可以從散文看到隱藏作者的感情思想，還可以深入去探索他的潛意識。潛意識是心理活動的基本動力，是人類動機意圖的源泉，潛意識像一座迷宮，連人類本身在意識範圍內都無法覺察它的內涵。當作家寫作時，曾經被意識長期壓抑的潛意識會透過書寫而流露出來，有時連書寫者自己都難以覺察。它是一個神秘、深沈的領域。

許多藝術作品是創作者夢境的再現，而夢境就是心理深層潛意識的產物。透過他們各自獨特的知言所編織出來的「夢境」跟他們意識世界中的「理想」是有差距的，潛意識所透露的應該是創作者心靈深處更真實的慾望與危機訊息。

人類的潛意識既深沈又複雜、既曲折又奧妙，並不是個人意志可以自由掌控，它十分奇妙，所以有意識之美。有時書寫者在寫作過程中並不自覺流露了潛意識，寫成文章之後也未必會發現，讀者也時常忽略，蓋潛意識存在於散文中的位置也是相當隱微。

簡媜（一九六一～）是典型的感性散文作者，最擅長寫作的客體是「自己」，她的生活圈子比較狹窄，但創作的銳角可以深入，因此她擅長對「自我」的深掘。儘管感性散文中的書寫者與隱藏作者往往合而為一，最容易流露原始書寫者的個人生活內容及個性，不過簡媜並不提供書寫者的日常生活細節，她時常大量篩淘素材、重頭拼貼，架構相當的美感距離，產生新的藝術肌理，在處理文字製版時，又特別喜歡「加網」更增加其朦朧性。但她又是感性散文的作者，作品中的「我」全然來自書寫者的本我。與其說閱讀簡媜的散文可以清楚書寫者的生活情形，不如說可以進入隱藏作者的心靈世界，例如以〈漁父〉[23]為主的散文表現的戀父情結。

據精神分析學家的理論，女童在三至六歲的性器期，對父親產生一種愛戀的心理慾求，同時又有排斥母親的以期獨自佔有父親的心理傾向。此種複雜的心理狀態，稱為戀父情結。這種情結雖然產生在幼兒期，但也有可能延續到成年之後。在文學作品處理戀父情結或者戀母情結時，經常表現在某些人物天性的需求，並非每一個人都有這種情形，有些人的需求特別強烈，因而有所謂延續至成年之後的情形。以下談論的〈漁父〉就是這種情形。

〈漁父〉的主題可以說是追尋父親、尋討父親的愛。在追尋的過程中，這個「父親」是從真實生活中的父親出發到隱藏作者心目中理想的父親、甚至理想的男性為終點，追尋的歷史其實是一個不斷重塑的過程，也是一個心靈缺憾不斷縫補的過程。「我」的父親是一位販魚的「漁父」，書寫者巧妙地把父親的職業和屈原的「漁父」扣合，前者是現實的父親、後者是理想的父親。現實的父親嚴峻冷漠保守而又重男輕女，對女兒幾乎從來不肯流露溫情，假設他有，也是埋藏在冰山底下吝於現形。理想的父親是像屈原一樣有偉大的愛心、有無窮的熱情、有高韜的操守、有豐富的學養、有彪炳的才華、有追求理想鍥而不捨的精神。現實的父親在「我」十三歲時就去世了，在他走了之後，「我」在記憶中不斷補綴父親的形象，她珍惜父親送給她的黑豹石、鋼筆等物，她認為父親可能料到女兒喜歡黑豹石、女兒將來喜歡寫作，並以此肯定父親是「心細如絲」有愛心的「性情中人」。她從小就全力以赴要做一個不比壯丁遜色的女兒，甚至努力跟父親比賽刈稻能力，她認為「也許，你想征服一個對手卻又預感在未來終將甘拜下風。」實際上文章中的父親所承受的文化教養及個性習慣都和女兒這些的「假像」有相當的落差。

現實的父親是一位揹負著沈重家累的家長，心中有許多掙脫不了的凡夫俗子的苦惱，要靠酗酒來消愁解憂，既沒有空暇、也沒有觀念要照顧女兒的心靈，他終究只能做一位纏困在現實環境中的「漁販」。

〈漁父〉一開頭就說：「父親，你想過我嗎？」這是向已經去世的父親索討愛，第二段經過一陣反思，死後不宜計較，「好吧！父親，我不問你死後想不想我，我只問生我之前，你想過我嗎？」主角設定的答案是必定想過，因為父親是單傳，想要生一個壯丁。這裡隱隱含著一個悲哀，父親祈待的不是無分男女的骨肉，乃是傳宗接代的子嗣，所以當「我」以女兒之身降臨成為父親的頭胎時，場面異常尷尬，父親從此對女兒視而不見。女兒不甘不平開始索討父親的愛。「日日哭」就是出生嬰兒強烈的索討行動，而她把「哭聲一波一波傳給左鄰右舍聽」不是向社會要求一位父親理當疼愛他的子女的公理嗎？這樣的抗議反而招來父親的惱怒，「用兩隻指頭夾緊我的鼻子，不讓我呼吸」，女兒說「父親，如果說嬰兒具有宿慧，我必定是十分歡喜夭折的，為的是不願與你成就父女的名分」，〈漁父〉開始就是一段遺憾的父女緣份。也因為這個遺憾越深，女兒妥協的情境越是可感。自從「我們第一次的爭執之後，我的確不再哭了，竟然乖乖地聽命長大。」

女兒並沒有放棄索討父親的愛，甚至可以說，她用盡方法爭取父親的尊敬而愛她，「前尋」一節是在父親生前尋找父愛，內中敘述她童年喜歡在野外從午後玩到黃昏，當祖母、母親一遍一遍呼喚她回去晚餐時，她並不理會：

這時候，小路上響起這村舍裡唯一的機車聲，我知道父親你從市場賣完魚回來了，開始有點怕，抄小路從後院回家，趕快換下髒衣服，塞到牆角去，站在門檻邊聽屋外的對話：

「老大呢？」你問，你知道每天我一聽到車聲，總會站在曬穀場上等你。

阿嬤正在收乾衣服，長竹竿往空中一矗，衣衫紛紛撲落在她的手臂彎裡，「迌迌到不知曉回來，叫半天，也沒看到囝仔影。」我從窗櫺看出去，還有一件衣服張臂黏在竹竿的末端，阿嬤仰頭稱手抖著竹竿，衣服下不來。是該出去現身了。

「阿爸。」扶著木門，我怯怯地叫你。

阿嬤的眼睛遠射過來，問：「藏去那裡？」

「我在眠床上睏。」說給父親你聽。你也沒正眼看我，只顧著解下機車後座的大竹籮，一色一色地把魚啊香蕉啊包心菜啊雨衣雨褲啊提出來，竹籮的邊縫有一些魚鱗在暮色中閃亮著……

這一段看出她多麼在乎父親對她的感覺，「你知道每天我一聽到車聲，總會站在曬穀場上等你」對於一個小女孩，這是多麼不容易做到的事，而「是該出去現身了」，可見她平時多麼注意父親的脾氣、多麼理解父親的個性。跟不在乎祖母的關心恰好相對，她「怯怯地叫你」、「我在眠床上睏」是「說給父親你聽」，同樣跟祖母的關心相對的是父親「你也沒正眼看我」，這是「前尋」中第一個失落感。接著是酒醉後的父親：

你雖為我命名，我卻無法從名字中體會你的原始心意；只有在酒醉的夜，你醉歪的沙發上，用沙啞而挑戰的聲音叫我：「老——大，幫——我脫鞋——」非常江湖的口氣。我遲疑著，不敢靠近你那酒臭的身軀，你憤怒：「聽到沒？」我也在心底燃著怒火，勉強靠近你，抬腳，脫下鞋，剝了襪子，再換腳。你的腳指頭在日光燈下軟白軟白地，有點沖臭，把你的雙腳扶搭在椅臂上，提著鞋襪放到門廊上去，便衝出門溜去稻田小路上坐著。我很憤怒，朝墨黑的虛空丟石頭，石頭落在水塘上：「得攏！」月亮都破了。只有這一刻，我才體會出你對我的原始情感：畏懼的、征服性的，以及命定的悲感。

這個事件寫出女兒對於父親的極度失望，酒醉的父親也是無能的父親，「月亮都破了」正象徵期待的，美麗的夢的破碎。在美夢破碎之後，女兒並沒有放棄追索父親的愛，接著是女兒在河裡浪玩的一幕：

啊！我沒有家，沒有親人，沒有同伴，但擁有一條奔河，及所有的蛤蜊、野蕨、流砂。這時候，遠方竹林處傳來你的摩托車聲，絕對是你的，那韻律我已熟悉。我想，我必須躲起來，不能讓你發現我在玩水。但是這一段河一覽無遺，薑葉也不夠密，我只得游到路洞中去藏，等待你的車輪輾過。我有種緊張的興奮，想嚇你，當你的車甫過時，大聲喊你：「阿——爸啊！」然後躲起來，讓你只聞其聲不見其人，偷看你害怕的樣子：你也許會沿著河搜索，以為我溺斃了，剛剛是回魂來叫你，你也許會哭，啊！我想看你為我哭的樣子……。來了，車聲很近了，準備叫，「轟轟轟……」，車輪輾過洞的路表，河波震得我麻麻的，我猛然從水中竄出，要叫，剎那間心生懷疑，車行已遠……。

這一幕完全是試探父愛的行為，雖然沒有真正付諸行動，卻是明顯表白了心跡。此節最後一段，母親為遲歸的父親做消夜的一景：

……一切就緒，你來請阿嬤起身去喝一點薑絲魚湯。掀起蚊帳，你問：

「老大呢？」

「早就睏去囉。」

你探進來半個身子，撥我的肩頭叫：

「老大的——，老大的——，起來吃さしみ！」

我假裝熟睡，一動也不動。（心想：「再叫呀！」）

「老大的——」

「睏去了，叫伊做啥？」阿嬤說。

「伊愛吃さしみ。」

做父親的搖著熟睡中女兒的肩頭，手勁既有力又溫和，彷彿帶著一丁點權威性的期待，及一丁點怕犯錯的小心，我想我就順遂你的意思醒過來吧！於是，我當著那些蛙們、蟲群、竹叢、星子、月牙……的面，在心裡很仁慈地對著父親你說：「起來吧！」

「做啥？阿爸。」我裝著一臉惺忪問你。

「吃さしみ。」說完，你很威嚴地走出房門，好像仁盡義至一般。

但是，父親，你尋覓過我，實不相瞞。

這一段，是女兒辛苦「前尋」的歷程中確定找到了父愛，「心想：『再叫呀！』」是多麼楚楚動人，而父親在喚醒女兒之後是多麼的冷峻，即令如此，女兒第一次確確實實證明父親是愛她的，這個結論讓她十分滿意，所以最後說「父親，你尋覓過我，實不相瞞」這句話的意思是：父親，你不能否認你確實是愛我的。

「手溫」一節，從征服父親到父親過世，不論父親是否如她以為的「你想征服一個對手卻又預感在未來終將甘拜下風」，女兒在父親生前一直是以超越男孩的優越能力來表現她絕對不遜於一個父親渴望的壯丁。女兒這個「壯舉」在初生時代停止號哭，乖乖長大就已經露出端倪。之後她一切乖順行為無非都是這種意志下的產物。「手溫」中十二歲的女兒在刈稻場上拚命要賽過父親，「父親，我終於勝過你」，女兒倔強的個性、不服輸的個性、不認（女兒）命的個性、堅強的意志力，在這小小的事件中表露無遺。

接著是父親再次酒醉：

再見到你，是一個寤寐的夜，我都已經睡著了，正在夢中。突然，一記巨響——重物跌落的聲音，改編了夢中的情節，我驚醒過來，燈泡的光刺著我的睡眼，我還是看到你了，父親。你全身爬進床上衣櫃的底部，雙拳捶打著木板床，兩腳用力地蹭著木板牆壁，壁的那一面是擺設神龕的位置，供桌、燭臺、香爐，及牌位都搖搖作響，阿嬤束手無策，不知該救神還是救人？你又掙扎著要出來，龐大的身軀卡在櫃底，你大聲地呼嘯著、咆哮著、痛罵一些人名……，我快速地爬下床，我知道緊接著你會大吐，把酒腥、肉餿、菜酸臭，連同你的鏤底心事一起吐在木板床上，流入草蓆裡。

父親，我奪門而去，……父親，夜色是這麼寧謐，我的心卻似奔潰的田土，淚如流螢。第一次，我在心底下定決心：

「要這樣的阿爸做什麼？要這樣的阿爸做什麼？」

父親，我竟動念棄絕你。

這一段比「前尋」中的醉酒更為嚴重，使得女兒發出狠言「要這樣的阿爸做什麼？」但緊接著就是「父親，我竟動念棄絕你。」這一迴轉，顯出對父親深刻的愛戀。再接著是父親過世，文中具體寫過父親深夜酒醉兩次，它表示父親經常醉酒，這次父親深夜車禍身亡應該也是酒醉引起，最後一段直扣「手溫」：

那是唯一的一次，我主動地從伏跪的祭儀中站起來，走近你，俯身貪戀你，拉起你垂下的左掌，將它含在我溫熱的兩掌之中摩挲著、撫摸著你掌肉上的厚繭、跟你互勾指頭，這是我們父女之間最親熱的一次，不許與外人說（那晚你醉酒，我說不要你了，並不是真的），拍拍你的手背，放好放直，又回去伏跪。當我兩掌貼地的時候，驚覺到地腹的熱。

這位父親在世時，並沒有給過女兒該有的親近的溫暖，女兒只有在父親去世、身體冰涼，才有機會執手撫摸，父親沒有給女兒的溫暖，女兒現在卻給予父親，這就是「手溫」。

本來，親子緣份在陰陽相隔之後就已然斷絕，〈漁父〉使得戀父情結持續不斷並深化的是接著還有「後尋」㉔：

天倫既不可求，就用人倫彌補，逆水行舟何妨。父親，你死去已逾八年。

「你真像我的阿爸！」我對那人說。有時，故意偏著頭瞇著眼覷他。

「看什麼？」他問。

「如果你是我爸爸，你也認不得我了。」

「哦？」

「你死的時候三十九歲，我十三歲；現在我二十一歲了，你還是三十九歲。」

「反正碰不到面。」

癡傻的人才會在情愫裡摻太多血脈連心的渴望，父親，逆水行舟終會覆船，人去後，我還在水中自溺，遲遲不肯上岸……

戀父情結延展到大學時代，從天倫尋覓到人倫，上引文中的「他」就是《水問》書中〈水經〉的男主角，〈漁父〉跟〈水經〉在此遙遙相扣合使戀父的情結若斷而實續。這裡有意將對話錯綜接合，「你真像我的阿爸」是對〈水經〉的男孩說的，「看什麼？」是男孩的回答，「如果你是我爸爸，你也認不得我了。」仍然是對男孩說話，但用「如果」的假設，把接下去的談話對象調成阿爸，所以說「你死的時候三十九歲……」是對著阿爸說的話。這種錯綜手法也可以說明女主角在人生的尋覓中把那男孩當成父親的替身，繼續著她的追尋。當然，文中沒有指明這位男孩就是〈水經〉中的男主角，但有許多證據讀者分明可以核對。

〈漁父〉最後一節是「撿骨」，在父親過世十一年時要撿骨，這是父女一場慎重的再見之會：「我害怕著，怕你無面無目地來赴會」，開棺時，父親面目完好，「你不願腐朽是為了等待這一天來與人世真正告別」：

……父親，我深深地賞看你，心卻疼惜起來，你躺臥的這模樣，如稚子的酣眠、如人夫的腼腆、如人父的莊嚴。或許女子賞看至親的男子都含有這三種情愫罷！父親，濤濤不盡的塵世且不管了，我們的三世已過。

最後合棺，當所有的人都走了之後，女主角仍然守在墓邊陪父親抽一支煙，文章最後是：

不知該如何稱呼你了？父親，你是我遺世而獨立的戀人。

從以上我們可以看出她仍在父親過世後的人間及心中不斷尋找父親並補綴其形象，使之漸漸接近心中的「漁父」，這個心中的「父親」最後與現實的父親結合，完成她生命中的最愛，那樣的父親是具有稚子的可愛、人夫的溫柔及人父的莊嚴三種角色的優點。也因為角色的調整，那現實生活給她骨肉的父親已經跟心中重塑的父親落差極大，經過重塑的理想的「父親」具有人子、人夫、人父三重角色，也不再是單純的父親，改以「戀人」為名。顯然戀父的情結在歲月中是不斷經過修改、調整的。

《水問》幾乎以愛情為全書主軸，表面上看只是一個單純的青年戀愛。實際上可以說大學時代這個戀愛是戀父情結的延伸、或者這個愛情悲劇來自戀父情結的錯接。

廣義的戀父情結，可以說是先天對於男性的需要，父親只是兒女生下來最先且最經常接觸的男性，其眷戀的情愫自然投射在父親身上。非常明顯的是，簡媜筆下不曾需討母愛、祖母愛等女性之愛[25]，從〈漁父〉到〈水經〉可以看出她由戀父情結轉化為男性情結，〈水經〉中的男性是由〈漁父〉中的父親轉化而來。

〈水經〉的結構跟〈漁父〉相同，全篇以「節」分場，每節都有子題。〈水經〉的題目跟〈漁父〉也一樣，借用中國《水經》一書書名，一方面把整套愛情當成一部書，同時雙關愛情的流程也是一道水流經過山山水水終歸大海。全篇幾乎每一節跟「水」都有關，第一節從水的源頭「源於寺」到「去野一個海洋」、「水讚」、「浣衣」到「卷終」的「水，流出卷終之頁，還給大海。」仍然回到水。這中間只有第六節「吵」沒有涉及水。[26]這篇「水」其實和〈漁父〉中不斷出現的水也是相呼應的。[27]

〈水經〉第一節就說：

> 我的愛情是一部水經，從發源的泉眼開始已然註定了流程與消逝。因而，奔流途中所遇到的驚喜之漩渦與悲哀的暗礁，都是不得不的心願。

這裡一開頭就擺明了這部愛情「書」的結尾是悲劇收場。所以結尾的「卷終」完全在讀者意料之內。自

〈水經〉之後，連續出現的「悲賦」一直不斷，〈水問〉篇為高潮，至〈水經注〉為收結。

〈水經注〉再次借用古書書名，而巧妙地為自己的愛情做注。此「注」說明人類的情愛是無法真正收放自如、難以割捨。外表的瀟灑，掩飾不了糾葛的情殤，這也可以用來詮釋戀父的情結。

由於〈漁父〉和〈水經〉在結構上、意念上、情結上都明顯掛鉤，所以〈水經〉愛情的失敗，在〈漁父〉中已經有了伏筆，當女子把年輕的男孩當成心中理想的「男性」——如人子、人夫、人父來企求，可以說是緣木求魚的追尋。〈漁父〉中女兒擔心開棺後父親會「無面無目」地來赴會，可是，我們讀整本《水問》，那位使女主角悲情不斷的男主角更是「無面無目」地來赴這場愛情之約，作者幾乎沒有提供他任何一言一語、一舉一動任何具體的形象。從〈水經〉，我們也可以反過來理解對於父親情結的苦苦追尋也是一樁哀哀欲絕的「悲賦」。

探索作品潛意識的流域是一種向未知探險的歷程，這類散文最光彩的部分大多不在作品的表層，文章的技巧也不在雕章琢句。繆崇群就是這樣的作家，他散文的風華在於神髓，讀者也因為能走進他作品中的深層流域而如入寶山。

繆崇群的生命底層有幾條重要的流域，其中之一是女性情結，㉘首先讀者可以發現他對女性有強烈的偏袒。在大多數的情況下，他並不信任男性。在〈紅菊〉一文中，這位被撿來的使女，被「我」的哥哥嫌厭，有一次還把她打得離家出走。她好不容易嫁了個比較好的丈夫，卻又因生產短命而死。臨死時，她的丈夫信誓旦旦對她說「我終生不會再娶了！」十年後，「我」的父親去弔這位丈夫的唁，卻見他的未亡人帶著三四歲的孩子哭得很慘。作者在散文中絕少描寫自己的父親，在〈紅菊〉中，她諄諄告誡「我」

「千萬不要學你父親哩」，他使母親「有了今日的痛苦」。其實，作者對男性的嘲諷也包括他自己，在〈夢海〉文中，他幾乎指控自己對妻子的「虐待」。

他不僅同情女性，且是眷戀女性，在日本留學時，他特別關心侍女良子，同情她的地位、想輸送他的關切。甚至於對「難看的要死」的、穿腥紅色拖鞋的女人，他也有潛意識的愛戀。〈江戶帖〉有精彩的描寫：「那雙大紅的拖鞋，就像一對側身躺著的金魚……我每逢經過走廊，我便想哪一回把它們踢開一隻」，魚本具有性或愛情的象徵意義，他想踢開，乃是想拒絕對方的挑逗，但是他卻時常「戲弄著這對金魚，可是沒有一次碰著過那個女人。」他踩著的「金魚」，「像一塊浸濕了的胭脂」，不僅暗示那女人的身份，同時也顯現「我」性侵略的意識。他對這種心態，有相當高的自覺，因為結尾說：「我先前以為嘲弄女人而回想起來卻是嘲弄了自己……」

再進一步討論繆氏的女性眷戀，則又可以用「戀母情結」來詮釋。他一直喜歡比自己年紀大的女人，〈芸姐〉是他的初戀，大他兩歲，相識幾個月就刻骨銘心的愛上了她。〈紅菊〉大她六七歲，是他極喜歡親近的女性，她充滿母性的溫柔、姣好的長相，使十一歲的「我」同她乘車時，總坐在她身上。再看他的母親，是一位善良而飽含母愛的女子，〈守歲燭〉是她生命中最後一個除夕，她只關心兒子的心情。從這篇文章中，不難看出「我」相當依賴母親，她的逝世，使他無比愧疚懊悔。

〈綴〉文則寫岳母，在妻子去世後，他與岳母的關係仍似母子。甚至於對陌生的老婦人，他也常不自覺扮演兒子的角色，〈江戶帖〉中他喜歡「靜靜地坐在她們母女的中間」正是兒子的角色，且在那日本女子彈的琴音中「那死去了的人的面影，彷彿憧憧地復現了」，這面影，便是他的母親。在該文「風鈴」

節中，他說：「每逢看到年老而慈祥的婦人，我的心，頓時無緣由地虔誠了」，此節充分表現他對母愛的企求。其他文章，例如〈寄健康人二〉他被小羊的孺慕之情所感動等，在在是明顯的流露。更進一步看，母親的象徵已多樣化的投射到其他事物上，仍然可以看出他的情節所繫。例如他基本上是個流浪的人，但卻心理上非常戀家，家代表女性的空間，企求家，乃是想投入母親的懷抱。回頭來看，具有戀母情結的人，並不表示在母親身邊就能滿足，〈守歲燭〉中，跟母親度過中國人最講究的團圓除夕，他仍是沒來由的沮喪萬分。這證明他依戀的東西並不能落實在現實人生上。

其次，從繆崇群的散文中，我們還可以發現這位隱藏作者具有雙重的矛盾性格。他陰柔內斂、企盼母性的滋潤，但在現實生活中，他並不能善養恩情。在除夕團圓的夜裡，他已「僥倖沒有他鄉作客，也不曾顛沛在迢遙的異邦」，就在母親膝下，他卻感到沒有一點生氣、沒有一點溫情（〈守歲燭〉）。他怕寂寞的旅途，但住在姑姑家裡，他卻「感到比旅途上更寂寞」（〈旅途隨筆〉），他想向女性輸誠，但終於「緘默著不曾開口」（〈楸之寮〉）。

繆崇群的反戰思想實是人道主義的一部分，但在日本的戰火下，他也一再燃燒著反抗復仇的意願。他的散文經常呈現弔詭的矛盾性，例如〈夢海〉中說：「追求光明的人，才原是沒有光明的人」，〈寄健康人二〉說他對燕子之沒有好感「也許正是有好感的」。對燕子之兩極好惡，這因他有兩極性格，燕子代表生動活潑的力量，是他心中嚮往追求的，但他自己卻逐漸消沈沒落。對燕子的既好又惡，顯現他羨慕與忌妒並存的心態。一位人道主義者必然是追求生之力、向上而且積極的，但繆氏卻無可奈何於生命的撥弄。矛盾的產生，實緣於理性引導他應該積極，但他卻具有極深的消極人格，這種錯綜複雜的性格表現在散文時，當某一種人格顯現，文章自然流露出它的特色，因此有時是生的力量衝出來，有時又沈澱在一片灰敗之中，當兩種人格並顯時，便有衝突產生。就文學而言，繆氏散文的可愛，也在於他的衝突性與矛盾性。

綜觀繆氏散文的內在世界，不禁使人想更進一步窺探書寫者的人格深處。是什麼促使他在散文中顯得無力感？我們發現，它緣於他個人缺乏信仰、沒有理想。對於有政治信仰的人，他期期不以為然，〈旅途隨筆〉中他談到許多人「赴湯蹈火地去參加各種實際革命的工作」。可以犧牲生命，只要能得到他們的「真理」。可是接著他又認為時代的潮起起落落，毫無準度，「潮便是潮罷了」他又立刻解構前邊的「真理」，〈碑下隨筆〉的「閣中」節，他輕描淡寫的嘲諷了觀音閣中的眾菩薩以及廟裡的「制度」，可見他也沒有宗教信仰。

同樣一件不幸的事，如果發生在有信仰的信徒身上，他會接受它，視為人生的考驗、歷練；對於缺乏信仰的人而言，則是磨難，他又無法擺脫，只能視為宿命、衍為悲觀。繆崇群沒有信仰心，母親的影子無法落實到現實人生中，成為他確鑿追求的目標，其他所有的女性也不能在他生活中定位，主要在於他自己的脫軌。繆氏心中確然有光華的佛性，可是，俗語說：「泥佛不度水、木佛不度火、金佛不度爐。」他雖有泛愛眾的精神，但是他連自己也度不了；一則是生理的，他罹肺病；一是心理的，他解決不了自己的情結。對於別人的苦難，他沒有能力解救，只能做抽象的思考，因此他永遠只是個旁觀者，〈自供〉其實也是他內心的寫照；他自己一直徘徊在生死的兩頭，一生都沒有定位，他不是個完整的丈夫、兒子，似乎也沒有做父親，他只是個一再被命運打擊的人，他的一生，就像沒有刻上字的碑。他的第一本散文集名為《晞露集》，正象徵他短如朝露的生命；最後一本《碑下隨筆》，成為他沒有刻上自己名字的墓碑，正如他自己說：「如果是一片的空白，那也就更覺得寂寞了」，正成為他自己的讖語。

繆崇群把蒼白的一生交給了文學，文學也再現了他蒼白的一生。隨著他不愉快的成長，包括他的家族以及中國日趨不幸的國運，使得幸福在他短暫的一生中不斷的與日遞減。他的生命，一直被母親的殘像、戀人的陰影、痼疾的魔掌乃至民族凋零的現況所搓揉折損，至死方休。如果不是這些篇章的傳世，那麼，繆崇群只不過是中國無數極平凡的小人物之一，連悲劇英雄也談不上，因為境遇比他悽慘者何止千萬，比他更消極悲觀者更是不計其數。但是，靠著這些篇章所透露出來的生命底層，我們發現了近代中國民族消極人格的一個典型：平凡的身世、矛盾的性格、糾纏的情結、不足為外人道的瑣碎悲劇，以及黯淡的末路。

跟繆崇群同一個時期、風格相近的麗尼（一九〇九～一九六八），也是一位悲哀與憂傷的歌手，尤其寫於三〇年代初期的作品更是充滿近乎絕望的呻吟。佘樹森在〈麗尼的獨語體〉中對他的「黃昏情結」有精要的論述，引錄如下：

> 不難看出，在麗尼散文裡，分明有一個深刻的黃昏情結。這是白天與黑夜交替、失落與企望並存、沈淪與掙扎交織時的苦悶和迷茫。它屬於麗尼，也屬於那個時代。麗尼的散文，大多創作於一九二八年至一九三六年間。那正是民族危機、社會動蕩、民不聊生的年代；而此時的麗尼，也正經歷著那「黃金時代底夢，天真而無邪思的幻想」，一齊都在「心頭被摧毀了」以後的痛苦、沈

淪與掙扎。因此，在麗尼的那個「黃昏」裡，便埋藏著他那已逝的塵夢，以及夢後的空虛和悵惘。有遙遠的兒時的記憶，早逝的美麗的外國小女友，富有傳奇色彩的愛情，顛沛流離的生活，種種人生的悲劇……當然，也還有一個「身外」的世界，那裡有火，有光，有沸騰的海，呼嘯的風，戰鬥前進的行列……常常在向麗尼發出召喚。這一切，在他心底醞釀，經他筆端流出，形成他那憂傷、美麗的文字。

他的第一個散文集《黃昏之獻》，可謂是他在黃昏苦雨中，從斷裂的心弦上彈出的「生死曲」、「小夜曲」、「悲風曲」、「飄流曲」、「無言之曲」……試聽，他留戀著那逝去的童年好夢（〈失去〉）；尋找著那象徵春天的桃花（〈春底心〉）；傾吐著死別之苦和生人的艱難（〈春夜之獻〉）；訴說著愛的「殘夢與悵惘」（〈殘夢與悵惘〉）；感嘆著自己的疲乏與沈淪，青春將逝，心已僵破，「不復沈醉於溫情與歡樂」，「做過一百回夢，因此感覺了一百回空虛」（〈撇棄〉）；「要戰鬥，然而馬不嘶」，「憤怒，提不起聲底力吼，舞不動這停滯的四肢」（〈困〉）。雖然「地平線外有一輪紅日。天際有著一個春天」，但是他「還是不能投入，或者倒臥，或者前行」（〈朝晨〉）。還應指出的是深刻的苦悶，幾乎「不能自拔」的沈淪，自然使麗尼向尼采和佛老哲學靠攏，因而在《黃昏之獻》的抒情裡，往往會隱現著「超人」的影子，雜糅著「人生苦海」，命運難測，乃至對「榮華與凋謝，春與秋」，皆「無所可否」（〈撇棄〉），以「一死」來了卻人間一切煩惱（〈煩惱〉）的思想情緒。

……但是，我們也從中看到，麗尼分明不善於編織故事，客觀描寫；而且，他的審美素質，原同那「黃昏情結」有著水乳般的契合，因而，當他在黃昏、暗夜裡所企盼著的黎明真正到來的時

候，他就再也唱不出那憂傷而美麗的心靈之曲了。㉙

探索作品中潛意識的深層流域是一種與「生命」相遇的歡欣，這種潛意識有時連書寫者自己也並不很清楚，換言之，能夠進入這個流域中的讀者可能比書寫者更了解書寫者。大致上，這方面的作者心理都比較糾結、矛盾，最明顯的矛盾是他們追尋的東西即使表面上看是具體的——例如簡媜的父親情結、繆崇群的女性情結——其實都很抽象，這意味著具體的東西即使到手了，他們仍然不會滿足，而繼續苦苦追尋。正如佘樹森在談論麗尼時說的：「他的審美素質，原同那『黃昏情結』有著水乳般的契合，因而，當他在黃昏、暗夜裡所企盼著的黎明真正到來的時候，他就再也唱不出那憂傷而美麗的心靈之曲了。」這並不表示「黎明」來到，他就得救，而是失去更多。這是性格的悲劇，卻成為文學魅力的來源。

第三節　主客互動的無限情趣

世界文明發展到相當階段，人類開始有了複雜的精神活動，產生美的觀念並發展出美的感受能力，對於自身以外的事物的觀察認識、了解欣賞進而產生複雜感情且書寫表達是人類有了文化才發展出來的能力。

散文中做為欣賞外物的「我」是主，外物是客，後者包括「我」以外的所有人及物。當書寫者欣賞某個外物時，主客時常達成某種聯繫和契合，極少單純地描繪對方的可愛可喜之處，更多的時候是參雜了「我」因物的可喜可愛而引發的情感波動。所以散文敘寫外物一定會產生主與客互動的情趣。

司馬中原（一九三三～）的〈黑陶〉㉚表面上完全是在描寫黑陶，內裡是在描寫自己，主客之間的關係是平等乃至相容、相合的。

黑格爾（Hegel, 1770–1831）在《美學》中說人常常「有一種衝動，要在直接呈現於他面前的外在事物中實現他自己」，實際上創作者時常尋找與自己心理情感結構相似的對應物來表現自己，這個對應物當然具有許多跟書寫者相同的特點。〈黑陶〉就是書寫者在人間找到一個物件，其本質跟自己相同，當作者書寫黑陶時，只把這些相同點寫出來，這樣主與客的關係就漸漸合一。文章一開頭用的是「黑陶，我是。」（這個句型出現兩次）而不用「我是黑陶」，後者是把黑陶擬人化，則黑陶是主角。但是用了「黑陶，我是。」則隱隱暗示沒有出現的隱藏作者「我」也像是一具黑陶。這個句型的可貴處還在它強化黑陶的地位、強化黑陶精神的重要。所以接著的描寫文字幾乎都是關乎黑陶精神。例如「我總是那幾種鄉野習見的形式，經鄉野心靈揑塑，使我具有質樸、愚拙、魯鈍的外表。」是「幾乎覓不著任何文明的裝飾，我恆赤裸，我的顏色原出自火燒的泥土。笨拙的方形連鎖迴紋，是我的束帶，一莖芽，數片葉，就是我生命的基形。」讀者已經明顯看出黑陶的最大特色是「土氣」，它是用鄉野的泥土為原料、由鄉野的天然藝術家塑造而成，它長得簡單質樸甚至笨拙魯鈍，土氣是遠離文明的。

黑陶有他的個性、有鮮明的好惡，他喜歡鄉野、喜歡自然、喜歡單純，只想當原始粗陋的黑陶，到井底汲水。他厭棄知識文明、他不喜歡被編派、不喜歡離開鄉野。可是「人」在江湖身不由己，他被當成文明世界所謂的藝術品，被轉手、被移位、被改名換姓。離開鄉野的黑陶是被「囚」在壁架上，其痛苦可想而知。當然更痛苦的是它的名字老是被胡亂編派。號稱藝術家的老頭稱黑陶「多麼古典！」（黑陶把這個稱讚當成名字是多麼具有諷刺效果！）而他的兒子卻稱黑陶「多麼現代！」這可不是讚美黑陶兼具古典與現代，而是更加深刻地諷刺所謂的藝術家、收藏家。

這篇文章是有意把黑陶的特色跟書寫者自己的特色綰合起來，表面寫黑陶，其實寫自己，所以文章描寫黑陶的外在形象實在不多，其精神特質倒是相當注重。文中刻意綰合與書寫者的共同點，其實二者差異的地方一定也很多，但是書寫者不寫出來，讓它等於沒有，這是文學的技巧。其實書寫者也捏塑了物件黑陶並不存在的特色，最明顯的是個性。總之，種種描寫讓主客之間從相似到完全相等，使黑陶精神就是書寫者的精神。

〈黑陶〉不是純粹的詠物散文，實際上通篇文字寄意於物、全面描摹、刻意雕鏤的純粹詠物散文極少，那是把「主」當成一架攝影機，「客」是一件藝術品，作者利用文字「拍攝」而已，這樣的作品仍然可以看出「我」的欣賞心情及角度，不過這類作品很少，大多數主客之間都存在著太極般的互動關係，有的甚至三角互動，例如梁放的〈柏特力克〉㉛。

該文使用書信體，主角收拾行囊準備回家前，寫信給家鄉的文友——他是當初主角離家時唯一送行的文友。表面看，主客是主角及文友，主角跟文友交談的內容是一隻名叫柏特力克的貓，成為文中的第三者。這隻貓成為信的重心，信中附了一幀貓的照片，「是專為你拍的」，可見多麼看重這隻貓，牠有什麼特色值得「我」如此看重呢？因為整座宿舍裡叫柏特力克的貓有五六隻，「但一提到這名字，大家都知道，指的是此柏特力克，其餘的一概無顏色。」牠表面看起來很酷，對人不怎麼親熱，而且許多人都說柏特力克有點種族歧視的，「平時只見他接近那幾位把他又抱又吻的英國女孩」。實際上柏特力克是可以建立友誼的，當主角搬家幾個月，結束行程將返國時，牠不怕迷失地迢迢跑來找到主角，可見柏特力克多麼念舊，使主角倍感眷戀。文章急轉直下，結尾是「也不告訴你我的歸期，但什麼時候抵達古晉，你總會給我洗塵。這一點，我又十分堅信。」

這篇文章是主角、文友、貓三者之間互涉互動，其中用了很多篇幅敘述貓的故事，重點是強調貓重感情，那不怕迷失地跑來「送行」跟文友是當初唯一的送行者——送來友情，同樣令主角感動。這裡輕輕縮合了文友與貓的關係地位乃是一樣的可貴，也間接暗示了一般人情的澆薄。主角肯定貓跟文友一樣重情有義，所以主角把貓的照片寄給文友，且堅信回家時，「你總會給我洗塵」。

這篇文章跟〈黑陶〉一樣是主客互涉、主客雙寫，只不過本文的「客」有兩位。在結構上首尾兩段寫「人」，中間寫貓，貓與人的感情在離別時特別顯現出來，這樣的感情使得「叫柏特力克的至少有五六個，但……其餘的一概無顏色。」貓不辭辛苦跑來「送行」，和首段朋友來送行一樣珍貴。同理可知即使取同樣名字的朋友很多，但只有那付出友誼的朋友令人難忘、令人感動，其餘「一概無顏色」。主角為貓拍照，其實整篇文章就是在為友誼「拍照」。既清楚的描寫了貓、也明白地描寫了人，主客地位是平等的。

以上兩篇都側重在主客關係的「同」，賈平凹（一九五二～）的〈月鑒〉㉜則從「異」下筆。該文是寫夫妻關係，顯然「客」是妻子。不過後來加入月亮成為另一個「客」，再仔細讀下去，草垻又是另一個重要的「客」，在這四角的互動關係中，切磋出主角的領悟。

〈月鑒〉敘述「我」在外工作，種種不平不義諸事都得壓抑忍耐，回到家就把忿恨發洩在妻子身上。他的脾氣越來越壞，回到家裡不是陰沈著臉就是對妻子發無名之火，於是不斷地有家庭爭吵。

今天夜裡，我們又鬧開了，結果妻照樣歪在一旁抹淚，我只有大聲喘著粗氣，吸那捲煙，慢慢便覺得無地可容；拉開門，悄悄往村前的草垻子裡去了。

「你就不是個人！」妻攆在門口，恨恨地還在罵我。

我沒有還口，只是獨獨地走去，覺得妻罵得是對的：我怎麼總要在她面前發脾氣呢？她性情極溫順，我是太不知輕重的了。結婚三年來，我的蜜月期的溫存哪兒去了？明明知道是自己無理，卻還這樣行為，弄到如此模樣，活該我不是一個人了呢！

「我」深知自己這種行為是以鄰為壑、殃及無辜，但他無可奈何，且甚至怨怪妻子不理解他的處境，他在外工作得憋著氣笑臉迎人，回到家還得這麼憋氣這麼裝笑嗎？不過，在這次吵架時，「我」走向草垻，看見正要出現的月亮，草垻的月景對「我」產生了作用：

我定定地看著月亮，竭力想把那煩惱忘卻，月亮卻倏忽間是玫瑰色的粉紅了，似乎要努力從草叢中躍起，卻是那麼的艱難，草叢在牽制著，已經拉成一個錐圓形狀；終在我眨眼的功夫，一下子跳出一尺高來。草垻子上，現在是一層淡淡的使人傷感的桔紅，而且那淡還在繼續，最後淡得沒了色彩，月亮全然一個透明的淨片，莽草也像柔水一樣的平和溫柔了。

月升的優美景致感動了「我」，那不只是因為美景而產生移情作用，而是景色給予心靈的過濾作用，這兒有一段精彩的描寫：

我閉上眼睛，慢慢地閉上了，感受那月光爬過我的頭髮，爬過我的睫毛，月腳兒輕盈，使我氣兒也不敢出的，身骨兒一時酥酥的癢……睜開眼來，我便全然迷迷離離了：在我的身上，有什麼斑斑駁駁地動，在我的腳下，也有了裊裊娜娜的東西了。回過頭來，身後原來是柳、草，蔭影匝匝鋪了一地，層次那樣分明，濃淡那樣清楚……不知什麼時候，有了風，草面在大幅度的波動，滿世界價潮起泠泠聲，音韻長極了，也遠極了，夜色愈加神秘，我差不多要化鵬而登仙去了。

接著是飛鳥的倩影、飛鳥的啼聲都給「我」精神無比的啟發：

這鳥兒一定在感謝月亮，使牠看見了自己的影子嗎？

我側起頭來，突然想道：在這夜裡，有了月亮，世界上的萬物便顯出了存在，如果沒有了這輪月亮，那會是多麼可怕的黑暗啊！

月亮該是天地間的一面鏡子了呢。

正在這時，一個人影出現，原來妻子也到這裡來抒解心情，跟妻子一番對話之後，妻子仍是委屈得哭著走了。「她走了，把我留給夜裡，把我的影子留給了我。」再度給「我」反省的機會：

我記起一位哲人的話了：夫妻是互相的鏡子。是的，妻確實是我的鏡子了，在這面鏡子裡，我雖然近乎於殘忍，但我的人的本性才表現了出來；離開了妻，我才不是人了，是彎曲的人，是人的軀殼啊！

夜深霜濃，月亮把草埧照得更加清晰，「虧得月的鏡子，把一切紛紛亂亂都理得多麼明白！」這樣的月亮、這樣的風景洗滌了「我」的心靈、過濾了「我」的思絮，結尾說：

啊，妻就是我的鏡子嗎？妻就是我的月亮嗎？

我大口地呼吸著，將草壩的氣息蓄滿了心胸，張開了雙臂，似乎要擁抱這輪中天月了。我深深地祝福這天地之間有了這明白的月亮，我祝福在我的生活裡有了這親愛的妻子！

我很快地向家裡走去了，我要立即見到我的妻，檢討我的粗魯，但我要向她大聲地說：「我還是人呢，我發現我還是人呢，我要做人，我要永遠做人，在妻前，在月下，在任何地方，都要做為一個人而活下去！」

到此，「我」成為一個全新的人物，因景物而轉化心靈的過程寫得相當合情合理，作者以感性之筆描景狀物的能力相當高明，而主客之間互動的情勢也是操控得恰到好處。

第四節　百家爭鳴的思想見識

一個文學家應該同時也是一位思想家。在中國古代，這個說法恰好相反，《論語》、《孟子》、《墨子》、《莊子》……等諸子百家都是哲學家、思想家，他們恰好也是文學家。中國古代的哲學家立意建樹自己的哲學觀並無心要做文學家，只因其才華炳煥出手成章，為文學界所推崇，也成為文學家。

現代文學是把文學當成藝術有意地創造，但是如果沒有思想的藝術則空洞輕浮，所謂有第一等的襟抱、第一等的學識，才有第一等的文學，思想在文學中是充分必要的條件。我們強調現代散文的思想，是說不同作家有不同的思想，每人的思想像各自建築的山峰，各人有各人的見識、各人有各人的觀點，如千巖競秀、百花爭放。散文這個文類不像小說能夠用龐大的篇幅裝進作者的全部或者大部分思想，散文呈現的時常是作者整體思想中片段的火花，在每一篇中閃爍著不同樣貌的光芒。讀者如果要追蹤作家的思想行跡，閱讀作者的所有散文仍然可以進入作家的思想境界、歸納出他的整體思想。

有思想的散文並不限囿在「哲理小品」裡，應該說作者的思想一定會透過散文的形式表現出來，即令以感性的文體書寫感性的題材，仍然會流露書寫者觀人觀物的角度及評價，事實上這種屬於思想的光輝無處不在，主要是作者用怎樣的技巧來表現、讀者要用怎樣的方法去解讀掌握。

賈平凹的〈醜石〉㉝是一般讀者熟識的哲理散文形式，「我」家門前有一塊黝黑的醜石，誰也不知道它什麼時候留在那兒、誰也不去理會它。只是在麥收時節門前攤著麥子時，奶奶總是嫌這塊醜石礙事。要把這個「廢物」給利用掉也不是容易的事，伯父家蓋房子想用來當石牆，它又太不規則，隨便從河灘撿一塊回來都比它強。連壓鋪臺階都看不上它。論細緻它又不如漢白玉可以鑿下刻字雕花、論光滑它不如大青石可以浣紗捶布。它什麼用處都沒有，連花兒都不在它身邊生長，只有荒草、綠苔、黑斑鏽上它。連戲耍的孩子都嫌棄它。人人都罵它是醜得不能再醜的醜石。直到有一天，來了一位天文學家，發現了這塊醜石，仔細研究它、說它是天上落下來兩三百年的隕石，是稀有可貴之物，用車把它小心翼翼地運走。「它是太醜了。」連天文學家也這樣說。但「可這正是它的美！」「它是以醜為美的。」這篇文章的哲理性是透過天文學家的口說出來的：

醜到極處，便是美到極處。正因為它不是一般的頑石，當然不能去做牆，做臺階，不能去雕刻，捶布。它不是做這些小玩意兒的，所以常常就遭到一般世俗的譏諷。

文章把醜石推到負面的極處，回身一轉，柳暗花明、別有洞天。作者也不讓天文學家專美於前，最後是他的感悟：

我感到自己的可恥，也感到了醜石的偉大；我甚至怨恨它這麼多年竟會默默地忍受著這一切？而我又立即深深地感到它那種不屈於誤解、寂寞的生存的偉大。

本文小巧玲瓏，在簡短的篇幅裡蘊含著嚴肅的思考，在敘述一個物件或者事件時，跳出一般平常的、保守的角度去觀察思考，所以可以超越醜陋石頭的表層，看到人世間諸如人才問題、人格問題等等內在與表相的差距，表現作者見人所未見、發人所未發的思想，是典型哲理小品的格局。有許多作品並不是如此直接把感想告訴讀者的，像林興利的〈一條未通車的大道〉㉞。

這篇文章很含蓄地表達對新加坡與眾不同的思考。新加坡立國不過三十年，卻成為東南亞政治界的奇蹟，其主政者李光耀也成為世界政壇的奇談人物，屢次受到各種不同方式的推崇㉟，因為他建立了一個極為廉潔又極有效率的政府，臺灣記者徐宗懋在〈新加坡人的心事〉㊱中說「在新加坡從事反對運動很不簡單，勇氣並不一定是最重要的條件，最重要的是反對者的品行幾乎要完美無缺」，因為「你是在跟聖人作對，除非你是另一位聖人」，西方媒體批評新加坡政府最多的是管制過嚴、人民缺乏自由等，徐宗懋說：

> 諷刺的是，批評的內容往往是新加坡政府使大部份人受益，使這個新生國家免於分崩離析的有效手段。批評的內容恰巧是這個國家能獲致穩定繁榮的方式，也是選民投票請行動黨繼續執政的原因。

徐宗懋認為新加坡擁有一個西方社會並不很了解的成功政府：

> 新加坡的成功不是理所當然的，它是一群優秀無私的領導人才，加上人民的勤奮努力得來的。

兩百七十萬的人口，三大種族，各有其種族、文化、風俗的認同，基本的國家認同嚴重分歧。事實上，過去根本沒有這個國家，哪來的一致的國家認同？最早林有福政府貪污腐化，再多執政幾年，新加坡就徹底完蛋了。人民行動黨上臺，頂住了局面，但內在的分裂動力仍然很強大，一九六四年的種族暴動令人膽戰心驚，新加坡政府發覺自己竟然指揮不動馬來警察。一九六八年，華人社會主義青年走上街頭，高舉毛澤東的像，亮出文革標語。他們的後臺老板在泰馬邊境，在北京政府的特殊部門裡。在這種情況下，缺乏一個強而有力的政府，做出一些限制，這個國家還能存在嗎？

如果說新加坡政府在治理的過程中曾經犯過錯誤，徐宗懋說：

是的，他們有理由這麼做，但犯了一個錯誤，就是以切斷華人語文文化的根來建立一個新國家的新意識。這整整傷害了一代人的感情，到今天傷痕還是這麼深，以致還有這麼多人仍懷著受委屈的恨意。這是新加坡社會真正的傷痕，也就是各族曾被迫放棄自己一部分的靈魂，以共創新國家的新意識，這種以政治力量強制達成轉變帶來莫大的心靈掙扎和痛苦。這是新加坡政府過去最可議之處，因為一旦砍掉文化的根，這個社會便失去了它的精神靈魂，……一個無法透過語文文化聯繫認識自己過去的新加坡新生代，如何規劃未來抱負？如果新生代對未來沒有抱負理想，新加坡的希望在哪裡？

事實上，李光耀先生現在已很清楚問題所在，對以前過激的做法也有悔意。新加坡政府的可貴又在於勇於知過而改進而彌補，這也不是容易的事。基本上筆者認為徐宗懋的觀點跟新加坡大部分的人民看法一致。不過，任何政府都不可能滿足所有的人民，也有人並不認可這樣的追求是美滿的政治標的，〈一條未通車的大道〉即是用文學方式表達的另一種聲音。

文章虛實相間，隱喻明喻雙管齊下。把題目跟內文並讀就發現隱隱含有弦外之音，「一條未通車的大道」這條「大道」其實是新加坡政府開闢出來的「經國大道」，但是「未通車」有行不得也的意思。文章結構非常特殊，全篇分為「一條突然消失的路」、「取鏡」、「走在大路中央」、「水壩」、「燈」等共五節，每一節的最後一段又用阿拉伯數字標出，也是五個小段，除了最後一句「5」總結全文，其他四個小段都和「樹」有關，樹在本文中有重要的象徵意義。全篇依序閱讀井然有序。

全篇開頭第一句，也就是第一節的小標題「一條突然消失的路」就跟文章的題目產生小小的衝突，既然是一條大道，何以會消失？顯然小標題是虛寫，而這一節內文則是用實寫寓意。「我」想要為這條馬路「照相」，其實就是用文章記錄，即是撰寫本文的意圖。本段說「印象中，每個人都在走著這條路。」又是點題之處，是指政府為老百姓開闢出來的這條大道，人人都行走其上。但是最後一段，標號「1」說：「這條路把一片未經馴服的樹叢分成兩半……」綜觀全文，可知樹的意象在文章中指涉人民。在這片土地上，政府是用力氣把「未經馴服的樹叢」（複數）分成兩半，「分」的意思已經有規劃馴服的意味在內。

第二節描寫為大道「拍照」，文字的敘述顯然不是為真實的道路拍照，而是談照片一旦被拍下來就決定了形象，難以修改，且只有一次的機會，拍照的人一旦將照片洗出來，就只有被批評的份，這些顯然是雙關的語言。要為國家的「大道」拍照是相當耗時的。本節本來全然只談拍照，結尾突然有一句「就像人生。」然後「2」突然轉到樹：「樹是直長的，而不是橫長的。樹叢中一棵棵像是在爭鬥，拼命地越長越高……」寫出這個地狹人稠的小島生存競爭的艱辛，這裡意味的艱辛不只是物質上的。

第三節「走在大路中央」明顯指出在「大道」裡的生活受到許多限制、方向亦被指引，像「路旁裝上了鐵欄，防止人們將車子駛到路外。鐵欄旁還設了一個個黑白色箭頭的指示牌。」可是人性「偏偏還是有人要越軌，自取滅亡。」因為「平坦安全的大路未必是人人所求。有些人卻喜歡山中的小道，被遺忘的爛泥路，或自己即時開出來的、在樹叢中左右穿梭、一刻都不覺得悶的狂放。」在一個約制極多的生活圈子內，自然沒有狂放的機會，但是人性又需要有放任的鬆綁時候。因為人在可以放任的時候，就「多了一片寬闊的天地，人也多了一分無恐無懼的豪情。人類是真的有開天闢地的力量。」狂放代表的是自由的揮灑，在這情況下人類許多才情、才華、才能就會展現出來。但是在這個國度「要走與眾不同的道路，就必須準備面對與眾不同的危險。」這一段幾乎句句雙關，所以「也許這條路不必通車」，因為「讓人人在路上自由行走」、「讓人人都有一條寬闊的大道」，行文至此，這個大道的象徵意義是多麼明顯。這一節的結尾標號「3」又回到樹的主題，在這個環境之下成長的樹，有些「明明是活著壯者，卻落光了葉子，像一隻隻從土地升上來的手。」這個鮮明的意象非常落實的點出生活雖然富足生命卻有所不足，有生活而沒有生機、有企望而沒有足夠的機會達到。

「水壩」也是一個主要象徵，不論是大道還是水壩，都是在精密計畫之下的成品，水壩把水「範圍」起來，雖然「這地方有一種要人尊敬的平靜。」但是「右邊的水響得特別急，特別亂。應該是風作怪，但我總是覺得水在掙扎著，正急切要沖破水壩，重獲自由。」這兒也是句句雙關，水壩「清潔得能嚇人」是新加坡聞名的清潔，但是對「我」而言「每一片發展到一半的土地，對我而言都是特別的淒涼。」「在這裡是沒有必要吶喊的。」作者卻喊出了微弱的聲音。「工程還沒有完成。」「記憶裡，新加坡沒有半途而廢的工程。」全篇文章第一次也是唯一的一次出現「新加坡」三個字，否則這篇文章就過於含蓄了。這裡表現了這個廉能政府的意志力。但是結尾第「4」說「路旁長滿了割也割不完的雜草，一叢叢向上直升，像是要與我比高。」仍然有著想要突圍而出的雜草——比樹還弱小，卻是不甘被「割」，呈現另一種強大的生命力。

最後一節「燈」可說是一個亮麗的結尾，首段只有三個字「燈亮了。」完全脫離前面四節的氣氛。前面四節是關著門談自家事，這一節是和外人比較，用「燈」來比較：「人人都愛燈。阿拉丁有神燈，道士們有七星燈，西方神話裡的燈有法力；我們有電燈。」別人的燈充滿神話的色彩、多麼浪漫迷人，新加坡只有實用的「電燈」，這是一個過份務實沒有幻想的國度，我們只能「把好的都寄托在燈上」，接著亮麗的一句：「眼前就出現了兩排天使，好長的兩排天使，隨時準備扶我們一把。」這是優美的嘲諷，沒有神話、沒有幻想的地方，唯一的天使就是路燈。作者不用「路燈」而用「天使」真是妙筆。第「5」沒有回應到樹，而是回應全篇主題「路沒有盡頭。它接上了另一條路，不停地向前奔馳。」這是一個欣欣向榮的國家，由英明的領導者率領著，所以路是沒有盡頭的，國家不停的朝前奔馳。

這篇文章如果當成寫實文章來看，就會覺得有許多矛盾的描寫，其實這正是「非寫實」的指示。作者的觸角很敏銳，觀察事物的角度跟一般人不一樣，卻能夠完全自圓其說，其中蘊含的思想性絕對不比一篇政論性的論文差。

與上文嚴肅風格不同的是鄭景祥〈那一段抽洗不掉的歲月〉㊲，全文用極為幽默風趣的筆調表達作者對於所謂「文明」的思考及批判、對於都市與鄉村的愛惡、對於「傳統」的推崇與眷戀。

人類的排泄物糞尿與人的生活關係密切，但是拿來做為寫作題材的作品卻是極少，不僅因為它的「形象」不雅，還基於它缺乏感發意義。例如眼淚可以讓人想起悲哀、懷念甚至感動；汗水也可以使人聯想到辛勞或者緊張，而糞便很難使人聯想到情感、意志等精神範疇。少量描寫到糞尿的作品大多形象欠雅，更重要的是它們並非必要的描寫。㊳

以廁所為全篇主要題材，全力描寫「拉撒」之事的，阿盛有〈廁所的故事〉㊴。它敘述五〇年代開始直到八〇年代臺灣鄉間廁所的衍進「歷史」，同時表現了文明走進鄉村的過程。從五〇年代人物對於抽水馬桶的陌生排斥，到八〇年代青年無法理解早期所謂的毛廁，從糞便之作為商人爭取的肥料，到被化學肥料取代的過程，都輕描淡寫地見證了文明走進鄉村的經過、人類觀念不容易變通、時代造成的斷層……等等具有嚴肅的主題。該文題材在於糞便，因而出現一些有色有味的文字，讀者卻並不曾想要掩鼻。

〈那一段抽洗不掉的歲月〉的敘述方式及描寫語氣跟阿盛〈廁所的故事〉頗有些神似，但是更加活潑、幽默且有深意。它以毛廁糞便為描寫對象，讀來令人拍案叫絕。處理如此不光鮮、不可愛的題材，竟寫得非常鮮活、亮麗、可愛，全篇幽默風趣、逸趣橫生。

更重要的是它的思想性，深刻地批判人類追求文明所帶來的「銅臭」文化並非人類之福。題目「那一段抽洗不掉的歲月」就包含了批判的思想，不僅指童年家鄉盡皆使用毛廁的時代，沒有「抽」水馬桶來「洗」淨糞便，同時也雙關人類並沒有能力「抽掉洗盡」自身的髒臭及晦暗的歷史，更同時意味著作者不願割捨這一段古老的生活方式（文章第二段說「喜歡耽溺於已經過時的事物中」），可以看出作者具有一種戀舊的生命情調。相對的是作者對舊文化的深深眷戀之意，連對毛廁都讓他產生如此戀舊情懷，對其他事物更不必多說了。

第一段對廁所文化的文明演進深具批判，跟全篇對毛廁的懷舊成為一個鮮明的對比。作者用「抽水馬桶」的發明標幟著人類文明的「大躍進」，已經寓有諷意，接著是抽水馬桶文明只不過使有錢人自高身價，這種廁所雖然不髒卻是充滿銅臭味，更是明顯的貶意。所謂文明其實是彰顯缺乏文化的富人的銅臭味，中東油田國家又成為諷刺的對象。第二段借廁所的科技文明進步之快速，表示作者自己反而喜歡老舊廁所的平實可親。如果少去這前兩段，這篇文章就只有趣味而缺少思想性了。當然，要把這種對立的思想、一般人可能無法苟同的想法，有效的說服讀者，文章需要高明的技巧。所以接著用了大量篇幅描寫鄉村廁所的種種風貌，其實是描寫鄉村生活的拙趣，那是文明、都市所沒有的，足以吸引讀者的關切。

本文不從文明的缺失上著筆，而是從原始的、舊有的鄉村的古趣上細細著墨，在鄉村之中選擇廁所做為代表，可以說是異想天開。

思想在文學中時常並不直接說出，而是通過曲折的手法「折射」出來，讀者要從「折光」中領略。文學性越強的作品往往「折射」越繁複，讀者在柳暗花明之中尋尋覓覓真是趣味無窮。即使是論述性的文章有時也是如此，例如阿英在編校《無花的薔薇——現代十六家小品》中對十六位入選散文作者作品都有一篇〈序〉，這些篇幅並不長的序，既是作家作品風格的介紹、也是作品的批評、同時也為作家定位，有時又兼涉及文學流派、文學史等背景的介紹。更重要的是作者在寫作這些序時，充滿了作者個人的色彩，也就是它同時表達了阿英個人的文學觀、文學批評角度及價值觀，有些編者並不喜歡的作家也被選錄進來，正表現編者不同一般編輯的風格，更令讀者三思。有時閱讀這些精緻玲瓏的序，比那選錄出來的文章還要耐讀，的確是亮麗的序跋文學。

阿英有自己確然的文學價值觀念，不被流俗所左右、不被作家名聲所影響、不被文壇議論所動搖，例如他批評俞平伯（一九〇〇～一九九〇）跟朱自清時說「俞朱雖然並稱並存，在成果上，是俞高於朱的，無論是在內容上，抑是文字上，抑是對讀者的影響上。要說朱自清有優於俞平伯的所在，那我想只有把理由放在情緒的更豐富，奔進，以及文字的更樸素，通俗上。」這真是如斧鉞的千秋評論。又如他論蘇綠漪（即蘇雪林，一八九七～一九九九）散文說她「在各方面，她是沒有什麼獨創的。她只能代表一個傾向，只能做為冰心傾向的一個支流。」同時他認為蘇綠漪的散文「裡面潛藏著一種生命的疲乏。基於對生的厭倦與孤獨感，似乎沒有什麼事，能以引起她的特殊的興味，——極度的歡喜或極度的悲哀。而就因為如此，她的小品，便不能有獨特的精神，深深襲擊著讀者的心的生命的躍動。」這也是阿英敏慧的特殊見解，雖然筆者認為散文表現「一種生命的疲乏」也有它的藝術美感。但是，筆者仍然同意阿英見解的可貴。

阿英選文的特殊見識之一是重質不重量，所以他選擇了散文創作量不多的王統照，因為他是一個「富於創造性的作家」，他屬於冥想的小品文「除了魯迅的《野草》而外，我想是沒有誰可以和王統照比擬的。」他也是同樣有充份理由地偏愛著散文創作量不多的葉紹鈞（一八九四～一九八八）。

他給作家定位基本上是力求全面的，時常不止於創作，例如他推崇周作人初期的文學活動是做為文藝理論家、批評家、翻譯家而存在。對於當時的新文學運動發生很大的影響。周氏的翻譯「更足以證明他對於中國的新文學運動，曾經貢獻了怎樣巨大的力。」

阿英的特殊還在於他選擇人選的獨特理由，要從全中國選出十六位散文代表作家，名額可謂極少，在這種情況下他居然選擇他所否定的人物，他選擇陳西瀅（一八九六～一九七〇）是因為陳西瀅和魯迅恰好是相反的典型，前者是虛偽的紳士、後者是偉大的戰鬥者，前者的「閑話」是當時相反的一種主要的傾向，「我選擇了陳西瀅的小品」，實在夠性格的作為。把這個跟編者批評俞平伯散文表現的是「完全逃避現實」而看不到社會的變遷、批評落華生說「他的小品文的境界不是一般的，不是完全和現代思想契合的，基於他的思想與生活，反映在他的小品文中的，是一個很混亂的集合體。」再看他推崇王統照「是堅苦的人生真義的探求者，時代歌者，而不是世外的游仙」。他特別選擇魯迅的雜文而不選《野草》內的小品文，除了魯迅雜文的時代意義，他基本上不支持小品文淪為小擺設，而最好是充滿了戰鬥精神。凡此，不僅可以看出阿英審度文學的基本角度，也可以看出阿英個人的人生態度。

這本書十六篇序，許多序與序之間還可以串連起來閱讀，每篇序都用極少的篇幅，卻是處處閃爍著編者個人思想的、智慧的、見解的光輝，有些地方你可以完全不同意他，但是你不能不佩服他擁有自己獨到的見識。

第五節　千姿萬態的風采格調

所謂風格「總是意味著通過特有標幟在外部表現中顯示自身的內在特性。」[40]王元化（一九二〇～二〇〇八）說風格是「一個國家或一個民族的文學超越了模仿的幼稚階段，擺脫了教條主義模式化的僵硬束縛，從而趨向成熟的標幟。」這是就整體而言。如果就文學來說，風格是作家的創作個性跟文學類型所規範出來的體勢，經過長期創作實踐中逐步形成。現代小說、散文、詩歌的體勢不一樣，即使在散文中，抒情文、說理文各有不同的體勢，遊記、日記、序跋、傳記各有不同的體勢，優先規範了作家創作的動向。

作家的創作個性又非常複雜，它受到外在因素的影響，例如民族的、政治的、地域的、流派的風格培育，又受到作家本身的生活經歷、意識型態、藝術修養所左右，它們同時滲透進作家個人的創作個性，因而產生錯綜複雜各種風格。本書所要介紹的僅是散文的風格，已經是一個非常龐大的範圍。

要把文學風格分類可以說是一個永遠沒有定案的工作，因為風格呈現作家個人的品質格調，不論格調高低，都不可能有人完全雷同。更重要的是文學的可貴正在於作品的獨創性、作家擁有獨自的鮮明風格。可是經過歸納，文學風格又有明顯的大致趨向及微妙的差異，把風格分類可以析異同、察真偽、品高下，是文學研究的重要課題。文學風格的分類又可以分為文體、作品、作家、流派、時代、地域、民族等風格來研究，[41]這裡無法詳論，只能討論散文的作品風格。

散文是最能實踐作家個人性情格調的文類，所以散文是最能體現風格的文體，從古典散文到現代散文，真是千姿萬態，無限風情。熊述隆在《散文藝術世界》中舉現代散文作家的風格為例說：「魯迅的深沈冷峻、巴金的真摯自然、茅盾的淳厚質樸、郭沫若的奔放恣肆、冰心的婉約細膩、朱自清的高潔清秀、郁達夫的率真熱情、老舍的機智詼諧、徐志摩的濃豔綺麗、林語堂的幽默雋永、楊朔的精巧雋秀、劉白羽的雄渾矯健、秦牧的博識睿智、魏巍的豪放激越、吳伯簫的淳真樸實、碧野的清奇疏放。」以上可以看出作者的分類概念，其中「機智詼諧」跟「幽默雋永」、「真摯自然」跟「淳厚質樸」與「率真熱情」及「淳真樸實」、「奔放恣肆」與「雄渾矯健」及「豪放激越」之間的分野都很難拿捏，可見分類之不易。

大體而言，散文風格廣泛的可以分為陽剛與陰柔、清約與溫熱、平易與奇變。陽剛可以再細分為雄渾、壯麗、勁健、豪放、曠達、直率、悍獷、宏偉、崇高……等。陰柔可以再細分為含蓄、婉約、纖美、飄逸、內斂……等。清約可以再分為冷峭、清奇、淡遠、簡鍊……等，溫熱可以分為悲慨、淳厚、歡欣……等。平易可以分為典雅、質樸、率真、淳厚、古拙……等。奇變可以分為睿智、幽默、諷刺、怪誕……等。以上所說只是概略性的，其間互相都有許多交集。

另外，一位作家在不同時期寫作的風格不一定相同，甚至同一時期因為事件、心情的變化，都會導致作家風格的變異，像一向以婉約沖淡風格著稱的朱自清，在〈執政府大屠殺記〉、〈白種人——上帝的驕子〉、〈七毛錢〉[42]中竟是洶湧著火熱的憤懣、強烈的抨擊、犀利的筆觸，完全是陽剛之氣。可以看出平時煦煦長者的朱自清不是沒有怒氣，他的怒氣是為國家、為人民、為種族、為大我而怒。這正像《孟子・梁惠王》中說的是「以篤周祜，以對于天下」的「文王之怒」所以更加撼動人心。本節無法論及各種風格的作品，以下僅以幽默諷刺與奇詭怪誕兩種風格做為抽樣討論。

幽默一詞源自拉丁文Humor，原意是指液體，十六世紀時它的意義引申為不平衡的心理狀態、一種心境或古怪言行等，具有任何偏激氣質的人就成為一位「可笑者」(Humorist)，此一名詞又演變成愛開玩笑、逗樂、善於尋開心的「幽默家」，到了十八世紀就轉化為一個美學概念，專指一種引人發笑或感受情趣的能力。英國首先把「幽默作家」一詞寫進了文學史。

做為一個美學概念，幽默的定義歷來眾說紛紜，《蘇聯大百科全書》記載：「幽默試圖擺脫司空見慣的偏見，對生活做出恰如其分的評價。幽默著力於從平淡中揭示崇高，從荒誕中揭示理智，從隨意的描述中揭示事物的實質，從可笑的事物中揭示悲哀——即透過有目共睹的笑來揭示世人察覺不到的淚」。

前書也指出：「根據情感、語氣和文化水準的各異，幽默可以是善意的，冷酷的，友好的，粗魯的，傷感的，動人的。幽默的這種『多變的』本質，表明它能像『變形菌』一樣採取各種形式，以適應一切時代的思潮及其『歷史性』。這種本質還體現在其他笑的形式的結合能力上。諸如嘲諷性幽默、詼諧性幽默、諷刺性幽默和逗樂性幽默等等，都是幽默的過渡性種類。」

有些辭典把一切逗笑的事物、語言、手法等都歸入幽默，因而滑稽、機智、諷刺等全部納入，成為廣義的幽默。狹義的幽默則僅僅指「對生活中不協調事物的善意思索和藝術表現。」[43]從廣義到狹義，我們可以看到由幽默散發出來的光譜，是以由幽默往上變異而有滑稽、荒誕，由幽默下滑而有機智、嘲弄、諷刺、批判、荒誕。

從生活面來看，幽默是一種人生態度或審美態度，和個人的人生觀與生命情境息息相關，幽默家以豁達超然的胸襟、樂天知命的態度來待人處世，是一種處世方法，也是一種教養有素的交際模式，即是所謂的幽默感，幽默家用歡笑來擺脫窘境，是一種生活的藝術，也是哲學與智慧的表達。

廣義幽默意境所造成的審美感受不是單純對美的讚賞，時常是在對美的讚賞與對醜的嘲弄之間的情感複合，不僅來自事物客體本身，也來自觀賞者的主觀接受程度，而產生讚頌、喜愛、同情、憐憫、責備、厭惡等各種情感現象。

相對地，滑稽是以異常的外表、動作、語言等直露手法，使觀賞者一眼看透而引起捧腹大笑。從欣賞主體來看，當人面對事物的現象和本質、內容與形式的矛盾而產生種種異常、乖訛之感，心中覺得該事物純粹荒唐可笑時，是滑稽；如果以包容的、同情的、理解的心態來面對它，則是幽默；如果用理性的、不雜批判的態度巧妙地將無關的或悖理的事物連接起來，則是機智；機智比較缺乏自我意識。一般而言，幽默的外殼有滑稽、機智的成份，但是骨子裡比它們典雅、深沈而雋永。

諷刺和幽默最大不同在於主體的態度，前者是居高臨下的批判，後者是站在其中的體諒，諷刺會特別誇大客體的缺陷，淡化其他部分，形成有力的批評態度，在態度上具有攻擊性，幽默的骨子裡有時滲有諷刺內容，但外殼比諷刺溫厚、博大、可愛。

嘲弄是由幽默向諷刺過渡的中間環節，諷刺是無情地撕下客體的外衣，嘲弄則是迫使客體虛假的外衣自己蒸發、膨脹而暴露出來。

和機智的原理相同的是喜劇性的荒誕，都是將不相干的事物聯合在一起，不過荒誕的聯合往往趨近於怪誕，予人以感情的撞擊，而機智是巧妙的聯合，予人以理性的愉快。

喜劇性的荒誕時常僅反映人生的乖訛可笑，另一種趨近於黑色幽默的荒誕則恰好相反，它思考社會人生的痛苦，使讀者感到沈重和壓抑。所以荒誕既可以高度熱烈又可以非常冷冽。

從幽默出發，可以整理出一支象徵性的「溫度計」來看各種相關風格落實在文本之後，在閱讀者心中所產生的情緒反應：

荒誕—滑稽—幽默—機智—嘲弄—諷刺—批判—荒誕
酷熱—溫熱—和煦—清爽—微寒—冰涼—冷冽—嚴寒

顯然，幽默雖然具有模糊的邊界，但是又有清晰的核心。就狹義的定義來看幽默文體，它是一種描述事物、事件或事理的獨特角度，能產生立即性趣味又發人深省、耐人尋味的效果。幽默不但具有個人風格，而且有階級性、時代性、時間性，民族之間也有差異。

幽默經常使用雙重含義的語言，必然涉及一個民族慣常的思維規律及語言規則，幽默經常要悖離這些慣有規則造成反轉的效果，完全依賴讀者當下意會，如果還要經過旁人詮釋，就失去幽默的效果。所以如果不熟悉民族思維規則的人，必然難以領會。

幽默特具言外之意、弦外之音，是一種間接的三度語言，所以和詩的性質接近。二者都時常無法翻譯，尤其是諧音、語調等幽默要素，更無法在翻譯時予以保留。

林語堂（一八九五～一九七六）被稱為「幽默大師」，前舉熊述隆在《散文藝術世界》中列出現代散文作家的風格時，就把林語堂的散文風格列為「幽默雋永」，其實林語堂大部分的散文偏重諷刺，少部分才具幽默特質。

林語堂基於美國哈佛大學的教育、英美文學的薰陶、西方個人主義的觀念、基督教家庭的成長背景，使他把自己定位為中產階級知識份子，並且不自覺地以一個知識份子的高度視界來看待中國人事，這和傾向普羅文學、自許為無產階級代言人的部分留日派知識份子大相逕庭。林語堂早期散文中對中國文化的諷刺不單是出諸救亡圖存的憂國之心，更有一種鄙夷的情態流宕其間。表面上魯迅對於傳統「封建」文化的痛惡和林語堂對於中國「不文明」的斥責如出一轍，仔細分辨就可以發現，在普羅文學的影響下，前者企圖站在赤貧的群眾之間擁抱群眾，而後者無疑有種居高臨下的、劃分了界線的姿態。

林語堂在〈中國的國民性〉㊹中指出：

> 中國人經過五千年的叩頭請安、揖讓跪拜，五千年說「不錯，不錯」，所以下巴也縮小了，臉龐也圓滑了。一個民族五千年中專說「啊！是的，是的；不錯，不錯」，臉龐非圓起來不可。江南為文化之區，所以江南也多小白臉……

這種語調還頗似周作人的口吻，至於〈論土氣〉㊺一文，最能呈現語堂和現實中國之間的關係：

> 我那天未走過哈德門之先，還是走過東交民巷之一段，也在法國麵包店外頭站了一些時候，一

過了哈德門，覺得立刻退化一千年，什麼法國麵包店的點心，東交民巷潔亮的街道，精緻的樓房，都如與我隔萬里之遙。環顧左右，也有做煤球的人，也有賣大缸的，也有剃頭擔，這是今日南方不易見的東西，不禁使我感覺舊勢力之雄厚可怕。再往前路旁左右兩個坡上的擺攤甚麼都有，相命、占卦、賣曲本的、賣舊鞋、破爛古董、鐵貨、鐵圈的，也有賣牛筋的（兩個子就買得一塊很大的牛筋）。同時羊肉鋪的羊肉味，燒餅的味，加以街中灰土所帶之驢屎馬尿之味，夾雜的撲我鼻孔，使我感覺一種特別可愛的真正北京土味。在這個時候我已昏昏地覺得如與環境完全同化，若用玄學的名詞，他可以說是與宇宙和諧，與自然合一。正在那個時候，忽來了一陣微風，將一切賣牛筋、破鞋、古董、曲本及路上行人捲在一團灰土中，其中所夾帶驢屎馬尿之氣味佈滿空中，猛烈的襲人鼻孔。於是我頓生一種的覺悟，所謂老大帝國陰森沈晦之氣，實不過此土氣而已。我想無論是何國的博士回來捲在這土氣之中決不會再做什麼理想，尤其是我們一些坐白晃晃亮晶晶包車的中等階級以上的人遇見此種土氣，決沒有再想做什麼革命事業的夢想，這一點覺悟就是從那陣風及被捲在那香氣襲人的灰土中得來。（因此我可證明凡人類之覺悟一種道理都是因為一種小事，由一種直接經驗，非由學理得來的。保羅之歸依耶穌教是由於他在大馬路上中暑。盧騷對於社會起源之覺悟亦在某某路上一樹蔭底下，倘非中暑便是傷寒，陰陽失和，寒熱不調所致。）

這段文字至少顯示了以下幾個意念：

㈠林語堂認為有西化風味的哈德門和東交民巷是文明的象徵，除此之外，北京城裡的一切相較之下

「立刻退化一千年」。

㈡舊勢力的「雄厚可怕」和「真正北京土味」是二而一的，所謂「老大帝國陰森沈晦之氣」和「土氣」也是二而一的。

㈢像語堂這一類「坐白晃晃亮晶晶包車的中等階級以上的人」，一旦回到中國的「土氣」中，「決沒有再想做什麼革命事業的夢想」，換言之，語堂因為中國的「土氣」、不開化而頓然頹喪。

㈣這段文字的餘響，強調在小事中「直接經驗」、直覺感受是「覺悟一種道理」的不二（即文中所指「都是因為」）秘方。

透過以上四個意念，我們可以找出林語堂在意識形態光譜中的位置，他非常坦誠地決定了自己對於西方文明（以哈德門和東交民巷等西化地區為象徵）的嚮往，同時又以自己中產階級知識份子的價值觀，判斷中國北方之所以落後，來自普羅大眾（「做煤球的人」、「賣大缸的」、「剃頭擔」……）的愚昧守舊。很明顯地，在此林語堂和一般大眾之間劃分出一道鴻溝，他清晰地意識到自己的階級立場，將沒人想幹革命的理由歸諸「土氣」的瀰漫大陸；他以鳥瞰的姿態居高臨下，也不免暴露了自己的侷限，他沒有注意到哈德門和東交民巷不只是西方文明帶給北京的禮物，它們的光潔鮮亮其實是帝國主義掠奪中國的副產品，東交民巷更是引起八國聯軍侵略的風暴核心。

林語堂和魯迅兄弟這三位三〇年代善用譏刺反諷手法的散文小品大家，儘管他們的作品在譏諷世情方面不無貌合之處，但「神離」的關鍵卻在於他們文化身世的差異：魯迅是一個人民作家，他信不信社會主義是一回事，不過他在對付個人異己之外，還能以切膚之痛站立在人群之中向不義抗爭；周作人骨子裡是中國傳統士大夫的經濟思想，他對於人民的感情來自儒家傳統對於人民的重視；而當時的林語堂則是西方知識份子的典型，他以冷眼觀察世情，所以他能夠在國難方殷之刻提倡幽默文學，而這一點始終未能得到留日派文人的諒解。

說林語堂是西方式的知識份子，並不是指他對中國文化完全採取排斥的態度。雖然在二、三〇年代林語堂對於中國的政治風氣及民間的愚昧淺陋從來不吝於批判，但這並不表示他對中國文化毫無認可之處。林語堂對於宋代的蘇東坡、晚明的公安諸子總抱持著一分追步的憧憬，這從他後來撰寫《蘇東坡傳》以及鼓吹性靈小品等等事蹟中均可得到解答；他在中國以中文寫作時，抱持恨鐵不成鋼的心理，以匕首之筆針砭時事。但當他在國外時，則用相當溫和的筆觸介紹中國的精緻文化。

尤其二、三〇年代林語堂有關時事的散文，幾乎全是強烈批判譏刺的文章。一九二六年三一八慘案引起全國震悼不必說，林語堂在〈發微與告密〉、〈討狗檄文〉、〈悼劉和珍楊德群女士〉[46]等文章都義憤填膺，指名道姓直接痛罵，只見強悍潑辣毫無愛惜憐憫之意，並不存在幽默的風格。其他論及國事的文章也大率憤世嫉俗，不免疾言厲色，例如〈國事亟矣〉、〈讀書救國謬論一束〉、〈外交糾紛〉等等。林語堂寫這些文章絲毫不帶笑臉。試看〈回京雜感〉片段便知：

> 中國算來也糟。我本來很高興的自慰，那些頭腦迂腐的老前輩死完了中國便好。只要他們死完了中國便有希望。可是如今細細一想，不但那些遺老沒有死完之希望，且有蕃衍孳殖，割據中原之勢，正是一個遺老未去，三個遺少又來……[47]

以上語言已經接近咒咀，林語堂在〈論幽默〉㊽中說：「大概超脫派容易流於憤世嫉俗的厭世主義，到了憤與嫉，就失了幽默溫厚之旨。……幽默非輕快自然不可。」以此衡諸語堂，是多麼憤世嫉俗與沈重激越。

一般而言，諷刺可以分為喜劇性的諷刺與純粹的諷刺。前者站在玩笑的地位去嘲笑現實、做玩弄性的揭露，它所嘲笑否定的不是對象的醜惡，而是對象的荒謬可笑；後者則是用嚴肅的心態進行激烈的道德批判、強悍的抨擊。林語堂兩者皆有，屬於純粹的諷刺散文行文儘管非常平和，但是態度在於揭發、語言甚為尖刻。例如〈薩天師語錄〉：

> 在這十餘天他看了各色各樣的動物常常使他嘆氣；他常對他的信徒說：中國的文明確是世界第一——以年數而論。因為這種民族，非四千年的文明，四千年的讀經，識字，住矮小的房屋，聽微小的聲音，不容易得此結果。
>
> 你不看見他們多麼穩重，多麼識時務，多麼馴順。由野狼變到家狗，四千年似乎太快了。
>
> 你不看見他們多麼中庸，多麼馴服，多麼小心，他們的心真小了。㊾

又如〈臉與法治〉：

> 其實與有臉的貴人回國，也一樣如與他們同車同舟的危險，時覺有傾覆或沈沒之虞。我國人得

臉的方法很多。在不許吐痰之車上吐痰，在「勿走草地」之草地走走，用海軍軍艦運鴉片，被禁煙局長請大煙，都有相當的榮耀。但是這種到底不是有益社會的東西，簡直可以不要。我國平民本來就沒有什麼臉可講，還是請貴人自動丟丟臉罷，以促法治之實現，而躋國家於太平。㊿

再看〈黏指民族〉：

……原來中國人很可以自殺，大規模的相約投入東海，以免身受亡國之痛。但自殺團亦必舉出幾位委員，辦理該團旅行購票事項。然而自殺委員定必大做其中飽、剋扣、私肥、分羹的玩意，因此自殺會員之旅費亦無著落，並自殺亦不得。嗚呼，神明帝胄。(51)

純粹的諷刺是積極的、直接的揭露並且加以撻伐。喜劇的諷刺往往只是消極的、或間接的揭露。例如〈冬至之晨殺人記〉(52)作者用極為舒緩的筆致迂迴地敘述他在冬至之晨用語言拒絕一個陌生拜訪者的請託，謂之「殺人」。本篇細細敘述中國讀書人虛偽、繁縟的社交禮儀，已經到了荒謬的地步，但當事人卻仍然不自覺地自炫博學、偽裝通達，以價值形態出現的無價值，使主體的形式與內容顯然存在著不諧調的矛盾，作者揭開它們身上那華麗的面紗，顯露出荒謬的本質，正是喜劇諷刺的精髓。〈冬〉文做為喜劇性的諷刺，首先創造一個突梯滑稽的形式而與常情常理不合，例如它省略一般見面最普通的禮數，卻大肆鋪張應酬時的四段「章法」，完全由人物去表演，作者並未出手撻伐，雖說是「殺人」，卻不見殺氣。

表面嚴肅而暗含嘲笑的嘲弄之術也是語堂所擅長者，它是順著主體的發展使其自暴其短，終於顯現出其乖訛。嘲弄的核心就是在語言的表相材料與思想的現實內容之間形成有目的的反比對照，用贊同的形式實現批判的內容。語詞與語義的不諧調是嘲弄的獨特結構[53]，例如〈祝壽〉[54]一文，先敘美國總統皆因擔任重任，精神消耗過度而短壽。「回顧吾國國家元首，則又不覺色然而喜，知道他壽命必長。」因為據西方人壽保險公司統計，世界各種職業的人以園丁壽命最長，而吾國元首以種菊養鵝自娛、且回鄉經營生壙，所以結論是「我們敬祝國家元首的月常圓，國家元首的人長壽。」這篇短文一直站在表面贊同而實際上反對的立場，揭示國家元首之不務正業。語言的表相和語意的內容相悖，使得否定的事物自暴其短。

嘲弄的對象除了外在人物，更可以嘲弄自己。自嘲是用嘲諷的語氣貶低或嘲笑自己，然而從自嘲者的本意來看，又不止於自我嘲弄，時常具有言外之意，〈我怎樣選購牙刷〉便十足消遣自己人性的弱點。本篇不僅嘲弄作者自己，其實還用「我」來代表所有的中產階級。正是那種「知書識字一知半解」、總是「一面增加知識一面恐慌起來」的人，表面自嘲，實際嘲人，順便批評社會制度。由於通篇對中產階級的態度以憐憫、嘲弄為多，所以語言表層無刺，風趣無限。

林語堂狹義幽默散文的典型製作是描寫個人的生活小品，〈我的戒煙〉、〈阿芳——我家僮〉[55]都是代表之作。前者寫自己、後者寫他人，都具有幽默應有的包容與愛憐。

林語堂贊同抽煙，且提倡「抽煙教育」，雖然抽煙有害健康是事實，抽煙者得到精神的放鬆與舒適則是不便公開宣揚的優點，語堂並非無視吸煙對身體的害處，而是特別享受它提供「靈魂的清福」。抽煙提供人類的精神世界是輕鬆的、隨興的、感發的、氣氛的。

〈我的戒煙〉中「抽煙」與「戒煙」不諧調的論點使得全文產生詭譎的氣氛，文章的力道就要放在說服讀者吸煙對生命的不可或缺上。本文仍然使用偏離思維傾向的移位法，戒煙是社會所肯定的合乎常情常理的行為，語堂卻跳出這種情理，反對戒煙、另立別解。首先轉移前提：失去香煙的人也就失去了「靈魂的清福」。抽煙有害生理健康就比不上戒煙有害精神健康，因為人類的精神遠遠重於物質，站在這種論點上更加突出作者的視野與胸襟，表現出更為豁達的人生觀。這篇幽默散文背後其實潛藏著嚴肅的議題。

從〈阿芳——我家僮〉一文則可以理解「幽默是一種人生態度或審美態度」，童僕阿芳像個搗蛋精，具有許多難以原諒的缺點，主人為了整飭家庭紀綱，乃下最後通牒要他改過遷善，最終還是主人「情願屈服，不再整飭紀綱了」。其實阿芳本身就是一個奇妙而荒誕的組合，充滿不諧調的乖訛，文章一開頭就說他「是一位絕頂聰明的小孩子」、充滿孩子氣、善於補漏、有語言天才，把工作與遊戲混為一談，這樣一位下人而且是小孩，竟然在主人家中公然造反。語堂筆下的阿芳就是喜劇形象，他身上具有許多貌似諧調的不諧調，在對比之下產生幽默，例如他「聰明乖巧，確乎超人一等」，但是做起事來「混亂，倉皇，健忘，顛倒，世上罕有其匹」，「他能在電話上用英語，國語，上海語，安徽語，廈門語罵人。」聰明與混亂並置、有口才與多種語言能力卻用來罵人，讀者閱讀前面文字時心中產生的預期時常與後面的結果不一致，二者的對比就成為對立性的不統一，產生一種不諧調，乃有幽默意味。主人對他「罵既不聽，逐又不忍」表現的就是以善意的、達觀的、寵慣的態度面對角色的缺失，這裡沒有無情的諷刺或積極的厭惡，就是幽默的人生觀。從此也可以看出語堂擅長使用平凡無奇的生活細節做為題材，也說明幽默只不過是把平凡的生活重新發現與再度創造。

以下將要討論很少人論及的怪誕風格。怪誕是一種風格，對於這種風格的描述存在著不同的看法，但是怪誕在文學史的脈絡中確實有或隱或顯的發展。中國現代散文中的怪誕格局兼受傳統素材及西方文學思潮影響，從魯迅到今日臺灣都市散文家，已經有相當的成績呈現出來，只不過是在相關研究領域中並未曾予以深入挖掘。

二、三〇年代中國現代散文中的怪誕體裁，兼受時代動盪不安與都市急遽發展（當時作家多半集聚於北京與上海）的影響，臺灣戰後散文中的怪誕體裁更與都市文化有密切關係。其中原因在於都市接受比較迅捷的國際文壇資訊，而怪誕是許多二十世紀歐美文學作品中顯而易見的特徵；其次，現代都市的異化問題產生了人類巨大的心靈危機，散文家運用夢魘、幻想的媒介來抵抗現實世界的表面理性，就文化觀點而言是一種重要的趨向，怪誕化的散文空間重新鑄造了散文作家面對時代變局的思考形態，也在創作者個人的藝術發展上提供了抒情散文所不能抵達的廣闊道路。

在西方美學思想的發展史中，怪誕（Grottesco; Grotesque）一詞自繪畫與裝飾風格而來，十六、七世紀左右開始被挪用到文學風格的描述上，原意包括罕見的、異想的、恣肆的、反覆無常的事物、動作等等，後來逐漸演變為幽默、荒謬和恐懼的綜合觀念。[56]

怪誕是一種和崇高恰巧相反的美學概念。崇高的概念[57]就文學藝術上的表現而言，是對自然美的終極狀態進行模擬（或者對這種不可能被任何符號所描繪的客體進行超越）；而怪誕則是另一個極端，怪誕是違逆自然法則以及人類常識的，怪誕作品是特徵藝術的典型，以比例失調或不可能的組合構成的內容。

沃爾夫岡・凱澤爾在《美人和野獸——文學藝術中的怪誕》中曾經指出，怪誕只能在接受的過程中體會，但是人們仍有可能將某些結構上缺乏怪誕要素的事物說成是怪誕的，文化差異是造成這種混淆的主要原因。凱澤爾舉出印加文化為例，認為不了解印加文化的人會認為印加人的雕塑是怪誕的，不過對於古代印加人而言，那些被現代歐洲人視為惡魔般的雕塑，儘管展示了我們感受的「恐怖、痛苦和不可理解的驚懼」，在他們心目中卻是平凡而簡單的參照架構。

如果我們已經接受並且理解某種事物的內容，不論它的形態如何猙獰可怕，也不會視之為怪誕；經過考古學家和博物學家近兩個世紀的研究與發掘，埋藏在地層中的「怪物骨頭」(曾被誤認為神話中的巨人骨骸)現在已經成為家喻戶曉的恐龍，沒有人再說明那些化石是怪誕的，它們早就成為一種眾所熟知的地質史記錄。所以，被視為怪誕的事物往往在我們的文化傳統下具備陌生與不可理解的特質。

因此，即令在文學領域中也不例外。怪誕有其特定的結構，這種特定結構的概念在各文化領域中有其普遍性，但是對於那些內容屬於怪誕的結構卻存在著文化差異，波赫士筆下的麒麟對於波赫士本身及其讀者(西班牙文及英文讀者)而言必定十分怪誕荒謬，但是麒麟在中國的文化傳說中卻是祥瑞的仁獸。[58]以魯迅為例，他的散文創作中無論是題材、結構乃至內涵，有不少是以怪誕的夢境或者是荒謬的寓言為核心。魯迅的目的多半在針對現實社會進行諷喻，但也有發抒個人情緒，以及記敘個人生命歷程中的詭秘回憶者。無論他的目的為何，怪誕是他風格上的一種重要特徵，清晰地鏤刻了他個人的想像軌跡，在他被視為寫實主義圭臬的身分上，更增添一份奇特的神秘主義氣氛。

當然，所謂「怪誕」的定義紛繁，在此也必須先予以限定。首先本文所討論的怪誕包括怪誕體裁與怪誕素材兩個層面，怪誕體裁是指籠罩全篇創作的一種整體風格，顯現了不同於現實世界的思索方式，以奇特或恐怖的事物組合，創造出比例失調的文學時空，產生令人同時感到荒謬和恐懼、疏離與陌生的氣氛，在概念上類似戲劇中的黑色喜劇、荒謬劇的結構或者是小說中的「黑色幽默」。

至於怪誕素材，則出現於散文的局部，也可能一以貫之的成為描寫的核心，指的是創作客體本身即具備了怪誕特質。

怪誕體裁和怪誕素材經常是二而一的一體兩面；也可能獨自存在，形成完全以日常生活事物構成的怪誕體裁，和單純成為散文創作者見聞資料的怪誕素材。

怪誕的情境可能源自於現實本身，也就是說現實中存在的事物，卻對我們的常識定見構成某種程度的打擊，特別是偏向醜怪而且不可能、不合情理的事物，造成疏離的情感與陌生的恐懼。(反之，則形成驚喜與崇高的情感。) 蠻荒中愚昧殘酷的原始文化、都會中觸目驚心的異化空間，都會在作品中形成直接了當的怪誕情境。

不過，怪誕的世界多半是自現實變形而來的「人造世界」，是透過創作者主觀的想像力而建築的時空。源自現實本身的怪誕情境來自「這個世界的陌生處」(或者說「這個被你所熟悉的世界中不被看見的陌生處」)，而源自想像時空的怪誕情境卻意在破壞世界既定的秩序，顛覆現實的穩定性，也就是希望藉著怪誕的破壞力來震撼讀者，促使讀者返身於創作者在現實世界上掀揭的傷口來進行反省。

怪誕與幽默的分別也正在此。幽默也常藉著對於現實世界秩序的摧毀而達到取悅讀者的效果，不過幽默作品最後總是能夠回到現實時空。幽默的享用者以及被幽默的對象因為原有世界秩序的改變而得以暫時處於（心理上的）平等位置，此所以幽默的對象常來自一個地位比較高的階級或者受到世俗尊敬、畏懼的群體。基本上他們仍然承認了既存的現實，幽默開發了對於現實不滿的渲洩孔，瓦解了特定階級的優越感，目的卻不過是讓幽默者與被幽默者處於同一現實的平面上。

怪誕的效果更為強烈。幽默是來回現實的雙程票，怪誕則是脫離現實的單程旅行，怪誕情境的終站不是原本的現實，而是一個被雙重異化的世界——既產生自現實本身對於人性與常識的扭曲，也產生自創作者主觀的力量。

另一種怪誕情境主要源自想像力，無論是古代典籍中由無名氏所狂想而出的怪異畫面，或是神話傳說中的合體生物或者現代作家的幽冥夢魘，都是經過想像力（包括自潛意識所激發而出的夢境事物）剪接現實材料而成。自然，即使已經變形得無法一一辨識那些綜合出怪誕情境的各種細節來自哪裡，任何想像力的產物都無非是現實記憶與經驗的變形。

擁有想像力的怪誕作品可說是夢幻式的怪誕文學。源自現實素材的怪誕強調了現實中非理性、疏離的成分，或者對於現實的誇張扭曲，在某種意義上我們可以將之類比為風格誇張的漫畫；而源自想像空間的怪誕脫胎於對現實更為劇烈的變形，主觀的虛構世界幾乎完全覆蓋了原本的現實世界。

典型的怪誕體裁通常都具備著夢幻式的虛構框架，夢境——包括個人之夢、集體意識與集體潛意識的民族之夢——自然是最廣為運用的主題。王鼎鈞則在〈明滅〉[59]中寫出兩個怪誕的夢境：

有一次，夢見自己犯了死罪，在濃霧裡一腳高一腳低來到刑場，刀光一閃，劊子手把我斬成兩段，上身伏在地上，也顧不得下身怎樣了，只是忙著用手指蘸著自己的血在地上寫字，這時涼風四起，天邊隱隱有雷聲，倒不覺得怎麼痛楚，只擔心天要下雨，雨水會把我寫的血字沖掉。

有一次去逛百貨公司，那花了大堆銀子精心裝潢過的大樓，挑逗著人的各種慾望，也是紅塵的一椿過眼繁華。在出售男子西褲的那個部門站著一排模特兒，橫膈膜以上的部分蹤影不見，老闆只需要它們穿上筆挺的褲子繫上柔軟的皮帶就夠了，再多一寸無非是分散顧客的注意力。

我站在那裡看了許久，倒不是注意西褲，心裡想，這種盛裝肅立等人觀看任人議論的日子怪熟悉的。夜裡又作夢，夢見公路兩旁的尤加利樹全換了，換成穿西褲的半體，橫膈膜平坦光滑，可以當高腳凳子使用。我在這長長的儀仗隊前跑了一段路，驀地發覺我正用下半身追趕上半身。

真奇怪，上半身沒有腿，居然會跑，下半身沒有嘴，居然能喊。

我一路呼叫：喂，喂，你就是我，我就是你，我們為什麼要分開呢？

喂，喂，我們的血管連著血管，神經連著神經，為什麼不能合而為一呢？

乍醒時，我能聽見滿屋子都是這種呼叫的回聲。然後想起西褲店的模特兒只要腰和腿，首飾店的模特兒只要指和腕，眼鏡店的模特兒只要一顆頭顱。

這兩個怪誕的夢境其實傳達了相同的訊息，第一個夢是自己被腰斬為兩段，第二個夢則發現自己用下半身追趕上半身，「上半身沒有腿，居然會跑，下半身沒有嘴，居然能喊」，令人想到超現實主義繪畫中違逆現實世界常態的神秘造形，各種物體和人體脫離了他們和地球重力場以及物理、生理現象的極限，被肢解、分裂或者重新拼裝，構成不可理解的心靈畫面。

骨肉分裂的現實，以及尋求合體（統一）的慾望，正是這兩個夢境共同的解碼之鑰。然而，這種情境的由來與具體的投射卻存在著某種神秘性，即使我們知道其中寓含的分裂現象，它仍然只是一組隱喻，我們必須將〈明滅〉的前後文拿來做為解讀的依據，自然就可以明白這兩個夢境具體地指向中國兩岸分裂對敘述者構成的心靈創傷，而且這兩個夢境的怪誕情境也因為寓義的豁然開朗而自動消解於無形。

魯迅更是擅用怪誕夢境來投射個人情緒與心境的好手。〈死後〉[60]一文一開始就踏入夢旅：「我夢見自己死在道路上」，在全然無知迷惑的狀態下，「我」目睹了自己死後發生的事件。〈狗的駁詰〉、〈失掉的好地獄〉、〈墓碣文〉[61]……篇都環繞著夢的公式進行敘述，這些夢境十之八九都可能是魯迅在清醒時有意的虛構，他巧妙運用了夢境顛覆現實的「法力」，將讀者帶入幽晦的隱喻時空之中。

夢境是所有怪誕空間的輻射區，真實的夢境提供創作者無窮的創意，經由作者設計的夢境框架則是一幅可以自由發揮的空白畫布，脫離了外在客觀世界的束縛，並且能夠靈活地加框（夢中夢）、減框（歸返現實），形成揮灑自如的結構。究極而言，怪誕的本源就是夢境——個人之夢、群體（民族）之夢與生活現場的白日夢——中不可剝除、也不可能被完全透視的神秘因素。

運用鬼怪題材在臺灣都市文學中與以往的散文又有不同面貌。這是基於觀察世界的角度不同於以往而導致創作形態的改變、思維模式的立體化呈現、對於人性異化問題的關切以及多元敘述觀點的建立。杜十三的〈寓言〉[62]裡也運用鬼怪登場，趣味卻和司馬中原的作品大相逕庭。在〈寓言〉中的「電梯」

一節，一架電梯載著一對男女通往地下三樓，「電梯的燈誌突然變成了B18（按：暗示著十八層地獄），門開啟之後，婦人悚慄的叫了起來」——

門外烈火熊熊，閻羅王吹鬍瞪眼坐著，牛頭馬面兩列排開。一群小鬼拿著手鐐腳銬，滿面猙獰的，朝停住的電梯裡走來。

於此，閻羅王和牛頭、馬面現身，卻沒有人會認真地把這則「電梯」當做驚悚故事，我們完全了解作者是基於諷刺的立場而安排了這個怪誕的「電梯劇」，電梯升降於不同的樓層，就好像經歷一場不同慾望空間（樓層）的旅程，通往地下樓層即是墮落的有力象徵。而在「電梯」一節中，杜十三筆下的螢光幕錯綜了現實生活與虛構的影像，鏡頭中的虛構影像以假亂真，在消耗了觀眾的生命之刻，也提供了生存的幻像，主（觀眾）客（電視）之間的地位混淆不清，符號和真實的關係也難以區隔：

鏡頭搖近，海濤退出，留下一處空曠的沙灘。一個女人蹣跚的走過，留下兩行深深的腳印，一波海浪隨著追進畫面。鏡頭拉高，露出海平線上端，一幅滿布血色雲彩的、猙獰的天空……。這時候，三個穿著泳裝的男人突然囂張的跑進來跳舞，技巧高明的讓一瓶手上的新上市飲料在數位電腦的畫面中放大，消失之後，一個美麗的女人又搔首弄姿的醒了過來，用高傳真顯像術表演化妝，接著，一個彎腰駝背的老太婆拿著商標鮮明的藥罐子，以杜比喇叭咳嗽……。經過六十秒鐘的時空錯亂，消逝的那一幅猙獰的天空，才又按照原來的尺寸跳了進來……

他輕輕的啜了一口咖啡，猛吸一口煙，繼續原來傾斜的坐姿，像面臨一件重大事情一樣的，聚精會神的瞪住眼前那座聲光幻麗的傳真世界。等他忍不住走進洗手間，再走出來，看到的，已經是十年以後的劇情了——

一個熟悉的女人從廚房走出來，從螢幕前面走過去，變老了；一個認識的男孩從書房走出來，從螢幕前面跑過去，長高了。他驚訝的看著他倆以中景的位置坐在客廳的另一個角落盯著電視，隨著一陣陣四聲道音響的嘆息，音質清晰的哭泣了起來。

電視的魔幻空間，洩露了都市人在布希亞(Jean Baudrillard)所謂的「擬像社會」中失去生命真實感的悲劇❻❸，布希亞指出「任何的事物都已經死亡，或是事先已經發生」，就如同瞬間消失的「十年」一般，默默地被螢光幕吞噬了。

在林彧（一九五七～）〈窗旁的人〉❻❹中，一個陌生人隨身的物件和他的夢，正被敘述者我默默揣測著：

有一大串鑰匙，放在口袋叮噹作響。菱形頭、圓形頭；銅製的、不鏽鋼製的；公寓大門、住家柵門、鐵門、臥室、書桌、保險櫃、汽車、摩托車，這些鑰匙沈重的在口袋中寂寞的敲擊著。還有一本記事本，密密麻麻的記載了一堆名字、住址、號碼，很少翻用，但也不敢丟掉，只是斷斷續續的添加一些人名和阿拉伯數字。

常有擾人的夢囈：

夢見被一堆自砌的積木困住。

夢見領帶被絞住了，在銀亮的機器前。

夢見傷口變成情人的嘴唇，小心翼翼的說著：請你不要生氣。

夢見彩飾的帆船，在泛白的柏油路上滑過。

夢見自己在荒野上被一顆流星擊倒。

在一連串怪誕的夢境之前，是一串鑰匙和筆記簿所指向的生活空間與人際關係。敘述者在陌生人生命的內部建構了多重的視點，虛構了不存在（無法證實）的真實，從而瓦解了真實的秩序，那些奇形怪狀的鑰匙和夢境，像是MTV一般層層疊上強烈意象，前後兩組意象（以鑰匙為核心的意象和夢境意象）又形成奇妙的對應，夢境中「困住」、「絞住」、「傷口」、「擊倒」等等挫敗式的明喻，回扣到那些鑰匙指向的鎖孔（亦即鎖孔後的空間或器物），烘襯出荒涼的城市人生狀態。

一切都是人造事物的都市中，人類的自我認同與疏離感是最初也是最終的議題，只不過是態度的不同，五、六〇年代以吶喊和人性的回歸為風尚，到了後現代時期，取而代之的是種感官麻痺、真偽不明的冷漠，此所以林燿德要指出「這些人擁擠在這裡，所以臺北還沒有變成廢墟；也因為這些人擁擠在這裡，所以臺北還沒有變成廢墟就已經很像廢墟了。」[65]

都市的本質就是怪誕的，錯綜了各種人造的、不自然也不和諧的奇特組合，就像林燿德在〈廢墟循環系統〉[66]中所說的「日常生活常常帶著些許怪誕而荒唐的色彩」，這種怪誕在黃凡（一九五〇～）筆下就以滑稽的方式表演出來，而在林燿德和林彧筆下則呈現了冷靜而殘酷的風景。黃凡的《東區連環泡》將瑣碎而無聊的都市生活誇張為卡通式的浮世繪，都市成為可笑的「迷宮」，〈到東區的500種方法〉[67]中的片段可以展示這種喜劇的怪誕風格。

〈到東區的500種方法〉將當代的臺北視為原始叢林，必須仰仗一幅「嚮導專用的地圖」才能重新找到抵達「東區」（在八〇年代成長起來的嶄新都市心臟地帶），換言之，原本的行政區域道路圖已經失去效用，真實的路況必須採取另一種版本，指向一種廢墟化的人文地理；黃凡的用心不止於諷刺交通問題，也暗喻著資本主義都市的怪誕真相，迷宮般的城市不再是行政體系下的一座城市。

而林燿德關於「都市廢墟本質」[68]的推演，則呈現了一種不可救贖的悲觀——

> 但是在我的筆記中，歷史的幽魂並沒有顯靈在重建的臺北之上，因為臺北不是蓋在廢墟上的新城，卻更像是蓋在廢墟上的廢墟。城市的擴張取代了城市的其他意義，你可相信，臺北存在的理由是為了一種叫做「公共建設」的永恆目的，這種自我增殖的「公共建設」首先構成了巨大的都市計畫藍圖檔案室。絕對在預期之中進行那些蓋好了以後就會形成問題、形成問題以後就會形成預算、形成預算以後就會被拆除重建的廢墟循環系統。
>
> 沒有歷史在這座城市中被保存下來，保存下來的是一些新穎的古蹟，它們是一些被塗染上庸俗

彩色的圖釘，每一任城市設計者必須留下它們一貫的位置來固定新的廢墟藍圖。

在布宜諾斯艾利斯，作家們感受到他們住在曾經埋葬死人的城市，像博物館般的氣氛、沈滯的城市，死人們以他們自己熟知的方式自由地回到市街上，和生活的人交談。在臺北，偉大的廢墟循環系統已經預定好如何剷除我們的明天。

怪誕不僅是一種風格，也是一種膠著於文體形式上的體裁。純粹只有怪誕素材的散文往往朝向通俗性發展，成為消費類型的散文創作；具備實質上怪誕體裁的散文作品對於藝術發展的空間具備比較明顯的貢獻，豐富了現代散文的內涵。

第六節　博而返約的學養光華

文學創作固然需要天份，但絕對沒有不讀書而能寫作的天才，學養的深淺決定才華可以發揮的程度。一個文學家如果也同時是藝術家、哲學家、歷史學家、科學家、教育家、宗教家……其學域涵蓋的範圍越廣大，他內在蘊育的文化深度越厚實，其吐納的學養光輝越燦爛。當然並非博學者都能夠發射出學養的光輝，博學而能吸收融匯，成為自己的能量，才能重新創造一己的風格。論者有以為學者以讀書為職志，必定博學而能文，而有「學者散文」之名。范培松在〈香港學者散文鳥瞰及評論〉[69]說：「所謂學者散文，是一個比較富有彈性的概念，但約定俗成確有它的特定內涵和品位，乃是指學者寫的具有較高學養和品味的，並對社會持有文明批評的抒情小品、文化小品、書齋小品和隨筆等文。」方忠在〈香港學者散文的文化品味〉⑰中，根據余光中〈剪掉散文的辮子〉⑪一文中提出「學者散文」一詞再加以詮釋其定義：「所謂學者散文指的是學者型作家創作的散文……學者散文的寫作者主要是學者，一些非從事學術研究但具有相當造詣者也能寫出優秀的學者散文。同樣，學者寫的散文並非都能歸入此類。」這種詮釋使得學者散文一詞存在著自相矛盾的意義，用來規範圍散文的學養美不免窄化了它的氣象。其實，學者的研究工作有時還是創作的絆腳石，許多學者的散文充滿學究氣、迂腐氣、賣弄知識如祭獺，學者未必適合創作。但我們可以理解范、方兩位先生對於「學者散文」的定義，乃是指散文呈現了讀書人的學養、文化、才情之美。

熊述隆在〈觀千劍而識器，操千曲而曉聲〉⑫中論述散文的才學識之美，實際上就是學養之美。他稱這種體現才學識的學養之美為「文外功夫」，它不但能使作者在運筆行文之時縱橫開闔、揮灑自如，同時也有助於作者在內容與形式上進行不同凡響的開拓與創新。

博學多識在散文中表現的第一個現象是博展書袋，熊述隆以錢鍾書（一九一〇～一九九八）為例說明：

> ……僅以錢鍾書為例，作為精勤於中西文化研究的學者，他的文學創作（包括散文）雖然不多，但一旦執筆為之，則因其淵博深邃的學問而使其作品呈現出不同凡響的「高品位」境界。且不論他僅有的一部小說《圍城》，多年來飲譽海內外，藝術生命力歷久不衰；單是其為數不多的散文篇什，也無不充滿著對社會、人生的睿智的真知灼見，成為散文寶庫中不可多得的珍貴財富。他的

散文集《寫在人生邊上》，其序言便對人生做了十分深刻的比喻：「幾篇散文，只能算是寫在人生邊上的。這部書真大，一時不易看完，就是寫過的邊上，也還留下許多空白。」因為寫在「人生」書頁「邊上」的，正是最貼近生活的所感所思，更何況「只有人生邊上的隨筆，熱戀時的情書，那才是實實在在、痛痛快快的一偏之見。」因此，在這種氣質、風度的主導左右之下，這本散文集中的篇什便不拘古今中外，也無論文、史、哲，皆能揮灑自如地隨手拈來，涉筆成趣，且在睿智、幽默、灑脫的娓娓而敘中，給人留下種種尋味不已的藝術氛圍。且看他在〈一個偏見〉中的幾個片段……透過這些片段，我們可以看到作者的筆端，極為靈活自由地指向人世的諸種事物，從哲人到匹夫，從草木到禽蟲，從人聲到天籟……等等，無不揮灑點染，同時在古今中外文史哲各個領域裡悠游馳騁。——倘若我們細心檢視一下這篇不足三千字的作品，撇開作者諸多精闢的描敘、識見不論，僅所涉及到的古今中外各類著述，就有如下十二種之多：

但丁《地獄曲》；

阿鐵斯《哲人言行錄》；

博馬舍劇本；

唐子西《醉眠》詩；

《詩經》；

《顏氏家訓》；

雪萊詩；

柯律立治《風瑟》詩；

《紅樓夢》；

《山海經》；

柏拉圖哲學言論；

叔本華《哲學小品》。

這自然展示出作者淵博的學識與學者的氣質風度。但這一切，又並非故作高深的刻意擺弄，而是順勢自然地隨機攝取，並以幽默詼諧的娓娓敘談方式，如清泉蜿蜒流瀉。因此，儘管全文充滿哲理的思辯，讀者卻在蘊藉的藝術氛圍中獲得種種悠長的品味與領悟。——倘若沒有深厚的學養或曰「文外功夫」，這種境界是很難達到的。

周作人也是此道高手，他經常從生活裡一個小小的題目起筆，在談天說地時縱橫古今、出入中外，例如〈再論吃茶〉[73]一文就博引中國歷代喝茶的故實計有《證俗文》、《世說》、《洛陽伽藍記》、《煮泉小品》、《五雜俎》、《文獻通考》、《越言釋》、《詩經》、《爾雅》、《安國院試茶》、《江州筆談》、《越諺》等等。閱讀這樣的文章，讀者有如走進一個主題博物館，每一個主題都有豐富的內容，讀者有得到知識的快感。

博學多識在散文中表現的第二個現象是融會貫通，化於無形，自出機杼。梁遇春是典型之一。國人時常稱美讀萬卷書、行萬里路，但佘樹森說梁遇春的生活經歷最不豐富：「學校—途中—家門，構成他全部的生活領域。然而，他在讀書和思考中給自己開拓出一片美麗的世界。他由『苦悶』而『深思』而

『奇想』，致使他的散文才富有那樣『如星珠串天，處處閃眼』的文思。」[74]梁遇春不僅學問淵博，且能融會貫通，才思又極其敏銳，能捕捉生活中的點滴事物，看起來像隨意而談，實際上說出不同凡響的感受和意義。他能把廣博的學識恰到好處地運用在散文中，不論是古今名言、詩詞雋語、格言警句，隨手拈來，都成為文章中有機的組成部分。他的語言文字暢達如行雲流水、思路意念飛動如蛟龍驚蛇，熱情奔放、真摯誠懇，更難得的是又機智幽默、俏皮靈動，形成他散文獨特的風格，具有很強的藝術魅力。閱讀梁遇春的散文，確實不能不被他腦子裡神奇的「工廠」所迷惑。梁遇春引經據典一點都不讓人有抄書炫學之感，最可貴的是他所有的文字都是自己腦子生產出來的，幾乎每一句都充滿梁遇春個人的鮮明風格。佘樹森論析梁遇春的〈談流浪漢〉說[75]：

或者旁徵博引，引類取比，如〈談「流浪漢」〉。文章讚美了「流浪漢」所具有的那股「天不怕，地不怕，不計得失，不論是非的英氣」，其用意在於批判舊中國「麻木的世界」、「慘淡的人生」。從這一立意出發，作者引用許多知識掌故：英國、美國、希臘的學者、作家關於「流浪漢」的論述；中外歷史上，一些英雄、才子身上所表現出來的「流浪漢」的性格氣質——莎士比亞的「偷鹿」，本．約森、馬婁的嗜酒，奧利沃．古爾德史密斯的「吹笛」漂泊，查理．蘭姆、亨特的「顛頭顛腦」，布朗寧的攜人家閨秀私奔，傑弗里斯的耽溺山水遊樂，還有我國的紅拂夜奔、霸王別姬，范蠡和西施的江湖飄流……真可謂林林總總，光怪陸離。

朱湘跟梁遇春一樣同是年輕夭折，同是閉門讀書型的作家，在他們短短的讀書歲月裡，其閱讀書籍之多、吸收學問之快、發射創造力之強，實在令人驚歎。

朱湘留下的散文不多，但是後人搜集出版了他生前的原始書信，《海外寄霓君》是留學時寫給妻子霓君的書信、《朱湘書信集》是朱湘好友羅念生（一九〇四～一九九〇）編輯朱湘寫給文友的原始書信。朱湘在這些書信中態度誠懇、知無不言、言無不盡，不僅表現他感情豐富、感性的一面，也表現他博學多識、知性的一面，都是可貴的散文。閱讀梁遇春的散文，讀者只看見他已經寫就的散文光彩燦爛，可是讀朱湘的書信，讀者可以看到他如何像海綿吸水般飲進學問轉而成為智慧。朱湘之勤讀博覽十分令人驚訝，在他出國留學的兩年裡，除了上學校的課，他自己學古英文、法文、德文、拉丁文、希臘文，且都達到直接閱讀原著的能力。他計畫中還要學俄文、意大利文、梵文、波斯文、阿拉伯文。他還研究西方各國的詩歌、小說、戲劇，並翻譯許多外國詩歌，同時翻譯《今古奇觀》成英文的工作也準備齊全。此外，他的創作、寫信從不間斷。這種驚人的成績正如丁瑞根（一九五七～）在《悲情詩人——朱湘》中說「不是那些只知瞄準博士、碩士學位的庸碌之輩所能做到的。」

朱湘的見識之美，在書信中也是金光閃耀，他為人極為嚴肅，但許多地方又接受西方的觀念，他時常對保守的妻子諄諄教誨許多新觀念、新見識。朱湘跟文友的書信中除了談文論藝，表達他許多文學觀之外，還有許多非常特殊的人生見識。例如他的男女觀、戀愛觀、婚姻觀[76]……等等，表現了他另一種面貌的嚴肅態度。

《悲情詩人——朱湘》是一本傳記文學。傳記文學是以個人真實歷史為主題的散文類型，兼具文學與史學的雙重性格，這已經是一道兩難命題。而為文學家作傳，還要兼具文學理論與鑑賞批評的能力，作傳者必然要才學識兼備，為文學家撰寫傳記文學正足以考驗作者的學養。

傳記雖然古已有之，但於今才蔚為風氣。坊間傳記與傳記文學時常不分。郁達夫在〈什麼是傳記文學〉[77]中說：「新的傳記是在記述一個活潑潑的人的一生，記述他的思想與言行，記述他與時代的關係。他的美點，自然應當寫出，但他的缺點與特點，因為要傳述一個活潑潑，而且整個的人，尤其不可不書。所以若要寫新的有文學價值的傳記，我們應當將他外面的起伏事實與內心的變革過程同時抒書出來，長處短處，公生活與私生活，一顰一笑，一死一生，擇其要者，盡量來寫，才可以見得真，說得像。」

過去許多傳記者很少符合郁達夫提出的這些基本原則。藝術家、文學家的傳記如果脫離上述遊戲規則就缺少基本存在意義。尤有進者，傳記文學必須深入傳記人物的心理層面予以刻畫，不像一般傳記以鋪陳外在事功為主，傳記文學不僅敘述一個人的生活經歷，還要呈現傳記人物的完整人格、刻畫人物的全面形象、表現人物跟家族遺傳、生活環境與生存時代的互動關係。比傳記文學更進一步的是評傳，它不僅細述傳記人物的生命歷程、刻畫傳記人物的心理層面，更進一步分析、詮釋傳記人物的生命情境，甚至要為傳記人物的作品定位。從一本文學家的評傳可以更清晰的看出作傳者的學養。

《悲情詩人——朱湘》可以說是朱湘的評傳文學。作者詳細敘述了外表極為單純的朱湘生平，從出生到投江自沈相當完整的一生經歷。全書第一章是〈湘沅的蘭芷〉扣合朱湘的出生地及朱湘的名字（湘、沅），整個章節的行程都隱隱跟「水」有若斷實續的關係，到最後末一章〈最後的漫遊〉又暗暗扣合朱湘投「水」，其他各章題目也是經常扣合朱湘的著作，例如第四章〈追憶夏天〉是扣朱湘第一本詩集《夏天》，

第五章〈開闢草莽〉扣合朱湘的《草莽集》、第十一章〈石門的意蘊〉扣合《石門集》。讀者如果稍加注意，諸如此類，本書處處閃現著傳記的「文學性」。

做為一本傳記，作者首先表現的是資料搜集的齊全、資料判斷的公允、資料運用的恰當。這是一個博而返約、再由約而演繹為博的歷程。本書運用資料及作者寫作傾向都能夠「量體裁衣、依類選材」，鎖定朱湘以文學家的生命為主軸的讀書生涯、文學活動、文學個性及文學成就為重心。由於朱湘是當代人物，去世不久，資料搜集比較容易，這方面不會有太多困難。本書可貴之處是作者面對心理層面比較複雜的人物，與社會環境的衝突跟文學創作的互動關係的演繹，其間大部分工作是要判斷、分析、詮釋，要掌握著恰到好處的分寸並不容易。

創作者除了要有天生的才氣，其作品的氣質跟作者的人格關係密切。本書對於朱湘的人格，個性分析相當仔細中肯，史傳的要求是「不虛美、不隱惡」，作者的確真誠信實地努力再現朱湘的全人格、不避諱朱湘的性格弱點，進一步分析其形成的原因、發展的結果，處處閃現知人之言。不論朱湘的手足反目、夫妻失和、朋友齟齬、文壇爭執、異國風雲、創作心態、投江自戕……都掌握得絲絲入扣。

朱湘的基本天性是「特別認真，不善變通」，因而做了許多不必要卻深深傷害人我的決絕行為，例如新婚之夜與大哥決裂、在美國因高傲的民族自尊心而一再退學。本書作者說：

朱湘不是一個隨遇而安的人，他的性情在古怪的背後，有一種真正的嚴肅。正是這種絲毫不能苟且的個性，才使他的生活險象環生，終是不得安寧。

說他不能「隨遇而安」可謂切中肯綮，朱湘像許多藝術家一樣生命底層永遠無法保持長時期的安逸寧靜，個性永遠如童真赤子、拒絕成熟。作者指出朱湘生命中的「嚴肅」性也是一針見血，這種特性使朱湘銳意前往、缺少反省能力，他從來不曾思考為什麼會與人「結仇」、從來不思考民族被歧視緣於民族自有不爭氣而讓人歧視之處，他許多決絕的行為一再來自慣性的反射動作，這樣缺乏適應社會的天真行為，在古今中外許多藝術家身上都不難看到。事實上，也因為他們保有這股出奇倔強頑抗的童真心態，才擁有創作的萬斛源泉，時常在外界強大壓力逼迫之下，奇蹟似地創造出藝術作品。許多適應力強、社會性高、婉轉因物的作家最後只能成為藝匠而已。

與其說朱湘的人際關係不如說朱湘跟世界的關係，他不像梁遇春，關在書房裡讀書、玄想、寫作，即使生活不十分滿意也可以過日子。朱湘既離不開社會又找不到跟社會融合相處的管道。不論是在家中與手足、還是婚後與妻子相處、或者從私塾讀書到清華大學以至留學美國，他跟外界環境一直方枘圓鑿扞格難適。他的人際關係只是他和社會接觸的一環，是正如羅念生在《朱湘書信集．序》中所說：「他很需要朋友，又愛得罪朋友。」也許朱湘口才不夠好，但即使在他擅長的書信裡都得罪不少人，羅念生說：「因此他不能見容於這個世界。」這是詩人性格的悲劇，羅念生該序說他跟朱湘同居過一年，寫過三四年的信，卻「從沒有鬧過半句嫌言，可見詩人並不是沒有人性的。」這真是羅念生愛才惜才之言，十分令人感動。至於像朱湘的嫂子薛琪瑛這種亦師、亦母、亦友照顧朱湘這種天才的人，堪稱具有偉大包容襟懷的人物。

其實，朱湘跟社會、跟文友甚至跟他認為歧視中國的外國人之間爆發的串串火花，都成為塑造朱湘創作人格的浴火。丁瑞根說：「在朱湘許多怪異精神意念和行為舉止中，都可以找到雪萊和哥爾德斯密(Goldsmith) 的身影」，「這兩位英國文學史上最有名的怪異之士，曾以生前的狂亂悖謬的行為使自己遭受過巨大的痛苦；又以他們的文學成就贏得身後的巨大榮耀。」這兩位聲名卓著的人物無意中成為朱湘的人格幻象。

朱湘與人論戰往往在「以一己之身，獨戰眾敵的剛烈之中，朱湘本人還缺乏那種深沈博大的心理容量和百折不回的性格韌性。這樣，被以死相爭的意念而強化出來的決絕，便成為他以後遇到打擊時常常陷入痛苦之中的潛在原因；同時，在此時所驟然膨大了的自我意識，也使他在判斷事物時容易產生某種偏差，而導致與朋友難以相處，甚至最終決裂的後果。」且「無論朱湘在面對面的對陣中如何頑強，也不能改變自己在偷襲和暗箭面前的脆弱。」朱湘的本性是有仇必報，「但在當報無法報的情況下，就會遭致精神的崩潰。這就是朱湘既十分堅強而又極其脆弱的原因之一。」朱湘在上海期間「承受了兩次重大打擊之後，帶著多少有些扭曲的心理品質到北京，又與他最親密的朋友聞一多及饒孟侃等人發生了一場足以摧毀他內心精神支柱的衝突，才完成了他人格的最後塑造……」

「朱湘命運中最為複雜微妙的因素，就是他與聞一多之間的關係。自從在清華學校結識聞一多以來，朱湘對他的傾慕與怨恨便交替糾纏了自己的一生。聞一多一直深刻影響著朱湘的生活，從思想到藝術，從正面與反面。」作者有關朱、聞之間的微妙關係也有精到的闡述，相信兩位當事人一生都全然不自覺。

朱、聞兩人在人生遭遇上、性格處世上、文學觀念上都有共同之處，這使得他們一見如故，尤其朱湘嚶嚶求友心切，遇到聞一多這種性情中人，就公開說：「一多是一個理想極高，可得我們整個相信的人」，但「誰知時間過了不到一年，他們之間友情便因各自性情上的原因而化為烏有。」事實非常容易理解，朱湘在聞一多身上看到理想中的自己的影子，而又成為內在競爭的對手，要跟這樣的「自己」相處是一樁多麼困難的事情！當朱湘撰七千字長文〈評聞君一多的詩〉公開發表後，性情跟他相近的聞一多也貶抑朱湘不過是 Kitchen Poet，兩人都流於孩子般的意氣用事。這樣一場手足相殘「近似於朱湘在割捨自己的骨肉，從中獲取一種鬥爭的快感，這種代價實在過於巨大了。」「朱湘與聞一多之間的決裂，形成了中國現代文學史上諸多朋友失和事例中，並無重大思想分歧，而完全出於個性心理原因的鮮見事例。」實際上朱湘清華退學、到美國留學時「他的屢次轉學，對學位的無所謂，和不待留學期滿就啟程回國等具體事例，都重現了聞一多五年前留美的特殊風貌。朱湘之所以放棄三年留美費用的享有權而提前回國，還是因為聞一多，是他向朱湘發出了到武漢大學任教的邀請。這種情形說明，真正的精神聯繫是難以完全割斷的。」兩人愛恨糾纏的感情最後又因朋友斡旋而言歸於好，朱湘再度寫的長文〈聞一多與死水〉也表達了對聞一多真正的欽佩之意，該文被丁瑞根認為是「朱湘所寫的水平最高的詩論」，卻在朱、聞二人都離開人間之後才公開發表。

朱湘固然脾氣乖異，但畢竟還是性情中人，他一生並非沒有得到始終如一的友情，他被清華開除之後，完全是朋友熱心奔走，為他謀回學位，其中羅念生盡其一生都在關心他、支持他、幫助他。但是朱湘本人似乎並不在乎社會性的交情，他並不十分注意這些血汗朋友的義氣，他在意的是文學朋友，那毫無實用價值的流浪詩人劉夢葦，只是寫了讓朱湘傾心的詩作，朱湘視之為莫逆，並撰文論述，可見朱湘多麼愛才，而二十七歲就病逝的夢葦也得到朱湘撰寫〈夢葦的死〉上等散文。

但是這些朋友跟聞一多相較起來，其份量又輕了許多，其中關鍵還是在於聞一多生命中文學成份與朱湘疊合比較多。如果說透澈一點，朱湘愛的是這些人精神上的文學，更實在的說，他愛的是文學。只不過實際生活中感情與事件一直是糾纏難分的。

命運並非自始就與朱湘作對，他之上清華、留學、回國，都遇到好機會，跟他同時出國留學且在美國念同一個學校的柳無忌（一九〇七～二〇〇一）在朱湘自沈前兩年得到博士學位，這樣的學位朱湘應該更理所當然得到。可是一個個學位被他一個個地放棄，朱湘的個性何以與那個時代方枘圓鑿？作者的詮釋很合理：「五四運動為朱湘開啟的精神世界與『五四』退潮後的黑暗現實之間的尖銳對立，使他產生出一種超出常人的焦躁和激憤。」

「五四」退潮後的精神苦悶在當時是一種極為普遍的社會心理。而對朱湘這種認真、不善變通的人來說，這種社會心理的個性演示則更加不同尋常。如果朱湘沒有經歷「五四」精神的啟迪，或許他會對清華扼制學生種種制度漠然處之。所以，當朱湘把脫離清華的舉動歸結為「向失望宣戰」時，清華的存在，已經成為「五四」退潮後沈悶壓抑的社會環境的一個象徵，同時也就成為了他宣戰的具體目標。

歷史際遇上的一步之差，往往成為人格塑造中非此即彼的關鍵。朱湘的不幸在於遲到了一步，他不僅再也不可能有郭沫若式的青春放歌，也不會有汪靜之那樣的意趣天成、康白情那樣的自由超脫。因為他所面對的歷史條件已幡然改觀，「五四」退潮的現實，在朱湘這位熱烈的理想主義者前面，如同一座壯美的園林在頃刻間頹然敗落。倘佯於廢園之中，雖然還能感受到它昔日輝煌的餘溫，但感受得越加真切，其痛苦也越加深沈。

在這種困境之中，朱湘頑強的生命力和命運搏鬥，從一九二五年六月朱湘重返北京之後的兩年時間，是他「在詩歌創作上產生了較大的影響，確立自己在中國新詩史上的地位的時期。」「不論是詩歌創作、文學批評、文學理論、文學翻譯，還是友誼、愛情，都是那樣有聲有色、令人欽羨。」這段期間：

在他極其充沛的生命力的威逼之下，命運不得不做出讓步，使他能夠隨心所欲地抒寫他一生中的華采樂章。

朱湘和命運的搏鬥過程中，他個人的性格是最後勝負的決定關鍵。朱湘的生命可以說是悲劇性格加上不幸的命運組合而成的大悲劇。即令如此，作為傳記文學的精髓，本書可以看見朱湘人格投射出來的魅力及彪炳的才華。朱湘有許多令人尊敬憐愛的地方，他有一顆永遠不受社會污染的赤子之心、對文學的永恆狂戀、絕不「低下他那高傲的頭顱」向著命運抗議，作者用朱湘的作品來詮釋他的生命：「一部《石門集》就是對這種狡黠而又嚴峻的人生困境的全部解答。」「朱湘把他在痛苦中寫就的詩篇集以『石門』之名，其中是大有深意所在的。它使人想起了一則廣為人知的叫做『石門開』的美麗傳說，它似乎是在提示著人們，這裡蘊藏著取之不竭的財富與珍寶，詩人就是那在人生的榛莽深谷中尋找發現寶藏的人。

……另一種富於悲劇性的寓意，是朱湘未曾想到的。當詩人沈醉在琳瑯滿目的詩的財富之中時，卻忘記了那些人為的限制，終於被命運之門封閉其中，永不得出。人生困境所化作的詩歌寶窟成了他葬身之所。」所以《石門集》「體現了一種比詩人的肉體軀殼的流浪更為豐富多采的心路歷程。」「朱湘的自戕，其實就是對他在《石門集》中做出的自己不能留存於世的無情宣判的悲壯執行。」請看在他人生的最後階段幾乎是在自焚的困厄中創作出最深邃動人的詩篇，這樣悲壯而淒惻的生命情境，怎能不令人動容？

朱湘是生而為文學，死亦為文學，他在人間的唯一戀愛是跟文學，且一旦墜入就再也爬不出來。朱湘重視（共同迷戀文學的）朋友是因為「朋友就是文學，文學就是朋友，兩者是合二為一的東西。」他在人世間娶的妻子霓君，不僅沒有經過戀愛，對文學也沒有概念，很難成為他心中戀愛的對象。其實，朱湘對戀愛、婚姻、情人、夫妻有非常鮮明的、與眾不同的見解，在他跟異性朋友之間的書信裡表現無遺，顯然他也深知自己一生沒有機會達到這方面的「理想」，但是朱湘並不十分在意這方面，他的精神還是放在文學之戀。

丁瑞根否定一般研究者把朱湘的〈答夢〉做為愛情詩，認為詩中的「情人」是藝術，那是詩人心中唯一的夢、佔據了詩人的全副身心。這個說法是知音之言。朱湘一生中生命的真正愉悅幸福感也只有來自文學，或者還沒有「作」成文學的文學原始素材「夢想」。朱湘以全副生命投入文學，以他的聰明才智慧根及苦讀精神，必然可以成為文學的全才，他閱讀的文學無分國界、且一旦愛上就要學習語文閱讀原文，他閱讀的文類也無所不包。在創作上他能詩能文、能理論能批評，他又擅外文能翻譯。實際上他也幾乎做了文學的全才。儘管如此，朱湘還是不適合做文學批評家，丁瑞根雖然沒有明說，讀者不難隱隱讀出作者認為朱湘的創造力最適合創作文學，朱湘雖然學問、見識、才氣、判斷能力都足以做一位高超的文學批評家，但是他個性的盲點使他無法允執厥中，他不僅會因外在因素而意氣用事、且實際上他的閱讀也有盲點，這是創作家的特質、不是學者本色。

朱湘自一九二四年十月六日起在《時事新報・文學週刊》連續發表七篇批評短文，丁瑞根說：「從中可以覺察出朱湘視野廣闊、條理清晰、論述有力的批評素養。」但是站在中國文學的歷史上，朱湘有時見樹不見林，他批評胡適的《嘗試集》「在痛斥胡適的同時，不免對他的批評對象缺乏歷史的分析。」朱湘為胡適詩下粗糙的斷語還可以勉強解釋為朱湘「出於發展新詩形式建設的急切心情。」但是在第七章丁瑞根指出「朱湘作為目光尚稱敏銳的詩評家，竟然把當時已產生不小影響的象徵派詩，完全排除在視野之外，似乎是一件奇怪的事情。」朱湘面對批評對象時不僅會意氣用事，而且也會感情用事，劉夢葦的新詩成就被丁瑞根認為「他的價值只在詩歌形式上體現」，而朱湘推崇夢葦是「無疑的要長留在天地間」。凡此都足以說明朱湘無法成為一個理性清明的學者，也更證實朱湘詩人創作者的特異品質：流落在以自我為中心的偏執狂。

朱湘的愛國盲點跟他的文學盲點一樣令人驚奇。讀《海外寄霓君》、《朱湘書信集》等，讀者不會忘記朱湘為了外國教授歧視中國人乃憤而退課、退學、轉學等遷延時日，最後沒有拿到學位回到中國。他把國家的榮辱等同於個人的榮辱，也把個人的成就引以為國家的光榮。讀者一定肯定朱湘是個極端愛國的文人。

朱湘追隨著聞一多「文化的國家主義」理想而埋頭苦幹的時候，發生了被稱為「民國以來最黑暗的一天」的「三一八慘案」，中國文人的怒吼喧天，距離此慘案發生的第九天，朱湘寫出的詩篇「竟然是表現一種甜蜜的哀怨的〈昭君出塞〉！」「朱湘就是在這樣的『勤學』和『熱忱』中，執著於自己對『文化國家主義』理想的追求……在這種抽象無定指的愛國主義及民族主義誘惑之下，朱湘一面確信自己在為國家民族的興盛而奮鬥，一面卻停止了他對迫在眉睫的中國社會命運的思考，在其音節曼婉的詩中沈沈入夢。」

丁瑞根詮釋朱湘的全人格是統一的，他說「一部《草莽集》就是詩人的東方之夢的精緻入微的畫夢錄。」詩人整個生命就是寄託在這個夢的象牙塔裡，「把自己的夢做得脫離社會，超越時代，疏遠人生，其實並不是朱湘的本意。」詩人的生命天生就缺少平衡器。

做為一個用骨用血用淚用全性命織就作品的文人，朱湘一切的偏執與張狂顯得多麼微不足道，朱湘以性命血祭文學，與聞一多以性命血祭政治是一樣的珍貴。丁瑞根極為推崇朱湘投江前的作品，他的詮釋也是情理兼合。自「一九三二年之夏，朱湘所經歷的心靈煎熬，把他自己加在身上的種種虛偽的價值符號層層剝離，最終使他還原成一個赤裸裸的、真實的人。朱湘失去了一切，但卻由此而獲得了新的眼光、新的視角，使他能在極度困厄的生存狀態之中詩情噴發，得以創作出《石門集》中那些最為深邃動人的詩篇。」

「詩人充盈的生命力在這環境的威逼之下，只有朝著兩種不同的方向進發，一種向外迸射，試圖以更加狂悖的行為來宣泄和消解這種痛苦；一種向內聚斂，希望轉入內心，沈溺於藝術而得到超脫。詩人生命力的兩種不同指向，使《石門集》呈現出一種獨特的不和諧音響，這種不和諧正是造成它深邃複雜的魅力的原因之一」。《草莽集》是「朱湘在詩中寄託自己的生命。」而最終《石門集》是詩人「用自己全部的生命書寫著詩。」過去，詩人是「把自己置身於瘋狂的工作中，用對詩的深沈眷念，才戰勝了死的意念的糾纏的。」最後詩人是「用他的死換取了他的生，完成了自我形象的最後塑造，人們可以從他的死來理解他的生，從他肉體的消亡中感到他精神的存在。」真是知音之言。

本書的結尾是感性知性交融的散文：

朱湘把自己的生命交付給了流水，但是並未就此而休止。他將隨著流水在世上的循環不息，把他的歡欣與痛苦，愛戀與仇恨，他的憧憬與夢魘，剛強與脆弱，帶給每一位真誠與嚴肅的人們，不斷地感動著、啟迪著、喻示著後人。

本書至此悠然而止為朱湘的生命蓋棺論定。

為朱湘重新塑像、要找出「朱湘特殊的行為方式的心理潛因。」本書作者並不依賴前人說法，往往依照自己的邏輯推理，有時還排除眾議，例如朱湘之死的原因，作者認為朱湘自戕不是單純的經濟職業因素，而是遠溯到「五四」，「詩人的一切都是『五四』造就的……朱湘的苦難是一代中國知識者精神歷程的反映，朱湘的價值也不止於詩歌形式上的建樹。」真是言深而意遠。凡此等等，要運用個人的學識及才華來判斷、甚至臆測，其間推演的過程及推理的結論，也許不被所有讀者接受，但是你不能否認這確實是一種可以成立的說法，至少筆者認為朱湘的人格的確在本書中得到再生。

本書寫傳的對象是一位文學家，傳記者必須也是一位文學研究者，不但要熟讀朱湘著作，對朱湘的文學成績也要有能力判斷、分析乃至評價，這是傳記者很大的考驗。這方面作者並沒有讓人失望，它經常出現許多作者閱讀朱湘文學的知音之言，例如對朱湘〈答夢〉詩的詮釋、對於〈評聞君一多的詩〉、〈聞一多與死水〉論文的分析等等，對於朱湘早期晚期作品的比較分析等等，不論讀者是否同意作者的文學觀點，至少作者能夠自圓其說地成就其一家之言。

作為傳記者，作者也始終保持不介入的中立且溫厚的立場，但是丁瑞根筆下又輕輕流露著對朱湘的疼惜之情，然而並不因此而包庇朱湘人格上或者文學上任何缺點或者弱點，這其間要拿捏的分寸極為微妙。

做為一本傳記文學，本書的文學性也是頗有可觀，前已言之。跟本書的識見之美比較起來，文學性猶為餘事。

附帶一提的是，本書末尾附錄的〈朱湘著作年表〉僅著錄作品發表及出版目錄，沒有朱湘個人的行跡記錄，所以看不出朱湘的生死年月日。令人驚訝的是朱湘自沈於一九三三年十二月五日，而〈朱湘著作年表〉中自一九三三年七月起每月都有各體文章發表，直到一九三四年十二月〈朱湘遺札〉才看出朱湘已經過世。其單篇文章發表一直到一九四七年為止。這實在啟示我們詩人肉身的消失並不表示詩人已經離開人世。事實上，詩人的生命淵煉於水，所以玲瓏剔透；焠礪於火，所以晶亮無纇。詩人年輕的肉身早已走過越過一堆堆失落意義的姓名和符號，詩人用詩可以淵亮億萬光年的宇宙，詩人拋棄了世俗但並沒有離開人世，這就是文學的不朽。

李長之的《司馬遷之人格與風格》是中國第一部全面介紹及評價司馬遷及《史記》的專書，書中充滿作者的見識學養之美，讓人留連忘返。該書的學術成就論者已多，此處不再多說，此書最有識見之處是獨掂出司馬遷的人格與《史記》的風格同樣是來自浪漫的自然主義精神，確立《史記》不可動搖的文學地位。該書〈自序〉中說：

有人問我寫作時的參考書怎麼樣？我很慚愧，實在不博，學校裡只有一部《史記會注考證》，可是被一位去職的先生拿走了十分之六，我有什麼辦法？我在寫完《司馬遷》以後的四月到了北平，多少買了點書，關於《史記》的也有十幾種，《史記會注考證》即在其中。但仔細看下去，這些書似乎沒有什麼可以改動我的全文的地方。……況且，我認為，史料不可貴，可貴是在史料中所看出的意義，因此，歷史不該只在求廣，而且在求深！近人動輒以參考書多少為計較，我便不太重視了。

李長之寫作這樣一本著作，僅僅用了極少的參考書，那表示全書的見識全部來自作者自己胸中。這使人想起林語堂曾經談學者與思想家的不同，在〈寫作的藝術〉78中說：

「學者」作文時善抄書，抄得越多越是「學者」。思想家只是抄自己肚裡文章，越是偉大的思想家，越靠自家肚裡的東西。學者如烏鴉，吐出口中食物以飼小鳥。思想家如蠶，所吐出的不是桑葉而是絲。

讀書人要像蠶，食用桑葉卻吐出真絲，《司馬遷之人格與風格》不可能是無本之學，作者的學識累積於平時，融會貫通於日常讀書之時，不會等到撰稿之時才拼湊抄襲。所以，我們似乎可以大膽的假定：參考書目不多的優良學術著作往往是作者精心吐出來的絲絹，多有學養之美。

第七節　進入隱藏作者的迷宮

散文可以說是以現實生活感思為基礎，以切身體驗或閱歷所得為素材，重新組織而成的「創作」，大部分散文是從生活出發復回歸於生活，少部分散文是從生活出發，抵達幻想與虛構的時空，有時更能純粹進行理念上的論辯，單就觀念本身迴旋收放。這在中國傳統散文中已經不是新鮮的事。只不過，現代散文一般的讀者比較不習慣跳躍於日常繩墨之外。其實，以獨特的藝術觀念或美學原則匯入散文的創作內涵，發掘日常生活所隱藏的各種隱喻及內在的物象，使得散文內容更加深化、形式更加複雜、面貌更加多采多姿。

現代散文作家對創作散文的態度越來越嚴肅、思考越來越深入時，散文表達的方式顯然也越來越多樣。許多人不再把書寫者「我」放入文中，採取了隱藏自我的視角，文本中雖然有「我」存在，「我」卻不是情節中的核心角色，只不過居於說書者的地位進行客觀的描述，像許地山等人的不少小品，都將「我」的角色退縮至不涉入事件的旁觀者視角，有時則已趨近小說的客觀敘述。

也有人刻意凸顯散文的虛構性，書寫的素材完全脫離現實生活，文本中的隱藏作者和編撰作者已經脫離干係。這時候，文本中的編撰作者已經沒有什麼意義，讀者要追尋的是散文中隱藏作者的思想和風格。

本來尋找散文的隱藏作者並不困難，但是當作家用比較弔詭的方式書寫時，其間就有一些「迷障」有待讀者撥雲霧睹青天。尋找作品的符徵與符旨是解開迷障的方法，許多作家往往把相同的符徵與符旨投射在不同的篇章中，讀者透過作家系列作品尋找其慣常使用的象徵系統或表述方式，可以涉過一層層的迷宮，尋找隱藏作者的思想意旨，這是一種具有挑戰興味的工作。

林燿德的〈寵物K〉[79]完全是一篇虛構散文，表面看是一個平凡無奇、索然無味的故事。它敘述「我」去購買一隻烏龜回家當寵物，後來他發現飼養在盆子裡的烏龜忍飢挨餓，不肯吞食飼料子孓，因為寵物烏龜也正在飼養一隻寵物。「我」在文本中幾乎沒有發表「意見或感想」，他只是一粒棋子被書寫者操縱著，讀者不能藉他讀出什麼訊息，要從隱藏作者尋找層疊的意義。

光憑這個簡單故事表面投射出來最直接的意義是：飼養寵物是一種超越生理需求的精神需要。所以烏龜寧願忍飢挨餓也要飼養一隻寵物。

再看「寵物」二字被當成題目，且標以「K」為名。牠是一隻烏龜，沒有姓沒有名，只能被編號為「K」。牠雖然也是動物——跟人一樣，但並不曾受到跟人一樣的待遇。牠只被視為「物」而被「寵」。身為動物而被物化，乃是文中烏龜重要的處境。身為生物而被「寵」——請注意，文中「寵」字的意義指涉並不是「愛」。

既然烏龜被當成物品，當然可以任人買賣操縱，玩弄於股掌之上，在交易過程中，買主「並不考慮智慧、操守等等形上因素」，此項假定是說烏龜可能也有智慧、操守等，這種高貴的品質即使存在，也被人們視而不見。

可是，烏龜並非物！牠有表情、有感受、有感情。有一次主人發現烏龜瞳孔中充滿怨恨——顯然不滿於被當成寵物的待遇。所以牠寧可忍飢挨餓而報復性地也飼養寵物。寵物的待遇是什麼呢？請看：K是如此對待孑孓的：「用鼻端觸碰成S形游動的幼蟲，然後靜靜看著牠們焦慮地撞上桶壁。」K與孑孓分明互相指涉，所以這種待遇也正是寵物烏龜所承受的。「寵」字的玩弄意義於焉浮現。

這裡出現層遞關係：人與烏龜、烏龜與孑孓，都是飼主與寵物的關係。就文章的結構言，它已暗示出飼養烏龜的人類的上方也有一個「飼主」，是以同理，人類也經常扮演寵物、被玩弄被控制的角色。

行文至此，我們幾乎可以清楚的說，寵物K正指涉人類。人類被物化的程度正暗示人類地位的淪落。在大千世界中，個人姓名經常只變成代號——例如英文字母K之類，以便被鍵入終端機等。更可悲的是人與人之間可以進行交易行為，例如買賣子女、婚姻乃至朋友等等。而個人的價碼不在於其智慧及操守，完全取決於外表的「毛色」(腹部的圖案和色澤)，不正指著人物的身份、背景等外在條件嗎？這不也正是工商業文明社會的真相嗎？

再看烏龜生存的環境：文章第二段仔細敘述牠們原來侷促在一個鐵盒中，擁擠在狹隘的空間，只有「待售」的命運在等待牠們。從指涉人類的角度看，人類生存在大體制中，確實沒有自我抉擇的能力，可是一旦面臨被抉擇時，卻無所逃於天地之間。

再看，K一旦被選擇到另一個生存空間時，從牠的視角來看牠面對的世界——只見到豢養牠的主人的頭顱而已，卻已大得牠無法全面觀察。換成人的角度來看，人類面對控制者或者整個體制，不也永遠只看到它的一小部分嗎？即令只能拘限於這樣片面的視野，卻讓人恆常「習慣了這樣無趣的閱讀。」

以上是「寵物K」所呈現的當代都市人類的共同處境。精神生活日益枯竭——可是文章指出人類本能需要精神生活、人類不願意物化，可是分明往物化的路上奔去。人類企求自主選擇生存方式，包括職業、生活環境等，分明也是身不由己。人類亟需了解背後的主宰者——那冥冥中豢養他、操控他、戲弄他的主人，但恆常只是在瞎子摸象而已。人類何以落到這種地步呢？

文章說：現代人不重視「形上因素」，所以「人間現有的哲學流派顯然生產過剩」。哲學家的工作出發點是要從形上的思維來提升人類的心靈並救渡人類。在今天社會他們卻被大部分人類視為多餘，所以作者說「世界似乎仍然沒有停止轉壞的意思」，文中又指出人類分明迫切需要心靈食糧，所以：「人類饑渴的性靈」竟然要靠飼養寵物來彌補情緒（請注意：不是「心靈」）上的失落。

事實上，人類精神之貧乏、心靈之空虛，正肇因於人類日益形而下的視野與興趣。〈寵物K〉中還有一景：買主從水中撈起烏龜時就「窺探他腹部害羞的隱私。」這句話不但說明人類興趣之形而下，且對待喜歡的對象（諸如愛人）並不尊重，只賦予玩弄的待遇。另方面，再次強調烏龜有心靈，不僅有害羞的私處，也有隱私的心靈空間呢！當然，我們別忘了牠正指涉人類。

人物與K互為指涉的前提下，再回頭看文章的開頭：「他也寫日記嗎？」寫日記是人類的作為，它表示個人具有反省力、思考力。可是人類是否具有解讀別人日記的能力呢？K的日記在牠的背上：「他背負著永恆的地圖。」因天氣的陰晴、氣溫之冷暖而會變化其色澤，可是人類永遠讀不懂。原因可能是不願或無能，總之可以說明人類欠缺了解別人的誠意因而看起來顯得沒有能力。

〈寵物K〉還有一個重要的問題：人為什麼要豢養寵物K，而寵物K又為什麼忍飢挨餓也要把子孓當寵物豢養？這裡指出統治慾望乃是人類的集體潛意識，無形中也解釋了這個世界何以權利鬥爭永遠不會停止。

林燿德〈HOTEL〉⑳是包藏多層指涉的迷宮，一層層看起來無甚關聯的敘述呈向外投射的輻軸形式，符徵與符旨既剝離又黏合的微妙組合，包裝在簡短而看似平常的敘述文字裡。它的藝術空間是有機的、立體的，讀者幾乎可以自行組織「拼圖」而呼喚出隱藏作者可能表陳的各種意旨。例如人類的異化現象：包括都會的男女關係、空間與時間的關係，例如文化的衝突：包括神話與理智、西方文化入侵中國的衝突，例如政治觀念、例如文學觀念……等等，讀者可以不停地追索下去。

題目用「HOTEL」不用「賓館」已經暗示文中言談涉及西方文化自外而來「不中不西」的意味，HOTEL的原意應該是旅行者的「驛站」，由於它分布的地點不是荒郊野外或者機場車站等通衢大道為旅行者過夜而設置，乃是「街頭、巷弄的深處、大廈樓壁，尤其是住宅區」，可知它已經質變為提供「升斗小民」的「性愛股市的短線交割」之處。

這篇文章許多地方都是一個符徵投向數個符旨：首先題目「HOTEL」就是都市的符徵，它是隱而不見的都市、烏托邦、文明的代表、資本主義的代表等等。又如：「HOTEL的招牌，依據都市人口流動的特質而分布。因為這些招牌，壅塞的都市顯得通暢起來，充滿著生命力和一種介於通俗和冷漠之間的刺激感。」它的字面意義是「寫實」現代文明底下都會的男女關係（通俗、冷漠中的刺激感，愛情已經剝落得只剩下短暫結合的情慾，跟後文政治一樣曖昧無聊而又必須存在）、都市的擁塞使得男女幽會地點亦別無選擇、都會缺乏生命力，唯 HOTEL 可以激發生命力……等，這一句又可以指向外來西方速食式的愛情交易文化進入臺灣。而「HOTEL 的招牌，依據都市人口流動的特質而分布。」文字內外都飽含雙關意義。

HOTEL 的侵略性極強，當它進軍臺灣，「正像一個離經叛道的小子坐進老學究的會議桌中。」不僅意味愛情觀念、性愛方式讓老一輩人物難以接受，同時也指涉西方民主思想進入中國受到「前輩」的排斥。它也可以暗示新式文學觀（例如說文學史是讀者的歷史）總是受到老輩作家憤怒的否定。

又如「當一棟大廈擠進一層 HOTEL 以後，這棟建築即刻被『異化』了。」字面上陳述的是住宅區被異化為「風化區」，而其實它雙關的是西方文化進入中國「異化」了中國文化，這並不意味著西方文化有問題，而是中國接受能力的問題，這包括愛情觀念、民主政治、文學觀念……等等。

同樣「HOTEL 是流動的空間的集合體。它們是一個個過程，一個個永遠不能徹底完成的過程。」因為：「HOTEL 的每一個房間都是不完整、不平衡的，當任何一個房間空下來的時候，即刻就回復到未完成的藍圖階段」；這裡除了書寫者慣常指涉的「人」成為都市的配件、都會愛情的不持久，及文學觀念等等之外，這句話還跟後文「永不被完成的民主藍圖」緊緊呼應。

本篇第三節明顯談論政治，所謂的民主政權是有錢就可以插手的，第一節「一個聰明的 HOTEL 經營者選定一棟建築物……應該買下一半以上的坪數，如此自然可以在未來成立的住戶管理委員會中掌握到絕對多數的席位，對於那些針對 HOTEL 營業的反對態度或抵制行動，在任何一次民主的表決程序中行使合理、客觀、不容置疑的否決權。」表明新式的民主只是運用金錢做後盾的獨裁，已經埋下伏筆，使得本篇文章成為一篇政治散文。

真正的民主政治僅是一個永遠無法實現的烏托邦，作者從賓館與臥房過渡到民主與獨裁，在全篇文章中二者一直互為表裡、互相比喻，實是饒富意味、極見巧思，文章結構之嚴密也從此可以看出來。同時，「胡適」（代表自由主義者）、「其他銅像」[81]、「革命實踐研究院左近」（極右及極左）暗示著不論極左極右或者不左不右，都將成為過去、無法與新興的「HOTEL」較勁。

第四節斷章取義引用觀念藝術家杜象定律「兩個人才能跳探戈」跟第五節合在一起，指出兩個人才能做愛、民主需要群眾，但不論是在性愛環境或者政治環境，現代人類都在倒果為因「用肉體的接觸不斷修正自己對於對方精神狀態的理解。」「不要閉起眼睛用大象的鼻子理解大象。」等句，社會就是大象。這裡又牽涉到詮釋學，詮釋事物的矛盾如果只依賴經驗去思考，那麼只能得到片面的結論；如果事先預設一個完整的大象，則又遠遠乖離事實。歸結「HOTEL」的哲學就是「填充題」哲學，人類理解事情之前已經有成見，已經做好了填充題，等著別人回答設定好的答案，不是要對方思考引申，這句話也可以解說成我因都市而存在、都市也因我而存在、愛情也是要人與人在一起才成為完整的人，就是所謂互相的填充。

最後「HOTEL」形而上化：「數以千計的 HOTEL 不過只是一座烏托邦 HOTEL 的分身……」人類集體潛意識永遠不會放棄追求無法實現的烏托邦。

第七節筆鋒突然一轉，回到真實的HOTEL，寫民間習俗對於有鬼的房間要放米粒、賓館房間其實每間都是相同的鑰匙、在賓館幽會可能被偷窺……這些寫實的部分一下子歸結到杜象說「讓別人做，或者別做他人可以做得更好的事情。」不論愛情還是政治，整個社會都是強凌弱、眾暴寡，所以要有自知之明，做不好就讓別人去做。全篇最後結論是「HOTEL在大街小巷中等待你們。」把前面虛、實的HOTEL縮合起來，成為帶有進行式的句子，這一句使得全文不僅結構上、且文意上都迴環不已，餘音繞樑。

第五節一連串的「不要閉起眼睛用大象的鼻子理解大象。」等文句其實又是後設文本，利用這一段來討論這篇文章，「警告」讀者不要盲從跟隨隱藏作者的導遊，〈HOTEL〉還可以從更多角度聯想。從這篇文章可以看出文學家時常觸及人性的普同結構，具有政論家、政治家所不一定有的慧心與視覺，他能透視政治生態的真實情境，給予人類恆久的箴言。

以上的詮釋乃是筆者個人主觀（雖然力求客觀）的認知，〈HOTEL〉的隱藏作者其實沒有做出任何判斷性的表示，他留下廣大的迴旋空間給讀者自己去思考裁奪。

林彧的〈我是淘汰郎〉：

> 說起我辭職的原因很簡單：為了一個左或右的路線問題，我和電腦起爭執。
>
> 我們分析到了前世紀的一場爭辯，對於爭辯的雙方，他們之間的左右劃分線如何界定，傷透了我的腦筋。
>
> 我說：「沒有真正的左，沒有絕對的右，只有中間偏右或偏左；而且左中有右，右中有左。」

電腦說：「不準確，十分不準確，有左就有右，有右就有左，有百分之三十的右，就可以找出百分之三十的左。」

「那麼，百分之三十的右與百分之二十九的左呢？」

「三十是三十，二十九是二十九；左就是左，右就是右。」

「必須如此準確劃分的話，百分之三十的左與百分之廿九點九九九九九的左，又如何？」

「就算只差〇點〇〇〇〇一，仍須分清左右。」

「好，他們的中界線呢？」

「沒有！只有兩極狀況，左與右永遠對立！」

「可是，」我說：「可是我們討論的不是數學或物理……」

「這是精確的時代，你只能在左或右選擇一個，是哲學的，或文學的，尤其是政治的。而且，如果左代表是，那麼右就代表非。」

我突然害怕起這部會思考的電腦，我開始發怒，但它仍一派平靜而且冷漠：「如果我是站在對的這一方，那麼，你就是絕對的錯，」我搶言：「難道只有全對與全錯？沒有部分的錯或部分的對？」電腦那種從冰庫裡放出的聲音令人作嘔，它說：「你反對我，就是反對時代，你是錯的，既然你是錯的，那麼，我就是對的，因為我是鞏固這個時代的唯一權威。」「但是，你可以同時反對我，也反對時代呀！這樣，誰對？誰錯？」

當我們吵得不可開交時，判斷師來了。

他說：「你是錯的！電腦是對的！」

我說：「但是它並沒有人性呀！」

電腦房所有的人都開口了。

他們說：「人性缺乏準確性！」

就這樣，我離開了「凱撒」。臨走，我捶了一下那部細緻的電腦，它卻平穩地告訴我：「先生，動武是不對的。」我飛奔離開，我想，我需要的是能還擊的對手，不是這種不動怒，不動手的冰冷「動物」；所以，我決定辭職。82

〈我是淘汰郎〉提供一個完全疏離化的未來空間，包括工作環境和所謂「凱撒鈦金屬部落」，對話與思考模式也完全脫離了我們熟知的社會生活模式。這樣的作法使得讀者會驚覺到它隱藏作者寫作的意圖不單純。首先可以看出它以虛構的未來時空寫出人類的異化，其次是它以科幻的包裝來點明電腦宰制人類的現象。

「淘汰郎」（我）和「桃太郎」（電腦）之間的對抗，也是人性與機械性之間的對抗，人性在電腦的絕對精準下敗落。除非「淘汰郎」能夠屈服於金屬製品的淫威，甘於被異化、被奴役，否則他只有成為社會救濟的對象。

再其次，本文也指涉政治議題，時空又要拉回到當代。當代是政治上「左」與「右」爭論且難以分辨的世代。不僅寫出二十世紀人類處於政治的困境，且把政治的獨裁、專斷、無人性都一併揭發。

追索散文作品中隱藏作者的迷宮是一件富有挑戰性的工作，作者時常不左右讀者的閱讀思考方向，留下極為廣大的迴旋空間給讀者做可能是「HOTEL」式的填空題，端看讀者是否陷入瞎子「理解」大象的模式中。

注釋

❶ 中國傳統社會為長者諱的倫理意識牽制著作家以雙親為題材的散文創作，在雙親題材上以母親為描寫客體的散文較勝於處理父親形象的散文。揆其原因應是處理「母親」的題材遠較「父親」題材來得熟悉而沒有壓力。母親的職份僅是家庭主婦，角色單純，和子女日夜相處，作者容易掌握親子關係。父親是個「社會人」，他所扮演的重要角色是社會上的工作者、家族中的承祧者，剩餘的部分才是「父親」，在正常的情況下，兒女和父親碰面、接觸的時空都不如母親來得多。更重要的是，作者撰寫母親時的心理壓力比撰寫父親時來得小，較容易放懷寫出心中真實的感受。在中國的人文環境中，父親的社會地位決定他整個生命的價值。是以作家面對著世人陳述父親的時候，保護父親的社會形象成為寫作的無形壓力。所以，大致上家世越好、社會地位越高的作家，如果不能超越這種心理障礙，其寫出來的父親形象很容易流於單調、板滯、僵硬。這種「壓力」在早期作家身上更為明顯。

❷ 本章引用梁文薔文章見《回憶梁實秋》。陳漱渝說《槐園夢憶》是一本「淒清細膩、纏綿動人的懷人散文」（〈雅舍小品現象──我觀梁實秋的散文〉見《小品文藝術談》）這些話用在梁文薔部分懷念父親的文章比較切合。

❸ 見《南洋文藝》一九九五年十一月十二日。〈一滴水〉原文如下：

白水待客。

一如他前幾回來訪，擎著同一個玻璃杯，舒適自若地坐在我那已破爛不堪的懶人椅上，一邊呷著冰鎮的開水，一邊侃侃而談。

白水最好。他說。

也是一樣炎熱的午後，陽光白花花地把門前那片混凝土地面晒得其上熱浪翻騰。在天花板輕輕旋轉的電風扇下，室內卻是清爽宜人。側門外的花園，竹葉凝綠，叢玉下隨意種植的君子蘭正向四方綻放。雖是風住香沉，仍感覺它一縷一縷地往室內不斷飄送。此情此景，他細說多少青少年的故事。一片詳和慈藹的平靜裡，卻無不讓人感覺他曾有過的掙扎和痛苦，與事過境遷的舒坦和歡欣。我傾耳靜聽，捕抓到他在一頃澄澈見底的無風琉璃下，閃爍著一片片飽和情感的磷光，也沒遺漏他字與字，句與句之間所有的真誠。對他歷盡滄桑後對世間的寬懷以及今日處身複雜環境中仍然保留著的儒雅與淡定，油然自心底湧出無限的敬仰與羨慕。

相識十餘年，因彼此天南地北各自討生活，會面只佔浩繁的生命篇章裡的三兩個逗號，從沒有足夠的時間相知相熟，但每一次相逢，卻始終無時不覺得他是如此親近。

（你我各有過青少年揮霍不盡的熱情，而今，讓所謂的成長歲月冷卻之餘，對呷的兩杯白水裡，竊見泡浸其中的心，它們更見脈絡清晰，更見血液在其下汩汩奔流。誰說人一入世，朋友即交不上心坎裡？白水內的心，一顆已屆不惑，一顆儘管知天命。你我赤誠可不減當年年少呵。）

我給你帶件好玩的來。

這一次他來，如以往一般，未曾預約，卻似每一回的不期而遇，令人倍覺喜悅。

我剛從中國大陸回來。

這一次他來，專程給這麼一位足不出戶的友人帶來了一份禮物。

我雙手接過橫切面四寸見方長約尺餘的錦盒，錦盒的顏色青黃接勻，無比溫和。細看之下，原來其上還印有淡淡的圖案，一圈圈的小環環，連連綿綿，似無還有，輕輕把這醉人的色澤扣住，也扣住了這一空間的溫情。盒面柔滑，托在手中，如一脈清溪在指間涓涓流瀉。

盒子裡是一尊觀音瓷像，輕撫著她那微微向後翹的指尖，電光火石般地，旋即碰觸了受禮人被現實震蕩得幾乎麻木了的神經與瀕臨停止的脈息。

是一路用手提著回來的。他說，一派無城無府。他不再開口，一徑微笑。

一徑微笑，他就像年前接待外國貴賓的場合裡，身負外交重責，穩重莊嚴地站在迎賓的隊伍之前頭，與我們這起給點中當陪襯的政府公務員遠遠地隔著一個距離。當任務剛剛完成，大伙兒正準備散去的時候，他匆匆地撇下同僚，急急地向我走來。

知道可以見到你，看我給你帶了什麼來？他興致勃勃地，未等我回答，即往筆挺的西裝裡直掏。

我文化村內，那牢固連接著各民族不同傳統住屋的木橋上，炎日毒辣辣的幾乎把人炙傷，令人不由渴望山徑的清涼。我頻頻用手背拭汗，眼前這位友人，在一襲與赤道炎陽犯沖的禮服下，依然神態酷得令人羡嫉。我把他窩得暖呼呼的東西掂在手裡，時空倏地回流，連環繞四周的山山水水，蝶飛鳥鳴，都還原為孩提時代奔馳的那片原野。他搖身一變，是童年的玩伴，剛剛還說分道揚鑣比賽各自尋寶看誰最能搜奇拾怪，他即出現在眼前，幾乎是從近處的樹林裡鑽了出來，自懷裡掏出一件奇寶向我遞來，無言無語，一徑微笑。

那是一本不及一般香煙盒大，不及一般米粒厚的仿線裝書，雖然從未有寶藏古書的雅興，我卻也因它小巧精緻給逗樂了。隨手翻了翻，開頭竟見「有朋自遠方來，不亦樂乎」，想著剛剛有過的錯覺與現實裡當下各自扮演的角色，又見這討喜的小小玩意兒，可真不亦樂乎，抬眼，仍是他坦坦蕩蕩，一徑微笑。

就是這樣，許許多多所謂的朋友來了又去，他卻夾在重重疊疊的日子裡，不黏不黐，不棄不離。

這些年來，早已深感到除卻貼身的三幾件，其餘的物質僅是一種累贅。對所謂的紀念品，更一向十分不以為然。對這尊白玉瓷觀音像，我雖情有獨鍾，卻也原盒裝好、慣性地擱起。一個多月後的大年初一，我自一場連綿夜雨把新歲舊年含糊混過的酣眠中醒轉過來，雨後的亮麗，只記得那是一個假日，該把多日來散了一地的書籍雜誌收拾整理。

書架上的那個錦盒，原以為早已對之無牽無掛，但它突兀在目，那一頃間，不楞思議地讓人對送禮的友人逸出一種細細的、韌韌的，鋸之不斷的思念。

把它擱在燈前……我聽他如是說，像在傳授秘訣。

我忙把觀音捧出，放在書桌上。它果然因燈光一透，如玉似脂，呈半透明狀，令人愛不釋手。正玩賞時，發現觀音另一隻手倒提著的淨瓶瓶口，也在燈光輝映下光芒四射，原來那個瓶口出現一個小小的晶體，在我注視下從容不迫漸漸成長，渾然凝聚成一顆珠子，繼而緩緩地逸出瓶口，落入觀音腳前仰天而張的龍口裡。我肯定還聽到它在龍口內不絕的回響，深深沉沉地，一層緊似一層，似在企圖催醒人在明覺昏沈不分、渾渾噩噩的心靈。

所以叫滴水觀音。

那確是一滴水，一滴渾圓完整的水。

這一滴水是從哪裡來呢？是中國福建德化的商人注入的？還是觀音有情緣，感應了人間友情的溫馨，認為一滴水可以紓解人與人之間渴盼聯繫的欲望以及因思念而牽引的一種無名情緒，隨即又轉化成對友人無邊的祝福？

這一滴水，確實帶給我前所未有的意識。它猶如清晨綠野群巒間的漫步，一路兜滿習習山嵐，舒暢、喜樂充滿。

這時，樓下的電話響起。聽筒的另一邊，傳來的赫然是剛剛在耳邊迴蕩的聲音，一時不知是虛是實。

近來好嗎？他問。說趕在一個大團拜之前，給這麼一位只數甲子之外歲月的野人拜年。我還來不及自觀音滴水驚愕以及隨後而至的欣慰中蘇醒，又被他的問候簇擁著，帶往另一層漫溢喜悅感恩的情緒裡。

我確信，觀音滴水，早已傳遞了他的祝福。

放下電話，想起很久以前，有個人的墓碑上如此寫道：

這裡躺著一個人

他的名字是用水寫成的

今天，我才明白。人的生命原是如此卑微脆弱。眾裡尋他千百度，只求覓得一滴水，將生命滋潤、光華。

回頭再見那一尊潔白無疵。想著那懸在小瓶口的一滴晶瑩，那一道閃爍過的光明，我知道，我已捉到人世間最珍貴的東西。

滴了這麼一滴水，白玉瓷觀音把水又蓄了回去。眼前的物質世界無時不在流變，經這一轉折，那一滴水，自然會逐漸蒸發，逐漸消失。

那一本小小的《論語》，和而不同地夾在一牆雜亂的書堆中，每回素面相見，總有一種不期而遇的喜悅。

一扎簡冊，它何需蘊藏至聖先師的智慧。它曾儲過送書人的體溫，永遠凝聚著真摯友情的溫暖。

一滴水呵，它也無需固化，卻已成了一枚水晶，一顆星星。永恒的水晶。永恒的星星。

❹

見《陸蠡散文集》，原文如下：

聽說我要結婚了，南方的朋友寄給我一顆紅豆。

當這小小的包裹寄到的時候，已是婚後的第三天。賓客們回去的回去，走的走，散的散，留下來的也懶得鬧，躺在椅子上喝茶嗑瓜子。

一切都恢復了往日的冲和。

新娘溫嫻而知禮的，坐在房中沒有出來。

我收到這包裹，我急忙地把它拆開。裡面是一只小木盒，木盒裡襯著絲絹，絲絹上放著一顆瑩晶可愛的紅豆。

「啊！別緻！」我驚異地喊起來。

這是K君寄來的，和他好久不見面了。和這郵包一起的，還有他短短的信，說些祝福的話。

我賞玩著這顆紅豆。這是很美麗的。全部都有可喜的紅色，長成很勻整細巧的心臟形，尖端微微偏左，不太尖，也不太圓。另一端有一條白的小眼睛。這是豆的胚珠在長大時連繫在豆筴上的所在。因為有了這標幟，這豆才有異於紅的寶石或紅的瑪瑙，而成為蘊藏著生命的酵素的有機體了。

我把這顆豆遞給新娘。她正在卸去早晨穿的盛服，換上了淺藍色的外衫。

我告訴她這是一位遠地的朋友寄來的紅豆。這是祝我們快樂，祝我們如意，祝我們吉祥。

她相信我的話，但眼中不相信這顆豆為何有這許多的涵義。她在細細地反覆檢視著，潔白的手摩挲這小小的豆。

「這不像蠶豆，也不像扁豆，倒有幾分像枇杷核子。」

我憮然，這顆豆在她的手裡便失了許多身份。

於是，我又告訴她這是愛的象徵，幸福的象徵，詩裡面所歌詠的，書裡面所寫的，這是不易得的東西。

她沒有回答，顯然這對她是難懂，只乾澀地問：

「這吃得麼？」

「既然是豆，當然吃得。」我隨口回答。

晚上，我親自到廚房裡用喜筵留下來的最名貴的作料，將這顆紅豆製成一小碟羹湯，親自拿到新房中來。

新娘茫然不解我為何這樣慇懃。友愛的眼光落在我的臉上。嘴唇微微一噘。

我請她先喝一口這親製的羹湯。她飲了一匙，皺皺眉頭不說話。我拿過來嚐一嚐，這味辛而澀的，好像生吃的杏仁。

我想起一句古老的話，呵呵大笑地倒在床上。

❺ 見《中國新文學大系‧小說》一集。
❻ 見《讀書隨筆》二集。
❼ 見《鄭振鐸文集》七卷。
❽ 以上兩文見《鄭振鐸文集》三卷。
❾ 以上三文皆見《小說閑讀四種》。
❿ 見葉石濤〈接續祖國臍帶之後——從四〇年代臺灣文學來看「中國意識」和「臺灣意識」的消長〉,《走向臺灣文學》。
⓫ 見《千年之淚》。
⓬ 以下引文皆見《左心房漩渦》。
⓭ 該文於一九七二年發表於香港《明報月刊》十二月號，臺灣黎明文化公司將之節錄收於《回歸夢醒》第二集中，易名為〈大陸血淚圖〉。
⓮ 以上趙淑俠部分見《故土與家園》及《翡翠色的夢》。
⓯ 見《翡翠色的夢》。
⓰ 見〈向黨交心〉,《文革雜憶》第一集。
⓱ 見〈新漢小燕回歸〉,《文革雜憶》第一集。

⑱ 見〈照片〉，《文革雜憶》第一集。

⑲ 以上參見〈新漢小萁回歸〉及〈向黨交心〉。

⑳ 見〈談中共的高工資特權措施〉，《生活隨筆》。

㉑ 見《胡適之先生紀念集》。

㉒ 見《聯合文學》五十九期，一九八九年九月。原文如下：

記得，是小學五年級時，家住南松山，每天必須通車到西門國小上學。那時，剛從高雄搬到臺北不久，每天在學校看到那麼多陌生的面孔，都感到孤單難捱之至，只想回家。

一天，在回家的路上，突然，從擁擠的公車中往外看到兩座黑漆漆，圓滾滾的山，近得好像會壓到心頭一樣的沈重，山雖逼人，然而，卻因為雨後，蒙上了一層薄紗似的白霧。我看得發呆，很驚訝，為什麼一直沒注意過那兩顆那麼黑，那麼重的「山頭」……那是第一次從大自然中看到了心中情緒的影像，感覺是那麼的強烈，那樣的深刻……從那天起，上下學途中我都目不轉睛的望著窗外，生怕那種感受，那兩座山，會消失掉。

幾天後，課堂中上美術課，老師對我們說：「今天，我們要自由發揮，題目由各位同學任意選擇，什麼都可以，當然，最好是一件你們心中印象最深刻，最希望告訴大家的事物或人物。」那時，我興奮極了，心想，這正是我畫出那兩座山的好機會，如此，那兩座山就永遠不會消失了……我先在白紙上畫了兩個橢圓形的「山」，計畫將那兩座近得逼人的山，放大放在眼前，塗上最黑的顏料，等它們乾了以後，再加上一層白水彩，如此，看起來，一定像蒙在白霧後面的黑山……

才剛剛開始塗上黑顏料，正巧走過我身邊的美術老師看了，也沒問我到底想畫的是什麼，就「好心」的告訴我說：「妳為什麼亂塗一團呢，最好能參考一下書上的花、草……，還有不少時間，妳就重畫一張好了！」那時，我難過的說不出話來，想問老師說「妳不是要我們畫出心裡面最想畫的東西嗎？我心裡想的，就是兩顆漆黑的山頭啊！我還想加上一層白霧呢！……」可是我不敢，只是默默的收起那張畫了兩團黑漆圓山的白紙。

我翻開了課本，找了一朵鮮紫色的蘭花，先用鉛筆在白紙上打上草稿，再塗上了一層層深淺有別的各種美麗色彩……畫完後，老師高興的對我說：「妳不是畫的很好嗎？為什麼剛才要亂畫一通呢？」我望著那張老師給我96分的蘭花素描，再看看老師，一句話都說不出來。下課後，馬上偷偷的把那張畫了「黑山」的白紙撕得粉碎扔掉了！

從此，一直到今天，似乎，我只敢做給人看他們愛看的漂亮花兒素描。不論在真實人生，或甚至在舞臺上，我怎樣都提不起勇氣，也沒有「能力」，讓大家看，告訴大家，其實，那兩座蒙在白霧後面的「黑山」，才是我心中真正的強烈感受，……真正想捕捉的影像呢！

㉓〈漁父〉見《只緣身在此山中》，本文談論作者有關「父親」的描寫時，兼及簡媜其他散文例如《私房書》中文字，不一一注明。

㉔以下這段對話，並未指明對話者為男性，只是用「他」，這位「他」應該是〈水經〉中的男主角，原因在於此處女主角對待「他」的態度是親暱的、語言是跳接的，只有情人才適合這種表達方式。同時，女主角說「你真像我的阿爸！」並不是他們的長相、性格有什麼相像——這一點在本文中完全不重要——而是，女主角把「他」替代了父親的位置，是心中的「像」不是表相的「像」。另外，讀者也可以屈指算出女主角說這話的時候是二十一歲，正是〈水經〉故事發生的年紀。

㉕簡媜筆下雖然寫母親、祖母，但她們不是主角，最重要的是「我」不曾需求她們的愛。例如簡媜以〈銀針掉地〉寫祖母，但祖母仍然是配角，因為文章重點在「我」因祖母白髮而對老有所感，重點在人老的感覺不是祖母的老境，這和前舉梁文蕃寫梁實秋的老境，作者把全副精神放在父親身上全然不同。

㉖兩人相處融洽時就有「水讚」，文中不論是喝牛奶或冰開水、或者洗衣事件在在都跟水有關。戀愛蜜月期過後，接

著的「吵」，這個子題是所有子題中訂得最落實而流於呆板者。「吵」也是全篇的敗筆，它草草把兩人的不合很簡單地「解釋」給讀者聽，而不是「描寫」給讀者「看」。

㉗〈水問〉一文可以說是這次情感事件的餘波，也和水有關。〈水問〉是悲悼沈水自溺的女子，明顯是借典故寫自己。而〈漁父〉中的女主角在父親去世之後猶固執地「在水中自溺，遲遲不肯上岸」，亦是互相呼應。

㉘以下引用繆崇群散文分別見其著作《晞露集》、《寄健康人》、《廢墟集》、《石屏隨筆》、《眷眷草》、《晞露新收》等書。

㉙見《中國現當代散文研究》。

㉚見《鄉思井》。原文如下：

黑陶，我是。無論把我當成多耳的汲具，或罎或甕，或是一盞熒熒的陶燈，我總是那幾種鄉野習見的形式，經鄉野心靈捏塑，使我具有質樸、愚拙、魯鈍的外表。

我有我的個性，我是黑陶。

幾乎覓不著任何文明的裝飾，我恆赤裸，我的顏色原出自火燒的泥土。笨拙的方形連鎖迴紋，是我的束帶，一莖芽，數片葉，就是我生命的基形。我是黑陶，被棄於古典及現代之外，我是永恆的兄弟，而永恆乃是冷寂難耐的一種空洞，我乃流落於鄉野。

我幾乎極端的厭棄知識。

黑陶，我是。我恆探險於幽古的井底，汲飲著清冽冽的，冬暖夏涼的井水，吐些餘瀝，用多耳聽取它神妙的叮咚。和村人們，和雞和狗，共曬那千年萬載的老太陽，當風走過，我便吹些尖稷稷的口哨。

美好，在感覺上總是單純的。

夜來時，讓月光淋冷我的夢（夢還是冷些兒好。）或吐一舌帶著焦油味的黃光，描一面格子窗描幾張笑臉在窗上，也是頗為過癮的消遣。

愛吸葉子煙的老頭兒，常銜著我噴煙。久之，使我竟染上了煙癮，夜來不吸幾口煙，眼就發澀，要打呵欠。

有一天，我落在一個硬頸子，架眼鏡的老傢伙的手裡，他把我囚在壁架上，斷絕我的飲水，不再放我去曬太陽，且禁我迎風歌唱，他總張冠李戴的叫錯我的名字，不稱我為黑陶，卻叫我為：多麼古典！

他為我畫像，祇畫出我粗陋的外表。

我心裡的快樂，他一點都不知道。

他兒子——一個高瘦的青年，同樣叫錯我的名字。

「多麼現代！」他說。

他為我作畫，把我畫在老太陽下面，有雞，有狗，有曬太陽的人，還有隱約的井欄，這使我幾乎躍進那世界中去，唱我自己的歌了。

我祇是一具黑陶，有煙癮的黑陶，我的世界在知識之外，文明之外。我願有新的朋友，卻不願有新的名字，因我係出自這一塊火燒的泥土。

㉛ 見《讀書天》。原文如下：

這封信，想寫就寫了，想知道的是你的近況，但又不期望你回信，所以地址也不留了。

離開古晉前夕，你是唯一要給我送行的文友。你或許不知道，當時我倏然覺得四周圍沒有半個朋友，所以你那一點誠意，我至今仍感激。

隨信附上貓的相片一幀，是專為你拍的。偌大的一座宿舍，叫柏特力克的至少有五六個，但一提到這名字，大家都知道，指的是此柏特力克，其餘的一概無顏色。

柏特力克是隻野貓，比一般貓都大，抱在懷裡，十分沈手，像抱個胖娃娃。因為他十分乾淨俐落，我總愛逗他玩。有時看他捲著黃白相間的大身軀在電視室裡的沙發上打盹，不禁上前撫他一下，他竟只抬一抬眼，沒什麼反應地又自睡自的去。偶爾想必是逗得他嫌煩了，索性跳下沙發，頭也不回地逕自走開了（睬你都傻）。

都說柏特力克有點種族歧視的，平時只見他接近那幾位把他又抱又吻的英國女孩，假期裡落了單，卻又不問可否地找上我們外國人。有位馬六甲的男孩每兩天還為他買瓶鮮奶。唯恐他來討好時沒東西打發。聖誕與復活節假期裡，柏特力克似乎每天來與我共享中餐，而且有事沒事找上門來，永遠霸去房裡那張舒服的沙發椅，與我之間的情誼，連一星期來打掃兩次、沒明文規定卻已照顧他多時的女工也感到驚異。

後來我搬家，住進另一間宿舍裡，往往還繞遠抄近的，去舊居找柏特力克，每每聽到我的聲音，他突地不知自那兒出現，興奮地在我雙腳間繞著喵喵叫。

夏天那一段日子，為了論文忙得不可開交，把柏特力克給忘了。告別住了九個月校園的那一個清晨，我整理桌面上的書本，聽到窗外花圃間傳來一聲聲親切的呼喚，忙不迭地打開窗戶，柏特力克立刻跳上窗階，沒頭沒腦地鑽進我的懷裡。我從沒想到他會不怕迷失地越過那一片草坪，過那道長長的木橋，在我結束學生生活的那一天找到了我。撫著它，猛然覺得自己對校園原來竟是那麼眷戀，而鼻子已酸得十分難受。

也不告訴你我的歸期，但什麼時候抵達古晉，你總會給我洗塵。這一點，我又十分堅信。

㉜ 見《月跡》。

㉝ 同上注。

㉞ 見《新加坡文學獎作品集》。

㉟ 李光耀經常受到來自世界各地的推崇。像一九九六年十二月李光耀繼美國眾議院議長金瑞契後第二人入選「新世紀

締造者獎」，這個獎是由美國民主、共和兩黨共同頒發，為表揚懷抱世界觀、具有遠見、推動力與影響力的世界領袖，為李氏卓越的領導及「具有真正偉大精神」的領袖，也因為他發揮的影響力不侷限在新加坡及鄰近地區。

㊱ 按，該文原發表於臺灣《中國時報・人間副刊》，經馬來亞華文報紙轉載，筆者從後者得到該文，回到臺灣無法查出時報原始刊登日期及文稿，原作者徐宗懋先生亦無存留其原始發表之文章及日期，經得原作者同意，本文引用自馬來亞轉載之文章。

㊲ 同㉞。原文節錄如下：

自從英國的托馬思先生發明了抽水馬桶之後，人類的文明就有了大躍進。據說當時，歐洲皇室家族，爭相以彩繪瓷盆及純金樞紐來自高身價。所以史書上說，那時的廁所雖不髒，卻充滿了銅臭味。現今，這股風氣在歐美已不成時尚，反而是中東富裕的油田國愛上這調調兒。

廁所的文化不斷地演進。由手拉沖洗機到抽水感應器；自紙張抹擦法到衛生洗臀制。滄海桑田，變化委實快得教人無所適從。我是一個不合時宜的人，總喜歡耽溺於已經過時的事物中。所以老覺得，還是以前的廁所平實可親。

小時候，鄉下的廁所一般和住家有一段距離。當時，家裡的廁所是設在一片池沼之上的。然而，那僅是專供大人用的，小孩兒都不喜歡到那兒去。

說得更準確一點，鄉村裡的孩子是用不著廁所的。我們百無禁忌。水溝、牆角、池畔、樹叢、農田，哪裡皆可成為我們的廁所。倘若有較大的問題急待解決，我便會在廚房的後面攤開一份舊報紙，然後往上一蹲便了事。完事後，只需拈住報紙的四端那麼一收攏，接著再一提一揮，事情便功德圓滿了。簡單經濟，安全可靠。所以我們家屋後的那片廢置的草坪，終年土質肥沃，草木茂盛。一直到我睽別鄉村之日，我始終不敢涉足這塊雷池半步。

記得有一回更有趣。那年，堂兄貪新鮮，好不容易央得大伯父允許他在我們這兒住幾天。堂兄到來的第一天，我便將辦事的秘訣傳授予他。直聽得他瞠目結舌，半晌作聲不得。我初時尚擔心他不能接受，詎料他突地露出了躍躍欲試的表情，嚷著我要舊報紙。

最後，到了收拾殘局的時刻，我為了讓他也能分享那股拋丟的暢快，還特地囑咐他多用些力，扔得遠一點。只見他滿臉興奮地提著報紙晃了兩晃，然後使勁地往上一拋！

「吧！」的一聲，那團報紙竟如沖天炮般，筆直擊中我們頭上的鋅屋檐！當時，場面的狼藉不堪，委實難以形容。我們怕人發現，連忙舀起甕裡的水，死命地往上潑。希望能夠沖洗掉粘在屋檐底下的殘餘分子。然而，我們畢竟年小力弱，水被潑到高處已無甚沖力了。就這樣鬧了一整個早上。如今已記不得，我們後來是如何清理妥當的。只記得那陣頑皮又放肆的笑聲。

其實，我的確曾經上過池沼上的那間廁所。但是，我只去過那麼一次。而且還是偷偷去的。那次之後，我就再也不敢上那兒去了。

那一天，也不曉得為什麼心血來潮，竟想跟大人一樣，正正式式上一趟廁所。因此，那天傍晚，我便興致勃勃地來到田野裡的那片池沼上的廁所。那是由幾塊木板搭建而成的小小一間。落腳處用四張木板交錯而就。居中剩一個「口」字形大洞，直通下面的池沼。

現在想起來，自己當時並沒有用鐵絲線把門關牢。可能是害怕吧！如今已經記不起來了。廁所的洞口太大，我年幼腳短，蹲下來時覺得極不舒適。然而，比起接著發生的事，這根本算不了什麼。

我蹲了半晌，好不容易終於有所作為。但聽得「撲通！」的一聲，落下去的黃金竟換來一灘污水，盡數地濺在我小小的屁股上！我那時候的感受，跟踩了一堆豬屎沒有兩樣。惟一的不同是，後者至少還可以立刻去擦拭乾淨，而我的情況卻已騎虎難下了。我惟一能略作補救的便是，在接下來每次輸出後的那一瞬間，趕緊把臀部往上一翹，閃得了多少是多少。

因此，直至遷徙的那一天，我都不曾再光顧這間專為陷害人而設的廁所。寧可老老實實地，繼續鋪我的舊報紙。

一直到後來，我才發現，上那廁所原來是有秘訣的。其實，我早該想到了。大人每回上廁所，都是人手一份地帶著報紙，我原以為是作擦拭用，竟沒料到薄薄的一張紙，還可鋪在水上當襯墊，阻隔下墜的衝力。……

到了晚間，我們一家人上廁所，又是另一番景象。猶記得那時候，父母、大姐和我，四個人擠在一間房裡。房間的角落頭，有一根騷臭味很重的柱子。皆因每晚臨睡前，我必定會在那兒灌溉一番。雖然地上的泥土會將之排散開去，然而兀自難免那股騷味。也不明白當時家人是如何忍下來的。印象中似乎每個人都照舊睡得挺甜的。從未聽得有人申訴過。倘若是大問題的話，就有勞那種鐵質的痰盂。雖然那是為吐痰而備的，然而卻很管用。橫豎家家均是如此這般地濫用它。

至於大人就沒有我們小孩子這麼幸運了。廁所距離家裡有好一段路，又沒有拉上電纜，因此大人得拿著報紙和蠟燭，摸黑而去。一路上還得擔心毒蛇猛獸的。到了那兒，才在廁所的一隅點起蠟燭，鋪下報紙。夤夜寂寂，秉燭而蹲，漫看蝸牛爬過的迤邐痕跡。這種情景彷彿是極富情調的。究竟個中滋味到底如何，我就不曉得了。或許有些冒冒失失的人，失足在那漆黑陰暗的環境裡，也未可知。

上了小學後，才開始接觸到比較乾淨衛生的廁所。我們鄉下多數廁所裡的馬桶，都是裝滿了白白小小條的蛆蟲。還令人在解手時，感到混身異常地不舒服。學校裡的馬桶便衛生多了。那裡的馬桶有專人定時前來清理，然後收集成一桶桶，再由車子載去「屎廠」提煉成肥料。我們皆稱這種車子為「三十六門車」，因為它後面有三十六個格子，專門放置已裝滿的糞桶。所以每當這類車子駛過時，人們總是趕緊地提起手，捂住口鼻，深怕吸進過多的臭氣。現今這類車子已不流行了。

有了專人前來清理，雖然是比較乾淨舒適了，然而這樣一來，學生們上廁所就一定要留意時間。盡量避免在清理時間內解手。再火急也得把它給忍住。搞不好，當你正在廁所裡如火如荼，方興未艾之際，倏地，一隻手從下面伸過來把你的馬桶往後一拉！那你起碼得痴痴地等上好幾分鐘。那種滋味可不是很有趣的。

升上了小二，年中的成績還算考得不錯，母親破例准許我到姑媽家玩幾天，那時候，才第一次真正見識到抽水馬桶。姑媽住的那間屋子很大，可是卻有好幾戶人一起共住。因此，許多東西都是要共用的。廁所當然不可例外。

我住在姑媽家的那段日子，平時，那些不用上班的人，均會盡量利用非繁忙時間沖涼和上廁所。雖然如此，上班前以及下班和晚飯後的擁擠情況，仍是難以避免。

那裡，上廁所沒有沖涼方便。後者可以用各種顏色的塑膠勺子，代它主人排隊輪先後。況且，沖涼至少是比較容易忍的。有時候，上廁所就宛若傳染病一般。原來是好好沒事的，然而一旦看見別人上廁所，自己的肚子便彷彿蠢蠢欲動起來！最慘的是，廁所只有一間。偶而一急起來，就只能在緊關著的廁所門外直喊救命！

窮則變，變則通。有一回我就曾經親眼看見表哥和表弟一齊從廁所裡走出來。我當時非常驚訝，直盯著他們看。表哥訕訕地解釋說：「節省時間嘛！」我疑惑地問他們，是怎麼辦到的。表弟狡黠地笑道：「天機不可洩漏！」後來我才知道，原來他們倆是背對背擠著蹲的。委實令我佩服到五體投地。

姑媽那兒的人，舉凡年紀稍大的，不論有無菸癮，上廁所也不比我們鄉下的，清香到那裡去。氤氳刺鼻的濃煙，至少也可以略微掩蓋一下廁所裡的薰天臭氣。

據聞東晉富甲一方的大臣王敦，府上的廁所有漆箱盛滿了乾棗，便是特地用來塞鼻阻臭的。這點倒與姑媽家燃菸飾臭之法，有著異曲同工之妙。當時，這些人大概都不會料到以後，有人可以拿著報章雜誌，在廁所裡一待就是半個鐘頭以上的吧！

我第一次踏進這間廁所的時候，空氣中就充斥著香菸、汗臭及騷臭等交織而成的怪異氣息，然而我當時並不覺得如何難聞。或許，我對這一切都感到新奇吧！完事後，最緊張的時刻終於降臨了。我戰戰兢兢地握著抽水器的把手，心裡著實有點害怕。遲疑了半晌，終於鼓足勇氣使勁一拉！只聽得「嘩啦！嘩啦！」之聲大作，大量的水自廁盆底猛往上湧出。眼看就要溢盆而出啦！我吃了一驚，趕緊鬆開手，跳開一旁。幸好我機警，及時放鬆抽水的把手，否則，一旦水勢氾濫成災，溢出整個廁盆就不可收拾了。第一次使用抽水馬桶，總算沒有給自己出洋相。

其實，我們小孩子是只有在晚間才使用姑媽家裡的那間廁所的。大白天時，孩童們多數是在離屋子前面不遠的一條水溝裡解決的。這使我感到有一股莫名的親切感。

水溝裡的水量一多，就會將小孩的排泄物一洗而空。所以水溝裡的水，終年得以保持清澈見底。絲毫不像我們鄉下的污水溝。那裡，水溝清澄得像一面鏡子，可以讓你一邊解手，一邊觀賞自己下面的倒影，個中滋味難以盡述。偶而，其他小孩會碰巧與你同時生急，大家狹路相逢，排排而蹲。同是天涯淪落人，霎時間，頓生知己之感。

然而，並不是每一次均是那麼愜意的。偶而也會有一兩隻逐臭之狗，聞風而至。那時候，你就得趕緊撿起褲子，站到一旁去。直至它們貪婪地繞了幾個圈，饕餮意足，走遠之後，才可再續未了之緣。當然，除了貓狗鵝之外，也可能會有其他不速之客。那裡就曾經有人遇到過水蛇。

臨別之際，表哥向我透露，在下雨天的時候，撐著傘在水溝上一蹲，讓雨水盡數打在屁股上，那才是最好玩，最過癮的。如今想到天地一片極富詩意的朦朧雨景，那唯我獨蹲的悠然景狀，委實有點抱憾當時天不作美。

小二年底，舉家遷移到新的組屋區。至此之後，就再也沒有機緣重溫那種屬於很鄉下，很落後的廁所了。只有在服兵役的時候，偶而在荒山野嶺，別無選擇的情況下，才就地解決。告訴同伴，那種被野草撩刺的感覺，也可以是很熟悉，很舒服的。他們瞪大雙眼，似乎有點不相信。

其實，我至今也還不能算是完全地溶入現代衛生的潮流規範裡。至少還有一樣不是。前陣子過年，廁所被搞得一片狼藉。堂兄見我兀自能從容地自廁所走出來，不解地問道：「廁盆的座墊被弄得髒兮兮的，連我都不敢用。你又是怎麼解決的？」

我只是微笑著，始終沒有告訴他，我不用座墊。我不是坐著的。

㊳ 夏濟安在《夏濟安日記》中曾經數次描寫此事：

大便裡有一條肉色較蚯蚓為粗之蛔蟲。不知腹中還有沒有了？如有非打一打不可，但願只此一條，免得麻煩。

今晨到校時，才打預備鈴，我就去廁所。等上課鈴打時，我進教室，朦朧中只見有一位女生，原來就是她。她說上次作文沒有寫名字……

如果不去大便，早點進教室，今天是可以多講幾句話的機會。有一天早晨，我亦去得較早，正在進廁所之門時，見她踽踽而來，其實我的大便是可早可遲的（一天有兩三次），那時我若改變計劃，亦可湊上去談幾句話了。可是我還是棄香就臭，跑上了毛廁。

夏濟安在這裡描寫大號問題可以襯托出他對女主角糾纏的暗戀之情，但是這種情愫在整本《日記》中已經一再反覆出現，所以這裡也並不需要非用這個題材不可。不過，這本書是原始日記，讀者不應該挑剔。

㊴ 見《散文阿盛》。

㊵ 見威克納格〈詩學・修辭學・風格論〉，《文學風格論》，以下王元化引文見《文學風格論》之〈跋〉。

㊶ 見《文學風格例話》。

㊷ 見《無花的薔薇——現代十六家小品》。

㊸ 見《幽默心理學》。

㊹ 見《語堂文集・一集》。

㊺ 同上注。
㊻ 以上三篇同㊹。
㊼ 〈國事亟矣〉同㊹。〈讀書救國謬論一束〉、〈外交糾紛〉二文見《有不為齋隨筆》。〈回京雜感〉同㊹。
㊽ 見《林語堂散文選集》。
㊾ 見《語堂文集・二集》。
㊿ 同㊹。
51 同㊾。
52 同㊾。
53 見《喜劇創造論》。
54 同㊾。
55 見《語堂文集・四集》。
56 參見《哲學大辭典・美學卷・怪誕》、《美學百科辭典・美的範疇》、《美學辭典・荒誕化》、《美人和野獸——文學藝術中的怪誕》。
57 參見〈臺灣現代散文中的崇高情感〉，《現代散文現象論》。
58 《禮記・禮運》：「鳳凰麒麟，皆在郊棷」，《史記・司馬相如列傳・上林賦》：「獸則麒麟角角端」，古人以麒麟比喻傑出的人物。
59 見《左心房漩渦》。
60 見《魯迅散文・第一集》。

61 以上均同上注。

62 見《浪跡都市》。

63 參見《當代》雜誌第六十五期，〈布希亞．歷史的終結者專輯〉一九九一年九月一日。

64 見《自立晚報》副刊一九八四年四月十六日。

65 本段係林燿德為老瓊漫畫《臺北開門》撰寫之題辭，臺北，聯經出版事業公司，一九九四年初版。

66 見《中時晚報》一九九四年四月三日。

67 見《東區連環泡》。

68 同67。

69 該文發表於《當代世界華文散文研討會》一九九四年四月，蘇州大學。

70 見《臺港與海外華文文學季刊——評論和研究》一九九六年第四期，江蘇省社會科學院出版。

71 見《逍遙遊》。

72 見《散文藝術世界》。

73 見《夜讀抄》，《周作人全集》。

74 見《中國現當代散文研究》。

75 同上注。

76 例如朱湘主張戀愛是人類工作的發動機，但戀愛不一定要結婚，文人最好不要結婚；丈夫討妾的話，妻子也可以討男妾……等等。

77 見《郁達夫散文集》。

(78) 見《林語堂精選集》。

(79) 見《一座城市的身世》。原文如下：

他也寫日記嗎？在都市灰濛濛的天空下，隨著陰晴冷暖而變化色澤的背紋就是K的日記吧。

在鐵盆的角落，墨綠色的圓殼聚攏成堆，好像在爭執什麼驚世的秘藏；又如同商量好一齊抵抗桶底不知何時會捲上的旋風。誰的頭忍不住伸出水面透口氣，全體的恐懼皆被牽動了，個個縮著尾向假想的核心點擠去。這些待售的烏龜通常有廿三年的銀圓大小，銀圓上鑄著雙桅巨帆，他們則背負著永恆的地圖。他們不像銀圓擁有完全雷同的式樣大小與幣面價值，每隻烏龜的體積有所出入，成交的數目也取決於腹部的圖案和色澤。買主並不考慮智慧、操守等等形上因素，一味地只管從水中揀起四肢懸空划舞的小傢伙，窺探他腹部害羞的隱私。人間現有的哲學流派顯然生產過剩，世界似乎仍然沒有停止轉壞的意思，那麼烏龜們也實在沒有再插足其間的必要。他們只須成為稱職的寵物。

不錯，成為稱職的寵物，是他們唯一的任務，也是他們得以生存人間的唯一憑藉。在這種連弄臣都不再可靠的世紀，人類饑渴的性靈益加需要寵物來彌補情緒上的失落。

丟下幾個沈甸甸的鎳質通貨，沒有講價。我拎起他，並名之曰K。

由於我習慣用相當近的距離覷視他，在K的眼中，我永遠只是一群零碎的器官，一些被界定空間解析的拼圖：巨大並且善溜動的眼球、濕潤而富血色的唇，清晰的新萌鬚根……我的臉被切割成一頁頁展讀，剛開始，每翻一頁，他的不安便增加一分；漸漸地，塑膠桶中的K還是習慣了這樣無趣的閱讀：定時出現在圓形平面上的系列印象。

我也逐漸理解，沒有顏面肌的K並非沒有表情。

早晨，我開窗擲下飼料，K遲緩地把頭拉出略呈混濁的水面，使我充分感到悚慄的是：那般細小的瞳孔竟能完整地表露出K內心的怨毒。

已經好幾天了，K忍著沒有喫去水面上剩下的兩隻孑孓，只是用鼻端觸碰成S形游動的幼蟲，然後靜靜看著牠們焦慮地撞上桶壁。我想，K正嘗試擁有自己的寵物。

(80) 見《迷宮零件》。原文如下：

1

HOTEL的招牌，依據都市人口流動的特質而分布。因為這些招牌，壅塞的都市顯得通暢起來，充滿著生命力和一種介於通俗和冷漠之間的刺激感。

它們出現在街頭、巷弄的深處、大廈樓壁，尤其在住宅區，HOTEL的字樣羈佔升斗小民的視覺空間，正像一個離經叛道的小子坐進老學究的會議桌中。雖然它們所能提供的服務，完全在我們的常識範圍內，根本不必觸及知識的領域。

但是我們一樣可以動用某些膚淺的見識。

當一棟大廈擠進一層HOTEL以後，這棟建築即刻被「異化」了，如同它仍存在於藍圖之刻，就已經是為了性愛股市的短線交割而設計的，「原住民」開始對於自己的生活環境感到靦腆不安，踏進電梯的時候，就和小空間中其他陌生的臉孔互相猜忌，以三分偏見去臆測對方的智慧，七分鄙夷去臆測對方的胴體。

所以，一個聰明的HOTEL經營者選定一棟建築物中的七樓新廈做為據點時，應該買下一半以上的坪數，如此自然可以在未來成立的住戶管理委員會中掌握到絕對多數的席位，對於那些針對HOTEL營業的反對態度或抵制行動，在任何一次民主的表決程序中行使合理、客觀、不容置疑的否決權。

將這棟七樓雙併豪華大廈的右半邊透天買下，顯然比認購連接的幾層更顯得睿智。可預見的事實是：左半邊一至七樓的住戶，他們再也賣不掉自己的房屋和地皮的持分，除了唯一的買主——右半邊透天的HOTEL業主，通常在合理的折扣下處理他與鄰居間的買賣契約，並禮貌性地招呼忙著指揮搬運工人抬鋼琴的舊鄰居，有外遇時何妨舊地重遊。

2

HOTEL的普遍設立，主觀來看，並非全然出自某種改革社會行為模式的集體潛意識，不過卻不失為解決空間分配的方法之一。HOTEL是流動的空間的集合體。它們只是一個個過程，一個個永遠不能徹底完成的過程。

HOTEL的每一個房間都是不完整、不平衡的，當任何一個房間空下來的時候，即刻就回復到未完成的藍圖階段；如果說文學史是讀者的歷史，那麼HOTEL的歷史也等同於叩門者的歷史。

任何一個進入HOTEL的人，他們在進入房間以後，房間就被完成了，一對男女（我們不否認其他組合的存在）在那個空間中的每樣舉動都導致一種新的安排、新的平衡。甚至我們要相信進入HOTEL裡面的遊客衹是無機空間轉化為有機空間的配件而已。HOTEL既然已成為公眾性的性隱私集散地，讓性藝術的現場和弔詭的生活模式結合在一起，自然也不能將之排除在文化考察的範疇之外。

譬如說服務生疊被的模式，是在床上製造一隻蝸牛，或者和床面貼合。

譬如說壁紙的配色和地毯之間的互動關係。

譬如說服務生服務的業務內容。

譬如說隔音設備和窗景。

3

人類肉體的彈性和韌度，就像隱匿在議會政治背後的桌下交易（也許這個比喻的喻依和喻旨可以顛倒過來）。當然，HOTEL和臥房相較起來，就如同民主與獨裁之間的距離（雖然如此，這種差異分析仍然是光譜而非光年的）。ㄎㄧㄡˊ ㄎㄟˋ的HOTEL所以和你家的臥室有所區別，在於其開放性與民主性——總是和婚姻機械堆砌出來的社會觀頡頏到底。

HOTEL也必須和那些胡適或者其他銅像腳下聖潔的草坪、即興氣味十足的MTV、校園游泳池一隅、假日的體育館（因為陽光的關係總是布滿浮懸微粒的大氣充斥著）乃至革命實踐研究院左近的樹蔭競爭。

在黑夜裡或者正午，在廿四小時全天候隨時引爆的性腺功能的射程中，人性的黑闇以及性愛的隱私在不同的角度下，會有不同層次的理解和詮釋。「最後的」——現階段民生主義「最後的」衍義HOTEL實在必須和住宅區結合，和生命的卑微樂趣相結合。

和住宅區結合的HOTEL，簡單、隱晦、經濟、緊湊、不提供刺激卻提供解決之道，擁有永不被完成的空間。

永不被完成的HOTEL，永不被完成的民主藍圖，同樣關切個人的隱私以及隱私之道。

4

第四杜象定律：兩個人才能跳探戈，……。

5

如果誰想作愛，必須得到另一個人的背書，我們的生命中必然也有一本性愛支票簿，即期的，或者永遠無法兌現。

於是，我們被同類選擇或者選擇同類，用肉體的接觸不斷修正自己對於對方精神狀態的理解。

不要閉起眼睛用大象的鼻子理解大象。

不要閉起眼睛用大象的耳朶理解大象。

不要閉起眼睛用大象的牙齒理解大象。

不要閉起眼睛用大象的前腿理解大象。

不要閉起眼睛用大象的肚皮理解大象。

不要閉起眼睛用大象的尾巴理解大象。

（對不起，前面的六個句子都插不進動詞「摸」字）

也許我們必先預設出一隻大象的模型，再使用以上的程序去觸摸大象的每一個局部，後設出一隻修正過的大象。

一切都是填充題的格局，人與人互相填充，人與HOTEL互相填充。

一切都是HOTEL的哲學。

6

超達達主義者巴德狂想中的烏托邦建築——「世界神殿」，根本不需要花費一千年的光陰來建築，我們的都市已經擁有數以千計的HOTEL。

數以千計的HOTEL不過只是一座烏托邦HOTEL的分身，那是一座由人類集體潛意識匯聚而成、貫時貫空不斷變化的神奇建築。

7

此外，朋友告訴我，住進HOTEL的斗室，萬萬不可忘記掀開印花床單，看看床底下有沒有一碗孤冷無依的米。如果有可就睡不得，必須鼓起勇氣要求櫃檯換房間（如果每間房間事實上是不同的鎖孔時，勢必也得調換鑰匙），至於其中原委，大概講鬼的司馬先生最清楚；他的錄音帶裡不知錄進了那碗米的故事沒有。

不過最刺激的無非是你拉開HOTEL窗簾的隙縫，能夠從對面大樓的後窗看到不謹慎的男女睡臥著調情。杜象說：讓別人做，或者別做他人可以做得更好的事情。

HOTEL在大街小巷中等待你們。

81 作者在其作品中時常出現「銅像」這個意象，但指涉的意義並非一種。

82 見《中國時報》一九八八年三月十九日。

第四章　現代散文的外觀

散文是文類之母，所以它可以包含所有文類的藝術形式，從另一個角度看，它可以說沒有特定的藝術形式，所以在表達方式上可以任意發揮。也基於形式的自由，作者常常把諸種功能融為一爐而冶之，有時又各有側重，造就新穎繽紛的面貌。

散文的形式由其內容所決定，散文的形式雖然有其歷史的成因，卻是一個開放的系統。如前所述，散文的內容既是無所不包，其形式亦必然婉轉而因物、順時而變通。基本上散文不像戲劇有固定的形式結構。也沒有詩的格律要求，也不必像傳統小說家以特定的模式追求想像世界。散文家對於其他文類的基本形式可完全不理會，但也可以參酌選用。散文是「水性」的。完全看作者把它放在怎樣的框架之中，作家有絕大的使用自由與發揮餘地。

在中國，散文自古就是一個重要文類，格外講究技巧，名目不勝枚舉，每一個項目都可以寫成一部專書，由於篇幅所限，本書只能略為舉出重要的、或者為人忽視的項目，略做討論，並舉例說明，讓讀者隅反。

第一節　辭采之美

辭采是散文的外衣，它雖然不是散文最重要的構成部分，卻是讀者跟作品接觸最先提供的印象，所以優先談論它。

散文的辭采來自散文的語言，現代散文雖然是用口語寫成，但是和口中說話的第一度語言不同，它是經過轉化之後成為書寫文字的第二度系統語言，跟第三度系統的詩語言也絕然不同；後者講究含蓄、暗示性，語言近於音樂、遠離口語。在第二度語言系統中，小說與散文又有不同，前者講究客觀性，作者完全脫離現場。所以，即使是第一人稱的小說，其語言、寫法仍是客觀的。散文則可以是主觀化的語言、主觀化的描寫。

早期提倡白話文的作家如朱自清，認為最理想的白話文便是洗鍊過的「上口」的語言❶。這是散文語言最初步的要求，當時也被散文作家奉為圭臬。較進一步的看法也止於「散文的語言，以清楚、明暢、自然有致為其本來面目。」❷晚近有人主張散文語言適度的吸收西洋句法及文言句式。但大抵仍以不悖離白話、以自然有致為主❸。散文的辭采美基本上是建立在這個原則上。

現代散文自五四初期即有輝煌的成就，這跟當時文人的學養有密切關係，試看當時作家幾乎都是兼治中國古典文學與西洋文學，在創作白話散文的時候，自然地吸收了古今中外語言、語法的特色，增加了文字的表達能力，豐富了辭采的多面性。試看老舍（一八九九～一九六六）的〈自傳〉：

舒舍予，字老舍，現年四十歲，面黃無鬚。生於北平，三歲失怙，可謂無父。志學之年，帝王不存，可謂無君。無父無君，特別孝愛老母，布爾喬亞之仁未能一掃空也。幼讀三百千，不求甚解。繼學師範，遂奠教書匠之基。及壯，糊口四方，教書為業，甚難發財；每購獎券，以得末彩為榮，示甘於寒賤也。二十七歲，發憤書著，科學哲學無所懂，故寫小說，博大家一笑，沒什麼了不得。三十四歲結婚，今已有一女一男，均狡猾可喜。閑時喜養花，不得其法，每每有葉無花，亦不忍棄。書無所不讀，全無所獲，並不著急。教書做事，均甚認真，往往吃虧，亦不後悔。如是而已，再活四十年也許能有點出息！

著有：……，皆小說也。當繼續再寫八本，湊成二十本，可以擱筆矣。散碎文字，隨寫隨扔；偶搜匯成集，如《老舍幽默詩文集》及《老牛破車》，亦不重視之。❹

這篇短文多用四字文言連綴而成，把「一生」事蹟濃縮在許多四字句型中，又把簡短的四字文言句放在極短的篇幅裡，然後陡然一轉，突然用純粹口語收筆，意趣飽滿，也隱隱看出作者的自謙自抑。

林語堂的文言白話文亦是一絕，他的文章該文時則文言，該白時則白話，非常清晰。換言之，當他使用文言文時，就只有用文言文才能使意思表現得恰如其分，所以有時就乾脆全面使用文言文，例如〈悼魯迅〉❺全文針對魯迅「好戰」的個性誇大特寫：

魯迅與其稱為文人，無如號為戰士。戰士者何？頂盔披甲，持矛把盾交鋒以為樂。不交鋒則不樂，不披甲則不樂，即使無鋒可交，無矛可持，拾一石子投狗，偶中，亦快然於胸中，此魯迅之一副活形也。德國詩人海涅語人曰，我死時，棺中放一劍，勿放筆。是足以語魯迅。

好戰的另一層意思就是火氣大，動輒發火，全文結尾是：「火發不已，嘆興不已，於是魯迅腸傷，胃傷，肝傷，肺傷，血管傷，而魯迅不起。嗚呼，魯迅以是不起。」本文使用繁縟的文言文，嘻笑謔浪、一唱三歎地細細數落，原非悼文正宗。其針對魯迅喜好發火立論，並竟以火氣自衝而死，原不甚厚道，但是文章能如此傳神地將嗜戰者的特點放大特寫，以幽默之氣氛掩蓋刻薄，反襯出魯迅的率直可愛。〈悼〉文通篇以短句組成，意象相銜，節奏綿密而又音響跌宕，結尾尤其峭拔。如果把以上引文翻譯成白話，就拖沓複疊，索然無味。

不過純粹的白話文還是現代散文的正宗，二、三〇年代散文家已經有許多成功地揉合文言、歐化、口語的優美文字。像本書第二章舉出冰心的例子，就可以作為代表。

當代散文語言的歐化，和早期風格又有不同，同樣也有歐而化之的妙處。例如梁放的文字：

> 年輕輩的從城裡帶回來的新知識新思想在老輩人而言只或許在古井水似的生活漾起了微微漪漣，過了一陣子，一切又歸於原有的平靜。❻

梁放的散文文字簡單、乾淨、清爽，絕少堆疊形容詞、形容子句、副詞片語等等裝飾性的東西。他平時喜歡驅遣短句，偶而出現的長句明顯經過濃縮，像上舉的文字顯然得力於歐化句法，經過刻意鍛鍊，只是不覺斧鑿痕跡。

辭采之美首先要錘鍊文字，文字的錘鍊一般人都以精簡為目標，其實，文字的血肉要燕瘦還是環肥，還是看文體而定。楊朔的文體是公認的短小精悍、乾淨俐落，極善於刪蕪存菁。佘樹森在《中國現當代散文研究》中舉出楊朔散文〈海市〉首段的改稿實例，可以看出楊朔刻意鍛鍊文字的過程：

> 我的故鄉蓬萊是座偎山抱海的古城，景致卻不錯。不是小，倒也有點小小的。特別是城北丹崖山陡亂壁上的那座凌空欲飛的蓬萊閣，更有氣勢。你走到閣上，倚著欄杆一望，只望見海天茫茫、那種空明清碧的景色，真可以把五臟六腑洗得乾乾淨淨。

經過三次修改，（一、二兩次修改稿的文字在此從略），最後定稿發表時的文字是這樣的：

> 我的故鄉蓬萊是個偎山抱海的古城，城不大，風景卻別致。特別是城北丹崖山峭壁上那座凌空欲飛的蓬萊閣，更有氣勢。你倚在閣上，一望那海天茫茫、空明澄碧的景色，真可以把你的五臟六腑洗得乾乾淨淨。

通過兩稿比較，可以看出：兩處較多的、重要的改動是：

㈠將初稿中的文字：「景致卻不錯。不是小，倒也有點小小的」刪去，改寫成：「城不大，風景卻別致」。由原來的十五個字，錘煉作八個字。文字減少了大半，而對蓬萊古城特點的描寫，卻更加準確而突出了。

㈡將初稿中的「你走到閣上，倚著欄杆一望」，改為「你倚在閣上」，既交待出觀景的地點，又寫出觀景者悠然自得的情趣；而將那「一望」的動作留給下文：「一望那海天茫茫……」這就寫出了那種放眼遠望的開闊氣勢；又將「空明清碧」改為「空明澄碧」，而「清」作「澄」，不僅詞義更加精確，而且讀起來也感到音調更加鏗鏘和諧了。

不難看出：初稿的文字不夠準確、簡練；定稿的文字，則十分精確、簡潔，故其文體也顯得短小精悍了。

楊朔不但在文字上總是千錘百鍊，同時在全局的構成上也力求做到嚴謹有致，佘樹森論之甚詳：「他很講究開頭與結尾的呼應，文章的起、承、轉、合，務使布局疏密相間，虛實相映……因此他的文體又常使人感到頗有我國蘇州園林那種精巧玲瓏、曲徑通幽的趣味。」❼楊朔在創作時過於精心布置，有時不免顯得拘謹，他連尋找意境都時常刻意為之，而有做作之嫌。正如林語堂在〈論文〉❽中說「『簡練』是中文的特色，也就是中國人的最大束縛」。

像徐志摩的散文，隨手翻閱都是熱情洋溢的筆觸、繁縟富麗的語言，這跟徐志摩開放、熱情的個性有關。例如〈翡冷翠山居閒話〉❾一文開頭一段，汪文頂（一九五七～）分析說❿：

這一段隨手從〈翡冷翠山居閒話〉開頭摘引的文字，句句有形容，有比喻，有意象；整個自然段只是兩個漫長繁複的長句，每個長句又都是由好幾個短語、分句組成的，連環形成一個完整的繁富的畫面；作者肆意鋪排，盡情渲染，以充分表現錯綜變幻的觀感印象，讀者需開放五官感覺和充分調動想像力才能完全領略這「美秀風景」。這「畫片」不像傳統的寫意畫，也不像傳統的工筆畫，而像西洋的油畫，特別像印象派的風景畫。這種文體表面上看近似於「鋪采摛文，體物寫志」的賦體文，但實質上不像古賦那樣鋪寫客觀景物，還是側重於抒情述感，也不像古賦那樣採用半詩半文、整齊勻稱的語言，而是採用錯落有致、複雜多變的句式抒寫豐富活潑的情思。這種富麗文體好在描寫具體可感，抒情淋漓盡致，可以創造出繁富錯綜的境界；不足之處在於洋腔過重，讀起來不夠順暢自然。

以上的分析著重在文章的句型結構上，的確是繁縟文體的特色之一，如果更進一步看徐志摩散文所以豔如桃李，乃是來自風骨不是字句，就以〈翡冷翠山居閒話〉開頭幾句來看：「在這裡出門散步去，上山或是下山，在一個晴好的五月的向晚，正像是去赴一個美的宴會，比如去一果子園，那邊每株樹上都是滿掛著詩情最秀逸的果實……」在修辭學上徐志摩固然使用許多形容詞、譬喻句構成繁複的句型，但這不是豔麗的重點。他的文章是不斷的、接二連三的、閃爍著新奇的想像，上引文中「一個晴好的五月的向晚」是美麗的「天時」的想像，「赴一個美的宴會」、「果子園」是有關「地利」的想像，而後人在果園下「每株樹上都是滿掛著詩情最秀逸的果實」一句就把天時地利人和全部綰合起來、把想像與事實結合起來。園子裡果實累累，徐志摩用掛滿著「詩情」、「最秀逸」形容抽象事物的形容詞來形容具象的果實，使果實具有「詩」般的精神神彩。這就是徐志摩華麗語言的來源，它來自風骨的嫵媚，不在文詞表面。

像徐志摩、梁遇春放手書寫的散文，就顯得活潑生動，充滿流盪的生命力。當然，有些人只在字面濃妝豔抹，例如大量使用色彩性詞語、堆砌形容詞、重複意象、浮藻誇飾……等，那不是華麗而是做作。所以，散文文字的繁簡風格不是問題，重點是修辭要做到適當，但如何才是適當，其間尺寸就很難拿捏，端看作者的才力。

再以句型的設計來說，有人重複句型造成累贅，有人重複句型反而增加情味。例如李唯建（一九〇七～一九八一）〈憶廬隱〉⑪：

一個極平常的病使你竟至不起。唉，我的隱，你竟至不起。

由於只是「一個極平常的病」竟奪走廬隱的生命，因而連續兩個「你竟至不起」重複出現就分外加重作者的悲愴。句子中間夾以「唉」感嘆詞本來是危險的用法，很容易造成無病呻吟。然而本文用這一個「唉」字，筆力千鈞，再加「我的隱」感情呼告連綿而出，再接重複的「你竟至不起」其感嘆之深、之大、之久，縈繞在讀者心中。

重複一多，則成為迴環。魯迅的《野草・題辭》是一篇精彩的序跋文章：

當我沈默著的時候，我覺得充實；我將開口，同時感到空虛。

過去的生命已經死亡。我對於這死亡有大歡喜，因為我藉此知道牠曾經存活。死亡的生命已經朽腐。我對於這朽腐有大歡喜，因為我藉此知道牠還非空虛。

生命的泥委棄在地面上，不生喬木，只生野草，這是我的罪過。

野草，根本不深，花葉不美，然而吸取露，吸取水，吸取陳死人的血和肉，各各奪取牠的生存。當生存時，還是將遭踐踏，將遭刪刈，直至於死亡而朽腐。

但我坦然，欣然。我將大笑，我將歌唱。

我自愛我的野草，但我憎惡這以野草作裝飾的地面。

地火在地下運行，奔突；熔岩一旦噴出，將燒盡一切野草，以及喬木，於是並且無可朽腐。

但我坦然，欣然。我將大笑，我將歌唱。

天地有如此靜穆，我不能大笑而且歌唱。天地即不如此靜穆，我或者也將不能。我以這一叢野草，在明與暗，生與死，過去與未來之際，獻於友與讎，人與獸，愛者與不愛者之前作證。

為我自己，為友與讎，人與獸，愛者與不愛者，我希望這野草的死亡與朽腐，火速到來。要不然，我先就未曾生存，這實在比死亡與朽腐更其不幸。

去罷，野草，連著我的題辭！

這篇文章雖然很短，但是重複的地方很多，有時重複相同的句型表達層遞或者迴環的意思，例如「過去的生命已經死亡。我對於這死亡有大歡喜，因為我藉此知道牠曾經存活。死亡的生命已經朽腐。我對於這朽腐有大歡喜，因為我藉此知道牠還非空虛。」其實是一個意思用同中有異的句型重複出現，加強作者表達的意念。「野草」代表作者的創作成品，它來自艱苦的生命、成長於艱苦的環境、走向未卜的前途。即令如此，野草自有它堅韌的生命力，這種強勁的力量一再出現在文中，「但我坦然，欣然。我將大笑，我將歌唱。」雖然只出現兩次，其實相同的意念不斷迴環出現文中，使這兩句成為支撐的脊骨，表現一個倔強的靈魂。這是用句型來呈現神髓之美。

重複固然可以為文章增色，其實，避免重複又是文章修辭學問之一。本書第三章所舉鄭景祥〈那一段抽洗不掉的歲月〉重點是寫毛廁，但是全篇不僅絕不用「糞便」或「拉屎」等字眼直接名之，而且每次提到時都用不同的代稱詞，例如「殘餘分子」、「黃金」；它要說上廁所則用「一蹲了事」、「辦事」、「終於有所作為」、「輸出後的那一瞬間」、「灌溉一番」、「秉燭而蹲」、「(正)如火如荼，方興未艾之際」；要處理排泄物時就說「一提一揮，事情便功德圓滿了」、「到了收拾殘局的時刻」。由於每次提到糞便之類時，都用不同方式不同名詞代換，使得在這些地方，最見幽默風趣。讓人讀來唯恐其盡，哪裡會嫌髒嫌臭呢。可見作者具有高度驅遣語文的能力。

其實，如何使辭采增美，並無定方，歷來層出不窮有關修辭學的著作都是探討這方面的工作。什麼是修辭？最早的修辭學專家陳望道(一八九〇～一九七七)在《修辭學發凡》中說得好：「修辭不過是調整語詞使達意傳情能夠適切的一種努力。」可見修辭的最大顧盼在於「適切」。歷來修辭學家都盡心力於修辭格的劃分，其實屬於哪種修辭格本身並不重要，重要的是修辭方式運用得是否恰到好處。以譬喻格來說，任何人脫口而出、隨手而寫都經常出現譬喻格，但是雅俗優劣不同。佘樹森曾經分析梁遇春〈又是一年春草綠〉中精彩的譬喻手法⑫：

……可是一看到階前草綠，窗外花紅，我就感到宇宙的不調和，好像在彌留病人的榻旁聽到少女的輕脆的笑聲，不，簡直好像參加婚禮時候聽到淒楚的喪鐘。

在此，作者用了兩個比喻，來表現宇宙的極度的不調和現象，借以渲泄自己對現實的極度不滿和憤激之情。前一個比喻，已使人覺得新鮮貼切；而後一個比喻，更是出人意外的精彩深刻。因為在前一個比喻裡，作者將當時「麻木」、「矛盾」的現實，比作「彌留病人」，而將春光，比作「少女的笑聲」，這一切符合常人的審美感受；可是，在後一個比喻裡，作者卻將那個現實人生比作「婚禮」，而將那個春光比作「喪鐘」，這就不合乎常人的審美感受。然而正是因為這樣，你細細體會，便會感覺出，作者的用意之深刻，憤激、不滿之強烈。梁遇春的比喻，確實常常是非常精彩、獨特，有時甚至是近於怪誕的。

佘氏說梁遇春的譬喻精彩、獨特，有時近於怪誕，實在是知音之論。佘氏在同書中論及語言是構成文體美的重要因素，他列舉如下：

文字的精確、簡練，必然帶來文體的明晰、簡潔；
詞藻的豐富、華美，常使文體顯得繁縟、濃麗；
多用長句者，其文體自有一種浩瀚流轉之勢；
而短句的排列，又使文體顯得精悍、緊湊；

古文成分稍多一些，其文體常有簡古之風；
而多用口語者，其文體自有活潑之趣；
偶句，使文體凝練；
散句，使文體流動；
排比，給文體增加一瀉千里的氣勢；
重複，給文體帶來一唱三嘆的節奏；……

可見辭采的特質來自作品的風格，所以辭采之美也是有自然樸實、絢爛華麗、清秀典雅、新奇詭譎等等不同樣貌。

司馬中原的抒情散文有唯美、蒼涼、憂鬱的氣質，《綠楊村》雖名為小說，而筆者覺得是極為散文化的作品，該書〈序曲〉如下：

這美麗哀淒的故事，是生長在北方大家閨閣的幼如講給我聽的；幼如是個多愁善感的人，在亮著晚雲的黃昏，她坐在長窗邊，緩旋著她手裡的茶盞，明媚的黑眸子裡亮著某一種靜靜的沈思或者是悠遠的追懷，用她徐緩圓潤的語音，層層揭現了她曾身歷的情境——那情境，正像天腳浮流著的一片美麗的晚雲，逐漸逐漸地飄遠了，轉黯了，隱入迷離如煙的暮靄裡去了。

有些人，他們短促的一生，從開初到結束，也都裹在那種迷離如煙的黯色情境裡，如那樣一片美麗的晚雲，把短暫的美麗栽種在他們曾經活過的園子裡，換得的，只是憑弔者一聲哀嘆罷了。

〈序曲〉是序跋散文，以上兩段喜用長句，這些長句都綴連著一些華妍的形容詞或者形容子句，例如「亮著晚雲的」黃昏、「明媚的黑」眸子裡亮著某一種「靜靜的沈思或者是悠遠的追懷」，用她「徐緩圓潤」的語音。「那情境」之後接著是一長串的形容子句。文字節奏極為緩慢，這樣鋪陳的辭采，讀者閱讀其文字時，不論是視覺或者觸覺都有手撫墨綠綢緞的感覺。其實讀者接著打開該書第一章，會發現仍然是相同色彩的筆調，彷彿作者坐在一棟陳年老屋中、黝暗的油燈下，直是白頭宮娥低聲訴說天寶瑣碎事，把讀者引到一個遙遠浪漫淒美的世界裡：「春三二月裡，風是微寒帶軟的一團棉，從車轅望出去，一眼望不盡的麥苗，一浪一浪的，浪頭上走著忽明忽黯的幻光……只覺得鄉野地好遼闊，麥苗染亮人眼，綠進人心，恨不得要趕車的老董勒住牲口，讓我下車去，在那連天綠海裡打個滾。」「仍然剪不出它的輪廓來，不知為什麼？一想起它，便跟著想起高牆外長巷裡流響著的琵琶聲來……總在暮色初起的時分，那聲音像一隻怪異的魔手，撩撥滿院子似煙非煙，似霧非霧的黝暗。徐徐緩緩的，一個叮咚接著一個叮咚，彷彿水滴落在深井裡，越落越黑暗，越落越深沈，那聲音裡有著我們孩子不能懂得的哀悽……」這樣的開場白、這樣的敘述風格，理該包容一個淒美的悲劇。這是整部書外衣的風采。

散文修辭學是修辭學的基礎，有關修辭學歷來論著極多，本篇無庸細論，以下有關散文的外觀各節也多有涉及修辭學範疇者。

第二節　氣氛之美

氣氛是洋溢在文章中的情調與氣息，它給予讀者整體的綜合感覺，作品的外在形式與內在情韻巧妙的配合而產生的氛圍。適當的氣氛可以更確切的反映主題、逼真的烘托情境。影響氣氛的因素，諸如事情的內容、敘事的詳略、節奏的疏密、結構的鬆緊、情緒的張弛、語言的急緩、色彩的明暗等等各種之間協調統一而有完善的氣氛。例如文章敘述一件悲淒的事或者心中失望的感覺，那麼全篇的氣氛不應該是欣悅活潑的。又如人物置身的環境之渲染，或者成為烘托，或者成為反襯。還有文字的形象、聲音、節奏、色彩、光影及象徵等都是構成氣氛的要素。

「秋」在古今中外騷人墨客筆下特別得到垂青，想要再別開生面描寫、並勝過前人是不容易的事。郁達夫〈故都的秋〉⓭就提供一個極為特殊的秋色、秋味、秋心。

要描寫抽象的「秋」的味道、聲音、氣色、感覺，並不容易，作者一開篇就擺明故都的秋跟其他地方不同，它為什麼比別的地方好，是因為北平的秋「特別地來得清、來得靜、來得悲涼」，如果讀者也同意秋天的獨特味道在於「清、靜、悲涼」，那麼就更加容易產生共鳴。但是郁達夫要有十分的筆力寫出故都秋天這三種特質，才有說服力。

郁達夫首先用江南秋天不如北平做對比，「草木凋得慢，空氣來得潤，天的顏色顯得淡，並且又時常多雨而少風」；沒有足夠秋的「味、色、意境與姿態」。這裡都是扣合著秋的上好味道「清、靜、悲涼」而來的，江南「草木凋得慢」變化不大，蕭瑟感自然不夠強，因為多雨而「空氣來得潤」就接近溫潤的春而不是乾爽的秋，「天的顏色顯得淡」又「少風」就沒有低沈悲涼的情境。

把江南之秋貶得夠低之後，再來看北平之秋。北平素來有名的秋景是陶然亭的蘆花、釣魚台的柳影、西山的蟲唱、玉泉的夜月、潭柘寺的鐘聲。這些特定地點的勝景已經被文人一再書寫，郁達夫不重彈老調。請看他如何自度新曲：郁達夫竟然只描寫故都最普遍、最平常、人人所見、人人所處的秋天，就在故都的任何一個地方，也唯其如此平凡文章也最難掌握。本文說早晨從隨便一個破屋的院子裡就可以看見「很高很高的碧綠的天色，聽得到青天馴鴿的飛聲。從槐樹葉底，朝東細數著一絲一絲漏下來的日光，或在破壁腰中，靜對著像喇叭似的牽牛花的藍朵，自然而然地也能夠感覺到十分的秋意。」牽牛花最好是藍色或者白色，最好還要在牽牛花底，長著幾根疏疏落落的尖細且長的秋草，作為陪襯。

這是一幅簡單的、人們習以為常的秋景，郁達夫完全掌握著在普遍平常之外的特殊韻味。讀者可以看出郁達夫一開始描繪「天高氣爽日光強」的寧靜秋景，是有聲有色有生命力的。秋天的色彩屬於青、藍、白系列，不是紫色紅色系列，給人光亮白淨的感覺。秋天的空間是開闊高遠的，秋天的聲音是安靜祥和的，連鴿都是「馴」鴿，其飛翔雖然有聲，卻不聒噪。那「一絲一絲漏下」的秋陽透露著強壯生命力的訊息。那疏疏落落的「秋草」即使只是陪襯，也流露出秋天才有的、草木搖落的「尖、細、長、稀」的特質。僅僅是開頭，讀者不難感受到郁達夫筆下秋天的氣氛。

接著作者選擇槐樹、秋蟬、秋雨、果樹等物來細寫秋景：

北國的槐樹，也是一種能使人聯想起秋來的點綴。像花而又不是花的那一種落蕊，早晨起來，會鋪得滿地。腳踏上去，聲音也沒有，氣味也沒有，只能感出一點點極微細極柔軟的觸覺。掃街的在樹影下一陣掃後，灰土上留下來的一條條掃帚的絲紋，看起來既覺得細膩，又覺得清閑，潛意識下並且還覺得有點兒落寞，古人所說的梧桐一葉而天下知秋的遙想，大約也就在這些深沈的地方。

秋蟬的衰弱的殘聲，更是北國的特產；因為北平處處全長著樹，屋子又低，所以無論在什麼地方，都聽得見它們的啼唱。在南方是非要上郊外或山上去才聽得到的。這秋蟬的嘶叫，在北平可和蟋蟀耗子一樣，簡直像是家家戶戶都養在家裡的家蟲。

還有秋雨哩，北方的秋雨，也似乎比南方的下得奇，下得有味，下得更像樣。

在灰沈沈的天底下，忽而來一陣涼風，便息列索落地下起雨來了。一層雨過，雲漸漸地捲向了西去，天又青了，太陽又露出臉來了；著著很厚的青布單衣或夾襖的都市閑人，咬著煙管，在雨後的斜橋影裡，上橋頭樹底下去一立，遇見熟人，便會用了緩慢悠閑的聲調，微嘆著互答著的說：

「唉，天可真涼了——」（這「了」字念得很高，拖得很長。）

「可不是麼？一層秋雨一層涼了！」

北方人唸陣字，總老像是層字，平平仄仄起來，這唸錯的歧韻，倒來得正好。

北方的果樹，到秋來，也是一種奇景。第一是棗子樹；屋角，牆頭，茅房邊上，灶房門口，它都會一株株地長大起來。像橄欖又像鴿蛋似的這棗子顆兒，在小橢圓形的細葉中間，顯出淡綠微黃的顏色的時候，正是秋的全盛時期；等棗樹葉落，棗子紅完，西北風就要起來了，北方便是塵沙灰土的世界，只有這棗子、柿子、葡萄，成熟到八九分的七八月之交，是北國的清秋的佳日，是一年之中最好也沒有的 Golden Days。

這是全篇的重心，用四樣看似平凡的事物全力烘托北平的秋味。郁達夫「發現」槐樹的落蕊之於秋的氣氛，比起陶然亭的蘆花、釣魚台的柳影不但更有新意，且更具有秋的美感。槐樹那像花而又不是花的「落蕊」——郁達夫真會命名，只有秋才會讓「蕊」落——清晨鋪滿地面，腳踏上去，無聲、無味「只能感出一點點極微細極柔軟的觸覺。」以「無聲、無味」的聲音、味覺來反襯細膩的觸覺，這是充滿感覺性的描繪。接著是掃街的將落蕊掃去之後，那留下來的絲紋給作者「細膩、清閑、落寞」的深沈美感，就是秋的感覺。這裡把外在景物和作者內在感覺直接融合一起，又是多麼自然貼切。

秋蟬是寫「秋聲」，僅用「衰弱的殘聲」形容它在秋的點綴性地位。接著再細細描繪秋雨。第二段作者嫌江南多雨而少風，這裡看他如何說故都的風雨。作者說比南方下得奇、下得有味、下得更像樣。令讀者也感到新奇，接著作者必須要有足夠的筆力去勾勒。秋風乍到，天即轉涼，寫秋來去速度之快、佇足的時間之短，不論是風是雨都有秋的爽快俐落特色，本段並側寫北平居民秋天的生活型態，疏疏幾字，那音容狀貌真是呼之欲出。

有關秋的果樹，還是扣著一個「奇」字——本文處處抓住故都最平常的事物，又處處強化其不平凡之處，所以屢用「奇」字——果樹之奇乃在果子成熟到七八分時，「顯出淡綠微黃的顏色」時，正是秋的全盛期，等棗子「紅完」，西北風一起，北方便是塵沙灰土的世界。這裡沒有說出來的是秋季極為短暫，其實整篇文章都暗暗地扣著這層意思，沒有明說。但秋的可珍貴、可翫賞也正在這個迴光返照、曇花式的斑斕。

把郁達夫此文跟其他詠故都之秋的作品比較，就知道郁達夫觀察的秋不是觀光客刻意去陶然亭看蘆花、去釣魚台觀柳影、去西山聽蟲唱、去玉泉賞夜月而作，郁達夫以他敏銳的觀察，讓讀者看到、聽到、摸到、感覺到秋之於故都是無處不在、無處不美、無處不特殊的。

散文的音樂美主要體現在聲音與節奏。中國文字最適合表現聲音節奏的旋律美，因為中國文字由形、音、義三者結合而成，且互相關聯，一字一音，容易表現語言的抑揚頓挫、語調的升降起伏，同時中國文字在造字之初，就是「聲義同源」，更適合以同聲字製造氣氛。所以歷來作家都喜歡利用中國文字形、音、義天然的優越條件，製造抑揚悅耳的句子，甚且借著聲音來烘托情境、強化效果。聲音主要是平仄的自然諧調，中國文字讀音有四聲之別，眾人皆知：平聲哀而安、上聲厲而舉、去聲清而遠、入聲直而促。作者如果善加利用，足以輔助情感的表達、氣氛的釀造。至於其他細節，例如借用同音字來強調句意、利用雙聲疊韻強化效果、用音近的字烘托氣氛等等都可以增長聲律之美。

節奏是構成語言聲韻美的基礎。節奏感主要由句型、詞句、字句等長短的有效搭配及音調強弱、語氣長短的交替出現而造成。交替的方法例如重複，可以重複句型、重複字句、重複同音字、雙聲疊韻乃至重複意象等等。另一種方法是參差，例如長短句的參差、同類型句式的參差出現、甚至意念的錯落浮現等。就整篇文章而言，聲調的抑揚頓挫、語氣的升降起伏、描寫的疏密交替、段落之間的寬緊安排、情感的急緩調節、情節的高低變化、結構的呼應起伏等都跟節奏及氣氛密切相關。

傅德岷（一九三七～）在《散文藝術論》中以郁達夫的〈故都的秋〉為例，談散文語言的抑揚頓挫，產生諧和的音調：

這是說語言的音調有規律地高低相間，就可以形成音調的諧和之美。這是因為漢字的讀音自古以來分為「四聲」（平、上、去、入），「平聲哀而安，上聲厲而舉，去聲清而遠，入聲直而促。」四聲又分為兩類，一是音調不升不降並可延長的平聲；一是音調可升可降、不可延長的包括上、去、入三聲的仄聲。現代漢語中去掉了「入」聲字，而將「平聲」分為「陰平」、「陽平」，仍為四聲（陰平、陽平、上聲、去聲）。這四聲中，陰平、陽平類的字屬「平聲」字，上聲、去聲類的字屬「仄聲」字。平聲字的音調為「揚」（響亮、高亢），仄聲字的音調為「抑」（低回、短促）。利用漢字讀音的平仄交錯，就可形成語言的抑揚之美。如果一平到底，一仄到底，或平仄錯亂，不但不好聽，而且拗口。因此，在每句的末尾和句中各詞的配搭上交錯地安排平仄，是創造語言聲韻美的必要條件。……。（〈故都之秋〉）「蘆花」、「柳影」、「蟲唱」、「夜月」、「鐘聲」的聲調恰為平平、仄仄、平仄、仄仄、平平；後面的「天色」、「飛聲」、「日光」、「藍朵」、「秋意」，則分別為平仄、平平、仄平、平仄、平仄，它們的聲調高低相間，平仄交錯，讀起來順口、流暢，聽起來悅耳動聽。

散文的氣氛其實是作者心境、情緒的投射。郁達夫獨喜清靜悲涼的秋天，跟他個人的中年心境息息相關。文章中的用字遣詞也充份表現這種心緒，例如他不喜歡江南的秋「草木凋得慢，空氣來得潤」，可見他喜愛草木在瞬間乾燥消亡的毀滅感。他喜歡的秋是住在「破屋」裡觀天，從「破壁腰中」看牽牛花。他喜歡槐樹的「落蕊」，這是多麼新穎優美的名詞，但還只是「蕊」就「落」，怎能不給人悲涼的感覺？這種在秋天肅殺之氣瞬間凋零的落蕊，鋪滿一地，沒有聲音也沒有味道，這不是孤獨寂寞的死亡嗎？不久，落蕊被無情的掃走，只剩下「掃帚的絲紋」不正意味著淒涼的身後嗎？這樣孤單寂寞的消亡，正是郁達夫找到深沈生命的共鳴吧？他刻意排除知名的錢塘江的秋潮、普陀山的涼霧、荔枝灣的殘荷，卻一意尋求平凡破落的老屋、處處可見可聞的秋蟬，豈不是仕途顛躓、繁華落盡、歸真返璞的心境嗎？他傳神地描寫了故都秋天的乍雨初晴、都市閑人的閒聊，不是潛意識裡對於退隱悠閒的嚮往嗎？他喜歡故都的果樹，只有在極短暫的時間內擁有燦爛的生命，這又是何等沈鬱的心態？他為了故都之秋，寧願捨去壽命的三分之二，換得一個三分之一的零頭，這又是多麼合乎他雖然短暫而亮麗又不無苦澀的「秋」之哲學。整個看來，郁達夫鋪陳的氣氛來自他悲壯的人生哲學。所以說，散文的氣氛並不是作者刻意去雕塑製造的，它是作者真誠流露心境、意念、思想及感受時自然發展出來、環繞在整個文章中的氛圍，它的迷人之處也正是作者那份迷樣的心底逐漸的鋪展開來。

朱湘〈江行的晨暮〉[14]通篇文章的氣氛是寧靜肅穆而不呆滯，像動畫一般優美。尤其是文章的題目用「江行」兩字，便有動感。「晨暮」雖然是兩個單字名詞，卻表示了清晨與黃昏，又暗含了時間的推移。這個題目本身就意味著時間運轉中的空間也是一同移動。所以文章分為「江邊的暮色」及「江邊的清晨」兩部分，其中地點也是由輪船碼頭到另一個商埠岸邊。這兩處地方彷彿是移動的畫面，雖然色彩不一，但整個氣氛是協調統一的。

跟〈故都的秋〉一樣，朱湘選擇的題材極為平常，人人每日可見而人人日日視而不見的江邊景致。這完全要靠作家的慧眼所見、慧心領略、巧筆描摹。

全篇的時間是從等船的黃昏一直到靠岸的清晨、空間是從等船的碼頭到靠岸的商埠旁邊。地點雖然有變動，其實是無關重要的背景。文章的重心在於江上晨昏的氣氛。試看第一節的背景：秋天之暮、一日之暮（夜裡九點）、「古城」、「一點冷風」、天與江「都暗了」、「江水還浮著黃色」、江的南岸是「一條深黑」，在這樣的底紋上，作者塗抹的「圖畫」也完全是素靜淡雅如同一幅水墨山水畫。天上點綴著「眾星」，長庚星「像一盞較遠的電燈」，這是在暮晚、暗黑、冷涼、古舊的背景下唯一出現「亮、熱」的光，它使得「一條水銀色的光帶晃動在江水之上。」因而「看得見一盞紅色的漁燈。」在前述背景之下，這裡雖然出現了光亮及紅色及晃動等活絡的形色動作，但是仍然籠罩在低調的暗的氛圍之下。像那漁燈都需要長庚星的「閃耀」才看得見，而岸上的房屋只見「一排黑的輪廓」，顯然是在描寫因時間的推移使景物的顏色不斷地加濃加深，整個的氣氛還是低沈寧謐的。

船行正是本文的重點，那四五丈開外的躉船的模糊的電燈，平時是令人不快的，在這時候，它的「模糊」反而恰好配合整個氣氛，所以說「簡直是美了」。它不清晰的燈光下只能見到一些人形的「輪廓」。躉船是暮色中第一個「亮」景。第二個是帆船。由於全文都處在安靜的氣氛之下，那「忽然間」從江心划下來的帆船就格外顯眼，所以像一些巨大的鳥。這裡用巨鳥來形容船，把水上划動的「變成」天上飛行的，真是優美的意象。

以上是江行的黃昏，真像一幅動畫，只有色彩、動作，沒有一點聲音。全篇都是寧靜無聲，躉船上有人、划子上有人，但「並不聽見人聲」，那順流而下的帆船也沒有聲音。可是全篇有動作，就是船行的動作，正是扣住題目「江行」，在一切都寧靜、停止的情況下，出現的動作就格外的突出、清晰，這時可真是無聲勝有聲。

第二節是描寫清晨，扣住江上的色彩，其顏色與第一節不同，但是和前一節的黃昏的底紋仍然相對映，這裡有比較亮的光線，它是清晨的微曦。所以一開始就是上升的太陽，但只是上升二十度的初陽，和離地面只有四十度的「覆盌的月亮」並存，這樣的光線亮度是可以想像的。這一節著重色彩的勾勒，像不必說明的落月、初升的太陽、如鱗的雲片、淺碧的天空、古銅色的山嶺、閃白的鷗鳥、上騰的水汽、遠洲山的列樹、水平線上的帆船……這些全部都籠罩在水汽之中，所以各種顏色都是「十分清潤」的。在這清潤的晨曦光暈之下，江水的顏色由船邊的黃到中心的鐵青，到岸邊的銀灰色。噴煙的小輪「在煙囪的端際，它是黑色，在船影裡，淡青，米色，蒼白；在斜映的陽光裡，棕黃。」作者設色真是精細萬分，它們有著斑斕而不耀眼的色彩，主要是配合著全篇的氣氛，因而這些色彩都綰合著全文的主要調子：低沈、寧靜、祥和。讀者可以發現第二節比起第一節更加的無聲——第一節還有「有一點冷的風」——不論是水汽上騰、鷗鳥閃白、遠洲列樹、水上帆船、小輪噴煙都是闃然無聲，加強了靜謐之感，使這篇文章完全像是一幅動畫，其「動」的感覺不只來自題目「江行」，而且來自兩節船行由黃昏到清晨的移位及作者充份掌握時間推移中景色的變化，例如第二節可以看出月光漸隱、陽光漸強的步驟，水汽騰上從兩尺多高降為一尺多高等都是時間推移的效果。

這篇文章的節奏也跟氣氛密切配合，它不像〈故都的秋〉感情有抑揚亢墜、往復迴環，在起伏升降之間已經明顯感受到節奏的律動。本文的情感幾乎是極為平抑的、寧靜的，作者幾乎是去除了七情六欲之後來靜觀宇宙。然而，我們仍然可以從字裡行間看出文章的生命隱隱有著律動。這主要從文字的句型構造來看。

中國文字是一字一個音節，所以有單音詞、有雙音詞，還有三個、四個音節的詞或者詞組。短音節的詞組連續出現節奏自然快速、長音節的詞組串連而出自然節奏舒緩，長短音節參差而出則可以控制不同的節奏。大抵音節要勻稱，讀來才不會拗口，文氣才能順暢。〈江行的晨暮〉的音節長短錯落有致，它不用連續的短句，那樣會使節奏快速有力，它也不用連串的長句，那樣會使節奏過於緩慢乃至呆滯。文中大抵使用中等長短的句式，像開頭「美在任何的地方，即使在古老的城外，一個輪船碼頭上面。」中型句子連綴起來的節奏是舒緩的，全文沒有太長的句子，所以節奏不會有急緩高低等大變化，有些極短的句子參差在中型句子中間，不僅調節聲口、在緩慢中又具有輕微的動感。例如「等船，在划子上，在暮秋夜裡九點鐘的時候，有一點冷的風。」「天與江，都暗了；」「不過，仔細的看去，江水還浮著黃色。中間所橫著的一條深黑，那是江的南岸。」像這樣長短句平穩的交替使用，結構比較複雜，語氣都舒緩有致，氣氛平和，而這樣的「句型」在這篇文章中其實是佔有很多份量的句型。還有單句成行的句子如「一個商埠旁邊的清晨。」一再出現，不但成為這篇文章結構的特色，也是成為操控節奏旋律的中心。

這篇文章其實更像是一幅水墨畫，畫面看起來好像是外在景物的再現，同時它也的確具有獨立的繪畫美學特質，但究其實這幅畫的題材是經過作者精心選擇擷取的，其中每一個取景都是作者意念之所寄，所以景是情的外觀，情是景的內化。作者的心律自然流露出來，在外觀與內化之中，作者把握住一種船行於江，了然於逝者如斯、不捨晝夜，是一種靜定的心靈。因而，不論是〈故都的秋〉或者〈江行的晨暮〉都充份顯現了作者個人性格的色彩，兩者設色用字都相當機巧。朱湘不但用字極為清閒精省，且擅於用極少的文字襯出情韻，例如題目「江行的晨暮」，又如江水「浮」著黃色、如「鱗」雲、山巔的「褶痕」等等都只著一兩個簡單的字眼，就加強了氣氛、烘托出了境界，讀者幾乎可以感受到作者的心靈。

據《悲情詩人——朱湘》的附錄〈朱湘著作年表〉，〈江行的晨暮〉發表於一九三四年二月號《青年界》，而朱湘投江於一九三三年十二月五日。看來這篇作品是朱湘投江前不多久所寫，若果真如此，那麼朱湘在人生的窮途末路之時，面對大自然仍然擁有如此澄明清寂的心境及超然的領悟能力，實在令人驚歎。

魯迅的〈秋夜〉⑮也有極為鮮明的氣氛美。首先是它的空間佈置。棗樹生存的空間是清冷寂寞的，它使用的背景是秋天（蕭瑟）的夜（暗涼）、高而怪（陌生）的天空、繁霜（冷）、紅慘慘地，棗樹在這個環境裡落盡了葉子。默默地、發白、暗暗地、一無所有……等等提供的是一個淒涼暗淡的環境。在廣大無邊的天空底下，出現的人、事、物都是纖弱細小的，例如瘦的詩人、細小的花、小蟲、蜜蜂。形容這些人事物的也使用退縮的、負面的形容詞句，例如「流眼淚」、「瑟縮地」、「做夢」、「窘」、「不安」、「躲到」、「可憐」、「冷眼」、「鬼䀹眼」等等。像這樣，用一個淒冷的大環境包圍著瘦小纖弱的生命，其對比是相當強烈的。

不過，本文並非完全沈溺在淒涼冷清的氣氛中而一蹶不振。恰好相反，跟這種陰沈氣氛相抗頡的是一段活潑的熱力。例如蝴蝶紛飛、蜜蜂唱歌、飛蟲亂撞、人物笑聲、燈火閃爍、玻璃丁響……等等，雖然都不是來自強勁的力量，但都代表在「黑夜」氣氛中尋找光明的生機。

此外，再注意本文使用顏色的字眼，細小的粉紅花、猩紅的梔子代表的是溫暖的紅色，而青蔥的棗樹、蒼翠的青蟲代表的是希望的青綠色。這些顏色放在整個秋夜圖中是格外地鮮明突出。

〈秋夜〉沒有押韻、沒有特定的句式，只是用了一些重複的句子或者句型，但是在它那長短錯落的句子及迴環的語言之中，自有一股自然的樂感，時而舒緩、時而快捷的節奏，也是構成本文沈靜冷烈的氣氛因素之一。

整個說來，〈秋夜〉像一幅畫，色彩清冷中點綴著幾許新鮮顏色的生機，它又像一曲音樂，抑揚頓挫，迴環盪漾著一股悠然的旋律。無怪乎，被學者列為標準的散文詩中。

吳歡章在《現代散文藝術論‧論麗尼的散文》中論及麗尼善於渲染環境氣氛，其文如下：

> 麗尼的散文語言清麗優美，有一種令人迴腸蕩氣的藝術魅力。他的語言是很精煉的，很善於渲染環境氣氛，往往用飽蘸色彩的語言，幾筆就畫出一幅抒情性強的特定生活圖畫。譬如：
>
> 暮春，桃花開始零落的時際。池邊，微皺的漣波上面，浮著一些殘敗的花瓣，使人禁不住生出惋惜的心情。女人們忙了起來，預備洗浣衣物的石埠頭旁邊，堆積著一些腐爛的草席和破衣，使四圍更現出了荒涼的景色。(〈池畔〉)
>
> 你看，零落的桃花，殘敗的花瓣，腐爛的草席和破衣，這些色彩晦暗的語言前後串連起來，一

下子就勾出了舊中國農村破敗荒涼的景象，而在這些文字後面我們不難聽到作者悲哀的嘆息。他的語言又很婉轉含蓄，能用簡潔的筆墨給讀者留下廣闊的想像空間。

麗尼的文章氣氛總是籠罩在悲悽之中，試看冰心〈山中雜記〉⑯一段文字氣氛就完全不同：

海是動的，山是靜的。海是活潑的，山是呆板的。晝長人靜的時候，天氣又熱，凝神望著青山，一片黑郁郁的連綿不動，如同病牛一般。而海呢，你看她沒有一刻靜止！從天邊微波粼粼的直捲到岸旁，觸著崖石，更欣然的濺躍了起來，開了燦然萬朵的銀花！

冰心不但用比較響亮的字眼，而且用短短的四字詞組、五字詞組排比交替出現，詞義又互相對比，出現跌宕起伏的韻律、輕快活潑的節奏。之後用比較長的句子拉開，使節奏舒緩下來，但立刻又長短句參差出現，不只是音樂性的調節，且用的字眼都是經心選擇，像「微波粼粼」、「直捲到岸旁」、「欣然的濺躍」、「開了燦然萬朵的銀花」都是活潑、生動、有力、聲音清亮的字眼，不只表現了海的動態美、生命美，還有聲音美。

第三節　章法之美

在中國文學理論中，謀篇佈局、結構章法是散文技巧論最重要的一環。中國古典散文有悠久的歷史、深厚的基礎，有許多完美的藝術技巧。章法一技在古典散文中可以說被發揚光大之極。在現代散文裡還只是借鏡而已，還沒有充份吸收、融匯、發揚，雖然現代散文也有它自創的部分。

文如看山不喜平，所以要有章法。文章構成方法本來變化無窮，但是行文時自然一些規律，經常被作家靈活使用。例如開闔擒縱、穿插聯接、跌宕騰挪等等使得散文斑斕多姿、極富靈活變化之美，其他例如：轉折、抑揚、斷續、開闔、反寫、迴環、複沓、映襯、曲筆、伏筆、側寫、渲染、對比、層遞、翻空……等等不勝枚舉。

平鋪直敘的文字容易枯燥、容易疲弱、容易陳腐、容易散漫，一經轉折，柳暗花明又是一個新世界。但是，轉折要自然、合理的水到渠成，如果硬生生轉折，往往成為牽強做作。

伏筆是一種含蓄的表達方式，文章前面只是暗示、不說透，甚至象徵，待到後文才產生呼應，好像預先埋下種子，日後發芽成長茁壯。伏筆時常看起來不經意，好像是閒筆，往往要到後面對應起來時才產生重要意義，所以伏筆的技巧要伏得隱、伏得微。

文章有平衡勻稱的美、也有曲折變異的美；有直言突兀的美，也有婉轉含蓄的美。曲筆屬於後者。用其他事件、人物、場景等去對照、或者烘托、或者陪襯，更加顯出主要事物的形象，這是映襯。它有正面、反面、側面的映襯法。

斷續是文章把正在敘述的事情突然中斷，接著敘述其他事情，看似岔開，最後萬流歸宗再縮合起來。它與伏筆不同，後者只是輕輕點逗，最好是若有似無，前者則是大力書寫再突然中斷。有斷再續，就有接合之妙。

諸如此類，散文的章法林林總總可以寫成一部大書。以下僅以正反抑揚的手法說明一二。周冠群在《散文探美・散文抑揚手法縱橫談》中說：「抑揚手法不過是人在把握社會生活的過程中常有的肯定－否定、否定－肯定這一種規律和聯繫的藝術方法化。其基本依據是複雜社會生活在人的內心世界引起複雜的反映，同時又是藝術家在美的創造中的自覺的藝術處理。」

徐鍾珮〈熟了葡萄——記《餘音》出生前後〉⑰是一篇序跋散文，既是《餘音》的序文，也可以獨立為一篇散文。

這篇文章是小說《餘音》的序，它仔細說明該書誕生的緣由，作者因為陪伴夫婿外放美國、加拿大而移居異國，既辭去心愛的記者工作、又離開親朋戚友，做著她不擅長的家庭主婦，寂寞使她生病，病中使她拾筆書寫《餘音》一書。在該書即將完稿時，她恰好病癒。這個過程作者寫來一點都不是記錄單純事情的流水帳，它是一篇精緻的散文。

它之成為散文，最大特色是充滿書寫者的個人色彩，她的個性、她的嗜好、她的堅持、她的性向、她生命的重點等等都流露在此文中。文章第一段做了專業家庭主婦的「我」穿著印上「To hell with housework」的圍裙，「恨不得脫下圍裙，破窗飛去。」是多麼強烈的抗議！首段即出現「反」——「我」不喜歡主婦這個「職業」。第二段告訴讀者，主角喜歡她原來的記者職業，雖然只有短短四年，卻使她一生難以割捨。這是「正」，肯定自己性命之所寄。第三段又回頭「合」，主角並不曾否定過、排斥過要當家庭主婦。第四段開始細說從頭：主角何以選讀新聞系，並愛上新聞工作。這裡又有正反。當初學校新聞系不收女學生、家庭也否定主角有能力念新聞系種種反面力量促成主角非要選讀新聞系。這是一層正反。而主角居然進入新聞系，卻對新聞一片茫然無知，之後竟是愛上新聞工作。這裡又是一層正、反、正。結婚之後全心全意的當記者「那位可憐的主婦，只有在週末和假日，才敢怯生生的露臉。」這是正反「合」時的交戰，「就是在我揮別記者生活時，主婦也未能出頭……我不過做了一個無報的記者而已。」失去記者職業的主角仍然排斥主婦這個職業，這是文章的「反」。

直到主角「頂著人家的姓」陪伴夫婿出國，連無報的記者都做不成時，只能做專業主婦，這時又產生正反交戰。「於是我倚著窗，想破窗飛去。」這是作者第二次書寫想「破窗飛去。」是多麼強烈的「反」。

接著敘述主角雖然曾經想努力做好一名主婦而仍然無能為力，這才使「我」更加想念她所擅長的記者工作：「我做記者比主婦稱職，我的天地不在廚房。」這是「反」中的「正」。在這天人交戰之中，主角心中的主婦、記者沒有得到妥協，結果是兩敗俱傷，主角生病了，敏感、憂鬱、煩躁。文中說「我是最不能和自己合作的人。」一語道破生病的原因，更看出主角鮮明的個性。同時「正反」出現在主角身上。接著的敘述就是在我主角個人的正反合之中。她在人聲寂寂的渥太華苦思細想，知道自己問題在於「缺少了一份對工作的熱忱」，在思考中尋找到寫作《餘音》這條路徑，這是由「反」而「正」。她「愛上了這份新來的靜寂」，「不再想破窗飛去」。接著有三段敘述有關《餘音》的內容，並聲明內容不是作者自傳⑱。接著是文章最後一段：

在《餘音》截稿前一週，醫生宣告我已經痊癒，我的伴侶，邀我出去晚飯：「恭喜你重獲健康。」「勞駕還得再恭喜我一次。」

「為什麼?」

「為的是記者和主婦談和了。」

「敢問是誰向誰投降?」

「是和平共存。」

「你以前吹牛要燒的熊掌和魚呢?」

「慚愧,只成了一盆雜燴(Chop Suey)。」

正當這時,電話鈴響了,是美國的友人們打來的。

「來不來過新年?」

我說不。

「來不來過陰曆年?」換了一個人的聲音。

我說不。

「你來了,我們不要你進廚房。」又換了一個人,她知道這對我是最大的誘惑。

我說不。

「聽我們這裡多熱鬧?」打出了她們最後的王牌。

「我現在很能欣賞寂寞。」我給她們澆冷水。

「酸葡萄!」她們忍無可忍的齊聲罵我。

「錯了,」我帶著一份年來少有的安詳:「是熟了的葡萄。」

這一段全部用對話，幾乎每一句對話都是一抑一揚接續下去，非常活潑。主角的言詞是揚，對方的言語是抑，在每一抑之後，都再揚高起來，充滿生趣。文中的「熊掌和魚」是作者另一篇散文〈熊掌和魚〉⑲，就是描寫主角在主婦與記者中間的掙扎，最後主角發願有一天一定要請一桌客，魚與熊掌兼有。這裡是引用這個「典故」來調侃主角，而主角也回敬以詼諧。在在可見其輕鬆的態度，與先前完全不同。接著電話鈴響，來回的對話仍然是正反相生，活像對壘球局。對方（複數）知道主角難耐寂寞，輪番上陣要「勾引」她去過年，主角一連串的「我說不。」是多麼靜定，從「酸葡萄」文字過度到「熟了的葡萄」成為全篇開闔正反的總「合」，長久以來主角掙扎在「職業」——記者與「家庭主婦」之間的困境得到解決；她讓主婦與寫作可以和平共存，生命得到寄託，生活有了意義，就不必用朋友相聚來澆愁。她的「熟葡萄」早已超越了澆愁、快感、乃至膚淺的快樂，而是安身立命的幸福感。這麼豐富的意義，作者全部用對話，活潑、俏皮（正配合當時人物的心境）自然呈現出來，全篇低沈鬱悶的氣氛也在這一段裡得到反「正」，恢復作者幽默的風格。

這篇文章在正反交戰中主角的心境宛然如在目前，主角並非如自己所調侃的是廚房的「白痴」，只是對廚房工作的冷感症。或者說新聞工作的狂熱遠遠壓過做主婦的心願。她在自己的專業工作中還沒有得到基本的滿足感、成就感，就被形勢所逼離開崗位，做專業家庭主婦是中國女人長久以來順天從命的習慣，卻不是她生命的追求、不是她人生的希望。她當然要厭煩主婦的工作，那工作女傭就可以勝任，而新聞工作不是人人可以做得好。這樣無法割捨的情結，當然使主角生病，那心病也當然還得用心藥醫。這兒的心藥就是寫作，成為主角的極大精神寄託，其地位幾乎可以完全取代了記者工作，所以當小說完稿前一週，醫生告訴她已經病癒，這不是巧合，而是心病對症了心藥。

主角的性格特徵也在正反之中凸顯出來，她有無窮的委屈，只能託付病情，她想追求自我成就、不願成為夫婿的配件。不論夫婿有多高的成就，她還是她自己。被迫放棄自己的工作之後她就失去了生機，直到創作小說時，才找回自己。《餘音》寫作的完成就讓她有成就感，不必等待發表出版之後受到外界的肯定。

文章正反相生則開闔抑揚，波瀾迭起，變化生姿。反寫有雖反而實正、雖正而實反兩種。反寫是用相反的詞語表達本意，使得反語和本意之間形成交叉對立，依靠具體語言環境的正反兩種語義的聯繫，把相反的雙重意義以輔助性手法如語言符號和語調等襯托出來，使閱讀者由字面的含義悟及反面的本意，在悟解的同時發出會心的微笑。試看鄭明痕（一九四四～）的〈一群非洲野人〉⑳描寫師大附中514班學生，幾乎全篇使用若反實正的筆法。

題目叫做「野人」既是正語又是反語，看起來是抑筆其實是揚筆。這群人是野而不野。「野」的是不修邊幅的放浪形骸：「升完了旗，衣衫開始亂穿。下課時，總有人打著赤腳滿樓跑；上課了，立刻寬衣解帶以求涼快。若是老師點到了名字，慌忙站起身來，快把褲腰先拎著，才免得穿幫……」「最教人消受不了的，應該是他們的招牌吼聲：一種非洲野人的粗野吼叫聲。他們常常很有默契的在某種時候，集體發出這種叫聲。由於其聲徹野，如雷貫天，他們也能自知節制，總是兩秒鐘即止。」

這個班級「野」的是難以管教，每當比賽前「這些孩子練習時，總是一付玩世不恭、不正經的散漫模樣。花費許多時間，仍表現得一無是處，令人為之氣結。」

「上課，最愛起鬨，又喜歡回嘴，尤其愛爭辯。有人提出問題，就有人回應；有人表示贊同，必然就有人反對。不爭個面紅耳赤、你死我活，誓不罷休。堂上的爭論固然激烈，臺下的討論更是熱絡。一點芝麻小事也很可能不知不覺耗掉一節課。」「514 的孩子，大都各有主見。班會要決定任何事項，總是困難重重。經過天翻地覆的辯論之後，總要一再表決，最後，勉強以一、兩票之差的多數決定，做成決議。」

以上看起來都是「野人」的負面描寫，其實作者每一抑筆都暗藏著揚筆，有時作者不等讀者發現就忍不住自己先「揚」起來。例如「不過，這些辯論，事後想來，也覺得頗有激盪思考、啟發思維的作用。」又如「任何下課時候到他們的教室看他們，都是那麼歡欣鼓舞，好像中了特獎似的。一見老師進來，每個人必放聲高喊『老師好！』呼聲不絕於耳，令人備覺溫馨。」又如「怪的是，一到正式比賽，他們卻總是會有令人跌破眼鏡的傑出表現。一上場之後，那股專注認真的勁兒，看在眼裡，真是可愛極了。」

野人不野的最佳反寫是他們具有最現代的民主團隊精神，前文表面上描寫他們那如野獸般的吼叫聲，簡直比野人還要野，但都是「很有默契的在某種時候，集體發出這種叫聲。」且那奇異的吼聲，音浪控制得巧奪天工，全班沆瀣一氣不是最佳的團隊精神嗎？平時看似散漫，在正式比賽時異常認真而表現傑出，可見戰時立刻動員，即成效輝煌，證明這個團體能放能收，極有彈性。這些都是伏筆，在後文寫到這個班級許多地方都得到呼應，例如「決議的過程雖然辛苦，一旦決議之後的執行，倒是少有異議。」「514 班裡 53 個人，並不全都是狂放的野人，也有內向拘謹的彬彬君子。只是少數安靜的成員，也能泰然接受這些狂人的狂妄作風，大家相處和睦。」

反寫的高潮是映襯出該班是高度民主自由的團體時，他們上課時意見不同而爭論不休、下課時放情開懷而喧鬧不已、開班會時的各人堅持己見絕不讓步，都是自由社會的現象，而狂放野人與彬彬君子兩種異類泰然共處一室、決議之後少數尊重並服從多數，更是高度的民主風格、高韜的文明表現。再看，這群非洲小子，把下課十分鐘充實得有聲有色，有能力享受最平凡的生活是一門很大的學問、高明的藝術，他們哪裡是野人？所以全文結尾是正寫：「這就是514，一群可愛的非洲野人！」

最後，讀者才知道，這個「野人」的詮釋來自人類原始的、未經雕琢的、未經污染的俚質率真、天然開放等可貴的品質。這篇文章，看起來好像也是直率鋪陳，其實還是相當多紆曲轉折之妙。

批評性的反語可以保持內容的強烈批判，又大量減低文章表層的殺伐之氣，因其含蓄耐人尋味而造成幽默。林語堂的〈假定我是土匪〉㉑中的反語不止一個詞、一句話的倒反，而是整篇文章的正話反說、反話正說。全文通體聯貫、一氣呵成，不僅妙語如珠，令人拍案叫絕，更將當時中國動亂的現象勾勒得神龍活現。

〈假定我是土匪〉一文首先指出：

……現代的社會，謀生是這樣的不易，失業是這樣的普遍，而做土匪的將來又是這樣的偉大，怎禁得人不涉及這種遐想？假定一人生當今日，有過人的聰明機智，又能帶點狗尸骨氣，若劉邦、樊噲之流，而肯屈身去做土匪，我可擔保他飛黃騰達，榮宗耀祖，到了晚年，還可以維持風化，提倡文言，收藏善本，翻印佛經，介紹花柳醫生。時運不濟，尚可退居大連，享盡朱門華貴，嬪婢環列之豔福。命途亨通，還可以媲美曹錕、李彥青，身居宮殿，生時博得列名《中國名人傳》之榮耀，死時博得一張皇皇赫赫的訃聞。

接著，林語堂煞有其事地「自道」起「我」如何由鄉匪幹到縣匪，而後成為省匪，繼而躍居國匪，無非是如何聚斂財富、魚肉人民的過程。幹土匪首要習書法，又得「擬得體動人的通電」，「後者總有辦法，可以六十元一個月僱一個舉人代擬，題簽聯對則不好意思叫人代題。」如此則可以交結士紳權貴，又能以義師之名，「通電所以對外，告示所以安民」。這篇文章寫出二、三〇年代中國各地割據勢力官匪不分，唯武力是恃的實力主義，當然荼毒的是百姓，能夠幹到國匪階段，則是冠冕堂皇地為害社會，成為「名閥」，「鼻子一哼，就可以叫人三魂蕩蕩，七魄悠悠」。到了六七十歲後：

那時我頗具愛國愛世之心，閱世既久，心氣自較和平。那裡演講，總是勸人種善根，勸人修福德，發現涵養、和平、退讓為東方精神之美德，而宣揚國光。閒時還可以來幾種雅好，在我必以收藏宋版書為第一快事。那時我可請一位書記（就是那位代擬通電的舉人，這時他也有子女盈門，並有三五萬家私了）替我作一部「中庸集註」，或一本「莊子正義」，用我的名字出版。這樣下去，若不得法國政府須給勳章，或是莫梭里尼旌賞我宣揚東方文化之精神，老爺不姓林。

「土匪」與「達官」原來有其絕然相反的固定涵義，二者不僅立場對立，也代表世俗善惡之分，土匪經常反叛官方，官方則以剿匪來安民。語堂巧妙的將土匪的內在意義轉換，把土匪的前景描繪得非常「偉大」，而達官貴人一向就應該是偉人，將二者提到同一個層次，因而土匪與達官對立的概念可以臨時統一起來。另一方面，土匪的原本屬性是掠奪民財，本文中經營的意念是達官做的工作正是魚肉百姓，所以土匪與達官具有更深刻的相同屬性。結論是達官是偽善的土匪，讀者不難發現，本文要說的是：偽裝的達官貴人這種土匪才更為鄙賤。

前舉郁達夫〈故都的秋〉也有章法之美，它一開頭就說「秋天，無論在什麼地方的秋天，總是好的。」高舉秋天的可貴。接著馬上「可是啊，北國的秋，卻特別地來得清、來得靜、來得悲涼。」又更高舉故都的秋。文章末尾又回頭再談「南國之秋，當然也有它的特異的地方的，比如二十四橋的明月，錢塘江的秋潮，普陀山的涼霧，荔枝彎的殘荷等等，可是色彩不濃，回味不永。」再次讚嘆故都之秋無處可比，用比較的、層層遞進的章法使得故都之秋儼然為秋色秋味之最。

第四節　意象之美

意象是一切語言藝術中最具物色的符號功能，因為透過意象旨趣的繁複投射，形成作者情緒綜合的媒介，傳達出種種特殊的訊息。因緣於這些訊息，使文學正文有別於一般被簡易化、概念化的哲學或者科學正文。

作者內心的造型和思維，透過文學的媒介、語言的轉義借喻等而產生的一種形象就是意象。意象就是正文訊息所繫，它本身就成為語言藝術的髓質，而不是一種裝飾工具，它成為作者情智的調和點。意象美其實就是文學本質的美，雖然意象時常透過外在有形之物來表達。當作者心中的感情意緒思想需要書寫時，不能利用理性的概念來表達，時常要通過具體的形象來顯現。那抽象的情意思想如果直接訴說，就成為哲學家。哲學家和文學家不同的地方在於：哲學家以三段論說話，而文學家借用意象說話。

方娥真（一九五四～）〈驚喜的星光〉㉒只有短短兩節構成一篇文章，且前後兩節看起來沒有什麼接續的關係，在兩節之間作者用符號把它隔開，實際上它們之間還是有關聯。第一節完全是抽象的情思，第二節是具體事情的經過。第二節具體事情的內蘊正由第一節表達出來。即使如此，第一節抽象的部分仍然用綿延的意象優美地表達出來。試看第一節完全利用意象的靈活轉換來表達初戀的欣喜。文內引用李後主〈玉樓春〉詞「春殿嬪娥魚貫列、笙簫吹斷水雲間」等文字來呈現活潑生動的意象，同時也借用李後主浪漫的愛情故事做為文章敘述的愛情背景。

第一節只有兩段，卻鋪陳出一幅精緻優美的圖境，本來是主角臨窗眺望遠山，但作者反過來寫「群山遠遠的俯望下來，遙對小窗一角正眺望的女孩」，再反過來寫「我就用眼光細細的品嚐那飄渺的遠景。」前面已經把群山擬人化，所以兩者是對等的、互相凝視的。當主角凝視遠山時，「多麼像晚唐詞中的嬪娥魚貫而列」把前面群山擬的人更具象化為李後主後宮的嬪娥，這時意象轉化越來越清晰、也越來越浪漫優美。接著文章又反轉過來：「嬪娥魚貫列的詞就湧起如群山一般的姿態了。」又把李後主的詞再意象化為群山之美。優美的詞讓主角想起下一句，再回到李後主的〈玉樓春〉。這一段，意象靈活穿梭於群山、李後主（及其代表的愛情意義）、〈玉樓春〉及主角之間，互相交融。

就內容而言，第二段和第一段其實相差無幾，但是作者換了一個角度。第一段是群山迎來，第二段是李後主宮殿的絲竹歌聲迎來，第一段成為第二段的鋪墊，李後主詞中優美的意象不斷在主角心中湧現。接著又把「那一片悅音都化為冷清和仙意的山了。」回頭把音樂又轉化為群山的意象，作者轉換意象、移位意象，從形體到聲音到文學作品，真是行雲流水，自在轉移又互相扣合。當作者把樂音轉化為群山之後，立刻再落實到窗前真實的山景，回到現實，「等晨雨散了之後」她就要去赴愛情的約會，作者是這樣寫：「我們就去嬪娥魚貫列的那兒，要走入笙歌吹斷水雲間的遠山中。」把愛情之約比成李後主的美麗戀愛。這文字是扣合著山、李後主詞的雙重意象。

第一節幾乎完全依賴意象組合成文，且全節沒有主意象，各意象之間地位平等，互相滲透、互相指涉。

第二節是具體描寫主角約會的一個小小插曲，「我」和「妳」之間的空格，因主角的不經心而沒有及時猜出「愛」字，也唯其如此，才表現出男主角急切的愛意。就前後這兩節而言，第一節是第二節的鋪墊，有了前面這樣浪漫、優美、期待的心靈，才有後節戀愛的事實發生。這篇文章的內容是那麼簡單，簡單到沒有什麼深刻意義的地步，初戀情侶間可以有無窮的無意義的對話及動作，但雙方都說得、做得津津有味且樂此不疲。但如果要把它「寫實」出來，只怕是相當無趣。但是，這篇〈驚喜的星光〉把期待戀愛、迎接初戀、投入初戀的微妙心情、個別情境，掌握得如此細緻，不能不說是得力於意象之功。

前節談到散文的氣氛，本篇的氣氛也是值得注意的，它是那麼纖細精巧柔美，放在初戀的情境真是再適合不過，文中沒有對女主角有任何直接描寫，但是從字裡行間，就可以看出這位女孩是很「小」、很「嗲」、很精緻、很浪漫、愛玄想的小女孩。那緩慢的節奏正是打算細細品味人生，慢慢享受戀愛的意態。

第一節的文字非常多調節奏的語尾詞，例如「啊、呢、了、兒」都恰到好處地表現了小女孩甜膩的撒嬌姿態。

梁放的〈一盞風燈〉㉓則以燈作為主要意象，寫親情及傷情。

燈是光源、是熱源，給人光明、溫暖、祥和、安全的感覺。它作為本文的主要意象既是物理的意象，也是象徵父親的意象，它一直是和父親扣合著。父親本身也是一盞為家庭燃燒的燈、父親也想成為照亮全家的燈、兒子一直也是把父親當成一盞引領自己的明燈。㉔

燈，做為物理意象，當無燈的時候，「……店屋，浸淫在天已暗下來而燈火未上的一種莫名底蒼涼裡。」沒有燈的感覺是蒼涼的，沒有燈的周遭環境是：「日落黃昏後，夜像爬蟲，蠕動著迫近了當時尚無電流供應的小鎮。」作者鋪陳的黃昏全是負面的感覺。黑夜竟像「爬蟲」、「蠕動」著「迫近」來，是帶著侵略性、咄咄逼人的。試印證父親不在時，那經常隨意欺負主角的堂兄們不正像這種迫害性的黑夜嗎？

做為象徵燈的父親，有愛心，也得到兒子全盤的敬愛。這篇文章寫父子之情雋永而醇厚。「父親每隔一兩天就出來看我一次」，文中父子的對話、父親的動作「睨斜著眼，安詳地看了我一陣」、「父親捏了我一把」、兩人「會心地笑笑。在那一頃間，像是已交換了一個祕密。」這裡疏疏幾筆就把父子間的親暱表達出來。「我心向著父親，一手把電筒交給他」可以是雙關的語言。而當父親離開時：「父親走遠了，他身後的空間擁著一簇簇的黑絮。夜空裡沒有星光，也沒有月亮。屋檐下是一窩放棄剪破夜幕的燕子，帶著滿懷的失望無奈與疲倦，正吱喳地抗議如何熬過一個漫漫長夜。」父親走了，把主角心中的「燈」、心中的溫暖也帶走了，主角不正是那被留下來掙扎無助的燕子嗎？

做為象徵燈的父親其生命是不無遺憾的。父親努力要製造一盞燈，這是一個重要的意象，黑夜已經降臨，父親反覆製作一盞用來照明回家的燈火卻老是做不成，可是「外邊的家家燈火已亮晃晃地在適應著一個黑夜的駕臨，父親的燈，反反覆覆地做做拆拆永遠不理想。」這裡屢用疊字，是經心創作的，那「家家」燈火已亮「晃晃」地適應著一個黑夜的駕臨，父親的燈「反反覆覆」地「做做拆拆」永遠不理想，以「家家」「亮晃晃」（溫暖的燈火）重疊來映襯「自家」的孤單冷清，明顯是音義雙綰。同理「反覆做拆」的不安、焦慮經過重疊之後更加強其意義，父子共同的淒涼處境與其他人家中的溫暖祥和成為鮮明的對比。

這位父親雖然有無盡的愛心、也盡全力照顧家庭，但終究沒有給家庭一個安穩的照顧，因而兒子必須寄人籬下看人臉色，父親必得無條件為人裁衣工作。當父親離開後，兒子墜入「刻骨的思家情緒」，不僅僅因為父子情深，實在也因為刻薄的親戚虐人太甚，使得幼小的心靈只能引頸企盼自家親情的滋潤。

本文的次要意象是那書包中的文具盒。當堂兄因主角擅自把手電筒拿給父親使用而大發雷霆，打擊主角時，「那來不及拾起的文具卻遭了殃，給一踩一踢，裂了一個大口，只做一聲無助的嘶號，還來不及哭泣已飛進路邊的水溝中飲斃。」這裡借用文具盒，把它擬人化——擬成的就是主角這個人——文具盒的遭遇就是主角的遭遇，無辜的小男孩受到的創傷由這個意象側面表現出來。

「看熱鬧的人很多，每個人隔岸觀火地看著這麼一個小男孩，借著店面的燈光，赤足走進污濁的泥溝中，彎著腰，伸手往溝內摸索著一個長方形的小盒子，還捏著一把臭氣沖鼻的污泥，尋找小盒子散失在溝底的全部內容。」這是實寫，也有虛寫，由於燈在本文中的代表意義，所以主角「借著店面的燈光」

實在是一種求助的「動作」，然而世情冷冽寒酷，給小男孩的是漠然以對。

這個打擊對於主角而言是精神上的被溺水「飲甏」，「小盒子所曾盈盛的一切是永遠沈溺在泥沼裡。」那倔強的小生命成長之後在精神上是刻意追求「活得有自己」、「不斷追尋一切可以容納自己且充實生活內容的東西」，他所謂的「自己」分明就是保持不拗折的「原我」。這表示當年受到的重創並沒有使自己「拗折」，且自己將永遠保持風骨不會拗折。但是回頭來看，他受到的創傷有多重呢？請看本文那自我安慰、自我詮解的無可奈何，在最後「這一盞風燈，不買也罷。」的放棄，就知道他遭受的是相當難以治癒的創傷。

由於作者把人物用意象借代，使得情感飽滿而不外溢。全篇最容易被濫情書寫的地方是大堂兄出手打主角的時候，作者只用非常冷靜的文字，像攝影機般客觀地拍攝一些書包及文具盒的鏡頭，主角本身沒有一絲哀嘆、沒有一滴眼淚，讀來卻是那麼令人動容。

魯迅的〈秋夜〉是由一組意象群構成，棗樹是主要意象，野花、詩人、惡鳥、小飛蟲、天空、月亮乃至「我」都是單一意象，它們結合起來成為複合意象，有機地組合成本篇的意象群。

首先值得注意的是，這些做為意象的事物，都被擬人化了，它們都出現人類才有的人格特徵。這樣的設計已經表明它具有不落言筌的象徵性，這不是一篇寫實散文。

做為主要意象的棗樹，它在一開篇就出場：

在我的後園，可以看見牆外有兩株樹，一株是棗樹，還有一株也是棗樹。

這一段開場，曾經引起許多人的討論。有人訾議它文字拖沓，更多的人為它辯護。董橋（一九四二～）在〈兩株棗樹的況味〉[25]中提到張大春（一九五七～）〈站在語言的遺體上〉謂這一句如果出現在三〇年代以後半個世紀裡任何一個小學生的作文簿裡，老師可能會評為文句欠簡練，但如果把這句子修剪得不冗不贅之後，讀者將無法體貼那種站在後園裡緩慢轉移目光、逐一審視兩株棗樹的況味。董橋說他曾經寫過一篇題名為〈棗樹不是魯迅所看到的棗樹〉，說他初遊北京時在北京復興門大街附近小胡同漫步，偶經一條棗林街，看到人家園牆裡冒出幾株棗樹，樹葉沒有落盡，樹上還有棗子，幽絕不可言傳，於是想到魯迅當年在北京寫的〈秋夜〉裡的名句。董橋言下之意，魯迅筆下的棗樹並不符合實際。

其實〈秋夜〉中的棗樹只有做為意象的工具，作者只是借用棗樹之名，重新雕塑意象，自不必和真實的棗樹吻合，在這篇文章中，野花、惡鳥、小飛蟲以及天空乃至「我」這些次要意象都負擔著重要的象徵意義，不具備寫實性格，這其實也是魯迅整部《野草》的寫作風格，意象重於實象、象徵大於寫實，如果要在實物上去考證，就不免刻舟求劍了。

所以，文章開頭這一段，「有兩株樹，一株是棗樹，還有一株也是棗樹。」這樣重複地描寫，不必站在寫實的角度去看待，那是作者強化這個意象的地位及節奏效應的手法。需注意，「重複」是本篇一個重要的表現方法，恰當的重複可以表現往復迴環的內在旋律，〈秋夜〉的節奏感是從這裡打樁。

棗樹與天空是兩個對立的意象，那天空和月亮、星星、惡鳥組合成的意象群，指涉一個龐大、黑暗、冷酷的環境。天空是「奇怪而高」，這四個字不斷在文章中重複出現，顯現的是壓在棗樹頭上的、圍繞在棗樹身邊的是一個無法理解的可怕的環境、難纏的對手。在天空經過擬人化之後，閃著冷眼鬼眼蠱惑之眼、口角上現出曖昧的微笑。「天空」之不懷好意是很明顯的，他「將繁霜灑在我的園裡的野花草上。」從象徵的意義上看，野花、小飛蟲都生存在艱困、需要搏鬥的「天空」的壓力之下。

「我不知道那些花草真叫什麼名字，人們叫他們什麼名字。」這表示花草生命的微賤，它開的是「極細小」的花，現在還開著，「但是更極細小了」這是花草生命的渺小。然而即使在天空看來，它的生命微賤渺小，它仍然是一個有感覺、有夢想的生命體，如何可以被輕視賤踏？花草連秋寒都難以消受，那嚴冬的打擊更可以想見了。營養不良的花草越來越「細小」，在冷冷的夜氣中，瑟縮地做夢，夢見春將會到來給它溫暖，但是秋也會再來給它寒冷。花草夢見瘦的詩人「將眼淚擦在她最末的花瓣上，告訴她秋雖然來，冬雖然來，而此後接著還是春」，這裡把花草的意象跟詩人的意象等同起來，詩人在人間的地位其實就是花草的地位，詩人的意象又同時指涉文人、文化人。在那「天空」的操控之下，文人之間只能相濡以沫，而「顏色凍得紅慘慘地，仍然瑟縮著」，這不是文人無用論嗎？

小飛蟲則比較勇敢、比較進取地追求光明。不過他們是「亂撞」，僥倖地有「窗紙的破孔」可以「進來」，進來又往玻璃燈罩上亂撞「他於是遇到火，而且我以為這火是真的。」這是多麼巧妙的以實寫虛的筆法！那「火」並不是真正的油燈之火，但是卻比油燈之火更來得危險的「火」。

從小飛蟲回寫到棗樹時，中間用了夏季開花的「梔子花」來過渡，這代表溫暖的梔子花是被畫在燈罩上的假花，卻是小飛蟲亂撞、追求得喘氣的目標。小飛蟲「只有半粒小麥那麼大」也是極為渺小，「我」看他是「可愛，可憐」。

跟這些追求理想但是不力的野花、小蟲相對照的是棗樹，棗樹的風姿不僅來自自身孤傲的形象，同時也是在強烈的對比之下凸顯出來。

棗樹跟小粉紅花——或者小飛蟲——的理想其實是一樣的，所以當梔子花開時「棗樹又要做小粉紅花的夢」，但是，棗樹不像野花、不像飛蟲那樣只是做著微弱的夢、只是等待著春天的來到，棗樹是積極抗拒寒冷秋冬的摧殘。

全篇對於棗樹意象的雕琢就是著力於此。前面提到開頭第一段僅有一句，卻重複了二次「棗樹」，那正是極力強調棗樹的地位、棗樹固執的求生精神。

落盡葉子、只剩幹子、瘦削的棗樹，對抗的是龐大不可測的天空。文章再三重複天空是「奇怪而高」，用來表示它之深不可測。要對抗一個無法理解的對手是極為困難的，然而棗樹不管這些，它把天空逼得「彷彿要離開人間而去」，天空可以任意把繁霜灑在園裡的野花草上，卻沒有灑在棗樹上。

棗樹的世間遭遇並不比野花、小飛蟲好，但是他比他們面對現實，棗樹「知道小粉紅花的夢，秋後要有春；他也知道落葉的夢，春後還是秋。」野花只能忍耐期待著春天到來，棗樹卻是想到春天過去之後仍然要面對秋天。在秋天「他簡直落盡葉子，單剩幹子」，「先前，還有一兩個孩子來打他們別人打剩的棗子，現在是一個也不剩了」，他用低枝護著被打棗子時打傷的皮傷。真是屋漏偏逢連夜雨。但是，「最直最長的幾枝，卻已默默地鐵似的直刺著奇怪而高的天空，使天空閃閃地鬼䀹眼；直刺著天空中圓滿的月亮，使月亮窘得發白。」棗樹的威力不但使天空不安、想逃走，「只將月亮剩下。」「然而月亮也暗暗地躲到東邊去了。」棗樹那「一無所有的幹子，卻仍然默默地鐵似的直刺著奇怪而高的天空，一意要制他的死命，不管他各式各樣地䀹著許多蠱惑的眼睛。」那夜遊的惡鳥也絲毫不能嚇到他。這使那旁觀的

「我」不覺為棗樹驚嘆！「四圍的空氣都應和著笑。」全篇意象群不過是在烘托棗樹代表的不屈不撓的奮鬥精神。

文章中的「我」只是第一人稱旁觀配角，真正的主角是用棗樹為代表、對抗著天空的「隱藏作者」，其實，那才是魯迅的、倔強的、韌性的棗樹精神。

用兩株棗樹做為對抗龐大天空的意象，並不表示隱藏作者肯定棗樹必然可以勝過天空，其實恰好相反。挺立不屈的棗樹，分明被打得葉落皮傷，僅僅兩株棗樹，顯得勢力單薄，這是隱藏在堅強背後的萬分無可奈何。

第五節　結構之美

文學作品必然要有結構，結構是作者對於構思的部署和安排，是一篇作品的骨架，沒有適當的結構，不可能撐起文章肌肉，讓骨肉停勻、關節靈通、血脈流動。從結構的角度，才能將作者處理內容的方式予以分析，從而適切地掌握作者所欲表達的主題。

散文的結構具有相當大的變通性，也可以「流動的結構」來概括活絡的散文結構體系的特色。換言之，結構的價值乃是使創作的目的，例如作者所欲表達的思想、情感等，有最理想的、系統的表達次序。在小說、詩歌及散文三種文類中，其結構的訴求並不一致。李廣田（一九〇六～一九六八）〈談散文〉㉖中說：

詩必須圓，小說必須嚴，而散文則比較散。若用比喻來說，那就是：詩必須像一顆珍珠那麼圓滿，那麼完整。它以光澤為其生命，然而它的光澤卻是含蓄的、深厚的，這正因為它像一顆珍珠，是久經歲月，經過無數次凝煉與磨洗而形成的。小說就像一座建築，無論大小，它必須結構嚴密，配合緊湊，它可能有千門萬戶，深宅大院，其中又有無數人事陳設，然而一切都收斂在這個建築之內，就連一所花園，一條小徑，都必須有來處，有去處，有條不紊，秩序井然。至於散文，我以為它很像一條河流，它順了壑谷，避了丘陵，凡可以流處它都流到，而流來流去還是歸入大海。就像一個人隨意散步一樣，散步完了，於是回到家裡去。這就是散文和詩與小說在體制上的不同之點……

以上大致對三種文類結構的不同訴求比較上的說明，筆者非常不願意強調散文可以具備「散」的特質，尤其是結構，散文結構並非散漫無章，在中國古典散文中，還特別講究散文的結構要嚴謹。現代散文只是不必像小說與詩歌必須具備特有的條件。上引李氏文末又說：

……散文既然是「文」，它也不能散到漫天遍地的樣子，就是一條河，它也還有兩岸，還有源頭與匯歸之處……好的散文，它的本質是散的，但也須具有詩的圓滿，完整如珍珠，也具有小說的嚴密，緊湊如建築。

「五四」新文學之初，文人多強調「散文無定體」，其實無定體的意思並不需要體式結構，而是指它可以更加靈活，它應該帶給散文更強大的生命力。散文的結構並沒有約定俗成或者它自己發展出來的規範可循，它具有很大的流動性與變異性，對其他文類的長短處更加可以收放自如。

小說具有客觀性的要求，講究敘事的次序，散文則可以由任何角度切片進入主題。詩有主觀性的敘述次序，散文則可自由安排，有時數個母題元素參差排列、有時跳出主題跑野馬，其成功之作固是舒放自如、天然有致，但失敗之作則是東拉西扯、漫無旨歸。是故，如何在看似無機的結構化中建立散文獨自的有機體，是相當大的挑戰，散文的結構美也因而更加繽紛多姿。

梁放的〈短夢驚回〉㉗雖然很短，卻幾乎可以象徵他的童年。「在甜睡酣夢間」童年被吵醒，一家人裝載所有的家當，無可選擇的坐上必須逆潮使勁上划的、沒篷的船，要趕著潮水行船。讀者可以理解這是為了生計困難必須搬家，可是年幼的孩子不知道為什麼要冒這個險，「被一切所蠱惑」的孩子們靜靜坐著，只是聽從父母之命。接著水退、船擱淺、大人下水推船、良久船復行……倏然船懸在瀑布上，眼看就要滑下去……在千鈞一髮之際醒來，原來那只是一個夢。這個夢前後被鑲鉗在過去的父親與現在的同事說的同樣一句話「要趕潮水呢！」的中間。文章開頭說「那是童年舊事」，讓事情以「真」的形貌出現。後面同事「要趕潮水呢！」的話把他從夢境中驚醒，告訴讀者事情只是南柯一夢，又以「假」的姿態表示。夢醒者當時「汗涔涔」一方面暗示夢是過去的真實事件，一方面表示這事件的確驚險無比。雖然後來「父母帶著我們越過那石頭，安全地到達目的地」。但是驚魂的記憶一直沒有褪色，擔驚受怕的童年生活植入潛意識，在夢中再度浮現。配合作者其他作品一起閱讀，作者的童年經歷影響他成年後的思想、觀念與情感，其間發展相當明顯。

這個短篇，深得《紅樓夢》真假意蘊及結構之神髓。整個意象上直接指涉童年的種種困阨驚險，唯一能保護他們、引渡他們的只有雙親。這樣一個似假實真的夢境，如影帶般迅速把童年放映一遍，成年後重新檢視則是「一疊疊書上一層的塵埃」，為童年寫真的是夢的影帶，被掩埋的是日記裡「重覆寫著多少展望與憧憬」。

再看這篇文章的開頭是「那是童年舊事。」文章的結尾是「童年舊夢，如此真實！」夏丏尊在《文章講話》中談到文章的開頭說：「文章的開頭猶如一幕戲劇剛開幕的一剎那的情景，選擇得適當，足以奠定全幕的情調，籠罩全幕的空氣，使人立刻把紛亂的雜念放下，專心一志看那下文的發展。」其實，文章的題目比開頭更先一步映入讀者眼簾，很少人談論題目，但很多人討論開頭。其實開頭就像題目一樣，在跟讀者一打照面時，如果就深深吸引住讀者，是非常傑出的設計。不過，筆者認為，最好的題目及開頭是貫通全篇，成為不可或缺的部分，它有時暗示了主題、點示了主題、或者和主題呼應，或者成為全篇的榫榫，或者扣合開頭與結尾，使全文結構緊湊。

〈短夢驚回〉的題目嚴密地扣合著全篇文章的主題，它本身也投射出文章敘述之外的意義。遷居應該只是家庭的普通經驗，但是本文主角的遷居是一次全家生死關頭的歷險，這個遷居花費的時間也許很短，在這次做夢的時間也很短，可以說是「短夢」，但是它「驚」心的程度卻是歷久彌新，「回」當然是回到心頭，文章表面是因夢而「回」到過去，其實遷居歷險只是童年諸事中一件，用來代表整個童年的困頓——文章最後的慨嘆可以證明——，如果童年是美滿的，那麼夢回應該欣喜留戀，而不是驚心。這個「回」字，實在不只是一個憑空的白日夢回到過去，而是同樣的情境回到心上，所以作者用幾乎同樣的行船情形、同樣說著「要趕潮水呢！」話語，那樣才更加讓主角驚心，讓讀者感動。「要趕潮水呢！」在這麼短的文章中出現三次，一次是童年時父親的聲音、一次是現在同事威里的聲音，一次是主角發自自己內心的聲音，三次各自負擔著不同的意義，但都具有牽引某些思想情感出來的作用。

再看本文的結尾，「童年舊夢，如此真實！」表現形式和開頭相近，前面部分把「事」改為「夢」。開頭時用「那是童年舊事」可以誤導讀者進入實況，不知那只是一個夢境——雖然對主角而言，的確是真實的情境——而最後告訴讀者那只是一個夢，但又「如此真實！」再次強調童年舊事的真實性及糾纏在記憶中難以去除。這一句結尾在結構上跟開頭呼應，是回顧式的結尾。作者把思路由終點拉回到起點，不僅可以讓讀者重新回味內容，在這篇文章中，當結尾回頭呼應首句時又具有循環的作用，也就是回到開頭，又再度重新開始童年的「故事」……。這篇短文的結構是如此完整圓融。

林燿德的散文特別用心於結構，這方面蔡詩萍有精要的論述，他以〈電視機〉[28]為例分析說：

> 其次就「結構」而言，林燿德的散文很能吸引評論家注意的是他刻意經營的結構。即便是一篇小短文，也處處可見林燿德對結構完整近乎「潔癖」的要求。例如〈電視機〉（《迷宮零件》，頁六七）一文短短不過近五百字，作者卻先提醒我們注意地底下千萬條線纜承載聲音所匯集的洪流巨川，然後再勾勒出聲音與城市的關係，以及電話拉近／擴大人與人之間互動關係的弔詭，又從一

座空間裡有無電話、主機與分機的分配，觀察到人際互動的權威階層，最後行動電話的出現，林燿德更是有發人省思的絕句：「至於行動電話，那是人類有史以來首度發明的分離式陽具，可以讓男人遺失，可以任女人掌握。」雖然是小文章，但作者一層一層推演、剝露的都市文明現象，卻是結構分明、不拖泥帶水。《迷宮零件》是林燿德成熟之作，無論語言、結構都施展得遊刃有餘，最能代表無疑是其中「卷二：公寓零件」，作者以現代人日常生活幾不可免的十種電氣用品為題，把科技文明為人所用，而人又不能擺脫科技文明的處境，用極其冷冽的文字捕捉出來。林燿德對結構之所以專注，主要是他對散文的抒情性、浪漫性的流弊，有相當的警惕意識，認為容易與時空和人文現象脫離，發展性有限，因此他傾向呼籲「內斂的、制約的、知性的、觀念的散文應該到來。」（《一座城市的身世》，頁二一）既然要防抒情、浪漫之弊，除了語言要精準、理性外，結構上如何不使文義隨性飄逸，思緒和論述蔓生枝節，靠的就是作者對結構之密度、張力與前後邏輯一致的掌控。

林燿德散文的結構可以說是繁複多變，他既實驗各種新式的結構，又喜歡運用解構來再結構散文。解構並非無結構，後者是不會經營；前者是有心拆除表面結構，使段落間不再呈明顯有機的搭配，意旨間也看不出確切的流程，讀者無法一目了然。解構須視處理的題材而用，例如科學文明，打破了大自然的循環法則，使都市呈現片段、瑣碎而雜亂，人類的生命也被割裂。所以，表現都市的散文也可以是片段的。這便是他系列「都市筆記」等文在解構意識下，產生片段綴輯的結果。

散文固然可以依興之所至、隨筆而寫，但絕對不表示拋棄了結構。以隨筆大師梁遇春的散文而言，許多人以為他的散文是天馬行空式的隨著玄想飛行，需知飛機在無邊際的高空飛行，更加需要嚴謹的飛行路線。周冠群在《散文探美》中分析輪輻式的結構時就以梁遇春的〈春雨〉為例解說：

梁遇春的〈春雨〉採用這種結構方式。開篇點出「輪輻」——「整天的春雨」。接著由此向四處生發聯想。「在所謂大好的春光之下……人們……像猩猩那樣嘻嘻笑著，真是得意忘形，弄到變成為四不像了。可是陰霾四佈或急雨滂沱的時候，就是最沾沾自喜的財主也會感到苦悶，因此也略帶了一些人的氣味，不像好天氣時候那樣望著陽光，盛氣凌人地大踏步走著，頗有上帝在上，我得其所的意思。」「至於懂得人生哀怨的人們，黯淡的日子可說是他們惟一光榮的時光。蒼穹替他們流淚，烏雲替他們皺眉……斗室中默坐著，憶念十載相違的密友，已經走去的情人，想起生平種種的坎坷，一身經歷的苦楚……」——這是由春雨而思及社會，思及人世間的不平；再由春雨有時的「凶猛」，「風馳電掣，從高山傾瀉下來也似的，萬紫千紅，都付諸流水，看起來好像是煞風景的，也許是別有懷抱罷。」而想到「生平性急」，「可是暗室捫心，自信絕不是追逐事功的人，不過是對於紛紛擾擾的勞生卻常感到厭倦，所謂性急無非是疲累的反響罷」，「想趕快將世事了結，可以抽身到紫竹中去逍遙」，但是畢竟「不會跳出人海的波瀾……大概擺動於焦躁與倦怠之間，總以無可奈何為中心」——這是由春雨而思及人生的苦悶和矛盾，離去而不能的「無可奈何」的情狀；接著，再由春雨的欲住又下，捉摸不定，感到正「可以做這個啞謎一般的人生的象徵。」等等。諸多聯想，全因「春雨」而發。活脫、細緻又極有起伏地抒發了作者不滿於舊中國現實，又苦悶矛盾的複雜心境。梁遇春是一個風格作家。其散文的章法稱得上充分發揮了散文的長處。對於他的散文章法的特點，唐弢以〈快談縱談放談〉評之。廢名則認為：「他的文思如星珠串天，處處閃眼，然而沒有一個線索，稍縱即逝。」「快」、「縱」、「放」，和「星珠串天，處處閃眼」，的確準確地概括了梁遇春使用這種結構方式的出色之處……

輪輻式結構的成功運用，可以給人以立體的美，很能體現散文章法的輕縱自如、靈活多變的特徵。運用這種結構時，諸種聯想和想像應當避免重複，而追求正面、反面、側面，遠的、近的等等多種角度和距離，從而既擁有一定廣度，又具有一定深度。錯綜紛紜不流於泛泛。㉙

第六節　虛構之美

歷來無人討論散文的虛構美，五四以降，絕大多數散文理論家否定散文的虛構意義及價值，自然不會同意散文有虛構之美。

傳統的散文觀念總以為散文必須出自創作者生活的主觀心靈、必須以切身的情思見聞做為素材的唯一來源，甚或在散文的內容中意圖搜捕書寫者個人的傳記資料，要求散文家以全真「記實」的任務。長期以來，這個緊箍咒限制了散文多方向、深層次的發展。

曾紹義（一九四七～）在《散文論譚・本體論》中說：

……有的同志主張散文可以「虛構」或「大實小虛」雖主要著眼於題材的處理，但我仍以為周立波同志的意見是正確的，即「散文特寫決不能仰仗虛構」，因為「描述真人真事是散文的首要特徵」，散文「和小說、戲劇的主要區別就是在這裡」；真情實感也只有在從真人真事的見聞與認識中才能得到。

傅德岷在《散文藝術論》第三章說：

散文只允許藝術的誇張，而不許烏有的虛構。但為了表達強烈的憧憬和追求，許多作家常常採用想像的點染，虛擬的象徵和夢幻的手法，將平淡無奇的事物編織成精美的花環。魯迅《野草》集中的許多「詩的散文」，採用的是象徵、暗示、夢幻的手法。

曾紹義是否定散文可以使用虛構的代表之一，他引用周立波有關「特寫」——即報導文學的一種——要求寫真為不二訴求，特寫其實不能涵蓋範圍更大的散文。而所謂的「真情實感也只有在從真人真事的見聞與認識中才能得到」那麼小說、戲劇就不能表達真情實感嗎？傅德岷已經看到散文具有虛構的事實，但是仍然無法破除否定虛構的迷障。事實上，我們無法否定先驗存在的事實，魯迅、陸蠡、麗尼、許地山……多人的散文都擅長虛構，但是學者強加解釋為那只是「藝術的誇張」，其實藝術手法誇張到某種程度即會變形，不是成為虛構嗎？而後文指用「象徵和夢幻的手法」寫成的《野草》不就是虛構的嗎？

又有人發現虛構存在的事實，於是把範圍縮小，提出小說寫人物可以虛構，但散文則否。李光連在《散文技巧》十一章中引用吳歡章的說法，都強調此點：

評論家吳歡章在論述孫犁「散文美」的文章中，談到小說寫人與散文寫人的不同特點時曾說：散文和小說不完全相同，小說的人物一般是虛構的人物，而散文的人物則一般是真實的人物。雖然二者都須要典型化，都須要從生活真實提高到藝術真實，但是散文卻應該更接近生活的實際，應該更能體現生活的豐富性和複雜性，而且在藝術表現上也更應樸素和自然，不要傷於造作。如果一味「拔高」，人物「通體光明」，文字又顯示著矯揉之態，就容易失去讀者的信任，從根本上破壞了散文的藝術感染力。（〈再論孫犁的散文美〉）

小說作者可以自由地運用各種藝術手段刻畫人物，使之典型化，而不必與生活中的人物相應合；而散文作者由於受到「記實性」特點的限制，不能如小說那樣自由地運用各種手法表現人物。散文作者的自由是在切近生活真實基礎上的自由。散文中的人物也要求有典型性，但這種典型要求是：在生活原型中選擇一些有代表性的情節故事，使之典型化，而不能像小說那樣以一種原型為基礎，雜取種種人為一個。這就是說，散文作者一般只在豐富廣闊的生活中搜尋、捕捉一些基本成型的、有代表性的人物進行描寫，而不必移花接木，將其他人的品質、行為、事情加在原型人物身上。

上文一再解釋散文受到「記實性」特點的限制，這是沒有必要的畫地自限。再看更折衷的說法，佘樹森在《中國現當代散文研究》下編說：

再談構思中藝術虛構的細節的運用問題。為了構思的曲折起伏，能否允許使用虛構的細節？我以為，這要依具體情況來論。散文必須要寫真情實感，這是毫無疑義的。但是，在具體抒寫這種「真情實感」的時候，卻又有不同情況，主要有兩種：一是借助虛構的事物來寄託真實的思想情感的，一些「冥想」的散文，「象徵」的散文，多屬於這一種類。例如晉代陶淵明的〈桃花源記〉，現代的魯迅的〈野草〉，當代的張潔的〈夢〉等。二是借助現實中真實的事物來抒發真情實感，絕大多數的散文皆屬這一類。對於前一種散文來說，自然不存在是否允許虛構細節的問題；至於後一種散文的構思，最好還是不要借助虛構的細節，人為地去造成構思的曲折起伏，這種「轉彎子的藝術」是不宜倡導的。我們不妨以楊朔的散文〈雪浪花〉為例。在文章裡，當「老泰山」一邊磨著剪刀，一邊滔滔不絕地敘說著他的生活經歷的時候，作者插入了這樣一個細節：

休養所的窗口有個婦女探出臉問：「剪子磨好沒有？」

老泰山應聲說：「好了。」就用大拇指試試剪子刃，大聲對我笑著說：「瞧我磨的剪子，多快。你想剪天上的雲霞，做一床天大的被，也剪得動。」

很顯然，如果一個勁地任「老泰山」講下去，那麼，文章不光沒有曲折，而且也不為篇幅所許。因此，在構思時，作者便虛構出這樣一個細節，作為文思的轉折點，形成構思的曲折。但是，作為一篇借助描寫現實中真人真事來抒發自己真情實感的散文來看，讀到這裡，總有些不真不實之感，文章是曲折了，但不是自然的曲折，顯出人工斧鑿的痕跡。

讀者常常是把散文當成作者的「自敘傳」看待的。從那些借助虛構的事物，來表現真情實感的散文，讀者要從中察看作者思想感情的軌跡；而從那些借助生活中真實事物，來抒發自己真情實感的散文，讀者則不光要從中了解作者思想發展的軌跡，而且還要從中了解作者的生活經歷。我們應該從這個角度出發，來嚴肅對待構思中的虛構問題。

這個觀念仍然非常保守，但已經網開一面，允許「冥想的、象徵的」散文可以虛構。因而魯迅的《野草》才有了位置。但是對於人物的虛構問題，仍然緊緊把關，文中舉出楊朔〈雪浪花〉中老泰山為例子，反對人物的虛構。其實，作者舉出楊朔該文的缺點不是虛構與否的問題，而是楊朔的描寫技巧不夠圓融、語言不合人物的文化層次，它是技術性的問題。

我們可以舉出很多公認的上乘散文使用了虛構技巧，例如錢鍾書〈魔鬼夜訪錢鍾書先生〉㉚那位跟錢鍾書對話的魔鬼不是虛構的嗎？其實，那文中的「錢鍾書」也是虛構的。散文是有「我」的文類，請問這篇文章中書寫者在哪裡呢？不會有人認為是文中那個只是聽憑魔鬼訓話、少有發言權的第一人稱「我」吧？一般保守的讀者也不會認為作者就是文中的魔鬼，那樣更乖離了散文寫實的訴求。

再看麗尼〈夜間來訪的客人〉㉛，我們可以說文中的「我」大約是書寫者麗尼自身的寫照了，但是那位來訪的客人是「寫實」的人物、來自真實生活中的嗎？如果是，那麼為什麼「我」對住在閣樓底下的鄰居「客人」是那麼陌生？為什麼作者描寫這位客人是如此的抽象？這位客人不更像是作者虛擬的另一個「我」不斷地在質疑著自己的所作所為嗎？而更深一層去看，這個「我」就真是書寫者麗尼嗎？文章中描寫了多少書寫者的個人真實生活經歷？只怕是沒有。但是，這位「我」卻是那個悲劇時代只會搖筆悲嘆而無補時艱的文人代表，做為白領階級的文人，連藍領階級以降的世間已經到了人吃人肉、人喝人血的現況都懵然無知，遑論理解進而書寫那個時代，這是文人的悲哀。所以「我」最後把早先寫的「如今，希望是寫在水上的。」薄紙「一片片地撕成粉碎。」把那虛幻不實的「悲哀」丟棄。這難道不可以看成是作者內心自我辯證的一段獨白嗎？作者用了虛構的手法，使這個單調的辯證變得靈活而強烈。

「真」是散文的充分必要條件，許多學者再三強調的是散文題材的真，而忽略文學的真，更甚於題材的真。題材只是製造過程中的原料而已，作家可以點鐵成金，也可能化純金為廢鐵。讀者想要檢驗的是點化之後的東西。

更進一步說，文學作品會呈現比現實生活細節更為「真實」的生命情境。小說如此，散文為什麼不是呢？讀者應該考驗散文文學的真，而不是斤斤計較於題材的真假。作家以自身生活經驗為骨架，經過鋪陳、敷衍而成為文學作品，並不等同於以記實為主的自傳文體。就作家生命的經歷、生活枝節而言，自傳要比自傳體文學符合真實情節。可是，自傳往往記載外表的事件多、內在的心靈情境少，讀者只能讀出人物的生平大要，不容易進入作品的「隱藏作者」中。自傳體文學添骨加肉、增加許多虛構的情節，無非更要突出人物的真實特性、呈現內在的真實情境。

小說、詩、戲劇等文類都具有虛構的特質，散文獨不被允許。早年稍稍具有虛構性質的散文就被歸類為小說，六〇年代余光中（一九二八～二〇一七）寫作虛構性較強的〈食花的怪客〉、〈焚鶴人〉，還得自己先招認「是投向小說的兩塊問路石」，像〈伐桂的前夕〉[32]還被學者顏元叔認為小說散文兩皆不類，而引以為病。這樣的「壓力」，顯然大為限制了余光中後來散文的想像空間及對於此一文類的開拓。

再怎麼記實的作品，作者對於原始素材還是一定要經過選擇、調整、修改，絕對無法一五一十完全照錄，如果這樣，現代攝影機，人手一架，每人都把生活中的重大事情錄影下來，不是聲色形象具全，更加動人嗎？如果這樣，醫院的護士拿架攝影機，不就涵蓋了人類的生老病死嗎？就創作常理而言，即使是作者的親身體驗，透過重組的記憶、藝術的剪裁之後就自然會產生虛構的成份。像簡媜的幾本散文集都具有濃厚的自傳色彩，但在本書第三章談到的〈漁父〉一文中，就明顯虛構了「我」的出生及嬰兒期「日日哭」的情節。只因它仍然屬於讀者的經驗範疇，並沒有「妨礙」到一般讀者的理解能力與閱讀習慣，就未曾引起質疑。

虛構是文學創作的基本手法之一，其他文類都具備虛構的特質，何獨散文不然？如果散文的敘述者只能和散文的書寫者疊合為一，就會大為限制散文創作的發展。

散文可以說是以現實生活感思為基礎，以切身體驗或閱歷所得為素材，重新組織而成的「創作」，並且可以揉融詩、小說、戲劇等寫作技巧的一種獨特文類，其中既可以出自生活復回歸生活，也可以自生活出發，抵達幻想與虛構的時空，更能純粹進行理念上的論辯，單就觀念本身迴旋收放。因此，以獨特的藝術觀念或美學原則匯入散文的創作內涵，發掘日常生活所隱藏的各種隱喻及內在的物象，應該是促使散文內容深入化、形式多面化的重要途徑。

陸蠡（一九〇八～一九四二）的〈門與扣者〉㉝是中國現代散文中深具存在主義特質的一篇，透過一扇門——這是個至為平泛無奇的意象——來書寫出處、友情、愛情以及死亡，門開門閉、開閉之間內外的世界產生了奇異的互動。

本文使用第一人稱配角觀點敘述第三人稱「他」的故事。「他」是個矛盾的中年人，對於戶外的流浪生活沒有了興趣、英勇的冒險生活也引不起他的熱情，他把自己關在門裡。「拜訪絕對地少，他也不愛出去。好像世界遺忘了他，他也遺忘了世界。」直到有一天，他覺察到「這門多時不曾開啟過了！為什麼不開啟一次呢？」他開始期待著扣門的聲音。這說明他不願意獨處、盼望有人來叩門，想要有人叩門當然是想要結交朋友、得到友情，可是一旦有人來到時，他又沒有能力跟對方交往。文章的結尾是：

我的故事中門裡的主人又從門邊退了回來。裹在寂寞的無形的氅衣裡。門被叩過了，門啟過了，他又恢復平靜了。以後，他怎樣呢？以後他又不安了，隨後門又開啟了，一個熟稔的靦腆的面臉在他眼前閃過了，隨後門又掩上了……終於，最後一次地，他聽到叩鐶的聲音，最後一次他延見了門外的叩者，那是「她」，是他所盼待的，用黑紗裹著面的，穿著黑衣的。他隨著她跨出這個門。以後就沒人看見他回來了，代替他掩上這雙門的，將是另一雙手。

叩門者有時是陌生人，有時是兒時的玩伴，都僅擦身而過、沒有建立情誼，門終究被自我關閉，直到最後一個叩門者登場，一個穿著皂黑服飾的女子——死神的化身。

這篇文章非常深刻的寫出人性的弱點，人類非常需要情感，包括朋友的、愛情的、親情的，但人類另一個重要的缺點是又不善於培養、護持感情。人類也非常需要事業功績，但是有人不會打開跟世界接觸的門，又有什麼能力談建功立業？入世既然不成，那麼退而求其次，避世以獨善其身，又沒有幸福自處的能力。把自身放在出、處兩不是的地位是人類極為尷尬的處境。「門」是人類自製的圍牆，它的最大矛盾是：「門是為了開意義而設的，而它，往往是關的時候居多」。文中的「他」需要感情、需要與外界接觸，可是卻一再地關閉自己那扇與世界、與人際交往溝通的門，「人愛把自己關在門裡」因為「門保證了孤獨和安全」，但「門姑息了神秘和寂寞，門遮攔住照露現實陽光，門掩蔽起在黑暗中化生的幻想」。沒有一個人是願意孤獨以終的，但有許多人卻不得不孤單寂寞而遺憾地度過一生。

顯然，這篇文章沒有多少陸蠡自身的故事，全篇文章選取的素材都是虛構的，包括「我」及「他」。而支撐全篇骨架的故事又極為平凡無奇，就是因為它平凡無奇，才更代表了芸芸眾生的生命情境。

虛構性的作品往往需要留有許多空間讓讀者思考，更確實的說，它要求讀者更積極的參與，阿諾德・豪澤爾（Arnold Hauser）認為藝術結構的複雜性和藝術鑑賞的深度，一方面取決於藝術家用間接的、暗示的手法來表達自己的能力，另一方面還要看聽眾或觀眾填補被藝術家刻意省略的內容的能力。㉞也因此，象徵、隱喻、寓言的特質會出現在這樣的作品中，也所以會使用虛構的手法，這種成品早已大量存在於中國現代散文中，我們不能視而不見。本書其他各章分析多篇作品都屬於虛構之作，例如第三章第五節談論怪誕風格中各篇作品，又如第五章第三節談論寓言時分析之各篇作品等皆是，讀者可以參見。

現代散文所以造成藝術面欠缺發展、作者們在內涵與技巧雙方面趑趄不前的一般印象，主要的原因之一是對於散文性質的模糊認知，總以為散文必須出自創作者生活的主觀心靈，必須以切身的情思見聞做為素材的唯一來源，甚或在散文的內容中意圖搜捕創作者個人的傳記資料，強求散文家以「記實」的任務。

筆者並無意強調散文必須虛構，只是認為虛構手法豐富了散文的藝術面向，我們實在沒有必要拒絕散文任何可能發展的方向與空間。

第七節　類型之美

歷來無人談論散文的類型美，有關散文的分類眾說紛紜，一直無法統一，其實也沒有必要統一，文類本身一直不斷地變化衍進，正呈現著它強大的生命力，無法被理論家所規範、所定型。文學被規劃為一「類」，是基於它發展到了一定的程度，有了一些特殊的外在內在的同質同格，為了方便解說而把它放在一個大致的區域，並非強行歸檔，它隨時可以再脫逸而出。

筆者在《現代散文類型論》中將一般觀念中的散文列為散文的主要類型，並分為情趣小品、哲理小品及雜文。又從另外一個角度把已經具備特殊體式與形式的散文歸為日記、書信、序跋、遊記、傳知散文、報導文學、傳記文學等。其實散文的類型並不只這些，許多應用文具有非常高的文學性，實在不能排除在散文之外；反之，許多小品、書信、序跋等屬於應酬之作，實在不能歸入散文中。這不能說是類型的問題，而是作品本身素質的問題。諸如演講、告示、訪問、報導、傳記未必一定成為文學，但確然也存在著文學作品。不能因為它的類型特殊而否定它不是文學，也不能因為它雖然合乎某種文類形式，但不具備文學素質而硬說它是文學。一般而言，應用性越強的文章則文學性越低，所以有人說應用文是趨路，散文是散步。

散文創作之初會以不同的類型出現，當然有它出生的必然因素，也因這個因素，使它產生特別的風味，這是不應否認的。所以，成為一種類型的文章也有因那類型本身的緣故而特別有魅力，此之謂類型美。

以散文的主要類型而言，小品文就像是精緻的點心，雜文像是速食，哲理散文像是正餐。而同一位作家書寫不同的類型，風格又自不同，像魯迅慓悍的雜文和悲怛的《野草》是多麼不同的風味。至於特殊類型，風格更加突出。例如訪問文學，讀者如見其人、如聞其聲。單純的訪問是一短問一長答，讀者聽到的是單方面的聲音及思想。進一步是訪談，被訪者回答問題之後，訪問者依據對方的回答再提出新的問題，層層剝繭，打破沙鍋問到底，令讀者有一步步進入佳境的快感。更進一步的是對話，訪問者與被訪者地位相同，表面上是一問一答，很快就會發現棋逢敵手，你往我來，文學的對話經常激發談者雙方面的慧心與思想。演講文學比訪問文學更為接近「作者」，更有臨場感。像聞一多（一八九九～一九四六）生前最後一場演講，也就是在一九四六年七月十五日李公樸先生治喪委員會上的演說，那場記錄稿後人收入他的散文集中，題名為〈最後一次的講演〉，試看部分講稿：

這幾天，大家曉得，在昆明出現了歷史上最卑劣，最無恥的事情！李先生究竟犯了什麼罪，竟遭此毒手？他只不過用筆寫寫文章，用嘴說說話，而他所寫的，所說的，都無非是一個沒有失掉良心的中國人的話！大家都有一枝筆，有一張嘴，有什麼理由拿出來講啊！有事實拿出來說啊！為什麼要打要殺，而且又不敢光明正大的來打來殺，而偷偷摸摸的來暗殺！（鼓掌）這成什麼話？（鼓掌）

今天，這裡有沒有特務！你站出來，是好漢的站出來！你出來講！憑什麼要殺死李先生？（厲聲，熱烈的鼓掌）殺死了人，又不敢承認，還要誣衊人，說什麼「桃色案件」……[35]

這種即席演講，出口成章、篇無廢句、句無廢字、一氣呵成，真是一篇精彩的散文。它的內容是維護真理正義、民主和平，所以能理直氣壯、勢如破竹。其次是演說者的感情全盤而出，語語強勁有力，氣貫長虹，可說是理勝而情烈，當然足以動搖人心。再其次，它是口說語言的直接記錄，演說者的聲音、語氣，甚至容貌、臉色，宛然如在讀者面前。另外，這篇演講記錄還用括弧描寫演說者的形態動作，例如「厲聲」，也記錄了觀眾的反應，例如「鼓掌」、「熱烈的鼓掌」、「長時間熱烈的鼓掌」，都完全配合講辭當時的內容氣氛，如此傳真式的記錄，讀者的閱讀情緒不知不覺間受到引導，彷彿也在現場聆聽，而心驚神搖，極度發揮了演講文學的魅力。

本書第二章引用白夢的天安門〈絕食書〉是深獲人心的告示文學，中央研究院追悼胡適的〈祭文〉則是感人肺腑的祭文。任何地方都可以「發現」珍貴的散文，有時連一篇得獎的小篇幅感言，作者都可以把它處理成文學。例如林燿德在第八屆「梁實秋文學獎」散文獎的得獎感言就是一篇玲瓏精緻的散文，它連題目都有：〈屍體的快樂與活人的悲哀〉：

屍體不見得全然是悲傷的。快樂之一，就在於他可以拒絕電視那無遠弗屆的暴力。他不用擔心因為沒有看過電視新聞而顯得比鄰居無知；也不用擔心在看過電視之後，因為片面和局部的訊息而造成真正的無知。快樂之二，則是屍體終於了解，在一個所謂民主的時代之中，個人決定自己命運的權力已經萎縮到什麼程度；如此，反而使他對於一生中不可歸咎於自我的遺憾能夠完全釋懷。其餘快樂，族繁不及備載。

個人的屍體是被諱言的，既然不被活的人討論，他的快樂當然也就無法回饋人間。不過，在生氣勃勃的人間，有許多巨大無形的屍體正在橫陳我們心頭；儘管許多人為了掩埋那無形而笨重的身軀，仍然拚命挖掘坑洞，但是再大的坑洞也裝填不下不斷膨脹的怪物。

譬如說，全世界的女性主義者拖動「父權」的龐碩屍體，朝向遠方的焚化爐前進了幾十年，才走到了二十世紀的黃昏，她們的腳步日益沈重，還沒有望見焚化爐逐漸伸展的陰影。

又譬如說，活著的人常常將腐敗的屍體從歷史的墳場中挖掘出來奉若神明。晚近的例子就在眼前；倒轉時光的民粹主義、以激情來虛構的種族意識……我想，任何活著的男女，如果看不清楚真相，又何異於斷絕視聽的一具屍體？㊱

這是一篇獨立的散文，和以往致謝式、回憶式、乃至前瞻式的得獎感言不同，它和「得獎」無關，卻和得獎「作品」有關，它是從〈屍體〉引申出來的一篇言談。比起〈屍體〉一文，這篇感言的批判性更為強烈。

雖然它是一篇可以獨立的散文，你又不能說它不是「得獎感言」，因為它的靈感及寫作的延展來自得獎作品〈屍體〉，也針對在〈屍體〉一文中還沒有寫到的議題繼續發揮。更重要的是，它跟〈屍體〉一文還有結構性的關聯；〈屍體〉一文的結構是由兩組平行、互相扞插、互相詮釋、又互相補充的敘述文字結合而成。而這篇感言成為第三組置於旁邊的敘述文字。三組的氣氛都不同，有意的區隔開來。但三組可以連結起來，〈屍體〉文中的祖母投射出來的「言談」一直主導著文章的主題，而外加的〈感言〉的主題也同時受到它的主導，令人驚喜作者這樣的配置圖。

許多特殊類型的散文都有它不同的風致，時常和作品本身以外的其他著作有著藕已斷絲仍連、若即若離的微妙關係，往往更呈現出類型之美。像傳記文學，如果我們閱讀胡適自己寫的《四十自述》，再讀《胡適留學日記》，再讀其他人替胡適寫的傳記，例如沈衛威的《無地自由——胡適傳》、阿炳的《國學宗師胡適》……等等，讀者必然可以分辨各人撰寫的傳記有著優劣的分別，讀者將會更想繼續閱讀《胡適文存》、胡適所有的著作，直接去認識胡適。

書信和日記是最讓作者「洩底」的類型，許多知性散文作家在平常發表的散文從來諱言個人私事，但在日記、書信中卻不可避免的書寫自己的「隱私」。它跟傳記文學一樣，如果我們先閱讀作家的書信文學，會接著想閱讀他的文學創作。朱湘公開發表的散文向來是知性散文，幾乎從不涉及他個人的私事。

在他去世之後出版的《海外寄霓君》是寫給妻子的書信，《朱湘書信集》是寫給朋友的書信。有許多感性的散文，且有許多朱湘從來未公開發表的見識情思。它們是上好的散文，對於認識朱湘的思想情感，是極為重要的資料。

《朱湘書信集》之所以重要，因為「朋友、性、文章，這是我一生中的三件大事。」（〈寄彭基相〉）在他的書信中可以看出這三者在他的生命中鼎足而三的地位。朱湘近乎瘋狂的勤讀、用功的寫作，把文章當成第一生命，在他給朋友的信中可以得到印證。

朱湘「很需要朋友，又愛得罪朋友」（羅念生〈序〉），朱湘沒有社交的能力，利用書信來往可以減少相處的摩擦，即使這樣「他在這些信裡得罪許多人，這是他的率直處，甚至還寫信去直罵本人，因此他不能見容於這個世界。」（羅念生〈序〉）朱湘跟朋友交惡可以用他自己的信來看，他給趙景深（一九〇二～一九八五）的信說：

大家都說我脾氣不好，其實那是片面之談。我從前和×××先生決裂，後來又同×××先生不和，並非無因。至於對×××先生×××先生迎頭痛擊，那是為一班文人吐氣。

我們現在讀朱湘這封信，不免為他那理直氣壯的孩子氣失笑。他得理是不饒人的，但是這個「理」又往往牽涉到他的另外一個愛「文章」上，使他更為了「真理」絕對頑抗到底。他是沒有必要的得罪了許多朋友。朱湘的朋友之樂，可以從給孫大雨的信看出「我暑假的生活……愉快中最重大的是接到了幾封極其暢快的信。」朱湘需要怎樣的朋友呢？給羅念生的信中說：

> 我很希望你們這裡來，作生活上的品嘗，作創作上的砥礪，作學問的討論。

朱湘需要朋友，不過是想完成他以文會友、共創文學事業、乃至以文章經國救世的夢想。朱湘並不自知那只是空中樓閣，他很認真、過份認真的結交朋友，他太在乎朋友，才容易得罪朋友。他又要求朋友的文學程度，更容易得罪朋友。朱湘需要的朋友不是等閒之輩，一旦他認為朋友不長進、甚至才氣不足，會立刻棄之如敝屣，甚至寫文章鄙視對方。至於才情學問都讓他看得上眼、甚至令他佩服的朋友，他也容易交惡。朱湘和聞一多這兩位天才之間糾纏的愛恨情仇，丁瑞根在《悲情詩人——朱湘》中有深刻的分析。總之，如果朱湘不在乎朋友，他如何得罪朋友，完全不成問題，問題在他企需朋友，又得罪朋友，才是他生命的重要問題。

朱湘並非跟所有朋友都會交惡，反之，當他與朋友推心置腹時，那種芬美的情誼，十分令人動容。本書第二章曾經介紹過朱湘的〈夢葦的死〉一文便是。他給趙景深的信說：「我對於你前後一番盛意，一直是感念得很。就是有地方，你心有餘而力不足，我也是照樣心領。幫忙，只講心上，本不在乎事實。我對你只有謝意可言，豈有分毫的他念。如其有，那我真可教作不懂交情了。」這是很貼心的知音之言了。朱湘與朋友的聚合是很值得研究的課題。除了羅念生說的他個性直率之外，還有許多原因值得分析。

朱湘沒有經過戀愛，在二十年華就倉促結婚，他雖然沒有懊悔、抱怨過這個婚姻，但顯然他是自覺不無遺憾的。他給羅念生的信中說「結婚的生活有幾十年，很夠過的，情人的生活卻只有幾年，千萬不要性子急，且慢慢的過他罷。情人的生活越久，將來回憶的資料也越多。」他認為婚姻是無可奈何的選擇，給羅暟嵐信中說「戀愛並非結婚的必須條件，並且戀愛情感極其複雜，並非純粹的，一個人如其想得到真愛時才結婚，這人恐怕一生都得不了妻子，——絕對的條件既然無從講起，只好拿些相對的條件如同情、治家、無病，等等來擇婦吧。」更進一步說，朱湘反對文人結婚。

《海外寄霓君》是朱湘一生「三件大事」中「性」事的間接反映，他極度需要妻子、依賴妻子，但顯然都受到挫折。由於霓君的知識水平跟朱湘有相當落差，所以朱湘有更多的私人看法只能跟朋友交談。《朱湘書信集》表現了朱湘相當前衛的婚姻觀、愛情觀、性愛觀。例如給趙景深信中說「即使承認戀愛是人生的最大事，他們兩個把結婚看得這般重大，還是舊思想在內作怪，戀愛其實不過是人生當中一種有力的工具；那麼工作是什麼呢？最玩世的人說是生後嗣。其實呢，這工作是人類的進化。文人不單靠戀愛為工具，戀愛並且成了他或她的一種材料；所以文人最好不要結婚。中國現在既然謀生既難，結婚又是一世的合同，文人更不可結婚。」「中國社交簡直可以說是沒有，男女連見面的時候都少，更不用說選擇了。……社交沒有，便有手淫，同性愛，娼妓等等不自然的事情代之而起；或者斲喪民性，或者傳播性病。這方面，如果沒有大改變，中華民族的前途便不堪過問了。」朱湘顯然把個人的生命大事，推己及人於所有人類，其實如果把他的人生三大事也推己及人，顯然絕非人人以他那三大事為必須。朱湘的文人思考邏輯大抵如此。同一信中他又有驚人之論：

我對於中國的女子也有一種勸告，這世界並非男子的世界，她們自己也佔有一半。什麼事都得男女合作才得能夠成功，她們不要看了以前卓文君夜奔司馬相如，後來差一點丈夫要討妾的事情害怕。只要她有一種正當職業謀生，就是當爐也好，那時候丈夫要討女妾，她也可以討男妾；更澈底一點，就是離婚。以卓文君的才貌，還怕嫁不到比那癆病鬼一般害消渴疾的司馬相如更好的丈夫嗎？不過有一樣，弄俏是女子的天性，正如求愛是男子的天性，這是雙方都應記得很清楚的。愛這個東西並無神聖可言，牠不過是人生的必需，正如吃飯睡覺一樣。孟軻就講過「食色性也」。世界上決不可有什麼神聖的東西存在。孔丘的倫理哲學，西方的宗教，都是一神聖，便糟糕了。我們中國古代並不曾演過什麼戀愛神聖，夫妻一倫不過注重傳後。這個什麼戀愛神聖完全是英國十九世紀中維多利亞朝的特產。他們在藝術之宮中閉著眼在那裡講戀愛神聖，他們的兵士卻在世界上作著強盜野獸。

戀愛雖沒有什麼神聖不神聖可言，牠卻自有牠的規律，好像吃飯睡覺一樣。吃飯有兩個目的：一個因為餓，一個因為吃飯了好作事。戀愛也有兩個目的：一個因為人性需要發洩，一個因為戀愛之後更好作起事來更上勁。這種目的能作到一個中庸的地位，便是善，否則便是惡。

朱湘的理論未必可以放諸四海，但都絕對是他的由衷之言，都足以用來詮釋他的內心世界、知性思維及行為動機。戀愛是做事的能源，說明他個人的需求，其實，他人生三大事中，文章才是他生命之最，朋友、性事都是他要「做文章」的能源而已，像吃飯之於生理一樣。

丁瑞根說朱湘面對生活過於嚴肅，但朱湘絕不是守舊的道學家，他看人絕對不以偏概全，甚至總是有很鮮活的見識。例如朱湘跟趙景深說「與其有貞節而喪失去健全的男女，倒不如健全男女而喪失去貞節。」他的狎娼結論也是「狎娼並不像平常想的那樣壞，結婚也不像平常想的那樣好。」（〈致羅皚嵐信〉）朱湘跟羅念生談盧梭也有戛戛獨見：

> 就說盧梭吧，他小偷小竊，也犯得不少，他見了什麼女人，就發生戀愛；但是他也有他的骨頭：即如他作過一本書，犯了眾怒，連他退避的鄉村中，無大無小，都是見他出來了就叱他，在他後面扔石子；他硬起來，偏要在路上走，每天照樣一毫不改。這不就是岳飛文天祥的精神嗎？我以為現在國內對於西方文學的誤解太大了，他們以為銷沈、放縱的文學就把西方的文學包括盡了。殊不知偉大、雄渾、健強的佳著，西方更多呢！

朱湘讀書時，不會以偏概全，但在現實生活中，因為性格的關係，不免時常因感情用事而以偏概全。最近美國分子基因學家哈默領導的醫學研究小組指出[37]「基因決定男人性愛密度」，謂男人性慾需求的強弱是由天生的「雄性活力基因」決定。「這解釋了曾誇口每天不做愛至少一次就頭痛的美國前總統甘迺迪，何以特別易有性衝動，但不能說他人格有缺陷。」但基因屬於「天然中性」者，則對性事興趣缺缺，每年只要三次性行為就滿足。哈默發現的基因，可以控制腦部血清素的多寡。血清素不但可以刺激性衝動，也會讓人感到焦慮或抑鬱。這項發現多少解釋了許多人難以控制性需求與行為的現象。

基因說固然不宜成為亂性的藉口，卻是足以讓我們更加理解某些文人特殊行為背後的潛在因素。朱湘給趙景深信中討論拜倫 (George Gordon Byron, 1788–1824) 的姐弟戀愛時，基本上也是以這種態度去詮釋：「(一個人) 要是他感情豐富，那就他在無正路發洩感情時會不自禁的去走小路。沒有母親可愛，就拿愛母親的情去愛姐姐，這也是常事，再加上拜倫簡直是一團火，那時候就是鬧出亂子來也不希奇。」這「一團火」就是基因問題吧。

梁實秋在《清華八年》中說郁達夫到清華去找他時，要求梁實秋帶他去逛北京的四等窯子，梁實秋「未敢奉陪」，後來郁達夫還是找人陪著去了云云。如果從所謂基因的角度來看，梁[38]、郁、朱都相當需求異性的慰藉者，只不過外顯的方式、舒發的管道不同罷了。只有朱湘有此自覺並夫子自道、且清楚自己的處境。朱湘留學期間只能在精神上尋找出口，這當然不濟事，所以顯得格外的枵渴，必須靠霓君的書信解圍，但那仍然不夠，他給羅暟嵐的信中說：「到外國以後，四面八方的不舒服，又沒有情感做後盾，所以頹喪了很久。」朱湘給羅暟嵐信中並不反對狎妓，他認為「在性之滿足與調劑這一個問題不曾解決之前，娼妓制度是很難取消的。」

透過朱湘的書信，讀者有更大幅度的直接資料可以理解朱湘的思想情感，對於理解朱湘的作品，也有直接幫助，所以讀者閱讀的不僅僅是朱湘的書信文學而已。

序跋也是一個極為豐富的空間，一般的序跋時常要依附在書中才有生存的意義，有些序跋卻可以獨立成為一篇散文，有些序跋跟書之間貌似相離而神卻相合。序跋的形式也是多變化的，有的長篇大論[39]幾乎可以另外成書，有的短短篇幅，僅一兩行寫就。像林燿德《都市之甍》的〈自序・藍圖〉只有兩行：

> 傳說周文王為姜太公拉車，八百步而止，周祚遂定。對於創作者而言，三十歲以前，言談所及的邊境，正規模著未來基業的藍圖。

這是作者接近三十歲時候出書的「心情」，把這個階段——不僅只是此書，還包括《一九九〇》等二十八至三十歲之間的著作——作為向未來寫作的藍圖。作者有這樣的抱負與自負。全文只有兩行，上半借周文王事做為引子，也是陪襯，「拉」出下半的主句。不過這上下文之間是互相推衍的力量，相生相成的。二者不能成「文」，但是可以作「序」。

這篇僅兩行文字的〈自序〉又和書末的〈跋〉相呼應，前者文字雖然簡短，但是包容量大，後者則是典型循規蹈矩的一篇跋文，交代作者寫作出版經過。跋文無法脫離原書而生存，但是這篇極短的序文跟原書則有著若即若離極為微妙的關係。

中規中矩的序跋也有非常精彩的作品，例如前引魯迅《野草・題辭》一文就是一篇創作者的自我告白，內中有作者不得不寫作的理由，也就是《野草》誕生的原因；內中有作者的謙卑，生命的泥土不夠沃腴，所以只能生出野草，這是書名命名的由來；野草雖然花葉不美，但自有它不得不鬥爭生存的生命力，表現作者的自負；野草必然與喬木同歸腐朽，但曾經生存的意義勝過一切，這又表現作者的人生價值觀。「我坦然，欣然。我將大笑，我將歌唱。」重複出現，說明作者對生存的珍惜及寫作的執著。最後一句「去罷，野草，連著我的題辭！」是把自己的作品丟給文壇，讓它自取生存機會。

魯迅這篇題辭的結尾跟朱湘自序詩集《夏天》幾乎相同[40]：

朱湘優游的生活既終，奮鬥的生活開始，乃檢兩年半來所作詩，選之，存少半數，得二十六首，印一小冊子，命名《夏天》，取青春期已過，入了成人期的意思。「我的詩，你們去罷！站得住自然的風雨，你們就生存；站不住，死了也罷。」

這樣的結尾都不無自負之處。諸如此類，都是玲瓏精緻、可以再三翫賞的序文。

優秀的散文幾乎無處沒有，尤其特殊文類時常有出人意表之作，所以偶而注意特殊的文類，例如公開的書信、日記、回憶錄乃至新聞報導、選舉文宣……你會發現它是經常臥虎藏龍呢。類型是一種別緻的包裝，每當我們發現一篇精妙的散文，竟然用極為奇特的形式表現，不是讓人眼界一開嗎？

注釋

❶ 朱自清〈理想的白話文〉中說：理想的白話文是把口頭的說話練得比平常說話的精粹：「渣滓洗去了，使得比平常說話精粹了，然而還是說話——這就是說，一些字眼還是口頭的字眼，一些語調還是口頭的語調；不然，寫下來就不成其為白話文了——依據這種說話寫下來的，是理想的白話文。」他又說：「理想的白話文，只要把握住一個標準，就是『上口不上口』。」

❷ 見李廣田《中國現代散文理論．談散文》。又吳調公在一九五八年撰《文學分類的基本知識》時仍主張散文「語言的最大特色是實用性和平易性」。

❸ 楊牧在《文學的源流．散文的創作與欣賞》中主張在文字方面，要給予最大的寬容，但無論如何還是以白話文為基礎。並認為要廣泛涉獵文言文的傑作，如果不讀文言的範文絕對寫不好白話文，他同時強調觀摩揣測外國語法同樣重要。余光中在《逍遙遊．後記》中說他自己嘗試把中國的文字壓縮、搥扁、拉長、磨利，把它拆開又拼攏，折來且疊去。他可說是提倡並躬親實踐大弧度變造散文文字，提供極具實驗性的例子。

❹ 見《老舍幽默小品》。

❺ 見《語堂文集．四集》。

❻ 見《暖灰．長屋》。

❼ 見《中國現當代散文研究》。

❽ 見《語堂文集．三集》。

❾ 見《徐志摩全集》。

❿ 見《現代散文史論》。

⓫ 見《廬隱傳》。

⓬ 同❼。

⓭ 見《閑書》。

⓮ 見《中書集》。原文如下：

美在任何的地方，即使在古老的城外，一個輪船碼頭上面。

等船，在划子上，在暮秋夜裡九點鐘的時候，有一點冷的風。天與江，都暗了；不過，仔細的看去，江水還浮著黃色。中間所橫著的一條深黑，那是江的南岸。

在眾星的點綴裡，長庚星閃耀得像一盞較遠的電燈。一條水銀色的光帶晃動在江水之上。看得見一盞紅色的漁燈。岸上的房屋是一排黑的輪廓。

一條躉船四五丈開外的地點。模糊的電燈，平時令人不快的，在這時候，在這條躉船上，反而，不僅是悅目，簡直是美了。在它的光圈下面，聚集著有一些人形的輪廓。不過，並不聽見人聲，像這條划子上這樣。

忽然間，在前面江心裡，有一些黝暗的帆船順流而下，沒有聲音，像一些巨大的鳥。

一個商埠旁邊的清晨。

太陽升上了有二十度：覆盌的月亮與地平線還有四十度的距離。幾大片鱗雲粘在淺碧的天空裡；看來，雲好像是在太陽的後面，並且遠了不少。

山嶺披著古銅色的衣，褶痕是大有畫意的。

水汽騰上有兩尺多高。有幾只肥大的鷗鳥，它們，在陽光之內，暫時的閃白。

月亮在左舷的這邊。

水汽騰上有一尺多高；在這邊，它是時隱時顯的。在船影之內，它簡直是看不見了。

顏色十分清潤的，是遠洲山的列樹，水平線上的帆船。

江水由船邊的黃到中心的鐵青到岸邊的銀灰色。有幾只小輪在噴吐著煤煙：在煙囪的端際，它是黑色，在船影裡，淡青，米色，蒼白；在斜映的陽光裡，棕黃。

清晨時候的江行是色彩的。

⑮ 見《野草》。原文如下：

在我的後園，可以看見牆外有兩株樹，一株是棗樹，還有一株也是棗樹。

這上面的夜的天空，奇怪而高，我生平沒有見過這樣的奇怪而高的天空。他彷彿要離開人間而去，使人們仰面不再看見。然而現在卻非常之藍，閃閃地䀹著幾十個星星的眼，冷眼。他的口角上現出微笑，似乎自以為大有深意，而將繁霜灑在我的園裡的野花草上。

我不知道那些花草真叫什麼名字，人們叫他們什麼名字。我記得有一種開過極細小的粉紅花，現在還開著，但是更極細小了，她在冷的夜氣中，瑟縮地做夢，夢見春的到來，夢見秋的到來，夢見瘦的詩人將眼淚擦在她最末的花瓣上，告訴她秋雖然來，冬雖然來，而此後接著還是春，胡蝶亂飛，蜜蜂都唱起春詞來了。她於是一笑，雖然顏色凍得紅慘慘地，仍然瑟縮著。

棗樹，他們簡直落盡了葉子。先前，還有一兩個孩子來打他們別人打剩的棗子，現在是一個也不剩了，連葉子也落盡了。他知道小粉紅花的夢，秋後要有春；他也知道落葉的夢，春後還是秋。他簡直落盡葉子，單剩幹子，然而脫了當初滿樹是果實和葉子時候的弧形，欠伸得很舒服。但是，有幾枝還低亞著，護定他從打棗的竿梢所得的皮傷，而最直最長的幾枝，卻已默默地鐵似的直刺著奇怪而高的天空，使天空閃閃地鬼䀹眼；直刺著天空中圓滿的月亮，使月亮窘得發白。

鬼䀹眼的天空越加非常之藍，不安了，彷彿想離去人間，避開棗樹，只將月亮剩下。然而月亮也暗暗地躲到東邊去了，而一無所有的幹子，卻仍然默默地鐵似的直刺著奇怪而高的天空，一意要制他的死命，不管他各式各樣地䀹著許多蠱惑的眼睛。

哇的一聲，夜游的惡鳥飛過了。

我忽而聽到夜半的笑聲，吃吃地，似乎不願意驚動睡著的人，然而四圍的空氣都應和著笑。夜半，沒有別的人，我即刻聽出這聲音就在我嘴裡，我也即刻被這笑聲所驅逐，回進自己的房。燈火的帶子也即刻被我旋高了。

後窗的玻璃上丁丁地響，還有許多小飛蟲亂撞。不多久，幾個進來了，許是從窗紙的破孔進來的。他們一進來，又在玻璃的燈罩上撞得丁丁地響。一個從上面撞進去了，他於是遇到火，而且我以為這火是真的。兩三個卻休息在燈的紙罩上喘氣。那罩是昨晚新換的罩，雪白的紙，摺出波浪紋的疊痕，一角還畫出一枝猩紅色的梔子。

猩紅的梔子開花時，棗樹又要做小粉紅花的夢，青蔥地彎成弧形了。……我又聽到夜半的笑聲，我趕緊砍斷我的心緒，看那老在白紙上的小青蟲，頭大尾小，向日葵子似的，只有半粒小麥那麼大，遍身的顏色蒼翠得可愛，可憐。

我打一個呵欠，點起一支紙烟，噴出煙來，對著燈默默地敬奠這些蒼翠精緻的英雄們。

⓰ 見《冰心散文集》。

⓱ 見《餘音》。

⓲ 這三段筆者認為是本篇的贅筆，一個成熟的讀者不會、也不應該用「作者自傳」的角度去閱讀小說，不論作者使用多少他自身的真實素材。該書附有馬星野的〈序〉，也特別提醒讀者：「我認為讀者不可把《餘音》當作徐鍾珮的回憶錄看，又不可以當作她的家庭信史來看」；耿修業也說：「我卻一直不以為《餘音》是徐鍾珮的『幼年自述』」。連作者自序也聲明「我在臺的姐姐……讀完《餘音》後，她給我來信：『你書裡的人物，都屬子虛烏有，讀到父親的死，我仍不禁傷心落淚。』」諸人如此這般的「此地無銀三百兩」，只說明中國人對於揭示家庭私生活仍然有很重的心理負擔。事實上，任何一位清明的讀者，都不會把作品當成作家的自傳，反之，一件未經剪裁虛構的作品，僅管內容多麼和事實吻合，都不可能成為文學作品。

⓳ 見《我在臺北及其他》。

⑳ 見《愛在藍天》，原文如下：

「514 班是一群狂放不羈的野人。」高三教他們英文的王玲敏老師如是說。而他們自己也頗樂以「非洲野人」自居。王老師只教了他們一年的英文，看到的就是他們高三那年要命的狂妄和放浪形骸。

升完了旗，衣衫開始亂穿。下課時，總有人打著赤腳滿樓跑；上課了，立刻寬衣解帶以求涼快。若是老師點到了名字，慌忙站起身來，快把褲腰先拎著，才免得穿幫。完全不管女老師看了，心裡會有何感受。

上課，最愛起鬨，又喜歡回嘴，尤其愛爭辯。有人提出問題，就有人回應；有人表示贊同，必然就有人反對。不爭個面紅耳赤、你死我活，誓不罷休。堂上的爭論固然激烈，臺下的討論更是熱絡。一點芝麻小事也很可能不知不覺耗掉一節課。不過，這些辯論，事後想來，也覺得頗有激盪思考、啟發思維的作用。

上課如此，下課後的喧鬧，則更是不在話下。午餐，是一天之中，最熱鬧、最快樂的時候。任何下課時候到他們的教室看他們，都是那麼歡欣鼓舞，好像中了特獎似的。一見老師進來，每個人必放聲高喊「老師好！」呼聲不絕於耳，令人備覺溫馨。如此粗獷狂放、卻又熱情似火的作風，怎能不叫人又愛又恨呢？最教人消受不了的，應該是他們的招牌吼聲：一種非洲野人的粗野吼叫聲。他們常常很有默契的在某種時候，集體發出這種叫聲。由於其聲徹野，如雷貫天，他們也能自知節制，總是兩秒鐘即止。

514 班裡 53 個人，並不全都是狂放的野人，也有內向拘謹的彬彬君子。只是少數安靜的成員，也能泰然接受這些狂人的狂妄作風，大家相處和睦。我是一個拘謹保守的老師，我卻深深喜愛這一群個性率真、作風豪邁的孩子。我可以和他們直來直往，凡事不須拐彎抹角。我對他們若有所不滿，就算立刻責罵幾句，甚至發頓脾氣，他們如果覺得受到冤屈，他們會事後直接告訴我，但絕不會記恨在心。最可貴的是，他們想要什麼，對我有些什麼要求，或者有什麼不滿，他們都肯率直的說出來。甚至，當面向我抗議：「老師！我覺得你很不公平……」讓我知道，總比瞞我、騙我好得多。

我由衷喜歡如此一個個真性情的流露，雖然真性情裡呈現太多的缺點。我們師生間的深厚感情，使我們能相互包容、相互體諒。每次球賽，我一定全場盯到底，甚至督促班級幹部點名，要求全班到場加油；運動會，一定全天候陪伴選手參賽，並要求未與賽者也全日加油助陣；軍歌、合唱，我也常陪同練唱。而這些孩子練習時，總是一付玩世不恭、不正經的散漫模樣。花費許多時間，仍表現得一無是處，令人為之氣結。您說，這樣帶班，豈不要把人給累慘嗎？怪的是，一到正式比賽，他們卻總是會有令人跌破眼鏡的傑出表現。一上場之後，那股專注認真的勁兒，看在眼裡，真是可愛極了。這群狂人，還真有點兒鬼靈精怪的味道呢！

514的孩子，大都各有主見。班會要決定任何事項，總是困難重重。經過天翻地覆的辯論之後，總要一再表決，最後，勉強以一、兩票之差的多數決定，做成決議。令人欣慰的是，決議的過程雖然辛苦，一旦決議之後的執行，倒是少有異議。

這個團體，起初真像是一盤散沙、烏合之眾，每個人都不自覺的要突顯自己。偏偏碰上我這個極端重視團隊精神的老師，硬是要他們削弱自己、強調班級。這可花了我不少的心血，總算在團體競賽中漸漸激起了他們的雄心壯志。

這就是514，一群可愛的非洲野人！

㉑ 見《語堂文集・二集》。

㉒ 見《重樓飛雪》。原文如下：

遙遠連接遙遠，那群山遠遠的俯望下來，遙對小窗一角正眺望的女孩——我就用眼光細細的品嚐那飄渺的遠景。那起伏如雲的山巒啊，多麼像晚唐詞中的嬪娥魚貫而列呢。一剎那間，嬪娥魚貫列的詞就湧起如群山一般的姿態了。我驚喜的思緒飄奔起來。下一句該是——笙簫——吹斷水雲間……

彷彿是李後主笙歌隱約的宮殿裡，歌和絲竹一起迎來。但今朝，那一片悅音都化為冷清和仙意的山了。此刻的高原上，小窗外仍落著微雨。早晨的呼吸好清啊。等晨雨散了之後，我們就去嬪娥魚貫列的那兒，要走入笙歌吹斷水雲間的遠山中。

□ □ □

我們在千萬點星光裡坐下。你忽然捉起我的手，用食指在我手心的掌紋上寫一個我，一個空格和一個妳字：「我」「妳」。「我」「妳」我跟著你指下的字唸。「妳，填填看。」你望著我說。「我和妳。」我脫口而出。你笑了笑：「不是，妳真的想到是我和妳？」我也笑著點頭：「不是我和妳是什麼？」我說。你想了一會，又說：「妳真的想不出嗎？」我認真地搖首。「那我回去用筆在信上寫，寫了寄給妳填。」你鄭重又帶點霸氣的看著我說：「妳一定要填。」我詢問你該怎麼填呢。你叫我想，你再唸了手心上的字一遍，我忽然大悟。我說我知道了。我在你手上寫下去。你捉住我的手，在我手心上再寫了一遍。

㉓ 見《暖灰》。原文如下：

這應該是屬於無意識的記憶。若不是僅為了要買一盞風燈來裝飾小斗室，腦海裡絕舀不出這一瓢往事來。

忘了是那一年的那一天。

日落黃昏後，夜像爬蟲，蠕動著迫近了當時尚無電流供應的小鎮。在廚房吃了飯，我走出店面來。父親站在大檯邊，正忙著裁裁剪剪。店面有點陰暗，堂兄們還沒把汽燈點上。

當時，我在伯母家寄宿，家人全在離市區幾哩外的膠園裡。父親每隔一兩天就出來看我一次，也順便買些食品等物，主要的還是幫伯母裁剪那幾天所收下訂製的衣服。父親不知何時起就為他們義務效勞。我在那兒寄宿時，他做得更勤快，像與伯母有默契；能於這份額外工作而換取我的膳宿，他樂而不疲。

一見到比往日遲回的父親，我問道：

「爸，你怎麼還沒回去？天黑了！」

「知道啦。」父親睨斜著眼，安詳地看了我一陣，打從心裡因我這一句話而感到欣慰。他沒停下來，捷快地趁天未全暗下來前趕完手上的工作。

我跪在椅子上，上半身傾前地伏在桌子上，全神貫注地看著父親靈巧的手在畫在剪。等一切做畢，他噓了一口氣，看了店外一眼。對面那一排高腳店屋，浸淫在天已暗下來而燈火未上的一種莫名底蒼涼裡。

大堂兄吃了飯，用牙簽剔著牙，旁若無人地走了出來，然後把掛在天花板中間的汽燈取下，頂著門檻，自顧自開始點著。

店內，父親收拾桌面上的刀尺碎布，看來是準備要回家了。

大堂兄把燈又掛了起來，我與父親因烈光的照耀不約而同地眯著眼睛望一下，又抿一抿嘴巴會心地笑笑。在那一頃間，像是已交換了一個祕密。

父親捏了我一把，與走過來的大堂兄聊了一陣。他站著思忖片刻，接著是蹲下身子往煤油爐中抽出大半瓶的煤油。在未掃的地面上，橫著幾條碎布，他把它們捲了起來，搓成繩狀，伸入瓶口中。如此進進出出地試了幾回，最後還是不稱意地把它抽出來。

我忍不住那一份按捺多時的好奇，向父親追問。

「做盞燈。要回家了。」父親應道。

我看著那瓶子。做燈？蠻新鮮的玩藝。我提供了一些意見，父親也唯唯諾諾地應著，但那盞燈始終做得不好。後來父親用比較粗的布索封住瓶口，才稍為滿意地把它點著了。但那火勢凶猛，紅豔豔的火苗上還冒出一股令人作嗆的烏煙。

父親又即刻把它弄熄。

外邊的家家燈火已亮晃晃地在適應著一個黑夜的駕臨，父親的燈，反反覆覆地做做拆拆永遠不理想。

看著父親蹙眉的樣子，我突有所悟，爬下桌子，一逕踏黑上樓，走向與伯母共同的臥室。

在大床上，找到了一把夜裡我們常用的手電筒。試了試它的關擊，我興高采烈地回到父親身邊。

下樓時與伯母碰個正著。

「你做什麼？」

「我爸爸可用來照路回家！」

我心向著父親，一手把電筒交給他後，還多事地一一教他如何開關它，像在進行一件十分愉快的工作。

父親背著伊班人常用的竹籃子，裡面全堆著在市鎮上買的東西。我拉住他的手，逐步跟著他走完那長長的五腳基，一直到他下另一端的樓梯，捻亮另一手握著的電筒時，我才止步。父親弓著身子，交代我一些話後，鬆動著雙肩，整了整揹籃，才又轉身走向歸途。

父親走遠了，他身後的空間擁著一簇簇的黑絮。夜空裡沒有星光，也沒有月亮。屋檐下是一窩放棄剪破夜幕的燕子，帶著滿懷的失望無奈與疲倦，正吱喳地抗議如何熬過一個漫漫長夜。

回到伯母家，走到一個牆角，提著黃斜布小書包，我開始走向店面，準備在燈光下做完當天的作業。

冷不防，大堂兄形一箭步搶走我的書包，重重地順勢用它掃過我的頭，又閃電似的將它拋出店外的五腳基上。只見一個黃色物體在半空中划個弧線，沒頭沒腦地跌了下來，半仰著在地上叫喘，文具盒也早已給蕩了出來。

我驚慌地不知出了什麼事。大堂兄出手打我是早已習以為常。但那一回，剛送了父親一程，心裡還念著家裡，大堂兄這一著一時叫我突然從刻骨的思家情緒中虛脫而出；我是從沒那麼給驚嚇過。

我頭上給擊了一記，在地上蹲著，模糊中見到另外兩位堂兄也先後出來了，漫不經心地只掃了我一眼，一語不發，彷佛是看了一隻趴在地上的野狗。稍會，我才開始站起身子，想把外邊的書包拾起。很快地，大堂兄又跨前一步，俯著身子，高舉著右手，對準我的頭又想再掃下一掌。我本能地縮了一縮身子，提起書包，機警地閃開，那來不及拾起的文具卻遭了殃，給一踩一踢，裂了一個大口，只做一聲無助的嘶號，還來不及哭泣已飛進路邊的水溝中飲槳。

咒罵一陣，大堂兄進店內取出一件襯衫，一邊扭著衣扣，一邊大搖大擺地走了，回頭只向我揮了揮大拳頭。

回到了店門前，第一件事就是順著文具盒飛越過的方向，開始尋找它的蹤跡。

看熱鬧的人很多，每個人隔岸觀火地看著這麼一個小男孩，借著店面的燈光，赤足走進污濁的泥溝中，彎著腰，伸手往溝內摸索著一個長方形的小盒子，還捏著一把臭氣沖鼻的污泥，尋找小盒子散失在溝底的全部內容。

只是，小盒子所曾盈盛的一切是永遠沈溺在泥沼裡。

這個男孩，後來在生活的洪流裡，自覺未曾穩牢地捉住什麼，雖一再頻頻尋覓那種種失落，都是已決定不再受其干擾——遠了，那曾一度對一切充滿綺麗夢幻底稚嫩童心，也遠了，那一段敏感，容易受傷，鬱鬱不樂的少年情懷。

是性格使然，始終是一個固執任性的人，現在發覺活著不能說是純粹為了自己，但能活得有自己是件刻意追求的事。他不斷追尋一切可以容納自己且充實生活內容的東西，那怕有時顯得怪誕及令人莫解。買盞不實用的風燈，不是想牽引一段浮離人間的遐思，只是為了一個微不足道，卻又十分實在的目的；是為小斗室增添一份以期滋潤心靈的美感；增進一點生活情趣，盡可能擺脫鐘擺式的單調與刻板；更爭取隨之而來的一份安寧。

現在想想，這一盞風燈，不買也罷。

㉔ 作者另外一篇散文〈燈・父親與我〉更加明確表達與此文相同的「燈」的象徵意義。

㉕ 見《明報》一九三七年三月三十一日。

㉖ 見《中國現代散文理論》。

㉗ 見《暖灰》。原文如下：

那是童年舊事。

兩排厚墩墩的綠牆，夾住一帶茶似的水。長長窄窄的天空灰撲撲地像畫家把調淡的墨汁任意潑在宣紙上，伸延到河面上來。父親與園工阿曼撐著槳，坐在船各端，逆潮使勁地划著。船後蕩開兩道短短的波痕，善辯地匯入逝水裡。

「要趕潮水呢！」

那是父親的聲音。在甜睡酣夢間，我給吵醒，一骨碌地坐了起來。天只矇矇發亮，父母在屋裡走動，忙著把一件件日常用具收拾。最後連床也拆了，摘下那頂大蚊帳。

稍後，我與弟妹們給帶到河邊，那兒泊著一艘沒蓬的船，其中堆著我們所熟悉的家俬等雜物，捆上麻繩，竟是那麼陌生，混亂。

太陽出來了，潮水也高漲。

岸邊也來了許多左鄰右舍，有人送餅乾，有人送水果，聚在一邊不斷向我們揮手。小鎮靜寂，河面上那泥漿般的水呆滯地著無色的漪漣，像鬆落了的弦，彈不出任何一個音符。

船給撐離岸邊，緩緩地走了。

再回頭，人已不見。漸遠去的店屋上空，悠悠蕩蕩地飄著淡淡雲霧。不久，它們也全部消失。

父親與阿曼搖槳，母親抱著一正弟，她面前靜坐被一切所蠱惑的弟妹與我。

漸漸地小船進入一條小支流。兩岸是密不透風的綠林，黑褐的河水，隱著透不徹的陰沈。水退得更急了。

倏地，船底擦著了什麼，整艘就此擱了下來。父親試了深度；下水站著，水面只到他的膝頭。大人們商議片刻，母親也放下襁褓中的弟弟，加入試圖把船推動的行列。良久，他們才又回船上來。船後不遠處，由緩而急已奔瀉著一道瀑布。我看見父母不約而同地吁了一口氣，相顧會心微莞。

突地，那萬馬奔騰的水勢愈聽愈近，直逼我的耳膜，令人戰慄。是誰鬆了槳？船已後退，像滑水板懸在瀑布上，眼看就要滑下去，令人心驚膽喪。

「要趕潮水呢！」

那是同事威里的聲音。我猛然地坐了起來，汗涔涔地一時不知自身何在。

原來那僅是一個夢。現實裡，父母帶著我們越過那石頭，安全地到達目的地。

推窗望外，同行們已為了開始一天的工作在屋外集合。鹹濕的海風迎面吹送。各方面上仍然一片煙霧彌漫。

一室微熹，輕撫桌上一疊疊書上一層的塵埃。那日記本，重覆寫著多少展望與憧憬；昨夜的一頁，是否一而再，再而三地用今天的一頁掩過，繼而壓在許許多多洶甸甸日子的底層？

前往工地的小船，歿鏡般的水面，船後波痕，像兩條緞帶向外飄搖。那是一首歌，一開始不合拍子節奏，愈行愈離譜。生活與理想，不往往也是兩回事？

「要趕潮水呢！」

童年舊夢，如此真實！

㉘ 見《迷宮零件》。按，蔡詩萍評論〈電視機〉，但與林燿德〈電視機〉一文不合，疑蔡詩萍引用錯誤題目。

㉙ 見《梁遇春散文集》。

㉚ 見《寫在人生邊上》。

㉛ 見《麗尼散文選集》。

㉜ 以上〈食花的怪客〉、〈焚鶴人〉、〈伐桂的前夕〉皆見《焚鶴人》。

㉝ 見《陸蠡散文集》，原文較長，故不錄。

㉞ 見《藝術社會學》。

㉟ 見《聞一多全集》。

㊱ 見《中華日報》一九九五年九月二十日。

㊲ 見《明報》九版，一九九八年七月九日。

㊳ 梁實秋不論是年輕時初戀時的浮動得病，或是老年的黃昏之戀，都顯得燥火難抑。他個性保守，也無法隨意找出口。

㊴ 一九二〇年蔣方震（一八七三～一九二九）陪梁啟超（一八八二～一九三八）歐遊回來著《歐洲文藝復興時代史》，請梁啟超作序，梁啟超覺得「泛泛為一序，無以益其善美，不如取吾史中類似之時代相印證」，不料下筆不能自休，成數萬言，篇幅幾與原書相等，只好獨立出來出書，就是著名的《清代學術概論》，蔣方震反過來為他作序。梁啟超那篇「序」可能是空前絕後的長序。這一段故事誠為序跋史上的美談。

㊵ 見《悲情詩人——朱湘》。

第五章　現代散文的出位

文學是生生不息，不斷與時俱新的，「獨創」是文學的重要特性，優秀的作家都有自己獨特的文體風格，絕對不與別人雷同。文藝分類學是後文學而存在，它只不過把豐富的文學創作做分析歸納。文學在先，文類歸納在後。從嚴格的意義上說，文學是很難分類的，更不用說再分次文類，但文學在自然衍進中又形成一些普同的遊戲規則，形成文類之間的區別。文類形成某些特色之後，具有創造力的作家又不甘規範在文類格律之內活動，往往打破成規定律，跳出原來文類的框限，創作溢出舊文類格律的作品，產生出位的現象，久而久之也帶動文類的質變。文學的可貴在於不斷衍出新的生命力，無法定於一格，所以文類應該具備流動的性格。

早在三〇年代，文學創作者就有文類出位的情形。朱自清在一九二二年寫〈匆匆〉，作者自認為是詩，後收入其詩集《踪跡》，後人有的視之為詩、有的當作散文。巴金（一九〇四～二〇〇五）的〈廢園外〉也分別收入他的小說集及散文集中。冰心的〈關於女人〉在一九五四年人民文學出版社出版的《冰心小說散文選》是收進小說類中。一九八四年《花城》第四期冰心自訂〈文學創作簡目〉又歸為特寫集。又如許地山的名篇〈讀芝蘭與茉莉因而想及我底祖母〉一文楊牧（一九四〇～）同時將它編入《許地山小說選》及《中國近代散文選》。魯迅的〈社戲〉收入小說集《吶喊》中，但是有人認為它應該是散文。王鼎鈞的〈哭屋〉收入散文集《碎琉璃》裡，但被選入《六十三年短篇小說選》中。諸如此類，例子不勝枚舉。

早年的詩、散文、小說之互相出位，筆者以為是作者對三種文類的界定不很在意或者不十分清楚而造成，並非有意讓文類出位。但是後來文類界定清晰之後，出現許多介於數種文類之間的創作。有些是作者習用某種文類後，想開發另一文類領域，其過渡過程中，產生兼具兩種文類特色的作品。有些則是創作者不滿既有文類的單純性，蓄意向其他文類尋求營養，以突破類型界限，希望藉此別創一格，開拓超越文類的新局面。像朱西甯（一九二七～一九九八）、王文興（一九三九～）早在六、七〇年代就開始了小說的反情節、主題非單一的自我革命式創作。八〇年代海峽兩岸不約而同地小說家都有「散文化」的傾向，新世代散文作家且刻意模糊文類的界限，知性散文跟小說的文類界線更加模糊，多歧義而寓言化。臺灣如林燿德、林彧、杜十三等均擅長於將詩、小說乃至其他非文學體裁如公文、診斷書、新聞報導……等等結合在散文的體裁中。林燿德在詩集《都市之甍・跋》中說：

> 《聖器》、《廢墟》、《焱炎》三卷，是文類邊緣的冒險，屬於敘事詩、小說和小品三種文類互滲的「中間文類」。

他在〈城市・迷宮・沈默〉一文❶中說：

我的《迷宮零件》是小說、詩或者散文，也即是另一座迷宮，關鍵處僅是由我導遊罷了；只不過導遊者隱身其中，成為「零件」的一部分，那個消失的「我」是逃避者又是追索者。

這段自述說明了作者刻意突破文類，也表現了「逃避者」與「追索者」的矛盾性格、迷宮和地圖在都市散文中的象徵意義。

杜十三的散文不僅融合詩的意象，而且慣常使用電影的映像、分割鏡頭，使得散文具有綜合藝術的特質❷。

無論如何，各種藝術手法互相滲透使文類出位已經是一個既成的事實，小說和電影的敘述手法有共通之處，電影蒙太奇手法運用於文學，而今還有「詩質電影」❸。在各種文類中，散文為文類之母，比其他文類更具有邊緣性及包容性，所以它出位的可能及機會都最大，我們不能不正視。

第一節　散文與詩

在中國傳統文學觀念中，詩的風格要清空、文的風格主典實，而且詩與散文的區分內容重於形式，所以《莊子》、《列子》的散文最近詩❹。一般而言，詩是高度集中想像及情感的表現，所以詩歌多想像、散文多寫實；詩歌重意象、散文重描寫；詩歌重韻律節奏、散文重畫面圖象。

詩講究形式與節奏，跟散文不同。分行是現代詩的標準式，有齊頭式、有齊尾式分行，中間穿插或高或低的句式。至於各行之間，又有空格、跳行等變化。

現代詩的節奏，一方面來自形式，例如跳行、空格、停頓、押韻及聲音的應和等……，但都不是絕對必要的條件；另一方面來自內容與形式的密切配合。如何配合，就是運用之妙唯視各人詩心了。朱湘本來主張詩不宜無韻的，但他自己第一次寫無韻體詩〈洋〉時卻是別無選擇的不用韻。朱湘給羅暟嵐（一九〇六～一九八三）信中說：

> 我本是主張詩中不宜於作無韻體的，不過當時的情緒覺得除此外更無表現的方法，所以竟然自己也作了。

創作是一種理性與感性、意識與潛意識同時運作的工程，有時作者未必能完全在知性中百分之百的操縱。因而，寫作出來的是詩或者散文、是偏向散文或者偏向詩，有時不是創作者能夠完全控制。

決定一篇作品是否為詩，它內容的表達方式應該是關鍵處。游喚（一九五六～）在〈詩的姿勢〉[5]中認為語言是決定性的關鍵。他以余光中及何其芳的同題作品〈黃昏〉為例說明：

> 假想把余光中分行的〈黃昏〉改成分段，你會發現它與散文的形式與語言很像，反之，把何其芳的散文也改成分行式，在句型的長短上稍作調整，是一看便知道它實在是詩，用的是詩的語言。現在，仿造類此作法，把余光中的每一首詩嚐試改成分段式的散文排列。再拿余光中的散文作品比較對現，你會發現原來余光中的詩，其實都很像散文，尤其更像他自己寫的散文。於是，得出

結論：余光中的詩散文化很重。

然而接下來的問題是：什麼是詩的語言？又什麼是散文的語言？整個關鍵就都在語言自身。依詩法院之見，詩的語言建立在意義（葉嘉瑩氏叫「象喻」），詩的意象與敘述綜合的效果要有「姿態」，最後，詩的語言要具有多義性，詩的旨意要有無可名狀的感受。反之，與上述幾點相反的便是散文的語言。

用游喚這個檢驗散文與詩的基本方法來看夏宇（一九五六～）的詩〈甜蜜的復仇〉[6]，如果把這首詩合為一段，那麼它是一篇非常簡要精緻的散文，尤其配合題目的矛盾語法，更加深愛恨交織的深度。〈甜蜜的復仇〉閱讀起來仍然有詩的味道，在於它的形式及節奏感。它分行之後，不但有空間視覺的情文並茂，也包括了節奏的分割和分配。內在意義的旋律和外在語言的節奏配合得恰到好處。它不僅用跳行的方式把關鍵性的句意挑高，強化了「醃」、「風乾」、「老」、「下酒」的意義。同時也因為跳行而使得音節停頓，配合了節奏。而前後兩段每行句子長短的分配，都是由長而短，不僅是形式上的美觀、語氣上的由放而收、也是節奏上的呼應。

再看夏宇的〈愛情〉這篇作品如果合成段落，仍然可以成為一篇三段的散文。跟〈甜蜜的復仇〉比較起來，這篇作品比較遠離散文，而更接近詩。蓋它把拔牙跟拔除愛情互為譬喻，牙齒拔掉之後牙床位置是空的，情人分手之後心中愛人的位置也是空著，作者再把「牙床」的形式之「空」雙關「愛情」精神之空虛，把「牙床」生理之「疼」雙關「愛情」空洞後心理之「疼」。再次，這篇作品是詩中有詩，那首被包在中間極短的小詩，用它極短的篇幅雙關愛情生命的極為短暫。不過把短詩譬喻成愛情，沒有用隱喻使它更像詩，而且題目使用「愛情」跟作品中已經明言「愛情」再次重複，是這篇作品較為遺憾的地方。再看夏宇〈疲於抒情後的抒情方式〉這篇作品比前兩篇更接近詩、遠離散文，因為它把痘痘、曇花、愛情三者「三合一」同時互相指涉。從第二段開始幾乎每一句都是雙關語，第二段「第二天院子裡的曇花也開了」同時指涉痘痘跟愛情。而且這一句的出現本來是帶給人驚喜的，在結構上它其實也是承接著上段末句「我照顧它」，也就是我不但照顧痘痘，也照顧曇花，所以曇花也開了。這裡更重要的是暗示「我」很用心照顧愛情。

由於作者選擇了「曇花」，這種雖然美麗但一旦開花即迅速凋零的花種，所以逃避不了迅速凋落的命運。第三段前兩句「開了/迅即凋落」也是同時寫曇花、痘痘、愛情。最後三行的「比較式」句型，非常機智。痘痘、愛情凋落的快慢，讀者本來沒有概念。但作者用比較法：曇花是讀者認知中花期最短的，痘痘的生命比曇花還短，但比愛情還長。可見愛情的生命是最短。這種比較法理應呆板，但這裡運用得極為活潑，可見技巧多麼巧妙自然。

這篇作品也充滿正反合的妙趣。「四月四日天氣晴」給人欣欣向榮的快樂感覺，這是「開」，但接著鼻子長了「痘痘」是女孩所忌諱的，這是「闔」，它是吻過後才長的，又是「開」。曇花開也是「開」，接著曇花凋謝，跟著痘痘、愛情全部一起「闔」，飽含開闔的情趣。本篇作品的語言指涉比較繁複，更接近詩。

許多學者認為詩的語言特質是含蓄、凝練、形象、富情韻等等，其實這些特質散文一樣需要。在語言上，散文是第二度語言，詩是第三度語言。我們口中說的口語是第一度語言，雖然現代散文使用白話文，但並不等於是口語的直接記錄、絕對不是單純的我手寫我口，現實語言與文學語言不同，且應該了解二者之間的關係，當書寫時自然會偏向文字而疏離語言，即使文中有非常口語化的句子，其實也是被「文字化」了，白話文學只是讓口語文字化，使成為第二度語言。

至於現代詩則是第三度語言，更為脫離現實語言。林燿德認為散文是妥善利用讀者的思考方式與閱讀習慣而驅遣語言，而詩語言恰好相反，「詩的語言是複義的、翻轉的、跳躍的、變異的、『賣弄』的，是一般性語言固有型態結構的違反；散文則是順應。」❼「順應」的散文語言是文字連貫、節奏和諧，語句間的銜接、聯繫、轉換比詩歌從容自然流暢。當詩語言被第三度塑造時，語言可能會變形、扭曲，和原來的詞性及平常生活中思考的意義不一樣，詩語言的趣味也正在這裡。

但是，分明有許多作家，包括林燿德自己，有時用順應的散文語言寫詩。例如林燿德的〈人人都想向我索討食譜〉❽，它的題目本身就是一句「順應」的散文語言，甚至整首詩都刻意用綿長的、順應的散文句子，讀者只要在有些地方加上標點符號即可成為一篇流利的散文。

這篇作品有很多雙關語、三關語，產生許多歧義，最表層的肥胖者的減肥事件實在只是寓言的外衣，其中包裹著多層的指涉。例如「在這個痴肥的年代」，那「痴肥」二字已經諷刺到政客臃腫愚笨的腦袋、腐敗而膨脹的城市、充滿惡質的天空、意志力渙散而縱慾的男女……。另方面，「在這個縮減軍備的年代」，那「縮減」二字又指向對國家安全的不安感，也許那正是走向腐敗的宿命，所以心頭愁的重量賽過失落的體重，這是為「伊」消得人憔悴。又如「在這個人人準備執政的年代」，正是諷刺每個人都過份地膨脹自己，自以為可以經國天下，於是被淘汰的二手貨不斷地回鍋，再度製造公害。這裡用「虛胖」諷刺了政客掌握的政府。又如第四段「在這個以咒語致勝的年代」，諷刺增張擴編臃腫的媒體，充滿咒語謊言。這裡的「我」真像小說中的第一人稱視角，作者借他發言，他是「本世紀末的洞見者」，用他的口來嚴厲地諷刺政府、社會、官僚、媒體、人性……。四段的開頭，一段比一段更為寫實、也就更為散文化，而詩中知性的、諷刺的力量更為強大。

雖然說用散文語言寫的詩，可以把句子連綴起來，但有許多詩篇並不能夠全篇順應接合起來，實際上有許多地方不僅是文法上、文理上無法接合，更重要的是「詩思」之間有著許多跳躍的空間，讓讀者來補綴。這些看起來像散文的語言，時常跳脫出一般人既定的思維方式及步調，利用具有暗示性的意象語給讀者重新組合的機會，這才使得它傾向於詩，而遠離散文。像這篇作品就絕對不只是像上面所說的僅僅用了四個段落來諷刺單獨的現象。它其實是錯綜地把諸種外在客體形象轉形之後投射在交叉的網路中，由讀者去組合，例如「咒語」看來是諷刺「痴肥」的媒體，專門組合謊言，提供讀者搜奇志怪。但是接連一個「臺北捷運」更重要的矛頭又出現。整篇作品都可以由讀者這樣去組合，就會發現它批評諷刺所涉及的場域實在繁複多元而深刻，不僅僅是社會的裡層，也是人性的陰暗面、精神的細微之處。這是詩的特質，不是散文的本色。

從散文的角度看，這篇作品的語言流利而新穎，那些故意放長且不願意用標點符號斷開的句子，具有連亙綿密之感，這些長句跟短句之間的搭配適當地扣合著主題的呈現，但是如果從一般傳統詩的慣性用法上看，可能有些人會覺得語言不夠瀏亮甚至有著一點澀味。

平凡（一九四一～一九九六）〈你我的愛情是為了家的成功而失敗〉❾也是一篇以散文語言寫的詩作，題目同樣也是散文語言，這篇作品的語言比林燿德的〈食譜〉還要容易接合成為散文。但是，它的本質仍然偏向詩、疏離散文，原因在於它潛藏著比重很大的詩文類的特殊性質：暗喻、象徵與歧義。最鮮明的是它是一首愛情包裝的政治詩，同時也是一首政治包裝的愛情詩，更確切地說政治與愛情是互相包裹，各佔同樣的份量。

做為愛情詩，它顯然是合而後分的傷情之作，合是因為產生情感，分是為了成全「家」，「你」的蹦足回「家」其實只是「我」的想像，證明他深刻的無法忘懷。不能忘懷的原因是「你是我血液中的紅血球」寫情感陷溺極深。也因此，萬一情變——惡化為變質的細胞——那殺傷力就如同導彈的威力，且射傷的是自己。這裡的「情變」之決絕，由後面的「牛脾氣」已可見出端倪，顯然是「牛脾氣」對「我」產生導彈般的殺傷力。

就愛情詩而言，這是一首外遇詩，為了家的成功，而犧牲愛情、消彌可能引起的戰爭。這個成功的家也許是「你」的、也許是「我」的，也許是「你我」共有的。詩中的兒子、明珠，都可以是虛構，兒子不過是用來轉彎抹角地告訴「你」的牛脾氣有多大。明珠不過是用來說明虛設的長年（例如五十年）不變的深情、及長年維持的成功的家。做為身在遠方（例如菲律賓）的主角，他思念的對象緊緊扣在臺北，可以想見是異地單思或者相思。

做為一首愛情詩，本詩的重點不在思念之緊密，而在傷情之深刻與無奈。前後兩段的末尾都用「導彈」壓底，都暗示了「你」導彈般脾氣的殺傷力，也都暗示了「我」的傷情來自這裡，不是來自迢迢千里的兩地分隔。

做為一首政治詩來解讀，這位愛人既是香港（明珠）也可以是臺灣（兒子），總之那是分手多年的「愛人」、那分隔了許多（五十可說是一個虛設的數字）年的土地，不過都是祖國血液中的成份之一。當初的分離割讓是為了整個國家的安全保命所做的犧牲。但並不因為長期割離而對這塊土地減少絲毫情感，反而因為分離而情意日益轉深。樹葉與樹根的大團圓原是指日可待，但是卻發生了導彈事件，只是因為「言語」溝通不良。本來雙方都是善意相待，因為急於讓「家」早日成功，而傷了情感（愛情）和氣。這篇作品如果放在臺灣的「戒嚴」時代，讀來會更加意味深長。

這篇作品介於愛情與政治的雙向指涉中，一直都是平行而重疊地進行，幾乎沒有偏向於任何一方的「單軌」走向，每一句都可以成為政治、或者愛情的詮釋，這就是它成為一首詩的重要素質。

此外，該文包含著許多可以編織故事情節的空間，及許多讀者可以補白的地方，所以也有小說的體質。當然，讀者還可以做更多其他的詮釋，只要能夠自圓其說。

基本上，散文重描寫，詩重意象。散文中當然也有意象，但經常是透過描寫來呈現意象，而詩中的意象是去除背景、前景、刪除細節、沒有描寫、形象跳蕩，因而讀者有更多自行組合想像的空間。這裡從意象又可以延展到結構的議題，詩是把意象組合起來的藝術，這個組合的工作，作者時常並沒有「完成」，而是等待讀者閱讀時才去「結構」它、「完成」它。

本來，結構是用來引導讀者去理解作品意義的方法，所以強調結構要系統地、完整地呈現作品的主題。在散文中結構一般比較清晰單純，作者企圖表現的方式也就是讀者閱讀時掌握到的方式。但是詩的結構則經常是更為機動而活絡。

本來文學作品存在著「呼喚結構」，作品只提供一個開放的空間，在作者刻意的布局和留白下，由讀者來完成文字表面未寫出的部分，充滿填空題的趣味，這是因為作品中出現了足供讀者思緒徘徊的「呼喚結構」。作者在創作時可能會預設一個、或某些個讀者來閱讀他的作品，這個假設的讀者閱讀作品的方式，也就呈現出作品的結構。所以作品與讀者之間是一個相對應的關係，他們之間要有互相搭配的結構存在，這二者必須存在著一些彈性。所以，從另一個角度看，作品的結構是由讀者閱讀時呈現的，作品被閱讀時，作品也才得到完成，所以說每一部作品都是在閱讀時不斷地被完成，不同的讀者以不同的方式去完成，不同的讀者可以讀出不同的結果。詩在這方面得天獨厚，所以詩之具有豐富的歧義性為散文所望塵莫及。

林燿德的〈聽妳說紅樓〉⑩：

聽妳說紅樓
我卸下防風的墨鏡
讓古典在臉上凍結小雪
在兩鬢凝霜
走入失落的年代
妳藉語言的磚瓦重建陸沈的苑囿

「那精巧纖細的愛情
的確是鑿刻在米粒的背面」
我輕聲地回應

這首短詩一共分為兩段，第一段幾乎全部都用客觀的、外在的動作來象徵內心的語言，用現代與古典的對立對比，歸結出第二段的「結論」。這樣看起來很縝密富有邏輯的結構，卻具有將各行重新組合的可能。例如這首詩也可以作如下的排列：

聽妳說紅樓
妳藉語言的磚瓦重建陸沈的苑囿
我卸下防風的墨鏡
走入失落的年代
讓古典在臉上凍結小雪
在兩鬢凝霜

「那精巧纖細的愛情

的確是鑿刻在米粒的背面」
　我輕聲地回應

另外，也可以這樣排列：

　讓古典在臉上凍結小雪
　在兩鬢凝霜
　我卸下防風的墨鏡
　聽妳說紅樓
　走入失落的年代
　妳藉語言的磚瓦重建陸沈的苑囿

　「那精巧纖細的愛情
　的確是鑿刻在米粒的背面」
　我輕聲地回應

更改排列之後的詩意雖然沒有太大的出入，但是第一人稱「我」對於「妳」及妳所代表的「古典」

的接受速度及深淺卻是有著輕重不等的差別。原詩中的「我」戴著墨鏡，不僅非常現代，而且用這種「有色」的、「防風」的眼鏡來排斥由《紅樓夢》代表一切屬於古典的文學或者文化或者人物之類的吹襲。在第二次調整的詩中，這個「我」已經由防禦的、被動的換位為主動、接受的立場，具有不同的趣味。諸如此類存在於詩的開放空間經常可以看到。爾後流行一時的拼貼式的詩，給讀者更大的閱讀空間。這種呼喚結構也是讀者解讀詮釋中填補足以完成詮釋才算成功的讀者反應。雖然不是每一首詩都能夠讓讀者盡情調度，但這已經足夠我們認知詩的結構是極為靈活的。

散文出位於詩的時候，產生的中間文類大多是吸收以上所說屬於詩的特質。沈尹默（一八八三～一九七一）被認為是中國第一位撰寫現代「散文詩」的人，他的〈三弦〉[11]：

> 中午時候，火一樣的太陽，沒法去遮攔，讓他直曬著長街上。靜悄悄少人行路；只有悠悠風來，吹動路旁楊樹。
>
> 誰家破大門裡，半院子綠茸茸細草，都浮著閃閃的金光。旁邊有一段低低土牆，擋住了個彈三弦的人，卻不能隔斷那三弦鼓蕩的聲浪。
>
> 門外坐著一個穿破衣裳的老年人，雙手抱著頭，他不聲不響。

〈三弦〉跟夏宇〈甜蜜的復仇〉比較起來，前者比較不像詩的是形式，它好像是三段散文結合成的一篇文章。但是，前面說過把〈甜蜜的復仇〉各行連接起來，它仍然是非常通順的一篇文章。如果沈尹默想要使這篇作品讓人一看就認為是詩，他大可以把每句吊在空中，有些地方再在半空攔截，看起來更像詩。所以，形式不是詩最重要的問題。

〈三弦〉比〈甜蜜的復仇〉更接近於詩的是它全篇用了隱喻手法，做為三度語言的詩，時常是不著一字，盡得風流的。〈三弦〉好像只是拍攝一幅清晰的、客觀的畫面，作者沒有涉足其中、沒有流露情感意向。雖然整個「畫面」是有景深及焦距：鏡頭由立體的空間轉而平面進而到達一個小點。而不論是那沒有現身的三弦彈者、或者是那沒有露臉的老人，都沒有利用唯一可以表情達意的機會流露任何訊息。但是，如果說作者不想表達任何訊息，這又錯了，作品中有大量的「景」色，有強烈的陪襯意味，而不言不語的人物又是互補的，換言之，沒有露臉的三弦彈者的「臉」是由門外「老人」露出來，而這位著破衣衫痛苦地抱著頭的老人正是那三弦彈者的身形。

作者涉入作品越少，提供讀者想像和迴旋的空間越大，讀者只能從簡單畫面中自己尋找意義。也因此〈三弦〉具有多重指涉的可能。這是既具有詩的歧義性又具有小說的自然呈現的功能。

〈三弦〉除去了分行的空間感，又減低了強烈的節奏感，僅留下詩的繪畫性，它的主要魅力來自語言本身的趣味及戲劇張力。

蘇紹連（一九四九～）的〈七尺布〉⑫是他系列「驚心散文詩」之一：

母親只買回了七尺布，我悔恨得很，為什麼不敢自己去買。我說：「媽，七尺是不夠的，要八尺才夠做。」母親說：「以前做七尺都夠，難道你長高了嗎？」我一句話也不回答，使母親自覺地矮了下去。

母親仍按照舊尺碼在布上畫了一個我，然後用剪刀慢慢地剪，我慢慢地哭，啊！把我剪破，把我剪開，再用針線縫我，補我，……使我成人。

這篇作品僅由兩段文字構成，初看之下，使用的語言都刻意白話而口語，正像一般「順應」的散文語言。但是仔細看，在它表面順應的語序中，存在著一些微妙的斷層與錯接。例如第一段最後一句，又例如第二段。尤其是第二段，文章從寫實的風格一下子轉到魔幻般的非寫實，令人驚悚的不是文字表面的「把我剪破」，而是「成人」意義的翻轉。

這篇作品的外在結構跟其他系列驚心散文詩作大致相同，利用兩段敘述性的散行文字，把全篇主題在最後夾逼而出，所以力道強勁。它呈現中國家庭長輩霸權對子女的傷害。文中用母親為代表，她「只」買了七尺布，主觀的、固執的認為七尺足夠給孩子裁衣，完全不理會孩子的請求。母親說「以前做七尺都夠」，完全不理會長大長高的孩子。「我」不敢前面已經說過「不敢」自己去買布，現在也不敢「回答」，因為回答之後會「使母親自覺地矮了下去」有傷母親自尊。這是中國傳統的親子關係圖。

固執的母親按照舊尺碼為孩子裁衣，她在布上「畫了一個我」，這裡開始了虛與實互相交錯、邏輯與非邏輯互相照映。母親在布上剪裁一個她心目中的樣板，不是孩子心目中的自己，所以那一刀刀地裁剪畫布就是一刀刀地裁剪著孩子的心，強迫他依照她的模型成長，為了適應她的模型，「我」被剪破、被剪開、被縫縫補補，「我」終於完成了，完全合乎母親心中的典型。但是，「我」卻失去了「我」。這並不是全篇最驚心的地方，最驚心的是結尾用「使我成人」。這包含兩層意義，其一是「使我成為母親心目中的人」、也是母親認同的成材的意思。其一是《論語》中孔子所謂的「成人」是真正成熟之人，在這裡就成為一個嚴重的反諷。

這篇作品用極為緩慢的節奏進行，到最後一句節奏逐漸加快，在最後四個字「使我成人」戛然而止，達到全篇高潮，產生「驚心」效果。

由於完全使用敘述及對話，作者也是跳離現場，人物自然呈現，因此它也具有小說的特質。〈七尺布〉可能因人而異會有不同的解讀，洛夫在《驚心散文詩・序》中對此詩的解讀與筆者完全不同，他說：

> 蘇紹連在這首詩中採用的手法極為單純，意象語減至最少限度，第一節即以散文形式敘述母親與兒子的對話，既未採用內在觀照方式，也就無戲劇效果可言。可是到了第二節，當「我」與「母親」的關係轉換為「我」與「布」的關係時，其效果就懾人心魄了。經由「剪破」和「再用針線縫我，補我」，以至於「使我成人」的動作，「我」與「布」的關係便開始由對立而融合一體，一方面影射一份深厚潛在的母愛，一方面也暗示「生命是在痛苦中成長的」這一主題，因而使得這首詩貌似單純，而實豐富。

這也可以說是詩之具有歧義性的特質之一。

散文出位之後，成為散文詩、還是詩散文，名稱歷來論者甚多，這關係著哪一方面涵蓋的素質多寡的問題。散文詩的中心詞是詩，是以詩質為多。詩散文的中心詞是散文，可更富有散文的基因。散文與詩產生的中間文類還在發展中，也許不必急著去定位。

無論如何，散文要出位於詩之後質量一定要超過詩、或超過散文，這樣出位才有意義，其中或者意象世界特別豐富、或者理念特別超拔、或者具備更多層指涉、或者具有小說的繁複企圖、或者有戲劇和寓言的格局，提供讀者更廣大的想像空間，才有獨特的藝術魅力。

第二節　散文與小說

運用小說手法進入散文，不是一個新鮮的事情，早在二、三〇年代作家就已經有許多例子。不過許多學者作家認為當代小說家有意的散文化是一個世界性的趨勢⓭，這種情形在海峽兩岸也同時引起「小說散文化、散文小說化」的熱烈討論。無論如何，越來越多的小說與散文的中間文類產生。

其實，散文與小說結合的例子不僅始於八〇年代，現代主義興起之後，許多小說就已經散文化了。只是，在中國八〇年代中葉前後，許多作家對於跨越文類產生興趣，開始有意為之。在〈胎生．卵生．鼈〉⓮一文中王鼎鈞說：「這小說、散文的法式，在作家心目中原是存在的，但作家常是掙脫束縛之人，小說結構向主嚴謹，小說家略一放鬆自己，作品就有了散文化的傾向。散文乃是小道中的小道，寫散文的人心有未甘，越區行獵，小說的表現方法也就盡在我們眼底了。」散文家存心將散文小說化的作品也所在多有。

跟散文、小說結合的中間文類最為貌合神似的是微型小說。在小說中，短篇小說與長篇小說有著本質上的差異，卻和微型小說本質相同，微型小說是短篇小說的「微雕藝術」，它不是獨立於短篇小說之外的，那麼就要允許它發展成為小說所有可能的路向，所以微型小說的文體結構是短篇小說。每一篇微型小說都可能擴張成一篇短篇小說，但短篇小說卻無法「濃縮」為微型小說⓯。

其實很多微型小說和散文非常接近。以致許多人在區隔微型小說與短篇小說的差異時，經常不自覺地把微型小說當成散文，例如特別指出微型小說的特色是「攝取生活的瞬間」、「是描寫由瞬間所構成的一個『鏡頭』（或者說一個細節、一個場面、一種情緒、一點感受、一聲吶喊……）」「一定要遵循它所發掘的只是生活的『瞬間』美、片段美的原則，切忌使它同其他小說特別是同短篇小說相混淆。」⓰試看這樣的微型小說的「特色」與散文有何不同？

小說文類的定義其實也因著時代而變異，楊政在《散文藝術之旅》中解說比較傳統的小說定義：「小說的基本功能是通過虛構的人物、情節、場景來再現或表現生活，為讀者提供一個可以進入、可以旁與而又十分安全的虛幻的生活空間……無論何種小說，都一定具備三個要素：虛構的人物、虛構的情節、虛構的場景。一些反傳統的小說，作者往往採用各種藝術手法模糊、淡化其中的人物、情節場景，或將它們變形，或將它們離散，或將它們消隱。但實際上，這三個要素總是存在於小說當中的，我們總可以排除作者精心設置的障礙，撩開籠罩著作品的迷霧，窺見它們甚至抓住它們。……在小說中，人物、情節、場景三者互相依存、互相聯繫，具有必然的邏輯關係；在散文中卻並不強調三者的存在，更不強調三者的關係。」以上所說有一點很值得注意的是：傳統小說中必備的人物、情節、場景，未必被新小說所拋棄，它只不過換成另一種包裝出現，仍然是小說的要素。

微型小說可以具備所有短篇小說的條件，例如人物、情節、背景、對話等等，但是由於體積小，不必一定要全套具備。「體積」小並不只是「面積」小，後者僅限於篇幅，體積則包括結構、語言、篇幅三個向度的空間。

一般而言，當散文的敘述性加強、故事情節增多、人物刻畫較多、全篇含有一個較具體的「故事」時，就有小說化的傾向。許多人認為小說散文化是去除了結構或者結構模糊了，其實不然。散文小說化之後，它的結構跟微型小說一樣是更加精簡化了，它可能省略了散文的描寫而增加了小說的敘述，因而把所有可以鋪張的地方都精省下來。微型小說必須要有完整的、具體而微的小說結構，而所謂的「完整」主要繫諸意念上的飽滿，而非事件上的飽和度。這和散文、小說的中間文類要求是一樣的。

還有，重要的一點是：微型小說和散文小說的中間文類相同的是，二者意旨的呈現都是偏向於詩，有著多方投射的功能。有時，我們幾乎可以說許多微型小說其實就是散文小說的中間文類。

試以胡安・何塞・阿萊奧拉的〈扳道夫〉[17]一文來看：

> 全篇只描寫一位外國人趕到車站想要搭乘火車，遇見一位扳道夫跟他說了一串話，告訴他這裡的火車是如何地光怪陸離，扳道夫說完走了之後，只見火車從遠方逐漸駛近，作品隨即戛然而止。

這是一篇在現實意義上沒有情節、沒有故事、沒有背景、沒有人物活動、也沒有「結局」的作品，除了開頭兩段及最後結尾是敘述文字，全篇幾乎只有扳道夫一人近乎自言自語地說話。請問這是一篇小說還是散文？

實際上這篇文章是從「扳道夫」的視角來介紹某個國家的「火車史」，為了不讓自言自語式的「獨白」顯得過於枯燥，文中加入一位配角「外國人」，這位外國人除了詢問幾句想要搭火車的話之外，幾乎沒有什麼開口發言的機會。如果這篇文章刪除這位配角，再刪除前後配角進出場的敘述，那麼就只剩下扳道夫的自說自話了。豈不是一篇獨白體散文嗎？

這篇文章具有小說性質，並不僅在於以上一點敘述的枝節、增加一個配角形成對話的陣式（從某個意義上說，配角跟扳道夫根本沒有構成對話的條件）。讓這篇文章具有小說性質的是它的結構及寄放寓意的方式，完全和散文方式不同。

結構形成主要在於作者的思維方式，本篇文章其實有意打散一般的文章結構，不用人物造成的情節、不用故事發生的次序、也不依賴情緒思維、感覺路線……，作者既不用傳統小說的結構模式，也不用所謂散文的如河流般的順勢流淌。作者利用扳道夫隨想隨說的方式看起來完全是無心的隨手輻射出去。由讀者去撿拾拼湊，它不是傳統小說蓋好亭臺樓閣，讓讀者一進去就賞心悅目。它倒像個迷宮，一進去先迷路，再尋找路徑及出口。讀完全文，才知道文章的趣味正在那「尋找」上面。而且，每個人尋找的路徑及出口可能都不一樣。這樣才更加的有趣。

原本火車的意象在文明世界中應該是最準時、交通應該是最流暢的，在本文的國度中卻不然，反而成為荒謬的符徵。火車與交通在此成為一種似非而是的符徵，代表著扳道夫所生存的國度之中人生、社會、國家的無政府狀態。火車的荒誕故事顯示理性的鐵軌及地圖都不再可靠了，人只能靠運氣活下去，明確地暗示國家體制及社會結構的紊亂。

文章中說那位外國人（用「外國人」是多麼聰明的構想，才使得這個外來的正常人在畸形的國度裡顯得異常扞格笨拙可笑——雖然真正扞格笨拙可笑的是這個國家）想要搭火車去某城赴約，最後他有沒有上火車也不知道，事件的殘缺反而形成意念的飽滿，作者將懸念置於文末，對讀者形成開放性的結局，顯然是一種智慧，因為作者對於政治的嘲諷已經一覽無遺。事件的飽滿有時反而破壞了小說意境上的飽滿，成為蛇足。如果寫出外國人上車之後被丟到荒野，文章就過於落實、意向就過於單純。

這篇文章透過扳道夫的不確定敘述——他的說法可能是真的，也可能是謊言——講述了一個國家的「火車史」，就像許多政治寓言對一個國家的政治、經濟、文化史一般具有鮮活的影射。

結尾火車悠然而來，文章即戛然而止，留下一個有多種可能的結尾讓讀者去思考，例如：

㈠扳道夫說的話是真的。
㈡扳道夫說的話是假的。
㈢扳道夫是真的有其人。
㈣扳道夫只是虛構想像出來的或者只是一個瘋子。
㈤這位旅客上了火車。
㈥旅客沒有上火車。

文章表面看起來並沒有結局，其實含有多種結局。這樣的結構彷彿提供讀者一座迷宮，裡面有許多出口，讀者陷入迷宮中不知道哪一個出口才是真的。本文表面看起來非常寫實，其實是一個迷宮結構，如鐵路表面是四通八達，其實裡面亂七八糟，為一個無理性的世界。這樣一個完全開放的結尾，提供讀者許多思考的空間，這就是像詩的呈現方式。優秀的作品應該具有「寶石效應」，換言之，它要如寶石一般地精純，可以多面切割、能夠小中見大、含有聚光性與折射性。

這篇文章使用不確定的語言敘述，使得全篇產生相當弔詭的情境，風格極為別緻。那位外國來的陌生人「旅客」也可以包含多種指涉意義。以上種種「特質」很難說只能讓小說擁有，許多散文也逐漸使用這些技巧。

羅曉蕾的〈遺跡〉⑱敘述一位高三女生，因為單獨到電動玩具店而接觸迷幻藥進而吸食上癮。雖然經過一再掙扎，仍然沒法戒除，反而越陷越深，終至割腕自殺。它有一個非常簡單的表層故事。文章中的女主角名字跟作者一樣都叫「曉蕾」，顯然是刻意為之，彷彿聲明本文為記實散文——雖然是否記實並不重要。不過，筆者認為這是一篇構成極為特殊的中間文類。

首先是整篇文章的布置，全篇用三個部分構成。第一部分是一封寫給老師的信，佔全篇絕大部分篇幅。第二部分是一則節錄的報紙新聞。第三部分是前面兩部分的注解。它的特殊在於它們由書信散文、新聞報導、及注解構成一篇文章，乃是別緻而有機的組合，不是雜湊而成。後二者是正文不可缺少的部分——它們成為解開全篇「謎」的關鍵，尤其注三，指出主角進入迷幻世界後是走沮喪絕望的線路，終於導至悲劇。

第一部分的書信顯然並沒有寄出，成為一封遺書。這封信裡已經透露了自殺的原因及意圖（「也許我早該去那裡的」按指 Paradise City，天堂城，雙關語）。第二部分的新聞報導揭示「故事」結果，這一部分使得本文增加小說的特質。最後一部分的注解可不是一般論文、小品的注解，作者故意用「注」的方式呈現，實在是一種新穎的構想。從這個看似多餘——注經常被認為是多此一舉，何況是創作——的部分正好解釋了主角沈迷的東西及她最後的心理傾向，還有是她最後服食迷幻藥自殺時的心情，都透過「注」來表明，手法新穎而自然。

文章的第一部分雖然是明白易懂的書信，裡面卻廣用象徵、雙關、伏筆等技巧。基本上全篇是在一個完整的象徵系統中進行，主角在困境中不斷的尋找出路，她不斷的打開窗子就是一種尋找出口的象徵，寫信給老師既是寫實也是求救的象徵。最具關鍵性的是打電動玩具的描寫，把整個悲劇暗示出來。

第一部分幾乎是「正在進行式」，整封信是在主角吸食迷幻藥且進入精神漫遊狀態中「完成」的。咖啡，可以說是迷幻藥的暗喻，所以第一段就說「咖啡好香」，暗示它迷人之處。此後在寫信中途不斷地有「禁不住啜了一口咖啡」、「咖啡沒了，再泡，不忘三顆『方糖』」、「要不要喝杯咖啡」、「咖啡是不是翻了」等雙關語。

打電動玩具一段都是用雙關語言進行描寫，「他」就是藥，電玩中的「高佛」就是她永遠克服不了的藥癮，即使興起抽身的念頭，終究被瓦解殆盡。掙扎的過程中，一再感到「好累」，結局只能「同歸於盡」。前邊寫信又撕信、後文閃亮的小刀，都是那「同歸於盡」的伏筆。文中電玩一段把電動玩具內的幻象世界，和吸食迷幻藥時的精神狀態不著痕跡的雙寫出來。

這篇文章雖然很短，卻幾乎提供了所有謎團的線索。例如主角為什麼會走進電玩店呢？換言之，一位平日成績中上、被視為乖巧溫順的高中女生，怎麼會「墮落」至進入電玩店且吸食迷幻藥？文中的暗示很多，例如她有一個不愉快的成長經驗，幼年被父親強迫學琴，在意識流中兩度出現，可見傷害很深。高中時缺乏關心她的長輩，只有時常會罵她的阿嬸，她一直想寫信給老師，一直無法寄出，可見老師的關懷度不夠，至少絕對滿足不了她。她也沒有高中女生常有的死黨，因為第三段充份交代她性格上的問題：她不會表達自我，早期的孤寂、自閉、壓抑，使她雖然長大了還是不成熟，讓人老覺得假假的……等等。她自我內在還有許多問題在第二段也一筆筆交代出來：「……有那麼多夢在編，有那麼多的氣在發，有那麼多問題要問！」顯然這些都得不到舒解。她的內在與外在剝離，想要努力卻不知如何安排生命……整個生命「改不掉」乃至「失控」都在電玩中暗示出來：「初時忙亂不定，後來一切就這麼理所當然……」

此外，本篇意象處理也很精緻，例如第二段藍天及後來的白雲、烏雲、晚霞……終於，雨珠、雨線、雨瀑，意象之層遞擴大，暗示吸毒後的幻象等。此外本篇文字極為鮮活，題目也具多重指涉——例如遺書、廢墟、生命的殘骸等等，都是小說、散文經常使用的技巧，在在使本文成為一篇特殊的中間文類。

第三節　散文與寓言

有許多學者把寓言視為一種文類，例如公木（一九一〇～一九九八）在《先秦寓言概論》中說寓言是「一種新的文學形式」。在筆者看來，寓言更適合說是一種文學的表達方式，所有的文類都可以用寓言來表現。本書把寓言放在散文的「出位」節中，也許還可以再斟酌。但是，散文跟寓言的關係極為密切，在沒有找到更適合的地方談論它時，姑且放在此節討論。

散文通常被認為是真實事物的「寫實」，小說也有特別強調忠於現實的寫實主義、自然主義，不論各家說法如何，寫實確實是文學表達的重要方法之一。

寓言卻是絕對反寫實的，寓言的最大特質是虛構。不論是西方的《伊索寓言》還是中國的先秦寓言就早已標示了寓言的虛構性質。早期的寓言都是借用一個編造的故事來婉轉寄託觀念、思想或者教訓、諷喻。編造的故事是表面，內在寄託的寓意才是重點。基於早期寓言的實用功能很強，為了怕「讀者」或者「聽者」不明所以，寓言內在寄託了什麼意義，「作者」一時常會在前面或者後面，有時由作者現身說法、有時借用故事中角色把它說出來。在現在看來，這當然是多此一舉，它干擾、限定了讀者的思考空間。張大春在〈寓言的箭射向光影之間〉[19]談到一則寓言的多向指涉及可能存在的多種不確定指涉，不是寓言作者、寓言編者、寓言批評家所能完全掌握的。他說：

《伊索寓言》給我〕帶來的真正困惑是故事結尾部分的「寓意」經常與我自己讀到的不同。

就像那個北風和太陽爭勝的故事，說的是它們比賽看誰能讓旅行者脫下外衣。北風使勁兒吹，旅行者卻把衣服抓得更緊，北風更加用力，旅行者反而又加了一件衣服。而太陽則慢慢散發熱力，旅行者覺得熱了，就把加上去的衣服脫了，太陽越來越強烈，旅行者終於受不了，把衣服全部脫光，跳到河裡游泳去了。這則寓言結尾的「寓意」部分說：「溫和的說服往往比粗暴的力量來得有效。」可是，太陽難道不比北風粗暴嗎？倘若設定的比賽方式是看誰能讓旅行者加件衣服，那麼北風顯然會得勝，這個故事的寓意是否就得說成：「粗暴的力量往往比溫和的說服來得有效」

呢？

祇有燕子受到保護，為什麼？

《伊索寓言》的成人讀者便可以有更多的世故經驗去懷疑：當一則寓言所指涉的寓意是如此可移易甚或可反轉的時候，我們又如何將之視為一種教訓或真理的載體？或者，寓言結尾處的寓意部分——也就是一再以「這個故事說的是……」形式所帶出的那段話；祇不過是寓言作者或編者為了讓一個現實世界中無法存在的荒怪故事（如：狐狸請鸛鳥吃飯、青蛙想和牛比試身軀大小等）能夠和現實世界容有較多的「意義上的聯繫」而設計的言說而已。換言之，寓言的作者或編者發現：寓言必須有寓意（如：這個故事是說眼光看得遠的人可以倖免於難。〈燕子和其他的鳥兒〉），唯其透過了寓意所傳達的教訓功能，人們才不會去計較狐狸怎麼請鸛鳥吃飯？而青蛙又如何向牛看齊？在這裡，寓意未必要表述一個真理，它的存在即是讓讀者承認荒怪故事因具備了意義而擁有了正當性而已。試想那個〈燕子和其他的鳥兒〉的故事罷——

槲寄生草發芽了，燕子擔心這種草對鳥兒有害，就集合所有的鳥兒，要大家合力把槲寄生草從橡樹上砍掉，如果沒有能力這麼做，就到人類那裡去，請求他們不要用槲寄生草做黏膠來捕捉鳥兒。鳥兒都笑燕子胡說八道。於是燕子祇好自己到人類那裡去請願。人類認為燕子很有智慧，就留下燕子和人類住在一起。從此以後，其他的鳥兒都遭到人類

> 的捕捉，祇有燕子受到保護，並且可以安心地在人類的屋簷下築巢。
>
> 這個故事的寓意果真祇是「眼光看得遠的人可以倖免於難」嗎？還是「眼光看得遠的人注定將背棄同類」？還是「眼光看得遠的人注定將出賣同類間的秘密、依附較高的權力」？還是「人類欣賞能出賣同類間的秘密以依附較高權力的物種」？還是「神欣賞眼光看得遠、且能背棄同類、出賣同類間秘密以依附較高權力的人」？這些看來似乎既不更接近、也不更遠離真理的寓意還可以無限延伸、擴充；它們所帶來的教訓未必比伊索原先的高明或者遜色。歸根結柢：伊索寓言的寓意也無所謂正確或謬誤，寓意祇是一個符號學上的需要——有了寓意，寓言似乎是找到了靶位的箭矢。

張大春談到寓言的符徵與符旨之間存在著相當複雜的互動與變動的關係，在此之前閱讀這些寓言的讀者大多聽信寓言作者、編者提供單一的符旨，那只是掉進一個單純的陷阱。張大春這篇文章的主要的言說並不是指原始寓言，而是指當代小說。蓋當代小說可以說已經大量寓言化。實際上，現代散文也有許多寓言化的作品。

做為創作者，張大春可以盡情嘲弄批評家可憐巴巴的追蹤創作者那枝射出的寓言的箭，[20]「為一枝落下的箭矢所畫的靶位」尋找那「有無限多的可能性」是非常困難的工作，批評家要先摸清楚創作者的語言系統及語言和語意之間存在著「似之而非也」的微妙關係。張大春無寧是更加欣賞那「似之而非也」的奧秘，也可以說為他自身的創作做了某種程度的解說，也可以說他為當代創作潮流做某種程度的解說。

其實，不論在小說、散文或者詩中，早已存在著這樣的作品，雖然不多。它們不僅在語言上，且在通篇結構上時常提供足堪再三玩索的歧義性。作品中的象徵性越高、越能超越出寫實的特定情節，也就表示有越大的空間容納普同性真相的辯證與懷疑，全篇就成為一個寓言或重組的系列寓言。因此，寓言是最大單位的象徵。寓言正文和通俗文學正文最大不同的地方在於作品並不提供單一的、肯定的解答，因之，歧義與開放的思考空間才是它的本質，它提供的是啟示而非教示。

現在讓我們來看看散文，早在魯迅手上就經常使用寓言，他的〈螃蟹〉一文是在一九八〇年，由孫玉石等人發現的佚文㉑：

老螃蟹覺得不安了，覺得全身太硬了，自己知道要蛻殼了。

他跑來跑去的尋。他想尋一個窟穴，躲了身子，將石子堵了穴口，隱隱的蛻殼。他知道外面蛻殼是危險的。身子還軟，要被別的螃蟹吃去的。這並非空害怕，他實在親眼見過。

他慌慌張張的走。

旁邊的螃蟹問他說：「老兄，你何以這般慌？」

他說：「我要蛻殼了。」

「就在這裡蛻不很好麼？我還要幫你呢。」

「那可太怕人了。」

「你不怕窟穴裡的別的東西，卻怕我們同種麼？」

「我不是怕同種。」

「那還怕什麼呢?」

「就怕你要吃掉我。」

這個寓言指涉的最初步意義是:同種是最不可信任的對象。那巧言美語說要幫助你的同類,時常就正在打算陷害你。這可不是臆測,而是「親眼見過」的,在人類社會中我們經常可以「親眼見過」。

首先,人類如果連「同種」都不可靠,其他陌生的「異類」又如何能夠信任呢?這不是人類的大悲哀麼?再其次,主角寧願被異類吃掉,也不願被同種欺負,他的性格骨氣也流露出來了。

其次,生存是一種堅苦的戰鬥,而每個生命都有不堪一擊的致命的弱點,平常可能可以用堅硬的外殼防備著,但總有曝底的時候,不能讓敵人知道自己的底細在哪裡、在什麼時候。

其次,不斷的蛻變是生命獲得新生的必然過程,但那要付出代價。那代價可能是犧牲了自己的生命。更擴大來看,一個老舊的社會或者國家,想要蛻去破舊的外殼、重建新秩序是不容易的,仍然要依賴舊有的基礎,緩慢地、堅苦地、危險地蛻變。在脫胎的伊始,隨時都可能被舊勢力所吞蝕。主角是「親眼見過」的,不是意味著重蹈覆轍的可怖嗎?

再其次……,留給讀者更多的思考空間。

魯迅的〈古城〉㉒一文:

你以為那邊是一片平地麼?不是的。其實是一座沙山,沙山裡面是一座古城。這古城裡,一直從前住著三個人。

古城不很大,卻很高。只有一個門,門是一個閘。

青鉛色的濃霧,捲著黃沙,波濤一般的走。

少年說,「沙來了。活不成了。孩子快逃罷。」

老頭子說,「胡說,沒有的事。」

這樣的過了三年和十二個月零八天。

少年說,「沙積高了,活不成了。孩子快逃罷。」

老頭子說,「胡說,沒有的事。」

少年想開閘,可是重了。因為上面積了許多沙了。

少年拼了死命,終於舉起閘,用手腳都支著,但總不到二尺高。

少年擠那孩子出去說,「快走罷!」

老頭子拖那孩子回來說,「沒有的事!」

少年說,「快走罷!這不是理論,已經是事實了!」

青鉛色的濃霧,捲著黃沙,波濤一般的走。

以後的事,我可不知道了。

你要知道,可以掘開沙山,看看古城。閘門下許有一個死屍。閘門裡是兩個還是一個?

閱讀這篇散文，首先讓人想到的是政治寓言。「古城」不是背負著千年歷史包袱的古老中國嗎？古城裡住著三種人類：未成年的孩子、有知識的少年、頑固的老頭子。濃霧夾著黃沙侵襲著古城，那也許是來自外面的帝國主義的侵略、那也許是來自內部軍閥的鬩鬥、更可能的是內外交煎形成的一場驚心動魄的激戰。眼看國家要覆亡了，青年要未來的主人翁「孩子」快快逃走，守舊的老頭子不相信國家已經窮途末路，堅持不讓孩子出去，作者沒有把這一場拉鋸戰的結果實寫出來，只叫「你」去掘開沙山看看，閘門下「許」有一個死屍，這「許」字留給讀者去判斷。

無論如何，那閘門內的死屍不如閘門下的死屍來得令讀者怵目驚心。那象徵國家未來的命脈、未來的希望終於被頑固份子夾死在努力向前的道途。

這個寓言，讀者也可以發揮更多的想像，說它是人生寓言、社會寓言、家庭寓言……但都不如政治寓言的悲劇感來得強烈、來得讓人有更多的感動、感慨與感思。「你以為那邊是一片平地麼？」那原來應該是平地的，但後來掩埋了屍體、掩埋了古城而成為「山」簡直是亡國意象了，讓人不寒而慄的是：它不僅是「寓言」，簡直是「預言」。

〈古城〉中有「三年和十二個月零八天」，讓讀者可以按圖索驥，找出和歷史事件印證的地方。但是，筆者認為還不必如此刻舟求劍。寓言的巧妙，就是使得作品不拘泥在對某人某事某物的批判上，而產生了凌越時空的龐大感動力。換言之，它們從歷史和當代尋找到人性永遠背光的陰暗面，它們所面對的真正目標正是世界永恆的敵人，而非某一時期某一個人或某一族群仇恨的對象。實際上，比較好的政治散文大多能夠在寫實之餘含有寓言性格，甚至挑空而寫，以謹慎而精緻的思維重新賦予政治性題材以文學的詮釋，而非政客和黨派的附屬。

與魯迅「硬式」的寓言相對的是麗尼「軟式」的寓言，像〈黎明〉[23]：

是在黃昏，我攜著我底孩子逃了出來。孩子非常慌張，他還沒有他底力量；至於我，我卻太老了。我們一路奔逃著，留神著前面，聽著後面底喧嚷。

漸漸地聽不見人聲了，只有風在吹。我同孩子都拭去了我們臉上的汗水，我們仍然不住地在喘息。

沒有月亮上來，這是個黑暗的夜。孩子漸漸地忍不住要哭了起來。

在地上，只有沙漠，只有深沒膝蓋的沙漠。

「這兒太黑暗，太黑暗了呢，爸爸！」孩子說。

「是的，我們是在黑暗之中。是有人們追殺著我們，他們有的是刀和槍，他們要來追殺我們。」

我底聲音是斷續的——這聲音使我和孩子聽了都覺得淒涼。

孩子鼓起了他底幼兒的勇氣，放聲哭了。

風在吹嘯，沙漠在咒詛！

怎麼忍得住不哭出來呢？可憐的孩子，我們是在這樣的黑暗之中了呀！我拭去了我底眼淚，在荒涼的風聲之中抖動我底身體。

我們倒身在沙漠之中睡著。沙漠是冰冷的，孩子時時緊握他底手，他是在學習反抗了。

仍然是沒有月亮，我們仍然是在黑暗的、荒涼的沙漠之中。

孩子站立了起來，緊握了他底手，昂起了頭，向著天上呼嘯。

我意識著，沙漠是在震動。我也站了起來，抬起了我底頭，望著天上。

「我們要咒詛這個黑暗，我們要咒詛這個沙漠！」孩子說著。

我也說著。

「要停留在這兒，只有死亡，這裡沒有生命。沙漠之中沒有生命。我們要回去，要回去，爸爸，回到我們廝殺的地方去。我們底生命在血中，我們底生命便是我們底血底流動。」

我和孩子都回轉了頭，我們底心在躍動。

風停止了吹嘯，沙漠也停止了咒詛。

我們是在向前進。

是在黎明以前的時候，我們底拳頭又在血液之中揮舉了。

本書第三章談到麗尼的「黃昏情結」時引用佘樹森的解說，麗尼分明是一位悲觀而性格矛盾糾纏的人，他總是把自己陷溺在黃昏的暗影中，企盼黎明但又無能為力，且實際上置身黎明之中他更加無法適應。正如同一書中佘樹森說「當他在黃昏、暗夜裡所企盼著的黎明真正到來的時候，他就再也唱不出那憂傷而美麗的心靈之曲了」。

〈黎明〉也可以解讀為一篇政治寓言，但我們更願意用心靈寓言的角度來欣賞。它跟前述魯迅的〈古城〉一樣，都企盼著黎明來到，但是魯迅的希望落了空，可是它的失敗不是來自作者失去戰鬥力，反而，作者表現的是亢揚的反挫力量。麗尼的〈黎明〉表面上是父子回身參與戰鬥，卻是帶著相當無奈的情調。請看文章一開頭，父子是「逃了出來」，孩子是還太小，「他還沒有他底力量」，「至於我，我卻太老了。」一開頭就處於如此劣勢、如此悲觀，最後雖然決定回身舉起拳頭，又有什麼本錢可以抗戰呢？

在父子逃亡的路上，背後是追殺的刀槍、逃亡於暗夜的沙漠裡、父親流淚身子發抖聲音斷續淒涼、孩子鼓起勇氣不是增加力量而是放聲啼哭。以上是寓言的第一場景，時間是從黃昏到暗夜。第二場景是半夜父子從沙漠中領悟到「停留在這兒，只有死亡」，父子同時義無反顧，握著拳頭，決定回到戰場廝殺。第三場景是「黎明前」的象徵。在第二個場景中的轉折十分勉強，它的說服力不足，其實是欲振乏力。這說明麗尼個性上的心有餘而力不足。雖然是寓言，仍然呈現著散文的特質，表現書寫者個人的氣質與性格。

上等寓言在某些地方實在具有詩的「符徵恆小於符旨」的特質，也就是意旨大而符徵小，能夠濃縮「巨觀」於「微型」。在一個短小精悍的篇幅內，讀者看到許多字面上沒有寫出來的事情、思考許多字面上沒有說出來的意義，是所謂「短小」而不「輕薄」。好寓言總是掌握恆常的東西，言有盡而意無窮，讀來令人回味再三。所以散文寓言化的結果是使散文既接近小說又接近於詩，使它成為一種極為特殊的混血。

第四節　散文與其他

隨著文明的發展，人類的腳步得以跨越國界、視野得到開闊、觀念獲得拓展，文學藝術的內涵不斷的加深、日漸的擴大，而文學技巧不僅花樣日益翻新且融匯各種藝術技術，讓人目不暇給。光就散文而言，除了前述吸收小說、新詩、寓言的特質之外，也同時擷取其他藝術的技巧，日益豐富散文的品質。像繪畫、攝影、戲劇，乃至音樂、舞蹈、雕塑、建築等等的表現方式，都不難在散文中看到。

最明顯的是當作家描寫繪畫、攝影、音樂、舞蹈或者雕塑……等等時，必然不可避免的牽涉到它所描寫對象的表現手法。本書第三章談及朱湘〈江行的晨暮〉，該文即是充滿繪畫性的散文。至於像朱自清的〈月朦朧，鳥朦朧，窗卷海棠紅〉㉔是一篇畫記，跟繪畫的關係格外密切。

繪畫著重物象的外形和色彩，〈月朦朧，鳥朦朧，窗卷海棠紅〉不僅要表達一個畫境，還要介紹畫的內容，連畫的大小長短（一尺多寬、橫幅）、畫者姓名都交代得很清楚。接著是畫中事物的位置分配圖，作者簡直是從頭再「畫」一次，從上方的左角開始「畫」起，讀者眼前慢慢展開一幅彩色圖畫。它描摹形狀、鉤勒線條都十分清晰，讓讀者對於原畫有立體視覺效果。而色彩的敷陳更是本文的重心，例如綠色簾子中央著一黃色的鉤兒，石青色的雙穗、淡淡的圓月及海棠花的綠葉、紅花與黃蕊，月色那淡雅的色彩其實是做為背景，用以襯托出海棠花格外豔麗的色彩。

作者並非只有純粹的白描，只是單純的介紹畫面，這篇文章還飽含作者觀賞時的感覺。畫的風格——或者說這篇文章的風格是寧靜淡雅、柔和溫馨的，月亮的氣氛代表整個畫的風格「純淨、柔軟與和平」，在整個柔和的氣氛中那盛開的海棠花就被襯托得格外嬌嬈了。

整篇文章也不是靜態的寫生，像鉤兒下石青色的雙穗「微亂」，表示有風，而月光下的海棠花「歷歷的，閃閃的」都產生了動感，讓整幅畫「活」了起來。

本文也注意光影、景深，因而顯現了層次。月亮淡淡的青光籠罩之下，簾子與海棠花位置及花葉的扶疏，在在給讀者空間的想像。而美人的臉、掐得出水、月光中掩映、紅豔欲流……不論在視覺上、觸覺上、嗅覺上更給讀者豐富的感覺性。讓讀者不只是覺得在凝視、也在撫摸、在整體感受那幅畫的意境。

任遠（一九五〇～）系列的攝影散文則別開生面地結合攝影與散文。〈湖濱書房〉㉕是作者系列攝影密西根湖邊天然藝術展覽品之後再寫成散文的雙向創作之一。攝影與散文同時刊出，允為雙美。〈湖濱書房〉本來是藝術家 Roger Colombik 的作品〈For Edna St. Vincent Millay〉利用鋼、鐵與石頭雕塑而成的天然「書房」，任遠拍攝書房是在夕陽將下時，書桌書椅都有明顯的斜斜日影，但是天空晴碧、湖水純淨湛藍，遠處則是漸次由高而低的芝加哥大廈，成為天空、湖水的「地平線」。任遠的散文並不像朱自清一樣仔細介紹圖景，因為優美的圖景已經同時呈現在讀者面前。任遠的散文是詮釋並引申原創作及攝影的內涵。

這一幅攝影是大自然與人工技術的「合成」，藝術家手雕的書桌書椅書本都透露著原始天然的趣味，旁邊一枝枯樹，唯妙唯肖地消除了春天的氣息。作者用「湖水環抱著伸入雲霄的摩天巨樓」開場，就是把最現代化的都市與永遠無法消滅的大自然並融。文中「人造的與自然的形象相擁而來」，這「相擁而來」四個字充滿動感與活力。而後的描寫是大自然與文明的美妙交融實際上就是一件偉大的藝術品。這裡表現了任遠的、也是原創作書房藝術家的觀念。

作者描寫時的「攝影」層次由遠而近，第二段開始精雕細琢寓意豐富的書房重點：書桌。書桌的重點就是飽含詩文的書卷、人類智慧的精華。作者不說讀者翻讀書卷，卻說「和風吹過，掀起書裡的詩句」，作者把閱讀說成是「過去與未來神秘地遇見在一起的時候」，而閱讀的美感是「不知有什麼靈感在這一瞬間發生了」，闡釋閱讀詩文的妙趣真是精巧。

接著再從桌面拉開到書桌周圍的景致、藍天碧波之中的書房，不論作者筆端縈繞在哪個物象，都再也離不開書中的文學與書房的藝術，作者告訴我們它們是如何地美化了人類的精神、如何地契合著人類的心靈。所以拍合至原創作者的題目「讓柔美停留」，不僅是讓行人的腳步停留在這個湖濱的書房，也是讓文學藝術停留在我們的心靈。任遠把照片中的精神層面詮釋得很有她的個人色彩：精緻、細膩而有文化光輝。

本來，攝影或者圖畫提供讀者的是一個完全開放的空間，讓讀者直接去攬景會心、物我感應，但加上散文之後，作者就成為導遊了。所以，這種由作者一手包辦攝影又同時創作散文的表達方式，使作者不僅詮釋圖景的藝術，同時也詮釋他自己的美學觀念及人生觀念。

葉聖陶的〈水患〉、〈詩人〉㉖等文都是全篇只用對話完成的散文。前者利用兩位農人甲乙之間的對話，中間插入擬人之後的「水」及一段獨白，總共三方「合成」。很像一篇寓言，把中國民族自私、猜忌、鉤心鬥角的負面人格表現得絲絲入扣。另方面，中國人勤勞憂患、努力改過遷善的正面人格也有發揮，正反同時並呈，增加寓言的警世意味。

〈詩人〉也是完全用甲乙對談完成。形式雖然是對話，內涵卻和〈水患〉的甲乙地位對等不同，〈詩人〉實際上是「乙」這位詩人在發表個人的看法，「甲」不過引發乙發表言談的人物。〈水患〉是人物的對談，而〈詩人〉一文像是人物專訪。所以透過〈水患〉中人物的互相對談、爭論、和談，或者讀者透過〈詩人〉中「乙」的獨白，就可以理解書寫者的寓意，看出書寫者的寓意。〈詩人〉的寓意比〈水患〉還要深刻、廣大。它不僅借著三言兩語就一刀切入當時社會的深層核心，且抓住要害，見人所未見、發人所未發。

由於是全部用對話完成，所以這兩篇作品也都具有戲劇的衝突性，且因作者都抽離於作品之外，完全由人物自己發言，讀者去思考作者借著誰的口、誰的動作來傳達寓意。十分含蓄蘊藉。〈詩人〉一文尤其是言已盡而意無窮，正是選擇表達戲劇對話方式的效果。

對話體使文章變得活潑，朱光潛的《詩論新編》一書，完全是以詩為議論主題的論文集，其中〈詩的實質與形式〉、〈詩與散文〉兩文採用虛擬的四人對話體式，用戲劇的方式在文前簡介對話者的觀念角度。接著是四方論者的議論。使得這兩篇文章讀起來非常活潑生動，更重要的是由此可以看出詩的實質與形式、詩與散文之間的異同是多麼不容易區隔。作者把這樣一個困難的議題，交由形式直接先表現出來，可說是別開生面的作法。

魯迅的〈過客〉㉗是一篇篇幅極為短小的獨幕劇，作者把它列為散文，收在他的散文集《野草》中。做為獨幕劇，本文真是精簡之至。時間、地點、人物、背景的介紹都簡化到極點，除了女孩，不論是人物、景物、環境都充滿老舊破敗的氣象。那正值壯年的過客，衣著襤褸、形容枯槁、體力已經不支，雖然「狀態困頓」卻是「倔強」。這樣說明性的文字是只適合戲劇開幕前的說明。儘管只是「說明」，下一段環境介紹又充滿詩的多向投射：在這個三人會合的地方，應該是充滿希望的東方卻只有「幾株雜樹和瓦礫」，人類生命的走向——歸西——「是荒涼破敗的叢葬」，東西之間是「有一條似路非路的痕跡。」顯然就是人類生命行走的痕跡。「一間小土屋向這痕跡開著一扇門；門側有一段枯樹根。」顯然不論是年邁老翁或者年輕的女孩，他們的生命都是沿著這個「痕跡」、朝著荒涼破敗的叢葬走。那門側的一段枯樹根正是生命本質的象徵，所以戲劇一開始，那老翁正是坐在枯樹根上。

〈過客〉看起來是一篇可以演出的劇本，實際上它又是一篇幾乎沒有冗言廢筆的文章，幾乎每一句話都充滿雙關的語意。文中選擇三個人物，分別代表三個年齡層人物的生命情境，十歲女孩的人生正要開始，所以一開幕，她「向東望著」，一方面是年輕的心好奇，對任何新事物都感到興趣，一方面暗示年輕人望向有希望的、日出的東方，東方是希望之源。

代表暮年的老翁，他的人生意態則是十分闌珊。對於新奇的事物說「不用看他」，接著「太陽要下去了。」實在是雙關他的生命情境，他的人生只是「天天看見天，看見土，看見風」，這樣重複的看了幾十年，如今像落日一樣快要結束，對人生已經沒有什麼興趣。而「太陽下去時候出現的東西，不會給你什麼好處的。」又是雙關語。

最重要的角色是「過客」，作者給老翁、女孩都有比較確定的七十歲、十歲的年齡，而給這位過客卻是「約三四十歲」一個長而籠統的壯年歲數，它表示囊括了一大群應該是社會上中流砥柱年齡層的人物。這樣的人物，在那樣的時代卻是只能孤軍奮鬥、節節敗陣……，請看過客說的話：「從我還能記得的時候起，我就只一個人。我不知道我本來叫什麼。我一路走……從我還能記得的時候起，我就這麼走。」他沒有身世，不知道自己的出生，也不知道可以走到哪裡去，只知道一直往西——跟老翁的終點一樣——。

中國人含蓄地把生命的終點說成歸西，確切地說是「墳」。對於這個終點站，小女孩無論如何還沒有概念，所以她眼中的墳場是「許多許多野百合，野薔薇，我常常去玩，去看他們的。」而那卻是老翁觸目可及的「前面，是墳。」對於壯年的過客而言，他還看不到他汲汲前往的地方，他要訊問老翁。當老翁簡單迅速地答以「墳」時，令他吃驚。但他還想知道走過墳之後還有什麼。這是知識份子的思考，不是鄉村老翁的關懷。

但是，知識份子的關懷並不是人生的終點，而總是「有聲音常在前面催促我，叫喚我，使我息不下。」那是一種無以名之的使命感。這位悲怛的過客，心知肚明，人生只是過客，他努力地走過東、南、北邊，那是每個人都生活的地方，在那個時代卻是「沒一處沒有名目，沒一處沒有地主，沒一處沒有驅逐和牢籠，沒一處沒有皮面的笑容，沒一處沒有眶外的眼淚。我憎惡他們，我不回轉去！」這位困頓的過客，拒絕女孩的善意幫助，拒絕自己的人性可能腐敗的任何機會——雖然他看到其他人的腐敗——也因此他只能忍飢挨渴負傷繼續走向人生的盡頭。過客的語言行動，不斷地詮釋著前面介紹他的文字「困頓倔強」，這樣的性格，理當會有這樣的結局。

在那個時代、那個社會，並不是所有人都像過客一樣負傷流血、繼續前行，更多的人可能是接受如小女孩般清純幫助反而「像兀鷹看見死屍一樣」恩將仇報，那是人類可怖的天性之一，連過客自己都深深害怕受到感染。在那個時代，那催促著青年往前走的聲音，也曾經催促過年輕時候的老翁，但是「他也就是叫過幾聲，我不理他，他也就不叫了」，可見多的是像老翁這樣關懷度低的人。

這位天真清純的小女孩，有善意、樂於助人的小女孩，卻也並不是天使降臨，在安全範圍之內，她有著善心善行。當那如乞丐般的過客把布片還給她時，小女孩顯示出她的「潔癖」，她不肯收回對方拿過的布。以上在在可見本篇寫人性之深刻微妙。

其實題目「過客」本身就飽含象徵意義，而故事發生的時間、地點都是「或一日」、「或一處」，表示了任何時間、任何地點，無時不有、無處不在。人物是「老翁、女孩、過客」只有年齡的分別，都沒有特殊的身份表徵，那表示是芸芸眾生，也都顯現了小說的包容量。

這個短篇，兼具散文、戲劇、詩、小說、寓言的各種特質，讀來令人回味不已，文類的融合，實際上也是讓文體本身具有更大的包容空間。

前文談到林燿德的〈人人都想向我索討食譜〉，羅門（一九二八～二〇一七）在〈立體掃瞄林燿德詩的創作世界〉㉘中曾經指出它具有多種文類的特質：

……同時更採用「小說」的描述性、「散文」的語法、「戲劇」的演出性、「報導」的直播性以及「理論」的思辯性等多種表現功能；此外尚手法多端的選用「出奇制勝」的各種「跳鏡」、「分鏡」、「混合鏡」與「特寫鏡」，以及後現代在創作中較常用的「新科」手段——儘量在「形式」與「內容」進行「解構」、「分化」、「連環套的串聯」與「多元拼湊」……等，使林耀德這首詩，幾乎像是在後現代新的創作園區展示各種技巧的特殊發表會。

在這篇得獎作品公佈的同時發表林瑞明的評語〈語言的魔術〉，文中也談到此詩有小說素質：

……詩人從現實出發，但亦從高度凝視，有現實，亦有魔幻，語言／文字在他手中，處處閃亮著足供反省的火花。短短的一首詩，亦有魔幻寫實小說的力道，語言的魔術，魅力大矣。

其實，再看林燿德全篇使用順應文字書寫的散文，也經常具有暗喻、象徵、歧義等素質，像本書舉例的〈寵物K〉、〈HOTEL〉等文皆是。這就是他自己所說，他的許多散文其實也是在一座文類的迷宮中。讀者在文類的迷宮中尋找出路其實也是一項很有挑戰性的工作。

回頭再檢視文類之間的關係，不論就形式或者實質說，各文類之間固然存在著許多不同的特質，但是它們的疆域也存在著部分互相的疊合，只是程度多少的問題而已。文類的出位，絕對不僅是散文的現象，而且也不應該用歧視的、反對的態度相待。

注釋

❶ 見《明道文藝》第二一二期，一九九三年十一月。

❷ 見洛夫〈映像與詩的婚媾〉，《中央日報》副刊一九九〇年十一月十三日。洛夫說杜十三：「他不僅以詩和散文在文壇上佔有極大的發言空間，且更旁及繪畫、美術設計、藝術策畫等多項技藝，這些技藝不但有效地加強了他詩中結構的多變性和語言的造型功能，同時也提升了他散文中有別於一般散文的特殊素質，於是便形成了熔散文的節奏、詩的意象、電影的映像、和寓言的內涵於一爐的杜十三風格。」

❸ 見《電影閱讀美學》二十三節，作者說：「詩質的電影就是在敘述的過程中，將映像詩般的意象化，以意象抵抗說故事。」這裡用「意象抵抗說故事」非常恰當的詮釋了詩的本質如何進入其他藝術之中。

❹ 參見《文學風格例話》。

❺ 見《臺灣詩學季刊》第二十期，一九九七年九月。

❻ 以下夏宇詩見《腹語術》。

❼ 見《一座城市的身世‧在城市裡成長》。

❽ 原刊《中國時報》副刊一九九五年十一月十四日，後收入《八十四年度詩選》（現代詩季刊社出版）。原詩如下：

在這個痴肥的年代，人人都想向我索討食譜
誰不好奇三個月內減輕二十二公斤的秘方。
此刻，我正構思一部可以賣錢的《O型肥滿者菜單》
本世紀末的洞見者，個個必須像微波爐一般準確
不必測度宇宙的身高和政客的腦袋，你該記憶的是：
大豆煮昆布97卡／洋芹菜湯13卡／薑漬包心菜17卡／
野莧味噌36卡／咖哩銀芽78卡／炭烤聖甲蟲99卡

是的，我預備現身說法寫下激勵士氣的箴言……

利用樸素的材料製作充滿豔情和飽脹感的餐飲

不要空著肚子，並且用心培養正當的運動嗜好

的確，減肥者必須重新實踐青春期的燥熱經驗

好比那日夜旋轉不息的地球永遠也不會變胖。

然而盆地中這抽搐的城市不斷膨脹再加上膽固醇過高

註定要有更龐大更冷靜的墳場在灰色的天空傾斜獰笑

痴肥的城市，痴肥的男女，同樣欠缺凝聚的意志力。

在這個縮減軍備的年代，人人都想向我索討食譜

其實，我失落的體重只不過從血肉移轉到心頭

誰能了解一頁頁撕下食譜之後吞嚥它們的磨難？

你將發現，鳴響不止的電話變成了長出鬚根的塊莖

CD躺在墨黑色的盒子裡演奏狂飲暴食的喧囂。

而我，早就在餓得透明時昇華出靈媒式的感官：

目睹一塊塊巧克力的包裝紙上凝固著呻吟的慾望

任憑流離在牛腩表面的蠔油滴落我大腦的迴路

每當走過夜市，雜亂的攤位會突然亮成啟動的樂園

不可觸碰的甜點沿著雲霄飛車的車軌撞入瞳孔
脂肪細胞便在幽暗的肉體內燃燒起橙色的火焰。
我不得不對所有的食物進行催眠，安慰它們
讓它們伸展肢體，迎接腐敗的宿命。

在這個人人準備執政的年代，人人都想向我索討食譜
沒錯，不要躲避鏡子，不要讓自己被棄置跳蚤市場
穿上夏威夷襯衫活像一座花色庸俗的二手沙發：
肥胖者的靈魂長不出天使的翅翼也飛不出笨重的身軀
一隻黏在蒼蠅紙上掙扎不休也無法翻騰的鍬形蟲
只想幻想蜘蛛擺盪過森林縫隙的輕盈舞姿……
營養太好的屍骸，獨到的長處便是燐火特別旺盛
睡進相同深度的墓穴，他的肚皮比餓殍更接近天空。
至於我的腰圍，曾經順應那虛胖的政府預算一起擴編
病變的五臟　繁殖的官僚　決隄的年金與公債
任何形態的肥胖都意味赤字，包藏著崩潰前夕的噪音
蟠踞在鈔票上的建築即將喪失它們傲慢的地基。

在這個以咒語致勝的年代，人人都想向我索討食譜
翻開增張中的報紙，疥癬與腫瘤爬滿世界
我固執地剪貼古往今來關於神蹟的報導與圖片：
金字塔、印加祭壇、法第瑪、車諾比以及臺北捷運
但神從未留戀這些神蹟，祂總是化身一匹看不見的馬
時時刻刻徘徊你我左右尋找駕馭祂的騎手
誰駕馭不了自己的體重誰就自隱形的馬鞍上垂直摔落
不過，在臭氧層的裂口抵達頭頂之前
我仍然可以轉售給你電視上反覆提供的一切謊言；可是
請不要再向我打聽如何拒絕食物的誘惑。

❾ 見《平凡的詩》。原詩如下：

愛人呀！分居五十年
最近你不止一次偷偷地躡足回家
雖然從來未曾驚醒過一線燈光
但我熟悉你的體溫
你學遊客把臉裝入攝影機裡
在我更年期的肉體上以各種姿勢遊山玩水
而長年患有白內障的盧山依舊認得出你的真面目

當你的國際外匯儲備再一次達到高潮，我只想把你擁抱得更緊
愛人，你是我血液中的紅血球，萬一你惡化為變質的細胞
導彈將以你心跳的速度上升，以臺幣的速度下降
告訴你，兒子的牛脾氣一定是你遺傳的
越來越有一點資本家氣

親愛的，我們的
明珠已鐵定於一九九七年回家
根據體檢報告之預言保證
他回家之後的健康狀況將保持五十年不變，而不變的
五十年前我把家讓給你，把戰爭帶走，把和平留在家中
其實你我的感情都是為了家的成功而失敗
親愛的，思念你是臺北每一條街道的名字
而回家，一場樹葉與樹根的大團圓
也該等秋風吧
對付晚歸的愛人，穴居人用大木錘是為了找不到語言
而親愛的，你用昂貴的導彈是為了
言語不通?!

一九九六年四月馬尼拉

❿ 見《銀碗盛雪》。

⓫ 沈尹默在一九一八年一月《新青年》四卷一號上發表〈月夜〉，被視為「中國新詩史上第一首散文詩」，〈三弦〉發表於同年五卷二號《新青年》。

⓬ 見《驚心散文詩》。

⓭ 見汪曾祺〈小說的散文化〉（《不老的繆思——中國現當代散文理論》）。

汪曾祺說：

> 散文化似乎是世界小說的一種（不是唯一的）趨勢。屠格涅夫的〈獵人日記〉有些篇近似散文。〈日靜草原〉尤其是這樣。都德的〈魔坊文札〉也如此。他們有意用「日記」、「文札」來作為文集的標題，表示這裡面所收的各篇，不是傳統的嚴格意義上的小說。契訶夫有些小說寫得很輕鬆隨便。〈恐懼〉實在不大像小說，像一篇雜記。阿左林的許多小說稱之為散文也未嘗不可，但他自己是認為那是小說的。——有些完全不能稱為小說的東西，則命之為「小品」，比如〈阿左林先生是古怪的〉。薩洛揚的帶有自傳色彩的小說，是具有文學性的回憶錄。魯迅的〈故鄉〉寫得很不集中。〈社戲〉是小說麼？但是魯迅並沒有把它收在專收散文的《朝花夕拾》裡，而是收在小說集裡的，廢名的〈竹林的故事〉可以說是具有連續性的散文詩。蕭紅的《呼蘭河傳》全無故事。沈從文的《長河》是一部很奇怪的長篇小說。它沒有大起大落，大開大闔，沒有強烈的戲劇性，沒有高峰，沒有懸念，只是平平靜靜，慢慢地向前流著，就像這部小說所寫的流水一樣。這是一部散文化的長篇小說。大概傳統的，嚴格意義上的小說有一點像山，而散文化的小說則像水。

⓮ 見《散文阿盛》。按，有關小說如何轉變而散文化，各家說法不一，佘樹森在《散文創作藝術》中說「所謂『散文化』亦即『內向化』，『詩意化』和『自由化』或曰藝術上的淡化。」

⑮長篇小說與短篇小說不同在於本質上的差異，不僅是長短的問題，例如長篇小說要交代完整的故事、要有人物、要有情節的具體發展、結局等等，傳統小說的要件在短篇小說中可以有一部分缺少，在新小說中尤其經常被大量省略（例如省略人物或者情節、環境、對話、事件等）。一篇微型小說必然具有可以發展為短篇小說的潛能，但是卻無法發展成為中、長篇小說。不過短篇小說未必可以縮寫成微型小說。

⑯見《微型小說創作技巧》。其他相同意見可參見《小說大辭典》、《中國小說辭典》等等。

⑰見《微型小說選》。

⑱見《幼獅文藝》四五三期，一九九一年九月。

⑲見《聯合文學》十三卷七期，一九九七年五月。

⑳同上注，該文說：

……為一部小說尋找寓意的批評家要比為一則寓言添上寓意的寓言作者或編者更為辛苦。小說家挽弓抻臂，一箭射出，批評家則尾隨而發，在箭矢落地之處畫上一個靶位，然後他可以向尚未追蹤而至的讀者宣稱：這部小說表達了什麼什麼以及什麼，符合了什麼什麼以及什麼。倘若批評家像先前那個故事裡欣賞燕子的人類一樣具有善意，他會把箭矢落處畫成靶心，周圍再飾以層層輻輳的同心圓，聲稱小說準確地指涉了什麼什麼以及什麼——「人類認為燕子很有智慧，就留下燕子和人類住在一起」、「祇有燕子受到保護，並且可以安心地在人類的屋簷下築巢」。當然，批評家也可以將靶位畫得偏些、甚至偏得很遙遠。

㉑見《現代散文百篇賞析》，〈螃蟹〉原文發表於《國民公報》一九一九年八月二十一日，署名神飛。

㉒見《中國現代散文精粹類編之一——國運篇》汪文頂選編。按，〈古城〉原來也發表於《國民公報》一九一九年八月二十日。後收入《魯迅全集》第八卷。（一九八一年人民文學出版社）

㉓ 見《麗尼美文精粹》。

㉔ 見《朱自清全集》。原文如下：

這是一張尺多寬的小小的橫幅，馬孟容君畫的。上方的左角，斜著一卷綠色的簾子，稀疏而長；當紙的直處三分之一，橫處三分之二。簾子中央，著一黃色的，茶壺嘴似的鉤兒——就是所謂軟金鉤麼？「鉤彎」垂著雙穗，石青色；絲縷微亂，若小曳於輕風中。紙右一圓月，淡淡的青光遍滿紙上！月的純淨，柔輭與和平，如一張睡美人的臉。從簾的上端向右斜伸而下，是一枝交纏的海棠花，花葉扶疏，上下錯落著，共有五叢；或散或密，都玲瓏有致。葉嫩綠色，彷彿掐得出水似的；在月光中掩映著，微微有淺深之別。花正盛開，紅豔欲流；黃色的雄蕊歷歷的，閃閃的。襯托在叢綠之間，格外覺得嬌嬈了。枝欹斜而騰挪，如少女的一隻臂膊。枝上歇著一對黑色的八哥，背著月光向著簾裡。一隻歇得高些，小小的眼兒半睜半閉的，似乎在入夢之前，還有所留戀似的。那低些的一隻別過臉來對著這一隻，已縮著頸兒睡了。簾下是空空的，不著一些痕跡。

試想在圓月朦朧之夜，海棠是這樣的嫵媚而嫣潤；枝頭的好鳥為什麼卻雙棲而各夢呢？在這夜深人靜的當兒，那高踞著的一隻八哥兒，又為何儘撐著眼皮兒不肯睡去呢？他到底等什麼來著？捨不得那淡淡的月兒麼？捨不得那疏疏的簾兒麼？不，不，不，您得到簾下去找，您得向簾中去找——您該找著那捲簾人了？他的情韻風懷，原是這樣的喲！朦朧的豈獨月呢！豈獨鳥呢？但是，咫尺天涯，教我如何耐得？我拚著千呼萬喚！你能夠出來麼？

這頁畫布局那樣經濟，設色那樣柔活，故精彩足以動人。雖是區區尺幅，而情韻之厚，已足淪肌浹髓而有餘。我看了這畫，瞿然而驚！留戀之懷，不能自己。故將所感受的印象細細寫出，以誌這一段因緣。但我於中西的畫都是門外漢，所說的話不免為內行所笑。——那也只好由他了。

㉕ 見《美中新聞》一九九八年二月二十七日。原文如下：

湖水環抱著伸入雲霄的摩天巨樓，人造的與自然的形象相擁而來。就是有這麼一個角度，精美與雄壯的線條與印象在遠處招喚，樹影與水波在岸上腳前經緯交織，沒有什麼比這裡更適合精神的積聚和美感的捕捉了。

藝術家面對著波濤萬頃天地寬，精塑了金屬的書桌，桌上疊放著書卷，和風吹過，掀起書裡的詩句，最動人的時刻，彷彿就是這個過去與未來神秘地遇見在一起的時候；因為，不知有什麼靈感在這一瞬間發生了，向四處飄浮。

為藍天所覆，為碧波所圍的桌椅，還築起了簡單俐落的樹幹枝條，大概是藝術家想要吻合這裡的景致吧：既有天趣的自然，又有物趣的風尚，讓人在這寧靜的小角落，書香與自然與創造一起深深的呼吸。

越過書頁之外，正滿滿是那美麗的水流，飽滿的水面，足以溶釋人世間一切的悲歡離合，正如同書裡所寫的故事一樣。在水的飄流裡，我們凝視世間的滄桑，在書的駐足裡，我們停留著記憶。

經過的人都忍不住在這個湖濱書房坐坐，沈思湖景和書章。藝術和文學確實距離生活遙遠，卻給生活豐富的價值和意義。唯有在白雲流過，手微觸著創作，陽光在眼裡的時刻，才會認同這般的超俗體驗和它們的印證啊！

藝術家將這一方地取名為：「讓柔美停留」。當坐在行雲流水的風情裡，腦裡閃過那些曾經令人激動的句子時，真像是一幅沾滿了多色層的心理圖畫，深切地把美烙印在心靈最曲微的地方。

㉖ 以上兩文皆見《葉聖陶集・第五卷》。

㉗ 見《野草》。

㉘ 見《林燿德與新世代作家論》。

引用及重要參考書目（不含單篇文章）

(一)文學理論・文學史

二十世紀文學理論　袁鶴翔等譯　未著出版年月　香港中文大學出版　臺灣翻版

山水遊記探美　韓玉奎著　一九八七年　北京　中國旅遊出版社一版一刷

千年之淚　齊邦媛著　一九九〇年　臺北　爾雅出版社初版

小品文藝術談　李寧編　一九九〇年　北京　中國廣播電視出版社一版一刷

小品文研究　李素伯編　一九三二年　上海　新中國書局出版

小品文和漫畫　陳望道編　一九八一年　上海　上海書店據一九三五年生活書店版複印本

不老的繆思——中國現當代散文理論　盧瑋鑾編　一九九三年　香港　天地圖書公司一版

中介的美學　巴琮・布洛克(Bazon Brock)著　一九九一年　香港　生活讀書新知三聯書店出版

中國現代散文史稿　林非著　一九八一年　北京　中國社會科學出版社一版一刷

中國現代散文理論　俞元桂編　一九八四年　廣西　人民出版社一版一刷

中國現當代散文研究　佘樹森著　一九九三年　北京　北京大學出版社一版一刷

中國（古典）散文美學史　吳小林著　一九九三年　黑龍江　人民出版社一版一刷
文章講話　夏丏尊著　一九七八年　臺北　華夏出版社出版
文學分類的基本知識　吳調公著　一九八二年　湖北　長江文藝出版社二版四刷
文學的源流　楊牧著　一九八四年　臺北　洪範書店初版
文學風格例話　周振甫著　一九八九年　上海　上海教育出版社一版一刷
文學風格漫說　嚴迪昌著　一九八三年　江蘇　人民出版社一版一刷
文學風格概論　姜岱東著　一九九六年　濟南　山東教育出版社一版一刷
文學風格論　王元化譯　一九八二年　上海　上海譯文出版社一版一刷
文學閒談　朱湘著　一九七八年　臺北　洪範書店初版
文藝社會學　羅伯・埃斯卡皮著　顏美婷編譯　一九八八年　臺北　南方叢書出版社初版
西方美學導論　劉昌元著　一九八六年　臺北　聯經出版公司初版
西洋散文的面貌　董崇選著　一九八三年　臺北　中央文物供應社初版
先秦寓言概論　公木著　一九八四年　齊魯書社初版
走向臺灣文學　葉石濤著　一九九〇年　臺北　自立晚報文化出版社初版
林燿德與新世代作家文學論　一九九七年　臺北　行政院文化建設委員會初版
美人和野獸——文學藝術中的怪誕　沃爾夫岡・凱澤爾著　曾忠祿譯　一九九一年　臺北　久大文化公司出版

美學　黑格爾著　一九八一年　臺北　里仁書局出版
英國小品文的演進與藝術　張沅長等著　一九七一年　臺北　學生書局初版
後現代主義與文化理論　詹明信原著　一九八九年　臺北　合志文化公司初版
幽默心理學　蕭颯等著　一九八九年　上海　人民出版社一版一刷
怎樣寫雜文　姚春樹著　一九九二年　福州　海峽文藝出版社一版一刷
書林新語　曹聚仁著　一九五四年　香港　遠東圖書公司初版
修辭格論析　吳士文著　一九七五年　上海　上海教育出版社一版一刷
修辭學　黃慶萱著　一九七五年　臺北　三民書局初版
修辭學發凡　陳望道著　一九六六年　臺北　學生書局三版
修辭學講話　陳介白著　未著出版年月　臺北　啟明書局翻版
現代六十家散文札記　林非著　一九八〇年　天津　百花文藝出版社一版一刷
現代作家談散文　佘樹森編　一九八六年　天津　百花文藝出版社一版一刷
現代散文史論　王文頂著　一九九四年　福州　福建教育出版社一版一刷
現代散文的意境和情韻　尤敏著　一九九一年　山西　希望出版社一版一刷
現代散文現象論　鄭明娳著　一九九二年　臺北　大安出版社一版一刷
現代散文構成論　鄭明娳著　一九八九年　臺北　大安出版社一版一刷
現代散文縱橫論　鄭明娳著　一九八六年　臺北　長安出版社初版

現代散文類型論　鄭明娳著　一九八七年　臺北　大安出版社增訂再版
現代散文藝術論　吳歡章著　一九八六年　黑龍江　朝鮮民族出版社一版一刷
情有所鍾——散文奧秘的探尋　曹國瑞著　一九九〇年　北京　光明日報出版社一版一刷
散文十六美　劉禾文等著　一九九一年　上海　上海文藝出版社一版一刷
散文技巧　李光連著　一九九二年　北京　中國青年出版社一版一刷
散文的藝術　「散文」月刊編輯室編　一九八四年　天津　百花文藝出版社一版三刷
散文的藝術世界　熊述隆著　一九九三年　南昌　百花文藝出版社一版一刷
散文探美　周冠群著　一九八六年　重慶　重慶出版社一版一刷
散文創作技巧論　涂懷章著　一九八九年　上海　學林出版社一版一刷
散文創作與審美　傅德岷著　一九九〇年　廣州　花城出版社一版一刷
散文創作藝術　佘樹森著　一九八八年　北京　北京大學出版社一版三刷
散文創作藝術談　王郊天編　一九八四年　江蘇　人民出版社一版一刷
散文詩的世界　王光明著　一九八七年　武漢　長江文藝出版社一版一刷
散文寫作常談　朱金順著　一九七九年　北京　北京出版社一版一刷
散文論譚　曾紹義著　一九八九年　四川　四川大學出版社一版一刷
散文瞭望角　范培松著　一九九三年　臺北　業強出版社初版
散文藝術之旅　楊政著　一九九六年　重慶　重慶出版社一版一刷

散文藝術初探　佘樹森著　一九八四年　福建　人民出版社一版一刷
散文藝術論　傅德岷著　一九八八年　重慶　重慶出版社一版一刷
散文鑑賞絮語　蔣平著　一九九〇年　江西　江西高校出版社一版二刷
筆談散文　百花文藝出版社編　一九八一年　天津　百花文藝出版社一版三刷
喜劇創造論　閻廣林著　一九九二年　上海　社會科學院出版社一版一刷
煉句　倪寶元著　一九八五年　上海　上海教育出版社一版一刷
當代文學氣象　鄭明娳著　一九八八年　臺北　光復書局一版一刷
當代西方藝術文化學　J・G・考維爾蒂等著　周憲等譯　一九八八年　北京　北京大學出版社一版一刷
微型小說創作技巧　陳順宣、王嘉良編著　一九九〇年　廣西　廣西人民出版社一版一刷
詩論新編　朱光潛著　一九八四年　臺北　洪範書店二版
電影閱讀美學　簡政珍著　一九九三年　臺北　書林出版有限公司一版
語言風格初探　程祥徽著　一九八五年　香港　三聯書店香港分店一版一刷
寫作與文選　蒲永川編　一九九五年　重慶　西南師範大學出版社一版一刷
閱讀行為　沃・伊瑟爾著　金惠敏等譯　一九九〇年　湖南　湖南文藝出版社一版一刷

(二)工具書

小說大辭典　王先霈主編　一九九一年　武漢　長江文藝出版社一版一刷

文化學辭典　覃光廣等主編　一九八八年　北京　中央民族學院出版社一版一刷
中國小說辭典　秦亢宗主編　一九九〇年　北京　北京出版社一版一刷
中國現代文學手冊　劉獻彪主編　一九八七年　北京　中國文聯出版公司一版一刷
美學百科辭典　一九八八年　長沙　湖南人民出版社一版一刷
美學辭典　一九九三年　北京　東方出版社一版一刷
哲學大辭典・美學卷　一九九一年　上海　上海辭書出版社初版

(三)創作別集

一座城市的身世　林燿德著　一九八七年　臺北　時報文化公司初版
人生小景　張秀亞著　一九八一年　臺北　水芙蓉出版社初版
小說閑讀四種　阿英著　一九八五年　上海　上海古籍出版社一版一刷
水問　簡媜著　一九八九年　臺北　洪範書店十六版
文革雜憶　陳若曦著　一九七八年　臺北　洪範書店初版
平凡的詩　平凡著　一九九八年　菲律賓　辛墾文藝社、千島詩社發行初版
中書集　朱湘著　一九三四年　上海　生活書店初版
月跡　賈平凹著　一九八二年　天津　百花文藝出版社一版一刷
白日的夢——葉靈鳳集　葉靈鳳著　許道明等選編　一九九三年　上海　漢語大詞典出版社一版一刷

白葉雜記　葉靈鳳著　一九二七年　上海　大光書局初版
左心房漩渦　王鼎鈞著　一九八八年　臺北　爾雅出版社初版
生活隨筆　陳若曦著　一九八三年　臺北　時報文化公司出版
石屏隨筆　繆崇群著　一九四二年　上海　文化生活出版社出版
司馬遷之人格與風格　李長之著　一九八四年　北京　生活讀書新知三聯書店一版一刷
半農文選　劉半農著　一九六八年　臺北　正文出版社初版
只緣身在此山中　簡媜著　一九八六年　臺北　洪範書店四版
多少英倫舊事　徐鍾珮著　一九六四年　臺北　文星書局初版
有不為齋隨筆　林語堂著　一九七〇年　臺南　德華出版社出版
冰心散文集　謝冰心著　一九六九年　臺南　新世紀出版社初版
朱自清全集　朱自清著　一九六四年　臺南　大東書局出版
朱湘文選　朱湘著　一九七七年　臺北　洪範書店初版
朱湘書信集　羅念生編　一九八三年　上海　上海書店一版一刷
老舍幽默小品　老舍著　王曉琴編　一九九五年　臺南　文國書局一版一刷
回歸夢醒（第二集）　黎光明編著　一九七三年　臺北　黎明文化公司出版
劫中得書記　鄭振鐸著　一九五七年　上海　古典文學出版社再版
我在臺北及其他　徐鍾珮著　一九八六年　臺北　純文學出版社初版

私房書　簡媜著　一九八八年　臺北　洪範書店初版
周作人全集　周作人著　一九八二年　臺中　藍燈文化公司初版
東區連環泡　黃凡著　一九八九年　臺北　希代書版公司初版
林語堂散文選集　林呐等主編　一九八七年　天津　百花文藝出版社一版一刷
林語堂精選集　林語堂著　一九九一年　臺北　大夏出版社初版
故土與家園　趙淑俠著　一九八七年　臺北　九歌出版社五版
紅紗燈　琦君著　一九七二年　臺北　三民書局初版
郁達夫散文集　秦賢次編　一九八三年　臺北　輔新書局出版
胡適之先生紀念集　馮愛群編　一九七三年　臺北　學生書局影印再版
重樓飛雪　方娥真著　一九七七年　臺北　源成文化圖書供應社初版
海外寄霓君　朱湘著　一九七七年　臺北　洪範書店初版
徐志摩文集　徐志摩著　一九八八年　上海書店重版（翻印一九八三年商務印書館香港分館版）
桂花雨　琦君著　一九七六年　臺北　爾雅出版社初版
迷宮零件　林燿德著　一九九三年　臺北　聯合文學出版社初版
浪跡都市　林燿德編　一九九〇年　臺北　業強出版社初版
梁遇春散文集　梁遇春著　一九七九年　臺北　洪範書店初版
梁實秋・韓菁清情書集　葉永烈編　一九九二年　臺北　正中書局初版

夏濟安日記　夏濟安著　一九七九年　臺北　時報文化公司七版
寄小讀者　冰心著　一九六八年　香港　大通書局翻印版
寄健康人　繆崇群著　一九三三年　上海　良友圖書公司出版
都市之甍　林燿德著　一九八九年　臺北　漢光文化事業公司初版
許地山散文選　許地山著　一九八五年　臺北　洪範書店初版
野草　魯迅著　一九七八年　香港　新藝出版社出版
眷眷草　繆崇群著　一九四五年　上海　文化生活出版社出版
清華八年　梁實秋著　一九六三年　臺北　重光文藝出版社三版
逍遙遊　余光中著　一九六九年　臺北　大林書店初版
晞露集　繆崇群著　一九三三年　北平　星雲堂出版
陸蠡散文集　陸蠡著　一九七九年　臺北　洪範書店初版
晞露新收　繆崇群著　侍桁編　一九四六年　上海　國際文化服務社初版
散文阿盛　阿盛著　一九八七年　臺北　希代書版公司增訂版四刷
閑書　郁達夫著　一九三六年　上海　良友圖書公司初版
無地自由——胡適傳　沈衛威著　一九九四年　上海　上海文藝出版社一版一刷
給你　張曉風著　一九八三年　臺北　宇宙光出版社再版
雅舍小品　梁實秋著　一九八三年　臺北　正中書局四十六版

鄉思井　司馬中原著　一九七五年　臺北　中華文藝月刊社初版
悲情詩人——朱湘　丁瑞根著　一九九二年　河北　花山文藝出版社一版一刷
焚鶴人　余光中著　一九七六年　臺北　純文學出版社七版
煙愁　琦君著　一九八一年　臺北　爾雅出版社新五版
暖灰　梁放著　一九八七年　馬來亞沙勞越　華文作家協會初版
愛在藍天　鄭明娳著　一九九七年　臺北　爾雅出版社一版一刷
楊朔散文選　楊朔著　一九七八年　北京　人民文學出版社一版一刷
腹語術　夏宇著　一九九一年　臺北　現代詩季刊社初版
葉聖陶集　葉聖陶著　葉至善等編　一九八八年　江蘇　江蘇教育出版社一版一刷
聞一多全集　聞一多著　一九四八年　北京　開明書店初版
語堂文集（一至四集）　林語堂著　一九七八年　臺北　臺灣開明書局出版
銀碗盛雪　林燿德著　一九八七年　臺北　洪範書店初版
翡翠色的夢　趙淑俠著　一九八七年　臺北　九歌出版社出版
罵人的藝術　秋郎著　一九二七年　上海　新月書店初版
寫在人生邊上　錢鍾書著　一九四一年　上海　開明書店初版
魯迅散文　魯迅著　一九九二年　北京　中國廣播電視出版社初版
餘音　徐鍾珮著　一九七八年　臺北　純文學出版社二版

鄭振鐸文集　鄭振鐸著　一九八三年　北京　人民文學出版社一版一刷
槐園夢憶　梁實秋著　一九七五年　臺北　遠東圖書公司四版
綠楊村　司馬中原著　未著出版年及版次　臺北　皇冠雜誌社出版
廢墟集　繆崇群著　一九三九年　上海　文化生活出版社出版
燈景舊情懷　琦君著　一九八三年　臺北　洪範書店初版
廬隱傳　蕭鳳著　一九八二年　北京　北京師範大學出版社一版一刷
舊雨　梁放著　一九九一年　馬來亞沙勞越　華文作家協會初版
麗尼美文精粹　麗尼著　一九九一年　北京　作家出版社一版一刷
麗尼散文選集　麗尼著　一九八二年　上海　上海文藝出版社一版一刷
聽聽那冷雨　余光中著　一九七五年　臺北　純文學出版社六版
讀書天　梁放著　一九九三年　馬來亞沙勞越　華文作家協會初版
讀書隨筆二集　葉靈鳳著　一九九二年　北京　生活讀書新知三聯書店一版二刷
驚心散文詩　蘇紹連著　一九九〇年　臺北　爾雅出版社初版

(四)創作選集及其他

八十二年散文選　蕭蕭主編　一九九四年　臺北　九歌出版社初版
人間世選集　一九八四年　臺北　金蘭文化出版社初版

中國近代散文選　楊牧編　一九八五年　臺北　洪範書店五版
中國現代散文精粹類編（十冊）　姚春樹等編　一九九三年（按各冊出版時間不等）　上海　上海文藝出版社一版一刷
中國現代散文選析　李豐楙等編　一九八五年　臺北　長安出版社初版
中國新文藝大系　一九三六年　香港　香港文學研究社初版
中國新文藝大系　一九七七年　臺北　大漢出版社翻印
回憶梁實秋　陳子善編　一九九二年　長春　吉林文史出版社一版一刷
作品百篇賞析　佘長茂、鄧慰曾主編　一九八九年　上海　復旦大學出版社一版一刷
耕雲的手　林錫嘉編　一九八一年　臺北　金文圖書公司初版
現代散文名篇選讀　周紅興主編　一九八六年　北京　作家出版社一版一刷
現代散文百篇賞析　鮑霽編　一九八一年　天津　人民出版社一版一刷
散文欣賞（第二集）　沈櫻編　一九六八年　臺北　靚影出版社初版
無花的薔薇——現代十六家小品　阿英編校　一九九一年　河北　人民出版社一版一刷
微型小說選　陳光孚編　一九八八年　昆明　雲南人民出版社一版一刷
臺港散文四十家　方忠編著　一九九五年　河南　中原農民出版社一版一刷

按：書名依筆畫排序

地方戲曲概論（上、下）

曾永義、施德玉／著

本書是坊間首次對「地方戲曲」全面論述之著作，內容包羅古今與兩岸，完整論述古今地方戲曲之形成與發展徑路、劇目題材與特色、主要腔系及小戲大戲之音樂特色、戲曲與小戲大戲之藝術質性、戲曲與小戲大戲腳色之名義分化及其可注意之現象、大陸重要地方戲曲劇種簡介、臺灣地方戲曲劇種說明，並深入考述臺灣南北管戲曲與歌仔戲之來龍去脈、戲曲與宗教之關係、歷代偶戲概述、臺灣跨文化戲曲改編劇目等問題之探索。注釋詳明，論述井然，可供學者參考，亦可作初學之津梁。